Patricia Hickman

KATRINAS FLÜGEL

Patricia Hickman

Katrinas Flügel

FRANCKE
Verlag der Francke-Buchhandlung GmbH

Bibliografische Information Der Deutschen Bibliothek
Die Deutsche Bibliothek verzeichnet diese Publikation in der Deutschen Nationalbibliografie; detaillierte bibliografische Daten sind im Internet über http://dnb.ddb.de abrufbar.

ISBN 3-86122-594-8

Oritinaltitel: Kathrina's Wings

Published by Waterbrook Press, Colorado Springs, Colorado, USA

35037 Marburg an der Lahn
Deutsch von Ingo Rothkirch
Umschlaggestaltung: Henri Oetjen, Design-Studio Lemgo
Satz: Verlag der Francke-Buchhandlung GmbH
Druck: Wiener Verlag, Himberg, Österreich

Francke-Lesereise

Prolog

Kindheitserinnerungen – ich habe noch viele davon. Ganz plötzlich sehe ich es wieder vor mir: den königsblauen Himmel über dem Wald, ich rieche den Duft von Laub und Gräsern, sehe uns, wie wir herumtollen, den Hunden nachjagen, nach Schmetterlingen haschen oder nur in den Tag hineinträumen. Wenn wir, die Cousins und Cousinen der Hurleys, dann barfüßig und mit geflickten Kleidchen unsere selbst gebastelten Drachen auf dem Narzissenhügel den Launen des Windes überließen oder im Galla Creek Fangen spielten, dann dachte wohl so mancher Beobachter, dass wir es im Leben gewiss nicht weit bringen würden. Doch wir sind herangewachsen und haben trotz mancher Unkenrufe etwas aus unserem Leben gemacht. Den Erwachsenen fehlte einfach die Fantasie. Wer von ihnen wäre damals schon auf die Idee gekommen, in der holprigen Wohnstraße vor unserem Haus eine Startbahn zu sehen, von der aus man sich träumend in die Lüfte erheben konnte? Wir Kinder jedoch, wenn wir die Augen schlossen, unsere Arme ausbreiteten, losliefen und die Anhöhe der Skyline Drive erreichten, waren gewiss, an dieser Stelle eines Tages abheben zu können.

Welche Genugtuung war es doch, nach Jahren all jene Lügen strafen zu können, die uns damals mit so viel Skepsis beobachtet hatten. Wenn man es von klein auf gewöhnt ist, dass einem die Leute „Landpomeranze" oder ähnliche abfällige Titel hinterherrufen, dann sehnt man sich nach dem Tag, an dem man es den anderen heimzahlen kann – nicht so, dass man gleich ins Gefängnis müsste, aber doch deutlich genug, dass es ihnen eine Lehre ist.

Kindheit – das sind wohl für die meisten Menschen Erinnerungen so wonnig wie der Biss in eine zerteilte Wassermelone, die man draußen an der frischen Luft in geselliger Runde verspeist.

Zu meinen Erinnerungen gehört auch das alte Holzhaus, in dem wir uns so häufig trafen: eine Horde alberner und kichernder Kinder und Backfische, die meinem Großvater, Opa Hurley, zu Füßen saßen, wenn er in seinem Lehnstuhl ausruhte. In diesem Haus und unter seinen Fittichen lernte ich, was Geborgenheit ist.

Die glücklichsten Kindheitserinnerungen verdanke ich diesem Mann, dessen Liebling ich war, der mich *seine Prinzessin* nannte und mir fast jeden Wunsch von den Augen ablas – wenn ich zum Beispiel aus heiterem Himmel den Drang verspürte, einen Ausflug in die Pfirsichplantagen der Gegend zu machen. Mit einer ganzen Schürze voll herrlicher Früchte kamen wir heim, und ich präsentierte sie stolz als Zeichen der Wertschätzung, die ich durch meinen Großpapa genoss. So gelang es mir, der Zartesten und Schmächtigsten der Hurley-Horde, mich immer wieder ins rechte Licht zu rücken. Im Grunde war ich der Kümmerling der Familie, aber Großpapa hatte wohl einen besonderen Platz für Kümmerlinge in seinem Herzen reserviert.

Wir beide hatten eine Art Geheimsprache entwickelt, was meine zwölf Cousins und Cousinen mit Eifersucht zur Kenntnis nahmen und die Tanten veranlasste, mich nur noch ironisch mit „Hoheit" anzureden. Aber leider lebte Großpapa nicht lange genug, um meine Regentschaft auf Dauer zu festigen. Als er damals im Mai 1963 starb, verwandelte sich der junge Schwan schlagartig zurück in das hässliche Entlein, aus der Prinzessin wurde wieder der geduldete Esser am Tisch der Familie – unscheinbar und schlaksig. Aber die Zuneigung, die ich all die Jahre erfahren hatte, konnte mir keiner mehr nehmen, ich trug sie in meinem Herzen. Und so betete ich oft, dass sie eines Tages Flügel bekäme, mich weit forttrüge, dorthin, wo wieder jemand bereit wäre, mir die Krone aufs Haupt zu setzen.

Auf Opa Hurleys Beerdigung durfte ich nicht bei Mama und Papa sitzen, sondern wurde mit meiner jüngeren Schwester Eden verurteilt, mich der Fuchtel unserer Tante Pippa unterzuordnen. Für Frauen wie Mama, Tante Velda und all die anderen alten Matronen war der Tod ein gefräßiges Ungeheuer mit messerscharfen Zähnen, das eine nach der anderen von ihnen verspeiste. Gerade stellte ich mir genüsslich vor, wie die Tanten, an die Kirchenbank gefesselt, vor dem heranschleichenden Ungeheuer schlotterten und schrille Schreie ausstießen, als Mama, die bleich und verschwitzt aussah, leblos von der Bank rutschte und beinahe mit dem Kopf aufs Holz geschlagen wäre. Ich hielt sie in meiner Panik für tot. Tante Pippa versuchte mich festzuhalten, aber das Unglück meiner Mutter verlieh mir ungeahnte Kräfte. „Mama!“, kreischte ich. Fürchtete ich doch, meine Mutter könne nun doch noch wahr machen, was sie in regelmäßigen Abständen androhte: ihre sieben Sachen zu packen und sich endgültig aus dem Staub zu machen – so oder so.

Die Erwachsenen herrschten mich an und ließen mich schamvoll verstummen. Ich wusste nicht, was ich von all dem halten sollte. Verstohlen und aus der Ferne beobachtete ich Mama, die wieder bei Sinnen war, aber sich noch immer ganz ihrer tiefen Trauer hingab. Für uns Hurleys war der Tod stets ein besonderes Drama voller Gefühlsausbrüche. Ich kannte andere Familien, die selbst bei Beerdigungen die Fassung behielten, stocksteif in den Kirchenbänken saßen und die Trauer für die eigenen vier Wände aufbewahrten. Bei den Hurleys war das anders. Konfrontiert mit dem unabwendbaren Ende, blieb nichts mehr zu tun, als zünftig in Ohnmacht zu fallen.

Was den Tod betrifft, hatte ich schon immer ganz eigene Vorstellungen. Irgendwann habe ich mal gehört, dass es den Schatten und den Kernschatten gibt, also das Dunkle und das noch viel Dunklere. Manche halten das alles für Blödsinn. Für sie ist Weiß weiß, und Schwarz eben schwarz. Für das Leid dieser Welt gilt das meiner Meinung nach nicht. Da gibt es durchaus Grautöne, aber eben auch das tiefe Schwarz, die finstere Höhle, den Kernschatten, durch den unser Lebensweg führen kann – bis wir drüben wieder herauskommen, und dann ist der Sonnenschein heller und strahlender denn je.

Mama saß neben Tante Bernice und Onkel Willy. Die beiden waren im letzten Jahr aus Phoenix weggezogen, um sich in unserer Nähe anzusiedeln, sodass ihre quirlige Kinderschar den ohnehin schon mit vielen Kindern gesegneten Haushalt meiner Großeltern um vier weitere Mäuler, die gestopft werden mussten, zusätzlich belastete. Als Mama damals nach Phoenix aufbrach, um Tante und Onkel beim Umzug zu helfen, ließ sie zwei verschüchterte Mädchen bei den Großeltern zurück, die inständig hofften, dass ein schrecklicher Monat schnell vorübergehen möge. Papa lag damals im Krankenhaus, weil er bei der Arbeit von einer Brüstung gefallen war. Er hat sich davon nie mehr richtig erholt, war fortan zu krank, um zu leben, und zu gesund, um zu sterben.

Als Mama dann nach einigen Wochen heimkehrte, war ich tausend Tode gestorben. Die älteren Cousins und Cousinen konnten richtige Ekel sein, und eins der Mädchen, Freda, tat sich dabei besonders hervor. Sie dachte sich alle möglichen Neckereien aus, um Eden und mich auf die Palme zu bringen. Am liebsten spielte sie *fesseln*. Eine von uns hatte sie meist schnell beim Wickel. Dann fesselte sie Eden oder mich, schob uns unters Bett und lief der anderen hinterher, bis sie sie meist irgendwo draußen im Galla Creek einholte. Das alles geschah, während Großmama und unsere Tanten Tagesausflüge machten, ohne uns zu sagen, wohin sie fuhren. Damals habe ich erfahren, was es heißt, ausgeliefert zu sein. Ich fühlte mich wie der Nachtfalter im Marmeladenglas – der Willkür eines anderen ausgesetzt.

Papa hatte als Milchmann gearbeitet, und das war eine Arbeit, bei der man zwar nicht viel Geld verdiente, die ihm aber dennoch viel Freude gemacht hatte. Eines Tages war er in der Molkerei von einer Plattform gefallen, worauf er einen Monat lang im Krankenhaus von Little Rock das Bett hüten musste. Mama fuhr also lediglich aus reiner Pflichterfüllung nach Phoenix, bedrängt von den restlichen Hurleys, um Onkel Willy und die Seinen abzuholen. Noch lange hat sie es ihnen allen übel genommen.

Einen ganzen Monat hatte Papa im Krankenhaus verbracht. Ich erfuhr erst später, dass er beinahe gestorben wäre. Doch damals ahnte ich nichts von der Gefahr. Niemand redete mit uns Kindern, wenn die Erwachsenen ihre Geheimnisse hatten. Kein Sterbenswörtchen kam über ihre Lippen.

„Alles in Ordnung?“, fragte Tante Pippa mich, während Papa sich um Mama kümmerte. Sie hielt meine Hand und gab mir das Gefühl, mich zu mögen. Die anderen Tanten waren zumeist grobschlächtige alte Frauen, die sich barsch und irgendwie männlich gaben. Vielleicht ist mir Tante Pippa deshalb so im Gedächtnis haften geblieben, weil sie anders war. Wenn sie zu uns Kindern ins Zimmer trat, verstummte jeder Zank, und jede Rauferei kam zum Erliegen. An ihrer stillen Würde brachen sich die Wogen, die darauf nur noch sanft – Welle auf Welle – ans Ufer rollten. Sie bewegte sich anmutig, und diese Grazie spiegelte sich auch in ihren Zügen wider. Pippa war der Schwan inmitten eines Schwarms krächzender Raben. Es war unverkennbar, dass sie in die Hurley-Sippe nur eingeheiratet hatte. Niemand wäre auf die Idee gekommen, eine so vornehme Dame könne den Lenden eines Hurleys entsprungen sein.

Noch heute sehe ich ihre weißen Spitzenhandschuhe vor mir und spüre den sanften Druck ihrer freundlichen Hände, die meine umfassten. Ich bemerkte, dass diese Hände zitterten und dass das Beben von Minute zu Minute zunahm.

„Alles in Ordnung?", wiederholte Pippa.

„Mir geht es gut", sagte ich.

„Alles wird wieder gut."

Tränen füllten meine Augen, bis die Lider sie nicht mehr fassen konnten. Sie rollten über die Wangen und tropften auf mein gestärktes Festtagskleid. Wie gebannt starrte ich auf Großpapas Sarg und wünschte so sehr, ich könnte den Mann aus seinem mit Satin ausgeschlagenen Gefängnis befreien. Ich stellte mir alles ganz bildhaft vor: Die Hand Gottes würde vom Himmel herabfahren, die Stirn meines Großvaters berühren und den göttlichen Zauber in die leblose Hülle hineinströmen lassen. Großpapa würde sich aufsetzen und all dieses ungläubige Volk ringsum in helle Aufregung versetzen. Ich wäre die Einzige, die es vorausgesehen hätte. Ich würde völlig gefasst zu ihm gehen und etwa Folgendes sagen: „Ätsch, er ist gar nicht tot! Jesus hat ihn mir wiedergegeben!" Er würde meine Hand nehmen, die Hand seines Lieblingsenkels, und wir würden diesen Haufen Verrückter einfach hinter uns lassen. Und sie lebten glücklich und zufrieden ...

So fremd kamen mir die Worte im Gesangbuch vor. Höchst selten ließen wir uns herab, eine Kirche zu besuchen – außer zu Ostern. Mama meinte immer, selbst bei Regen dürften wir keinen

Ostergottesdienst verpassen. Ich erinnere mich noch gut an die Melodie, die wir damals auf der Beerdigung nach dem Eröffnungsgebet anstimmten. Das Lied handelte vom Himmel. Zu viele von uns sangen zu selten, die Stimmen eingerostet ohne Gefühl für Harmonien, und jeder dritte Ton ein hässlicher Schluchzer. Mit den letzten Akkorden hörte auch das Wimmern und Schluchzen auf – bei allen, außer bei Tante Velda, die immer das Nesthäkchen der Geschwister gewesen war. Sie verstummte nicht wie die anderen nach dem Lied, sondern warf den Kopf in den Nacken und heulte wie ein Schlosshund, als würde sie jemand mit glühenden Kohlen martern. So wie die Hurleys benahm sich wohl niemand auf einer Beerdigung. Ginge es jedoch immer so zu wie bei uns, dann hätten die Pfarrer die Wände ihrer Kirchen ein paar Steine dicker mauern müssen.

„Halt meine Hand, Katrina." Tante Pippas Arme umschlangen meine schmalen Schultern und bargen mich wie ein Zelt, während sich ihre langen, weiblich schlanken Finger mit meinen verzahnten. Ihre Berührung war Trost und Geborgenheit zugleich. Meine eigene Mutter berührte mich nur selten, wo Zärtlichkeit doch ein so kostbares Gut ist. Und ich frage mich manchmal, ob alle, die regelmäßig die Wärme eines anderen spüren dürfen, diese Gnade überhaupt zu schätzen wissen.

Stumm saß ich da und spürte die hölzerne Lehne der Bank in meinem Rücken. Gleichzeitig behielt ich meine Mutter ängstlich im Auge, im Falle, dass sie meiner bedurfte.

Nachdem der Pfarrer mit dem Segen die Feierstunde abgeschlossen hatte, beobachtete ich, wie Vater, auf seinen Gehstock gestützt, zum Sarg meines Großvaters schlurfte. Papa weinte nicht. Von Zeit zu Zeit hielt er sich die Hand vors Gesicht, aber er vergoss keine einzige Träne. Vor dem Sarg blieb er stehen und verweilte dort, Mama an seiner Seite. Nola, Vaters Schwester, gesellte sich zu ihnen, dann auch Lillibelle – beide Frauen begleitet von ihren unscheinbaren Ehemännern. Die Schwestern fielen sich weinend in die Arme. Sie hatten den verloren, der ihnen bislang Halt im Leben gegeben hatte. Velda aber fiel über den Sarg und stieß einen gequälten Schrei aus.

„Mein Papa, mein Papa, verlass mich noch nicht!", flehte sie meinen toten Großvater mit überschnappender Stimme an.

Tante Ruby war dieser Gefühlsausbruch sichtlich peinlich. Sie flüsterte ihrer Schwester Worte ins Ohr, die sie wohl trösten sollten.

Drei Träger mussten kommen, um Tante Velda vom Sargdeckel zu lösen und die von Weinkrämpfen Geschüttelte aus der Kapelle zu schleifen.

„Is' immer spannend, wenn Tante Velda in Ohnmacht fällt", flüsterte ich Eden ins Ohr. „Nur so hält sie mal 'ne Weile die Klappe."

Ich wusste, dass die Welt für immer eine andere sein würde, wenn ich gleich zum letzten Mal am Sarg meines Großvaters stünde. Aber ich war nicht begierig, diese neue Welt kennen zu lernen, und so hatte ich es nicht eilig. Aber Tante Pippa sorgte schon mit sanftem Druck dafür, dass auch ich mich auf den Weg machte. Noch einmal streichelte ich mit meinen Blicken sein Gesicht, das von der Schminke des Bestatters künstlich rosig schien. So, wie man Großpapa heute angezogen hatte, war er niemals herumgelaufen. Statt mit seinem ausgewaschenen grauen Overall, der nach Tabak und Wagenschmiere roch, lag er dort in einem dunkelblauen Anzug, das silbrige Haar fein säuberlich gescheitelt und gekämmt. Er sah heute würdig aus wie ein König und nicht so abgerissen, wie wir alle den alte Haudegen kannten.

„Es ist Zeit, Lebewohl zu sagen, Katrina", hörte ich Tante Pippa raunen, und ich spürte einen tiefen Groll in der Magengrube. Niemand war auf den Gedanken gekommen, mich einzuweihen und mir zu sagen, wie krank der Großvater war. Damals hatten Kinder noch keinen Zutritt zu Krankenhäusern. Und so kam es, dass Bitterkeit diese letzte Begegnung mit meinem geliebten Großvater beschwerte. Ich konnte all jenen nicht verzeihen, die uns so rabiat getrennt hatten – monatelang, wie es mir damals mit sechs vorkam. Nie wieder würde ich auf seinen Schoß krabbeln und all jenen siegesbewusste Blicke zuwerfen können, die kamen, um über mich zu bestimmen. Von heute auf morgen gehörte ich wieder zur Schar der ganz gewöhnlichen Hurley-Kinder, und niemand würde mich mehr respektieren. Mein geliebter Großpapa hatte sich einfach aus meinem Leben geschlichen, ohne sich von mir zu verabschieden. Ich drehte mich um und lief davon, wortlos und trotzig, was meine hilflose Art war, mich bei den anderen für das zu rächen, was sie mir angetan hatten.

Die friedlichen Tage vor Großpapas Krankheit waren die Ruhe vor dem Sturm, der über die Hurleys hereinbrechen sollte. Die schönen Erinnerungen an fröhliche Samstagnachmittage, an denen wir zum Mount Nebo aufbrachen, um draußen in der Natur Picknick zu halten, und sich die Männer auf die Motorhauben setzten, ihr Bier aus der Flasche tranken und spätabends im Licht der Scheinwerfer Gespenstergeschichten erzählten – all diese Erinnerungen fallen, wenn ich mein Leben an mir vorüberziehen lasse, jäh in ein tiefes schwarzes Loch, aus dem die Stimmen der mir vertrauten Menschen hohl und kläglich heraufklingen.

* * *

Papa musste fortan nicht mehr ins Krankenhaus. Man hatte ihn entlassen, weil man nichts mehr für ihn tun konnte. Jeden Morgen saß er an dem kleinen Tisch in unserer Küche. Wenn ich etwas von ihm wollte, wusste ich jedenfalls, wo ich ihn finden würde. Seine allererste Handlung am Morgen bestand darin, sich eine Zigarette anzuzünden, dann schlürfte er in aller Seelenruhe seinen Kaffee, und so schlug er die Zeit tot. Nach einer Weile erhob er sich gemächlich, goss den Rest Kaffee in eine Blechkanne und stellte diese auf den Herd, bis das Getränk zu einer teerartigen Masse verkocht war.

„Hol mir noch 'ne Schachtel Salems, Kat", rief er dann. Ich war für ihn der Botenjunge, und ich fragte mich oft, ob er wohl sehr enttäuscht gewesen war, als Mutter ihm eine Tochter präsentierte.

Eden musste nie etwas holen und auch selten im Haushalt helfen. Sie besaß die Gabe, alles zu vermasseln, was immer man ihr auftrug. Eine beneidenswerte Gabe, wie ich bald erkannte, denn sie ersparte ihr so manch lästige Pflicht.

Mama hatte eine Arbeit in der einzigen Fabrik am Ort bekommen

– einer Schuhfabrik. Glücklicherweise musste sie nicht auch noch an den Wochenenden arbeiten. Aber was heißt schon *glücklicherweise*? Gerade an den freien Wochenenden flogen oft die Fetzen, wenn Mama und Papa sich wieder einmal nicht einigen konnten.

An einen Samstag erinnere ich mich noch ganz deutlich. Diesmal ging der Schlagabtausch nicht wie gewöhnlich um die Haushaltskasse. Irgendetwas anderes – Rätselhaftes – brachte sie gegeneinander auf.

„Das kannst du so nicht behaupten", sagte Mama. „Die Farm gehört euch allen. Das hat Paps tausendmal gesagt." Die zierliche Frau stand im Rahmen der Küchentür, die nach draußen führte. Papa verbot aus Kostengründen den Einsatz einer Klimaanlage, und so standen die Türen bereits im Frühsommer meist sperrangelweit offen und ließen den Blütenduft aus Mutters Garten herein. An jenem Tag war es allerdings auch draußen schwül und stickig.

„Velda hat Mutter aufgestachelt. Da gehe ich lieber zum Rechtsanwalt", erwiderte Papa, der im Unterhemd am Küchentisch saß – in einer Wolke von dichtem Qualm.

„Wer soll das bezahlen, Hobart? Du hast Geschwister. Die sollen gefälligst genauso blechen."

Mamas Gesichtsausdruck verriet mir: irgendetwas Entscheidendes hatte sich ereignet. Alles, was passierte, spiegelte sich in ihrer bewegten Mimik wider, und der Ausdruck, der gerade auf ihrem Gesicht lag, ließ nichts Gutes ahnen. Ich stand im angrenzenden Wohnzimmer mit dem Rücken an der Wand, wohl wissend, dass der spannende Wortwechsel augenblicklich zum Erliegen kommen würde, wenn ich mich bei ihnen blicken ließe.

„Die haben alle kein Geld, Doreen. Da ist überall Ebbe. Aber niemand wird was gegen Velda unternehmen."

„Velda ist total übergeschnappt", meinte Mama.

Und ich konnte ihr nur beipflichten. Man hatte Tante Velda schon so oft ins Sanatorium eingewiesen, dass ich die Male gar nicht mehr zählen konnte.

„Ich werde Mutter noch heute zur Rede stellen", sagte Papa und stand auf, worauf ich mich vorsichtig weiter in die Zimmerecke zurückzog, um ja nicht bemerkt zu werden.

„Ruf lieber erst Ruby und Lillibelle an. Vielleicht wissen sie mehr darüber, was Velda vorhat."

Papa schwieg eine Weile.

„Was machst du hier?", hörte ich Edens Stimme flüstern.

„Nichts Besonderes", zischte ich.

„Du belauschst Mama und Papa, stimmt's?"

„Nö, ich will sie nur nicht unterbrechen. Das ist alles."

„Spielst du mit mir?", fragte sie und blickte mich mit ihren großen blauen Augen an, die mich immer wieder mit Neid erfüllten. Sie blickte so treuherzig, wie es nur Eden fertig brachte, und beinahe hätte sie mich verleitet.

„Lass mich in Ruhe, Eden", zischte ich.

Das hörte der Vater in der Küche und rief: „Katrina, was soll das? Was lungerst du da rum?"

Papa kam und baute sich vor uns auf, dieser Bär von einem Mann – trotz seiner Krankheit.

„Wir spielen", log ich.

„Spielt gefälligst draußen."

Eden machte sich auf den Weg zur Tür und sah sich nach mir um, als ich nicht gleich folgte.

„Mama, was ist 'n los?", rief ich an meinem Vater vorbei.

Aber statt einer Antwort grinste Mama nur verlegen.

„Geht's um Großpapa Hurleys Farm?", fragte ich.

„Katrina Louise, Papa hat dir gerade gesagt, dass ihr draußen spielen sollt. Macht jetzt, dass ihr rauskommt, sonst komme ich mit dem Besen und mache euch Beine!"

Ich war Schläge gewohnt, und so machte mir die Drohung nicht allzu viel Angst. Dadurch, dass wir so häufig und wie selbstverständlich auf der Hurley-Farm aus und ein gingen, hatte ich dieses Fleckchen Erde schon ganz für mich in Besitz genommen – die baufällige Scheune und die braun gescheckten, meist abgemagerten Kühe, die mich mit ihren schwarzen Kulleraugen beäugten, sobald ich mich der Weide näherte. Großpapa hatte sich schon jahrelang nicht mehr richtig um den Hof kümmern können, und er wohnte auch nicht mehr im Haupthaus, sondern war in ein kleines, weiß angestrichenes Holzhaus in der Clementine Avenue gezogen.

Papa hatte nie einen Zweifel daran gelassen, dass ihm die Farm mehr bedeutete als irgendeinem anderen von den Hurleys. Er hatte im Koreakrieg gekämpft und fast jeden Dollar seines Soldes nach Hause geschickt, um die Farm abzahlen zu helfen. Landbesitz bedeutete ihm alles, denn er verlieh ihm Ansehen in der Kleinstadt. Wenn man in Mockingbird Valley ein Stückchen Land besaß, so bedeutete dies, nicht mehr als armer Schlucker dazustehen. Ich glaube, er hasste nichts mehr im Leben, als bemitleidet zu werden, weil man mittellos war. Niemand hat es gern, die Verachtung der anderen zu spüren, aber für Papa bedeutete dies, sein Gesicht zu verlieren.

Ich ließ die Eltern allein, überquerte den Hof und setzte mich unter einen Pfirsichbaum. Eden gesellte sich im Schneidersitz zu mir. Wahrscheinlich erwartete sie nun einen ausführlichen Bericht darüber, was ich aufgeschnappt hatte.

Wir schwiegen eine Weile und ließen unsere Blicke schweifen. Plötzlich rief Eden: „Guck mal, da steckt 'ne Rose am Briefkasten, Katrina!"

„Hör auf, so dummes Zeug wie Tante Velda zu erzählen, sonst holen sie dich auch noch ab."

„Das ist kein Blödsinn! Guck doch! Jemand hat eine Rose in den Deckel geklemmt. Es ist eine Rose – eine rote."

Jetzt sah ich sie auch – eine blutrote Rose, deren Blütenblätter offensichtlich nach Wasser lechzten. Neugierig geworden, sprangen wir auf und liefen um die Wette. Ich erreichte den Briefkasten zuerst und schnappte mir die Rose.

„Sie ist schon voll aufgeblüht, und sie riecht wie eine von Mamas Rosen."

„Wahrscheinlich hat einer sie dort auch abgerissen und sich dann nicht getraut, damit aufzukreuzen", meinte Eden, denn wir beiden kannten die drakonischen Strafen, die unsere Mutter verhängte, wenn sich jemand an ihren geliebten Rosen vergriff.

„Ich war's jedenfalls nicht! Deshalb will ich auch nicht, dass sie mich mit der hier erwischt."

„Ich auch nicht", meinte Eden.

„Komm, wir nehmen sie mit zu unseren Puppen, und damit wir keine Haue kriegen, sagen wir Mama nichts davon."

„Aber wenn sie rauskriegt, dass wir was vor ihr verstecken?"

„Wenn du was sagst, spiele ich nie, nie wieder mit dir, Eden!", drohte ich.

„Ich sage doch nichts!", flüsterte Eden entrüstet und trottete schmollend zurück zum Pfirsichbaum. Dort angekommen, fragte sie: „Was ist eigentlich mit Papa los?"

Das war wieder typisch Eden. Immer stellte sie mir genau die Fragen, die ich nicht beantworten konnte.

„Weiß nicht. Lass uns *Vater-Mutter-Kind* spielen. Du bist die Mutter und ich der Vater", sagte ich.

Edens Wangen schimmerten so frisch und rosig wie manchmal der Himmel am Morgen. Wie sie so zwischen all ihren Puppen hockte, sah sie im Grunde genauso aus wie eine von ihnen. Sie schmollte noch immer und machte ihrem Ärger Luft, nahm eins ihrer Puppenkinder, legte es bäuchlings in ihren Schoß und begann, das nackte Hinterteil zu bearbeiten. „Böses Mädchen! Du sollst doch auf Mama hören!"

Es tat mir fast selber weh, als ich sah, wie sie das arme Puppenkind quälte.

„Lass das, Eden. Du hast doch dein Kleines lieb!" Und ich zeigte ihr, wie man sein Puppenkind im Arm wiegt, den kleinen Kopf in die Ellenbeuge geschmiegt.

„Spiel du lieber die Mama", sagte sie.

„Ich weiß nicht, ob ich mal 'ne Mama werden will", entgegnete ich. „Ich will mal Künstlerin werden. Paris angucken." Ich bemühte mich, diese kluge Bemerkung so oft wie möglich in Gespräche einfließen zu lassen. Auf diese Weise hob ich mich ein wenig ab von all jenen, denen der Horizont von Mockingbird Valley als Gesichtskreis genügte.

„Ich will auch Künstlerin werden."

Ich seufzte wie so oft, wenn Eden den Mund auftat. Wäre ich ein anhänglicherer Typ gewesen, vielleicht hätte ich mich ja darüber gefreut, dass sie mir alles nachzuäffen pflegte, was ich tat und äußerte. Ich kenne Zwillinge, die stets einer Meinung sind und sich darüber freuen. Ich aber wäre ein Albtraum für eine Zwillingsschwester gewesen. Ich war viel eher die Einzelgängerin, die gern auf eigene Faust den Dingen auf den Grund ging und möglichst auf jede Frage eine Antwort finden wollte, die mir irgendwann durch den Kopf schoss. Und wenn es jetzt darum ging, herauszufinden, welche Katastrophe Papa so aus der Bahn geworfen hatte, dann wollte ich nicht, dass mir meine anhängliche Schwester dabei auf die Finger schaute.

„Also, Eden, du ziehst die Kinder an, und ich hole inzwischen die Teetassen“, sagte ich, während ich zwischen all unseren Puppen stand. Hätten wir weiterhin so viele geschenkt bekommen, ich weiß nicht, wohin das geführt hätte. Aber wie mir später klar wurde, versuchte unsere Mutter, dadurch, dass sie uns so regelmäßig mit Nachschub versorgte, irgendetwas gutzumachen, was ihr in ihrer eigenen Kindheit widerfahren war.

„Ich komm' mit!“, rief Eden prompt.

„Kommt nicht in Frage! Ich hole die Tassen allein, und du ziehst die Puppen an. Du bist vielleicht eine lästige Ziege!“

Jedes Mal, wenn ich meine Schwester so hässlich anfuhr, tat es mir hinterher weh, als würde mir jemand ein Messer ins Herz stechen. Es rutschte mir einfach so heraus. Diese lockere Zunge hatte ich von meiner Mutter geerbt, und es war gleichzeitig der Teil von mir, den ich am meisten verabscheute.

Ich wollte mit Mama reden – von Frau zu Frau – und um jeden Preis verhindern, dass unser Gespräch durch die blödsinnigen Einwürfe meiner Schwester an Niveau verlöre.

„Ich komm aber doch mit, Katrina!“

„Na schön. Dann gehst *du* die Tassen holen.“ Ich versuchte es mit einer neuen Strategie.

Eden ließ sich sofort zurück auf das Kissen fallen, das wir mitgebracht hatten, und streckte sich im Schatten der Eiche aus, die in unsrem Hof stand. „Nö, hol du sie mal. Ich bin die Mama.“

Das ließ ich mir nicht zweimal sagen. Ich rannte los und betrat das Haus über die rückwärtige Veranda. Als ich die Vortür mit dem Fliegengitter öffnete, klimperten die leeren Fläschchen, die oben an einer Schnur hingen, um ungebetene Gäste anzukündigen.

„Mama, bist du da?“

„Ja, hier. Ich versuche gerade, mein Pferdehaar zu bändigen.“

Sie saß vor der verschrammten Frisierkommode aus Walnussholz und bürstete ihr Haar. Sie hatte sich schon ihre geblümte Bluse angezogen, und sogar der Rock passte dazu. Es kam nicht allzu oft vor, dass sie sich hübsch machte. Auch hatte sie sich ausnahmsweise in ihrem eigenen Kleiderschrank bedient. Sonst sah man sie gebückt im Gemüsegarten jäten, und dabei trug sie für gewöhnlich Papas Hemden und seine alte Gartenhose.

„Gehst du weg, Mama?“

„Wir fahren zu Großmama. Sag Eden Bescheid, und zieht euch Schuhe an.“

Ich begann jedes Mal vor Aufregung zu zittern, wenn es hieß, wir würden die Großeltern besuchen. Dort fühlte ich mich so wohl und geborgen, dass ich in regelmäßigen Abständen von zu Hause fortlief, um sie zu besuchen. Dann zog es mich in dieses gemütliche kleine Haus mit den Fransenteppichen und den Puppen in altmodischen Häkelkleidchen. Und trotz angedrohter Prügel ließ ich mich nicht davon abhalten, hin und wieder dort Zuflucht zu suchen.

Mama drehte den Lippenstift heraus und bestrich ihre Unterlippe. Dann presste sie den Mund zusammen, um auch die Oberlippe zu färben. Sie bevorzugte ein helles Orangerot, das so leuchtete wie einige der Rosen in unserem Garten beim Schein der Abendsonne.

„Ich will auch Lippenstift draufhaben.“

„Dazu bist du noch zu klein.“

„Und wann bin ich alt genug dafür?“, fragte ich, während ich im Türrahmen zum Schlafzimmer stand und sie bei ihrem Schminkritual beobachtete. Sie toupierte das Haar, dass es ballonartig aufstand, und besprühte es dann mit Haarspray.

„Ich habe gesagt, du sollst deine Schwester reinrufen. Bist du taub?“

Ich konnte es nicht ertragen, wenn Mama so aus der Haut fuhr. Alles in mir verkrampfte sich dann, und das Bild, das ich mir von ihr machte, bekam einen weiteren hässlichen Fleck.

„Hat sich Papa wieder beruhigt?"

„Die anderen in seiner Familie haben sich mal wieder gegen ihn verschworen", sagte sie und stieß einen Fluch aus. Wenn sie einen Groll auf Papas Familie hatte, nahm sie kein Blatt vor den Mund und stampfte gleich alle in Grund und Boden.

„Es geht um Tante Velda, stimmt's?"

„Da ist eine wie die andere. Aber ich möchte im Augenblick nicht darüber reden. Er ist sicher gleich zurück. Wollte noch den Chevy voll tanken."

Ich stand noch immer im Türrahmen, ließ mich gedankenverloren zwischen den Pfosten hin- und herfallen und beobachtete unterdessen, wie Mama ihr Werk vollendete und sich dabei mehr und mehr verwandelte.

„Du hast gestern Nacht im Schlaf geredet, Katrina. Hast du was Schlechtes geträumt?"

„Ich habe von dir geträumt, Mama."

„Und was?"

„War irgendwas Grausliches. Ein Festzug durch die Stadt, und du standst auf einem der Paradewagen, herausgeputzt wie die Schützenkönigin." Es stimmte, was ich ihr erzählte. Als ich sie in meinem Traum so erhaben und majestätisch vorüberziehen sah – fast wie eine Göttin –, fühlte ich mich ganz klein und schäbig.

„Ein ziemlich dämlicher Traum", murmelte sie und tupfte mit dem Lippenstift einmal auf jede Wange und verrieb die Farbe. Unter bescheidenen Verhältnissen aufgewachsen, war sie es gewohnt, mit wenig Aufwand viel zu erreichen.

„Gerade als du an mir vorbeifuhrst, krachte dein Paradewagen zusammen, und du fielst aufs Pflaster. Da hast du dir ein Bein gebrochen."

„Nun mach schon, hol endlich deine Schwester, bevor ich dir eine runterhaue!"

„Bin schon hier", rief Eden. „Wohin gehst du, Mama?"

Eden hatte sich von hinten angeschlichen, nachdem sie gewiss die Puppen ein paar Mal an- und ausgezogen hatte und ihr dann ziemlich schnell langweilig geworden war.

„Zieh dir Schuhe an, Eden. Wir fahren zu Großmama."

Mama fischte ein paar Ohrringe aus der Schublade, legte sie dann aber wieder beiseite. Sie hatte sie seit Ostersonntag nicht mehr getragen und bewahrte sie immer für die besonderen Gelegenheiten auf, die dann doch meist gar nicht kamen.

„Wir holen lieber unsere Puppen rein", sagte ich, lief hinaus in den Garten, um unsere Babys in Sicherheit zu bringen, und suchte dann nach meinen abgetragenen Turnschuhen aus Leinen, grashüpfergrün mit rosa Aufschrift. Mein großer Zeh lugte schon ein wenig zwischen Kappe und Sohle hervor. Viel zu schnell gaben die alten Schuhe dem Expansionsdrang meiner Füße nach.

Gerade als mein Blick ins Schlafzimmer fiel, sah ich, wie Mama Eden mitten ins Gesicht schlug. Meine Schwester schrie auf. Blut begann aus der Nase über die Oberlippe zu sickern. Sie blickte mich an, das Gesicht schmerzverzerrt, und ihre blauen Augen füllten sich mit Tränen.

„Mama, Eden hat Nasenbluten", sagte ich betreten.

„Dann lauf und hol einen kalten Waschlappen", rief Mama mürrisch. Ich spürte, dass sie sich schuldig fühlte. Eden bekam an sich sehr leicht Nasenbluten, ein Schnäuzer – und schon lief das Blut. Aber diesmal hatte Mama ordentlich zugelangt.

Als ich mit dem feuchten Waschlappen zurückkehrte, riss Mama ihn mir aus der Hand. Eden stand noch immer da, den Kopf in den Nacken gelegt, und große Tränentropfen kullerten anklagend über ihre Wangen.

„Hör endlich auf zu heulen!" Mamas Stimme bebte. „So hart wollte ich nicht zuhauen."

„Was hat sie denn angestellt?", erkundigte ich mich.

„Ich habe einfach ihre kesse Lippe satt, das ist alles." Mama nahm Edens Hand und drückte sie gegen den Lappen. „Halte das so fest", sagte sie und verließ das Zimmer. Kurz darauf hörte ich die Verandatür ins Schloss fallen.

„Is' doch nur Nasenbluten, Eden“, sagte ich, und es sollte ein wenig tröstend klingen. „So was kriegst du doch andauernd.“

„Mama ... hat mir direkt auf die Nase gehauen“, schluchzte sie. „Und ich habe gar nichts gemacht. Rein gar nichts!“

„Setz dich da auf den Stuhl, und dann hör auf zu flennen. Ich hole inzwischen noch einen frischen Lappen.“ Der erste war bereits voller Blut.

Ich lief in die Küche, um einen sauberen Lappen aus dem Stapel frischer Wäsche zu ziehen, als mein Blick hinaus auf die Veranda fiel. Mama saß vornüber gebeugt auf den Stufen zum Garten und weinte, das Gesicht in den Händen vergraben.

Von hinten trat ich an sie heran. „Weinst du, Mama?“, raunte ich.

„Hau ab! Habe ich denn nicht einen Augenblick Ruhe vor euch Gören?“

Ich fuhr erschrocken zurück und spürte, wie der Zwiespalt mich innerlich zerriss. Sie taten mit beide so Leid – Mama und Eden. Die eine saß im Schlafzimmer auf der Bettkante, verletzt an Leib und Seele, während die andere voller Selbsthass und mit gebrochenem Herzen ihr Unglück beweinte. Und ich – damals noch hilflos und unerfahren – musste damit scheitern, eine Brücke zu schlagen zwischen den beiden, die sich so fremd waren. Das war mein Schicksal.

Es war stiller als sonst im Auto, während wir zu Großmama fuhren. Die Mutter hatte Edens Gesicht gereinigt, ihr neue Sachen gebracht und zwei Rattenschwänze gebunden. Die ganze Fahrt über saß meine Schwester neben mir auf der Rückbank und schmollte. Mit noch immer rot verweinten Augen starrte sie vor sich auf einen Punkt und stieß zuweilen, allerdings immer seltener, einen Schluchzer aus.

Papa sagte nicht viel während der ganzen Fahrt, und ich brannte noch immer darauf, endlich zu erfahren, was sich zwischen ihm und Tante Velda zugetragen hatte.

Schließlich nahm ich all meinen Mut zusammen und fragte: „Bist du sauer auf Tante Velda oder Großmama?“

Mama warf Papa einen Blick zu und seufzte. „Tante Velda und

Onkel Ned haben einfach Großpapas Farm verkauft. Aber das stand ihnen gar nicht zu. Sie gehörte doch jetzt allen seinen Kindern."

„Und warum haben sie das gemacht?", wollte ich wissen.

„Sie haben's verkauft, um sich selber dafür ein Häuschen zu kaufen."

„Nur über meine Leiche", murmelte Papa. Wenn er mit etwas nicht einverstanden war und so richtig in Wut geriet, führte er oft Selbstgespräche. Statt aber denjenigen, über den er sich ärgerte, zur Rede zu stellen, fraß er seinen Groll lieber in sich hinein. Ich denke, bei dieser Art Problemlösung kommt es zwar nicht so häufig zu Zank und Streit, dafür wird der Groll immer nur unter den Teppich gekehrt, bis eines Tages kein Platz mehr darunter ist.

„Aber sie können doch nicht einfach Großmama das Land wegnehmen, oder?", fragte ich vollkommen entrüstet.

Ich lehnte mich vor, um näher bei meinen Eltern zu sein, und versuchte mit meinem Kinderverstand die Welt der Großen zu durchschauen.

„Sie nehmen Großmutter kurzerhand mit. Sie zieht bei ihnen ein."

„Aber ..."

„Nichts aber!", unterbrach mich die Mutter, „Papa ist sowieso schon auf 180. Gieß nicht noch Öl ins Feuer."

Mamas Tonfall verriet, dass ihr Geduldsfaden zu reißen drohte, und so wagte ich nicht, noch länger daran zu zerren.

Als wir auf der Farm ankamen, parkte Onkel Hanks klappriges Auto bereits vor dem Haus. Er war Papas Bruder und der Mann von Tante Pippa. Ihre Tochter Roxanne, die einige Jahre älter war als ich, gehörte zu den stillen Zeitgenossen. Während wir anderen von Hurleys Rasselbande normalerweise gleich nach Ankunft auf der Farm hinunter zum Bach strebten und dort wie die Wilden herumtobten, wich die scheue Roxanne nicht von der Seite ihrer Mutter, ein Verhalten, das mich immer wieder in maßloses Erstaunen versetzte. Solche Sittsamkeit war mir völlig fremd, dennoch bewunderte ich sie manchmal insgeheim. Das Fremdartige hat eben doch eine geheimnisvolle Anziehungskraft.

Eden und ich stürzten ins Haus in der Hoffnung, dass die

anderen uns noch wenigstens einen Rest von Großmamas vorzüglichem Milchkakao übrig gelassen hatten. Ohne nach ihr zu sehen, wusste ich, wo Großmama saß, nämlich auf dem plüschigen braunen Sofa neben dem Fenster im Wohnzimmer. Hier hatte sie das beste Licht für ihre Handarbeiten. Ich musste allerdings aufpassen, die abgescheuerte Armlehne zu umrunden, denn gleich daneben stand ein wackeliges Beistelltischchen mit einer Kanne darauf, in die sie ihren Kautabak spuckte. Wer hier fehltrat, dem drohte Unheil.

„Tag, Großmama", rief ich mit Eden auf den Fersen. „Kann ich 'n Kakao haben?"

Nach Großvaters Tod wurde mir erst so recht bewusst, dass die gewohnte Gastlichkeit in diesem Haus hauptsächlich seiner Freigebigkeit zu verdanken war.

„Heute gibt's keinen Kakao", sagte Großmutter barsch.

Ich wollte mich selber überzeugen, lief zum Kühlschrank und spähte hinein. Hinter einigen Dosen und Tellern mit Resten entdeckte ich eine silbrige Dose. „Da is' noch 'ne Brause, Großmama. Darf ich die haben?"

„Kat, ich habe dir doch gesagt, dass ich nix da habe."

Man konnte ja verstehen, dass eine alte Frau, die ständig von einer Horde Enkel angebettelt wurde, über ihrer Speisekammer wachte. Aber ich war doch nicht irgendeins von ihren Enkeln!

„Guck mal, was ich gefunden habe!", rief ich und hielt ihr triumphierend die letzte Dose hin.

„Katrina Louise, stell die sofort wieder zurück", rief Mama streng. Sie hasste es, wenn wir Kinder bei anderen Leuten bettelten. Anderen lästig zu fallen war ihr zuwider, und Betteln fiel aus ihrer Sicht immer lästig.

„Sie weiß nicht, was in der Dose ist", murmelte Großmama.

Mir war bis dahin noch gar nicht aufgefallen, dass die alte Frau von Zeit zu Zeit ein Bierchen trank. Ohne mir die Dose näher anzusehen, zog ich am Ring. Es knackte und zischte. Die Erwachsenen waren schon wieder so ins Gespräch vertieft, dass sie nichts mitbekamen. Ich setzte derweil die Dose an den Mund und ließ die Flüssigkeit in meinen Mund rinnen. Ich stutzte. Es roch irgendwie gärig. Bitter war es – wie Gift. Und während ich meinen ersten Schluck Bier im Mund behielt, hatte ich das Gefühl, Feuer geschluckt zu haben. Es brannte und prickelte im Mund. Und dann lief mir das Zeug auch noch die Kehle herunter. Ich konnte mir nicht vorstellen, dass dies Bier sein sollte. Und so fürchtete ich, etwas getrunken zu haben, was mich von innen her verätzen würde. Gleich würde ich tot am Boden liegen wie die Ratte, die vom Köder genascht hat.

„Stell's wieder rein, und spiel mit deinen Cousinen", sagte Mama, als sie mich noch immer mit der Dose in der Hand sah, ohne zu wissen, dass ich sie längst geöffnet hatte.

Ich stellte die Dose ganz nach hinten neben die kaputte Lampe des Kühlschranks. Mein ganzes Leben lang habe ich mich nicht an den Geschmack von alkoholischen Getränken gewöhnt.

Auf dem Stuhl in der Nähe des von der Decke hängenden Käfigs, in dem Großmamas neurotischer Wellensittich hockte, saß Tante Velda. Sie lächelte Eden und mir freundlich zu und sagte mit rasselnder Stimme: „Na, ihr beiden?" Sie konnte ihre Nikotinsucht nicht mehr verbergen.

„Tag, Tante Velda", flüsterte Eden schüchtern wie immer.

Ich setzte mich neben Großmama aufs Sofa, während sich Eden im Schneidersitz vor dem Fernseher niederließ.

„Ihr Kinder könnt hier bleiben und ein bisschen fernsehen", sagte Mama und stellte eine passende Sendung ein.

Ich sah Mama und Papa nach, die hinüber in die Küche gingen, gefolgt von Großmama. Tante Velda blieb noch einen Augenblick bei uns. Mit zittrigen Händen zog sie eine weitere Zigarette aus der Schachtel, steckte sie in den Mund und zündete sie mit dem noch glimmenden Stummel der vorigen an. Dann verschwand auch sie im angrenzenden Schlafzimmer.

Endlich waren wir allein. „Wie geht's deiner Nase", fragte ich meine Schwester.

„Brennt noch 'n bisschen."

„Was hast du zu Mama gesagt, dass sie so ausgerastet ist?"

„Weiß nicht.“ Sie zuckte die Achseln, während sie wie gebannt auf die Mattscheibe starrte. Dort lief gerade *Lassie*.

Draußen vor dem Fenster konnte ich Tante Veldas Kinder hören. Sie kicherten und kreischten und bespritzten sich mit dem Wasserschlauch. Ich überlegte schon, mich ihnen anzuschließen, als ich einen Schrei aus dem Schlafzimmer hörte. Wenn Erwachsene so schreien, ist meistens ein Unglück geschehen. Mir lief ein kalter Schauer über den Rücken.

Eden blickte kurz auf, widmete sich aber sofort wieder Lassie auf dem Bildschirm. Sie besaß die Gabe, Dinge, die sie nicht unmittelbar interessierten, einfach auszublenden.

„Du liebe Güte, Velda!“, hörte ich Großmutter rufen. Im selben Augenblick erschien Mama mit hochrotem Kopf und winkte uns herbei. „Wir fahren ab“, rief sie. „Los, schnell zum Auto.“

„Aber Mama ...“

„Sofort!“

Papa folgte ihr hinkend, indem er sich auf seinen Stock stützte und mit dem Kopf schüttelte.

Durch einen Türspalt hatte ich gerade noch Tante Velda gesehen, die zusammengekrümmt und bewegungslos auf dem Boden lag, während Großmutter ihr ein feuchtes Tuch auf die Stirn legte.

Ich fürchtete das Schlimmste. „Papa, geht es ihr gleich wieder besser?“

„Katrina!“ Mama winkte uns mit dem Kopf herbei.

Ich hatte bislang nicht mitbekommen, dass Onkel Leland im mittleren Schlafzimmer seinen Mittagsschlaf gehalten hatte. Wir nannten ihn *Onkel Lee*. Er war Fredas Vater. Auch er tauchte jetzt auf, rieb sich verschlafen die Augen und streckte seine Glieder.

„Was is'n los?“, fragte er meinen Vater.

„Es ist Velda. Schon wieder in Ohnmacht gefallen.“

Ich wurde von hinten geschoben – zur Tür hinaus und dann zum Chevy. Und niemand bemerkte, dass Eden nicht mitgekommen war.

Es war immer spannend für uns Kinder, wenn Velda in Ohnmacht fiel. Und so war wahrscheinlich der Anblick der am Boden liegenden ausgezehrten alten Frau der Grund, warum Eden zurückgeblieben war – vielleicht hoffte sie aber auch, unter den Erwachsenen könne bei dem Durcheinander ganz schnell ein Zank ausbrechen, und das bereitete Eden immer großes Vergnügen.

Wenn in der Schule irgendwelche Raufereien im Gange waren, stand Eden gewiss in der johlenden Menge der Zuschauer. Die Aussicht, Erstklässlerblut auf den Rasen unseres Pausenhofes spritzen zu sehen, zog sie unwiderstehlich an. Ich aber suchte jedes Mal das Weite.

„Mama, Eden ist nicht im Auto", rief ich nach vorn zu meinen Eltern.

„Ist sie denn nicht mit dir gekommen?"

„Nö."

Ich blickte zurück durch die Heckscheibe und sah Veldas Silhouette im Wohnzimmerfenster zwischen den gefärbten Chiffongardinen. Die Glut einer Zigarette glimmte auf. Sie hatte sich also rasch wieder erholt und fand Trost bei ihrem so schädlichen Laster.

„Lauf und hol sie, Katrina", sagte Mama, die wie ich Velda durchs Fenster entdeckt zu haben schien, wobei für einen Augenblick tiefste Verachtung in ihren Augen funkelte.

„Kannst du nicht einfach hupen, Papa?"

„Nun lauf schon, du dumme Göre!" Papa brüllte selten, weil Mama ihm für gewöhnlich zuvorkam. Aber wenn er doch einmal laut wurde, war es klüger, jeden Anflug von Aufbegehren zu unterdrücken.

Ich wand mich aus dem Fond, und jeder Stein, der mir auf dem Weg zum Haus vor die Füße kam, flog im hohen Bogen seitlich ins Gras.

„E-den! E-den!", rief ich ein paar Mal und wartete auf eine Antwort. Gerade als ich die Verandatür öffnen wollte, hörte ich einen Schrei von drinnen. Meine Finger froren an der Klinke fest. Ich wagte keinen Schritt weiter. Mir wurde wieder einmal so recht bewusst, was für ein Feigling ich war. Mama hatte mir immer wieder gepredigt, wie wichtig es im Leben sei, sich einer Herausforderung zu stellen, möglichst den ersten Streich zu führen und allen, die sich mir in den Weg stellen wollten, eine Lektion zu erteilen, die sie nicht vergessen würden. Aber richtig zu Herzen habe ich mir diese Lebensregel nie genommen.

Ich blickte mich zum Chevy um. Die Mutter nickte aufmunternd mit dem Kopf. Ja, ich solle endlich meinen Auftrag erledigen und ins Haus gehen. Das wollte sie mir signalisieren. Ihr Geduldsfaden schien zum Reißen gespannt zu sein. Ich drückte mit der Handfläche gegen das verwitterte Holz der Tür. Wieder heftiges Gezeter von drinnen. Unheimlich, wenn die Erwachsenen sich stritten. Velda und Onkel Lee schienen aneinander geraten zu sein. Aber von meiner Schwester keine Spur.

Die Scharniere quiekten. Zigarettenqualm waberte mir entgegen, schien hinaus ins Freie entkommen zu wollen.

„Das solltest du nicht tun, Velda! Das kannst du der Familie nicht antun – nicht deinem eigenen Fleisch und Blut!"

Onkel Lee hatte sich vor seiner zierlichen Schwester aufgebaut.

„Sag du mir nicht, was ich zu tun und zu lassen habe!", fauchte diese zurück und starrte ihn mit weit aufgerissenen Augen an. Sie zog noch einmal nervös an ihrer Zigarette und schnippte den Stummel in ein Schüsselchen, das auf dem Küchentresen stand.

„Ich sage dir das, weil kein anderer sich traut."

„Misch dich da nicht ein, Lee!"

Endlich entdeckte ich den kleinen Blondschopf meiner Schwester, sie hockte unbeachtet direkt meinem Onkel zu Füßen. Meine Großmutter hatte sich aus dem Staub gemacht, um sich nicht auf die eine oder andere Seite schlagen zu müssen. So tat sie es immer, wenn die Geschwister sich zankten.

„Eden!", raunte ich, während ich am Boden zwischen den Beinen der Erwachsenen hindurch zu meiner Schwester kroch, in der Hoffnung, ihre Aufmerksamkeit zu erregen, ohne gleichzeitig vom Zorn meiner zänkischen Tante Velda etwas abzubekommen.

Eden zwinkerte mir schelmisch zu und deutete mit ihrem dünnen Finger nach oben zu Onkel und Tante. Es war ihr eine Genugtuung, dass man sie noch immer nicht entdeckt hatte.

„Wir fahren ab!", flüsterte ich, aber das kümmerte meine Schwester wenig. Sie ließ sich einfach nicht bewegen, ihren Horchposten aufzugeben. Es war, als verfolge sie einen spannenden Film, die aktuellste Episode einer langen Familienserie. Und ich war der Störenfried. Schnell verbannte sie mich aus ihrem Gesichtskreis und wandte sich wieder dem Drama zu, das spannender war als alles, was sie im Alltag erlebte.

Inzwischen hatte Papa ein paar Mal draußen gehupt, und mir wurde klar, dass ich Keile bekäme, würde es mir nicht augenblicklich gelingen, den kleinen Ausreißer einzufangen.

Vorsichtig robbte ich noch näher zu meiner Schwester, immer ein Auge auf meine unberechenbare Tante, die nicht abließ, meinen Onkel anzuschreien.

Ich flüsterte: „Wir beide kriegen 'ne Tracht Prügel!"

„Lee, du lässt mich gefälligst in Ruhe", zeterte über uns die Tante.

„Nicht, bevor du versprichst, dass dein Mann dieses unselige Dokument zerreißt und ..."

„Kein Wort mehr! Ich will nichts mehr hören!" Sie hob ihre Hand, als wolle sie zum Schlag ausholen, doch dann wankte sie, und ich rechnete damit, dass sie ihren nächsten Ohnmachtsanfall bekäme.

„*Eden! Komm!*", flehte ich und schlug mit den Händen auf die Oberschenkel.

Velda suchte Halt am Küchentresen, ihre Hand glitt darüber und bekam das Fleischermesser zu fassen, das Großmutter benutzt hatte, um den Speck zu schneiden. Veldas knochige Finger krallten sich um den Griff.

„Onkel Lee, Vorsicht!", schrie ich.

Velda, getrieben von dem unbändigen Verlangen, sich immer und überall zu rechtfertigen, ließ das Messer über ihrem Kopf kreisen.

Eden beobachtete es mit weit aufgerissenen Augen, gespannt, aber dennoch als Zuschauerin, irgendwie unbeteiligt.

„Nicht, Tante Velda!" Ich hielt mir die Hände vor die Augen.

Ich hasste es, eine Hurley zu sein. In diesem Augenblick wurde mir wieder einmal klar, dass ich im falschen Nest zur Welt gekommen war, in diesem groben Geflecht aus stachligen Zweigen. Gott hatte mich versehentlich am falschen Ort in diese Welt gesetzt, und irgendwie musste ich ihm diese Nachricht mal zukommen lassen.

Hier jedenfalls gehörte ich nicht hin, und doch hielt mich eine unsichtbare Schicksalshand so fest, dass ich die Rolle spielen musste, die ich so sehr verabscheute.

Etwas Metallenes schlug auf den billigen Linoleumboden. Ich nahm die Hände vom Gesicht. Eden saß vor mir und bog sich vor Lachen. Und während Onkel Lee die Tante aus dem Zimmer drängte, kroch ich zu meiner Schwester, die das Messer in der Hand hielt.

„Was ist denn passiert?", fragte ich sie.

„Es ist abgerutscht, an Onkel Lees fetten Bauch einfach abgerutscht."

Eden kugelte sich vor Lachen, und das machte mich wütend, denn mir war der Ernst der Lage durchaus bewusst.

„Mensch, Eden, Tante Velda hat eben versucht, ihn umzubringen! Das ist doch nicht zum Lachen!"

Noch heute, wenn meine Schwester diese Episode zum Besten gibt, erzählt sie sie, als sei es die Szene aus einer Komödie mit Happyend. Ihr fehlte offenbar jedes Gespür für lauernde Gefahren, und das muss damals Gott dazu bewogen haben, ihr fortan ein ganzes Heer von Schutzengeln an die Seite zu stellen.

Nach diesem Tag habe ich meine Großmutter nie wieder gesehen – jedenfalls nicht lebendig. Tante Velda und ihr Mann hatten es tatsächlich mit Hilfe eines gerissenen Winkeladvokaten geschafft, dass das Testament meines Großvaters ganz zu Gunsten meiner willenlosen Großmutter ausgelegt wurde, wodurch sie in den Besitz des gesamten Anwesens kam. Danach überredeten die beiden Großmama, die Farm zu veräußern, um sich dafür ein Häuschen in einer billigen Gegend zu kaufen – mit dem Versprechen, sie bis zum Ende zu pflegen. Als sie bald darauf starb, fiel das Erbe meines Großvaters schließlich ganz in die habgierigen Hände meines Onkels. Da die Farm zehnmal mehr wert war als das Haus, blieb es das Geheimnis von Onkel und Tante, was mit dem restlichen Vermögen geschah und warum die restlichen sechs Geschwister leer ausgegangen waren.

Niederlagen wie der verlorene Erbstreit warfen meinen Vater völlig aus der Bahn. Ich habe mich oft gefragt, ob er seine Invalidität besser ertragen hätte, wenn es ihm gelungen wäre, weniger rückwärts gewandt zu leben, wenn ihn die Vergangenheit nicht immer wieder eingeholt hätte. Doch er verkniff sich beharrlich den Luxus, von einer besseren Zukunft zu träumen. Es gab bestimmte Menschentypen, die er zutiefst verachtete. Ganz oben auf dieser Liste standen die Träumer; danach folgten sogleich die Prediger und die Zigeuner. Ohne Perspektive arrangierte er sich mit der Erstarrung in seinem Leben – einem Leben ihm Lehnstuhl und versorgt durch eine winzige Invalidenrente. Jenseits der Bergrücken, die unser Mockingbird Valley umgaben, lauerte für ihn die Lebensangst, und Glück, das war für ihn, mit seinem abgetragenen Overall bekleidet ins Wirtshaus zum Stammtisch zu gehen, um dort die alten Kumpel von früher zu treffen.

Ich aber wurde von mannigfachen Sehnsüchten geplagt. Ich glaubte nicht, dass draußen vor dem Tal die Katastrophe lauerte. Vielmehr stellte ich mir vor, jenseits meiner kleinen Kinderwelt könne es eigentlich nur paradiesisch sein. Aus heutiger Sicht würde ich sagen, dass ich mich damals wie ein Ungeborenes fühlte, ein Embryo im Bauch der Mutter, der darauf wartet, entbunden zu werden.

Solange mein Vater lebte, war unser Haus ein Ort der Sehnsucht. Ich sehnte mich danach, seiner übertriebenen Besorgtheit zu entkommen, sehnte mich täglich nach der Rückkehr der Mutter von der schweren Arbeit in der Fabrik, und ich sehnte mich nach meinem Großvater, den ich erst nach einer Ewigkeit im Himmel wiedersehen würde.

Als Mama dann in meiner Schwester Eden zunehmend das schwarze Schaf der Familie sah, das nur noch danach zu trachten schien, ihr das Leben zur Hölle zu machen, nahm sich Papa des vermeintlichen Opfers mütterlicher Willkür väterlich an und beschützte es vor jedem drohenden Übergriff. Ich als Großpapas Liebling hatte meine bevorzugte Stellung längst eingebüßt, und so musste ich mit ansehen, wie meine Schwester Eden – nach Strich und Faden gehätschelt und verwöhnt – zunehmend darin Übung bekam, andere für sich arbeiten zu lassen.

Ein weiterer wichtiger Einschnitt in unserem Familienleben war die Nachricht, dass Papa auf Dauer Invalidenrente zugesprochen bekam. Mama kam fortan von der Arbeit nach Hause, zog die Hosen an und gebärdete sich als Haustyrann. Unseren Vater verbannte sie an den Rand des Geschehens, der von nun an nicht mehr wusste, was er mit der vielen Zeit anfangen sollte, die ihm im Überfluss zur Verfügung stand. Ich denke, dass dies der Augenblick war, da unsere Probleme erst richtig begannen.

Irgendwann im November wachte ich morgens auf, und von draußen leuchtete es weiß und hell in mein Zimmer. Der Anblick, der sich mir bot, als ich aus dem Fenster sah, war einfach grandios. Es war einer der wenigen Tage, an denen morgens schon eine geschlossene Schneedecke lag. Ich dachte nicht lange nach und lief – so wie ich war – zur Tür, öffnete sie und trat hinaus. Der Wind hatte den weißen Puder bis auf die Veranda geweht, und ich spürte das Zwicken der eisigen Kälte an meinen Füßen. Trotzdem wagte ich mich weiter hinaus in der Hoffnung, kein einziges grünes Fleckchen Erde mehr zu entdecken. Als ich dann sah, dass nicht einmal mehr die Randsteine am Weg aus der Schneedecke ragten, wusste ich, dass es zum Rodeln reichen würde.

In diesem Augenblick fiel mir die Fußspur auf. Ich dachte sofort an die Spuren im Schnee, die im letzten Winter die Mutter immer hinerlassen hatte, wenn sie schon in aller Frühe zur Schuhfabrik aufgebrochen war. Wenn die Straßen nicht geräumt waren, zahlte die Fabrik eine Prämie all den Arbeitern, die dennoch erschienen. Dann streifte Mama Gummistiefel über die Schuhe und machte sich auf den Weg, bevor die ersten Sonnenstrahlen auf die gefrorene Kruste fielen. Doch an jenem Morgen waren die Spuren fast doppelt so groß wie Mutters winzige Stapfen. Da hörte ich deutlich das Knirschen von Stiefeln im Schnee. Ich folgte der Spur und spähte um die Hausecke. In einiger Entfernung sah ich Papa, der sich davonstahl.

„Papa, wohin gehst du?“, rief ich in die Schneestille hinein.

Er legte seinen wulstigen Zeigefinger auf die Lippen und winkte abwehrend mit der anderen Hand.

„Ich muss mal weg hier!“, raunte er.

Wie oft hatten Eden und ich diesen Satz schon gesagt, immer dann, wenn uns alles zu Hause auf die Nerven ging und wir uns nach Abwechslung sehnten. Nun aber war Papa es offenbar endgültig leid, immer nur das Kindermädchen zu spielen.

„Warte auf mich, Papa!“

Er blickte erschrocken und grimmig zugleich, gestikulierte wild, um mich zum Rückzug zu bewegen.

„Warum kann sie nicht mit?“, hörte ich meine Mutter hinter mir rufen.

Papa wurde bleich wie der Schnee. Damals begriff ich noch nicht, zu welchem Werkzeug die Mutter mich machte. Erst später als Heranwachsende dämmerte es mir, welche Rolle ich gespielt hatte als Spionin meiner notorisch misstrauischen Mutter.

„Sie hat keine Schuhe an, Doreen. Sie holt sich noch den Tod.“

„Los, Katrina, zieh dich schnell an. Den Augenblick kann Papa noch warten.“

Das Leben hatte sie gelehrt, niemandem mehr zu vertrauen. Zweimal zuvor war sie verheiratet gewesen, und nicht einer ihrer Männer war ihr treu geblieben.

Ich spürte in diesem Augenblick die Spannung zwischen den beiden, wollte aber dennoch die Gelegenheit nutzen. Und so lief ich, um mich in Windeseile anzuziehen.

„Komme schon, Papa!“, rief ich vergnügt und beeilte mich, ihn einzuholen. Es fiel nicht schwer, sein Ziel zu erraten. In Mockingbird Valley war ohnehin nicht viel los. Ich kann mich nicht an ein einziges Mal erinnern, als Familie in einem Restaurant gesessen zu haben. Aber in der Nähe war eine kleine Fabrik errichtet worden, und die Kantine für die Angestellten war für jedermann zugänglich.

Der Duft nach Kaffee und heißen Pfannkuchen ließ mir das Wasser im Mund zusammenlaufen, als wir das spartanisch eingerichtete

Restaurant betraten. Sofort strebte ich jener gläsernen Vitrine zu, in der die köstlichen Schokoladen ausgelegt waren.

„Darf ich die da haben, Papa?“, fragte ich und tippte auf die Scheibe. Ich liebte die weiße Schokolade mit der Schicht Puffreis, und es klang verlockend, als ich die Münzen in Papas Hosentasche klimpern hörte. Es bedeutete, dass ich kurz vor der Erfüllung meiner Träume stand.

„Morg'n“, murmelte die Bedienung, goss Kaffee in einen Becher und schob ihn Papa hin. Ihr toupiertes Haar hatte eine seltsam rötliche Tönung. Wahrscheinlich hatte sie etwas tief in den Farbtopf gegriffen. Jetzt erinnerte ihr Haarschopf an das Fell unseres Katers.

„Morgen, Eveline.“ Papa tippte von unten an die Krempe seines Filzhutes, sodass er ihm noch weiter in den Nacken rutschte, und nahm auf einem der drehbaren Barhocker Platz.

Ich setzte mich neben ihn und war ganz damit beschäftigt, das Stanniolpapier vom Objekt meiner Begierde zu wickeln.

„Hast du's schon mal so kalt hier erlebt?“, fragte Papa.

„Seit Jahren nicht“, antwortete die Bedienung, während sie einen Fleck vom Tresen wischte, und nach einer Pause meinte Papa: „Faubus macht nur Mist. Der richtet noch ganz Arizona zugrunde.“

„Keine Ahnung. Die große Politik ist mir ziemlich schnuppe.“ Sie kicherte, wobei ihre knochigen Schultern auf und nieder wippten wie bei unserem Aufziehäffchen mit dem Lachsack im Bauch.

„Dachte immer, du wärst Demokrat.“

„Nich' mehr. Hab die Seiten gewechselt. Demokrat, das war ich mal. Hat sich vieles geändert inzwischen.“

„Ja?“

„Ich suche mir inzwischen aus, wer der richtige Mann für den Posten ist. Die Mitläufer, die wählen den letzten Affen, nur weil er 'n Demokrat ist und sie's auch schon immer waren. Nee, nich' mit mir.“

Sie kicherte etwas übertrieben. So komisch war es nun auch wieder nicht. Überhaupt störte es mich, wie vertraulich sie mit Papa redete, als würden sie sich bereits eine Ewigkeit kennen.

„Sind Sie Demokrat?“, mischte ich mich ein.

„Huch!“, rief sie und sah mich an, als sei ich ein Gespenst. Offenbar hatte sie mich überhaupt noch nicht wahrgenommen.

„Weil, wenn Sie Demokrat sind, will Papa sicher nichts mit Ihnen zu tun haben.“

„Katrina Louise!“ Papa konnte meinen Namen so barsch und herrisch klingen lassen, das mir ein kalter Schauer über den Rücken lief. Ich schämte mich augenblicklich in Grund und Boden, war mir doch sofort klar, dass er nun am liebsten jede Verwandtschaft mit mir geleugnet hätte.

Von diesem Tag an ging Papa noch mehr auf Distanz zu mir. Er weihte mich nicht mehr in seine Vorhaben ein, und wenn er mich doch einmal mitnahm, musste ich draußen vor der Tür bleiben. Ich wusste dann nicht mehr, wo ich war und bei wem. Und wenn Mama nachher fragte, wo wir gewesen seien, konnte ich ihr keine Antwort geben.

1

Kindheit in Mockingbird Valley, das war – auch wenn wir Kinder zuweilen ausgelassen spielen konnten – ein einziger Dämmerzustand. Richtig erwacht bin ich eigentlich erst heute. Aber vielleicht war das sogar gut so. Gott hatte mich offensichtlich in einen gnädigen Schlummer fallen lassen. Jetzt aber bin ich erwacht. Die Vergangenheit kann mir nichts mehr anhaben. Ich bin ein Kind der Gegenwart geworden. Und wenn ich einmal ins Land meiner Erinnerungen zurückkehren muss, so ziehe ich den Mantel meiner gewonnenen Erkenntnisse an, um dort im Schatten der Vergangenheit nicht mehr zu frieren.

Ein wenig erfreuliches Jahr lag hinter uns. Die Wirren um Watergate prägten das politische Klima im Land, und die Pubertät begann sich meiner zu bemächtigen. Meine Beine wuchsen lang und länger und drohten sich wegen ihrer grazilen Form immer wieder zu verheddern. Mit sechzehn, ich war den Jungen meines Alters längst über den Kopf gewachsen, verabscheute ich das fremde Pickelgesicht, das mich jeden Morgen missmutig im Spiegel anglotzte.

Wie schon früher wurde ich das Gefühl nicht los, dass alles, was das Leben schöner macht, an mir vorübereilte, ohne dass ich irgendetwas davon erhaschen konnte. Die Mädchen meines Alters begannen weibliche Formen zu entwickeln. Ich bewunderte sie, wenn sie durch die Pausenhalle der Mockingbird-Highschool schlenderten, ihre noch formbaren Füße in Plateauschuhe gezwängt, während ich mich selber lieber oben auf die Galerie zurückzog, wo es ruhiger war und nicht so viele mitbekamen, dass ich selbst geschneiderte Blusen und Röcke trug, ausgetretene Halbschuhe anhatte und noch immer keine weiblichen Kurven vorweisen konnte – und damit zwangsläufig nicht zu denen da unten gehörte.

Dabei glaube ich gar nicht, dass mich meine Mutter unter allen Umständen daran hindern wollte, erwachsen zu werden, und dass sie womöglich Tag und Nacht darüber nachdachte, wie sie meine immer länger werdenden Extremitäten daran hindern könne, so weit aus allen Säumen herauszuragen. Sie hatte schlicht und einfach noch nicht mitbekommen, dass ich meine Kindheit längst hinter mir gelassen hatte. Wie sehnte ich mich danach, endlich einmal in einen Laden zu gehen und die Jeans zu erwerben, mit der ich unweigerlich in den Kreis der Teenager unserer Schule aufgenommen worden wäre.

Jeden Morgen weckte mich das Gezeter meiner Mutter: „Katrina Louise, wenn du nicht endlich aufstehst, verpasst du den Schulbus!"

Sie ermahnte mich mit so viel Nachdruck, dass man meinen konnte, die Welt ginge unter, wenn ich ihn tatsächlich einmal nicht mehr erwischen würde. Deshalb nahm ich mir eines Tages vor, es einmal auszuprobieren. Ich wollte wissen, ob sie tatsächlich die gute Prophetin war, für die sie sich hielt.

„Bin schon auf!", rief ich, als ich Stimmen unten in der Küche hörte. Sie drangen durch den ziemlich breiten Schlitz unter meiner Zimmertür hindurch. Es waren Papa und seine Tante Mosie, die sich in der Küche unterhielten. Die alte Frau ernährte sich angeblich nur von dem, was ihr etwas beschränkter Sohn Elvin erlegen, häuten und ausnehmen konnte. Da aber die Besiedlung des ländlichen Raumes nach und nach auch ihre kerosinbeheizte Klause erreicht hatte, machte er kaum noch Beute auf seinen Jagdzügen. Waschbär, Opossum und Eichhörnchen gehörten zum Speiseplan bei Großtante Mosie. Angeblich nahm sie nichts anderes als das Fleisch dieser Tiere zu sich – und sie trank Bier in Mengen.

Verstehen konnte ich nicht, was geredet wurde, denn Mama fegte gerade ihr Schlafzimmer, und das Wischen und Klacken des Besens übertönte die Unterhaltung. Danach würde sie hinüber in Papas Schlafzimmer gehen, um auch dort sauber zu machen. Mama weigerte sich, mit Papa in einem Zimmer zu schlafen. Erst als ich zum ersten Mal bei einer Freundin übernachten durfte, begriff ich, dass es bei uns etwas anders zuging als bei anderen Familien. Als sie auf eine Tür deutete und erklärte, dies sei das Schlafzimmer ihrer Eltern, wollte ich es erst nicht glauben. Ich war schockiert. Das arme Ding musste unter einem Dach mit Eltern wohnen, die ohne Scham in Sünde lebten.

Ich kämmte mein langes glattes Haar und verfluchte die Dauerwelle in den Spitzen. Bis vor einiger Zeit hatte Mama darauf bestanden, Eden und mir regelmäßig eine gleiche Dauerwelle ins Haar zu machen. Selbst die Kleidung musste identisch sein, sodass uns die Leute auf den ersten Blick für Zwillinge hielten. Und überall erzählte sie, unsere Locken seien ein Geschenk vom lieben Gott. Das war eine der vielen Lügen, mit denen ich zu leben lernte. Und wenn eine Lüge so oft wiederholt wird, glaubt man irgendwann selber daran. Das Lügengeflecht, das uns umgab, war inzwischen so dicht, dass es uns von der realen Welt da draußen fast ganz abschirmte.

Ich trug ein wenig Lidschatten auf. „Glitzerndes Wasser" stand auf der Flasche. Von Natur aus habe ich hellblonde Wimpern, dünn wie Mückenbeine, die dem Auge kaum Kontur geben. Und was die Sache noch verschlimmert, ist die Brille, die ich gezwungenermaßen trage. Geerbt habe ich auch die undefinierbare Augenfarbe meiner Mutter – nicht richtig braun, nicht blau und nicht grün. Bei so viel Undefinierbarkeit vergaß ich manchmal selber, wie ich aussah. Der Geruch von Wäschestärke stieg mir in die Nase, als ich mich über die frisch gebügelten Kleider beugte, die Mutter für mich zurechtgelegt hatte. Dort lag wieder eine meiner selbst geschneiderten Blusen und ein Rock, den Mutter an zwei Abenden in aller Eile aus Stoffresten zusammengefügt hatte.

Ich hielt die lavendelfarbene Bluse hoch. *Bauerntrampel,* dachte ich und zog das Ding mürrisch an. Viel zu weit! Meine ohnehin nur angedeuteten Formen blieben nun ganz dem Auge des Betrachters verborgen.

„Mama, guck dir das doch mal an", rief ich.

„Ich koche gerade Kaffee, Katrina. Was willst du?", rief die Mutter aus der Küche.

„Die Bluse ist viel zu weit."

„Ach was! Eben großzügig geschnitten."

Sie trat in mein Zimmer, und mein Blick fiel auf ihre viel zu lange Hose. Es war ihr einfach zu lästig, jedes Mal die Beine um zehn Zentimeter zu kürzen, wenn sie sich eine neue im Laden kaufte.

Die Regale seien voll mit Sachen, die für nicht existierende Leute gemacht seien, so klagte sie dann.

Das Gefühl, nie als individuelles Wesen wahrgenommen zu werden, drückte sich in dieser oft wiederholten Klage aus. Ich wusste eigentlich so wenig über diese Frau, die da vor mir in ihren viel zu langen Hosen stand. In einer der Schreibtischschubladen hatte sie alle ihre Familienfotos gesammelt, aber diese Bilder offenbarten so wenig über ihr Leben wie die Fußstapfen im Sand etwas über einen Spaziergänger verraten. Auf vielen Fotos waren schäbig gekleidete Menschen zu sehen. Das waren meist Hurleys. Dann gab es allerdings auch Bilder, auf denen die Abgelichteten sich in Positur stellten und vorzeigten, was sie besaßen. Das einzige Kinderfoto von meiner Mutter faszinierte mich. Mit weit aufgerissenen Augen starrte sie aus dem Foto, den Mund breit gezogen – wie jemand, der es satt hat, noch weiter begafft zu werden.

Ich versuchte mir vorzustellen, wie Mama als Kind gewesen sein mochte. Aber es gelang mir nicht. Die alten Fotos mit dem Braunstich und den gezackten Rändern ließen nur einen allzu flüchtigen Blick in ihre verwundete Kinderseele zu. Manche Menschen überstanden die Jahre der Weltwirtschaftskrise ohne nennenswerte Blessuren, während andere den Boden unter den Füßen verloren. Ich habe Menschen erzählen hören, dass sie damals gelernt hätten, mit immer weniger zurechtzukommen, dass gleichzeitig aber die Familien menschlich zusammengewachsen seien. Die Geschichten, die Mama zu erzählen hatte, gaben mir jedoch wenig Einblick in ihre Gefühlswelt von damals.

Von einer Babypuppe wusste sie zu berichten, eine Geschichte, die mich jedes Mal traurig machte. Sie hatte sich eine vom Weihnachtsmann gewünscht, obwohl sie als Älteres von neun Kindern längst über die wahre Natur dieses alten Wundertäters aufgeklärt worden war. Als eines Tages kurz vor Weihnachten der Nachbarsjunge in die Hütte ihres Vaters gestürmt kam und aufgeregt berichtete, dass die Frauen von der Wohlfahrt auf dem Weg seien, beladen mit Säcken voll Spielzeug, da gerieten alle im Haus in helle Aufregung.

Meine Mutter zog die Schuhe mit den klaffenden Löchern an, die bereits ihre Mutter getragen hatte, und lief hinaus ins Freie, obgleich es ein kalter Morgen war. Voller Erwartung stand sie mit all den anderen Kindern der Armen in einer Reihe, während der Frost ihre Zehen betäubte. Die Frauen von der Wohlfahrt kamen und überreichten ihre Geschenke mit gönnerhafter Miene. Es sei ihr schon sehr schwer gefallen, sich unter die Ärmsten der Armen zu mischen, allerdings habe sie sich auch nicht am Ende der Reihe aufstellen müssen, wo die Schwarzen standen.

Eins, so ließ die Mutter durchblicken, wann immer sie die Geschichte erzählte, war ihr am meisten zuwider, nämlich die herablassende Art, mit der die Wohltäterinnen auf die armen Kleinen herabsahen. Ich finde, dass alle, die den Ausgestoßenen der Gesellschaft ein paar Krumen hinwerfen, nur um ihr Gewissen zu erleichtern, keinen Lohn mehr im Himmel bekommen dürfen; und wenn es doch so sein sollte, dann werde ich mich einst dafür stark machen, dass die Regel geändert wird.

Meine Mutter bekam dann eine Puppe gereicht, eine alte, zerfledderte, mit vielen feinen Sprüngen im Gesicht. Doch die Enttäuschung war riesengroß – es war nämlich kein Baby zum Wiegen. Sie warf sie zu Boden und bekam sogleich eine Ohrfeige dafür. Wie könne sie nur so undankbar sein! Und so schickte ihre Mutter sie nach Hause – ganz ohne Geschenk.

Dieses Ereignis war gewiss der eigentliche Beweggrund dafür, dass Eden und ich bis ins Erwachsenenalter Weihnacht für Weihnacht eine neue Babypuppe bekamen. Irgendwann konnten wir gemeinsam fast dreißig niedliche Püppchen unser Eigen nennen.

„Der Bus wartet nicht, wenn du nicht an der Straße stehst!"

„Trotzdem – die Bluse ziehe ich nicht an. Sieht aus wie billige Unterwäsche."

„Ich habe einen Haufen Geld dafür ausgegeben. Entweder du ziehst das Ding jetzt an, oder ich mach dir nie wieder was."

Wie gern hätte ich ihr das Versprechen abgenommen, zu diesem Wort zu stehen! Aber mein Mitleid war stärker. Ich wusste, dass sich Mama und Papa oft wegen unserer Kleidung stritten. Das Geld war knapp und die Geschmäcker so verschieden. Mir war klar, dass dieser feine Stoff schwer zu bekommen war, aber als sie ihn nach Hause mitbrachte, zusammengelegt und mit einem roten Geschenkband darum, da konnte ich nicht ahnen, wie durchsichtig er war. Wahrscheinlich hatte nicht einmal sie selber es bemerkt.

„Mama, mein BH scheint ja durch!" Ich stand vor dem Spiegel und starrte auf meine Bluse mit dem durchschimmernden Blau meines Büstenhaltes. Mama hatte ihn bei Fred gekauft, einem kleinen Laden mit Schaufenstern, in denen die Auslagen vergilbten. Regelrecht aufgeschwatzt hatte sie mir das Ding in dem Ramschladen. Wie konnte man nur dort kaufen, wo die BHs neben Wasserkesseln und Mausefallen auslagen!

„Was nützt dir 'n farbiger Büstenhalter, wenn ihn niemand sieht?", rief Mama entrüstet.

Sie musterte die blauen Körbchen unter der Bluse. Ich fühlte mich nackt, als wäre die ganze Landjugend herbeigeeilt, um einen Blick auf meinen Busen zu werfen.

„Du erwartest hoffentlich nicht, dass ich das Ding zur Schule anziehe!"

„Der Bus kommt gleich. Vergiss nicht den Pullover. Ist noch kühl draußen."

„Ganz bestimmt nicht. Ich werde ihn über den Kopf ziehen, damit niemand mich erkennt."

„Wenn du den Bus verpasst, läufst du zur Schule!"

„Nee, ich bleibe heute zu Hause."

„Das wirst du nicht!" Sie gab mir einen Klaps aufs Hinterteil. Selbst große Mädchen bekommen noch Keile für freche Antworten, es sei denn, sie wohnen im vornehmen Viertel der Stadt. Richtige Prügel bekamen wir zwar nicht mehr, aber einen leichten Schlag aufs Hinterteil von Zeit zu Zeit. Das zeigte uns, so glaubte die Mutter, wer schließlich noch immer das Sagen hatte.

Der Bus kam. Ich hörte ihn zwei Blocks entfernt und spürte das leichte Vibrieren im Boden.

Während ich mir den Rock anzog, fragte ich: „Du denkst dran, dass ich heute Hauswirtschaftslehre habe? Wir kochen für euch."

„Ich weiß. Ich habe deshalb noch einen Friseurtermin bei Evelyn“, antwortete Mama und lächelte säuerlich. Sie hasste es, von der Schule vereinnahmt zu werden, und ich fragte mich, ob sie tatsächlich erscheinen würde, um unsere selbst gekochten Sachen zu probieren.

„Ihr sollt um zwölf kommen. Es ist wichtig für meine Abschlussnote. Nicht vergessen!“

„Das vergesse ich schon nicht. Nun mach aber, dass du rauskommst, sonst ist der Bus doch noch weg.“

„Tschüss, Papa, Tante Mosie.“

Eden war schon draußen. Sie wirkte müder und mürrischer als sonst. Sie hatte sich schon vor einiger Zeit geweigert, Mamas geschneiderte Sachen anzuziehen, und so trug sie immer wieder dieselben Jeans und dasselbe T-Shirt aus dem Ramschladen. Ihre ganze Körperhaltung verriet, wie sehr sie sich heute wieder zur Schule quälte.

Ich verstand sie wohl besser als irgendjemand. Gelernt habe ich von ihr, dass sich Bildung nicht mit Gewalt aufdrängt. Man kann sich ihr erfolgreich verweigern. Kaum etwas gab in unserem Haus mehr Anlass zu Zank und Gezeter als Papas Versuche, Eden Nachhilfeunterricht in Mathe zu geben. Aber Eden begriff absolut nichts, und selbst wenn sie zuweilen eins der elementarsten Gesetze der Mathematik verinnerlichte, so interessierte sie das alles kein bisschen.

„Möchtest du Lidschatten von mir?“, fragte ich.

„Nee, und hör auf, mich dauernd zu bemuttern.“

Sie war streitlustig geworden in den letzten paar Monaten. Je mehr ich versuchte, ihr Gutes zu tun, desto gereizter reagierte sie.

„Mama kommt heute zur Schule“, sagte ich. „Mrs. Crawford will, dass wir eine ganze Mahlzeit für unsere Mütter kochen. Ich bin ganz schön aufgeregt deswegen.“

Eden zuckte stumm die Achseln. Bei einem vertiefenden Gespräch wäre sie womöglich Gefahr gelaufen, aus Versehen die fest verschlossene Tür ihres Herzens einen Spaltbreit zu öffnen. Deshalb redeten wir kein einziges Wort mehr miteinander. Sie setzte sich im Bus in die letzte Bank und ich eine Reihe davor. Ich ahnte, dass die

Kluft zwischen uns meinem Verhalten zuzuschreiben war. Einmal hatte ich zu ihr gesagt: „Wann hörst du endlich auf, mich nachzuäffen? Finde selber raus, was du willst und was nicht. Du musst mal du selbst werden." Trotz dieser Ermahnung war es Eden bislang nicht gelungen, herauszufinden, was sie liebte und hasste. Und da sie mir nicht lästig fallen wollte, beobachtete sie mich nur noch von fern. Wenn ich mich für links entschied, ging sie nach rechts. Wählte ich rot, wollte sie blau. Und wenn sie irgendwo ins Fettnäpfen trat, fühlte ich mich schuldig, weil ich's vorher richtig gemacht hatte.

Von all meinen Lehrern und Lehrerinnen beachtete mich Mrs. Crawford am wenigsten. Ich konnte ihr Liebling gar nicht werden, denn ich hatte zwei linke Hände beim Nähen. Wozu sollte ich auch nähen lernen? Und wie alle Hurleys gehörte ich zu jenen Köchinnen, die immer alles anbrennen oder überkochen lassen. Die Frauen der Hurleys konnten nicht kochen, und ich sah nicht ein, warum ich diese Tradition brechen sollte.

Mrs. Crawford hatte mich ausgerechnet mit ein paar Mädchen eingeteilt, die sich in der Küche so sehr zu Hause fühlten wie Papa am Komposthaufen. Gezwungen, mich neben diese allseits beliebten jungen Damen zu stellen, kam ich mir noch dürrer und schlaksiger vor. Und ich musste so tun, als sei es mir recht.

„Katrina, du und Carol Anne, ihr macht den Schokoladenkuchen", sagte Mrs. Crawford.

Ich lächelte Carol Anne gequält an.

„Klar, Mrs. Crawford", sagte sie, nahm die Rezeptkarte vom Tisch und machte sich auf den Weg zur Küche. Ich folgte ihr und scherte mich nicht um die Blicke.

Ich wog gerade das Mehl ab, als ich bemerkte, dass Carol Anne mich grinsend von Kopf bis Fuß musterte.

„Dein BH scheint ja durch, Katrina."

„Halt den Mund", grunzte ich und drehte mich weg.

Ohne viel mehr zu reden, gelang es uns, etwas aus dem Ofen zu ziehen, was halbwegs an einen Schokoladenkuchen erinnerte. Gerade in diesem Augenblick trafen die ersten Mütter ein. Suchend blickte ich mich um. Würde Mama dabei sein? Ich wusste, wie unangenehm ihr solche Situationen waren. Wenn sie sich unter viele Menschen begeben sollte, war dies jedes Mal eine Höllenqual für sie.

Mrs. Crawford forderte uns auf, die Mütter zu Tisch zu bitten.

Carol Anne begrüßte ihre Mutter, eine der attraktivsten Frauen, die ich je gesehen hatte – außer Tante Pippa natürlich. Ihr Hüftschwung war unvergleichlich, und es lagen Welten zwischen ihrem feinen Kostüm vom Schneider und dem billigen Polyester, in das die anderen Frauen sich hüllten.

„Es sieht so aus, als wären alle eingetroffen", sagte Mrs. Crawford. „Fast alle."

Drei meiner Freundinnen wussten, dass ihre Mütter nicht kommen würden. Ich zwang mich, nicht dauernd zur Tür zu starren. Noch immer hoffte ich, meine Mutter würde noch auftauchen. Aber wir aßen ohne sie. Nach dem Hauptgericht forderte die Lehrerin Carol Anne und mich auf, unseren Kuchen zu servieren. Carol schnitt ihn an, während ich die Pappteller verteilte.

„Lecker, Liebes", sagte Carol Anns Mutter, aber ich sah, wie sie sich mühte, die staubige Masse hinunterzuwürgen. Sie war einfach zu höflich, alles in die Serviette zu befördern. Doch die meisten Mütter machten eifrig Gebrauch von den aufgestellten Abfalleimern – wenn auch verstohlen.

„Hallo?" Trotz des Geschnatters im Raum erkannte ich die Stimme meiner Mutter. Die meisten Mütter hatten sich bereits vor der Tür versammelt, um sich zu verabschieden. Und so starrten die Frauen die Nachzüglerin an. Sie musterten sie abfällig und wandten sich dann wieder der jeweiligen Gesprächspartnerin zu.

Die Friseurin hatte Mutters Haar ganz unnatürlich hochtoupiert. Da sie vor der hellen Glastür stand, schien das Sonnenlicht durch das dünne Geflecht ihres Haarberges. Verlegen stand sie am Eingang mit hängenden Schultern, die alte, für die Mode viel zu große Handtasche vor dem Bauch. Die aufdringlichen Blüten ihres Kleides umkränzten ihre Hüften und machten sie um Jahre älter.

„Deine Mutter ist da", flüsterte eine Freundin.

„Sehe ich."

Ich ging auf sie zu und hoffte, sie würde die Schamröte auf meinen Wangen nicht sehen.

„Evelyn hat diesmal länger als sonst gebraucht", sagte Mama entschuldigend, während sie ihren Blick schweifen ließ, ob nicht irgendein vertrautes Gesicht ihr Trost spenden würde. Und als sie keins fand, fixierte sie mich.

„Wir haben schon gegessen, Mama."

„Hätte ich Evelyn gedrängt, hätte sie vielleicht nicht gut gearbeitet, und außerdem ..." Sie verstummte, denn sie hatte Mrs. Crawford gesehen, und der abschätzige Blick meiner Lehrerin sprach Bände. Wir waren die Hurleys, die Asozialen am unteren Ende der Rangordnung in Mockingbird Valley.

„Macht nichts", tröstete ich sie, „ich habe so oder so meine Note bekommen."

Am liebsten wäre ich herumgegangen und hätte jeden Einzelnen dieser arroganten Schafsköpfe wachgerüttelt. Da war ein Mensch, der Einlass begehrte! Und niemand überwand sich, ihn hereinzubitten.

„Ich gehe dann wohl lieber", sagte Mama.

Mrs. Crawford bekam zwar mit, dass meine Mutter sich anschickte, uns wieder zu verlassen, aber sie ließ es wortlos geschehen.

Ich habe mich immer gefragt, ob diese besser gestellten Frauen es genossen, wenn jemand wie meine Mutter sich hin und wieder blicken ließ, weil sie sich dann so schön überlegen fühlen konnten. Diese Menschen glaubten am Ende gar, Gott habe die Armen nur geschaffen, damit die Reichen dankbar für ihren Wohlstand sein können. Aber haben sich jene wohl schon gefragt, warum der Herr viel lieber mit den Geringen speiste?

Die Vorstellung machte mir schwer zu schaffen, dass meine Mutter den ganzen Vormittag Ängste ausgestanden hatte, es könne ihr am Ende nicht gelingen mitzuhalten. Sie wollte doch nur eins: mir das Gefühl geben, wir seien eine ganz normale Familie wie all die anderen auch. Ich stellte mir vor, wie sie vor dem Kleiderschrank stand, hilflos in ihrer Garderobe wühlte und sich dabei die Sätze zurechtlegte, die sie sagen würde. Und was würde ihr armseliges Schmuckkästchen hergeben?

Ich vermutete, dass sie es nicht darauf angelegt hatte, zu spät zu kommen. Aber tief im Innern war gewiss ein Zaudern und Zagen und das Hoffen auf ein Wunder, dass Evelyn doch noch etwas aus ihr machen könne.

Ich liebte den Kunstunterricht in der Schule, und ich malte auch zu Hause, sooft ich Gelegenheit dazu fand. Doch häufig überkam mich die blanke Wut, wenn ich sah, was Strich um Strich auf dem Papier Gestalt annahm. Zu selten nahm das vollbrachte Werk genau jene Form an, die ich mir in meiner Fantasie vorgestellt hatte. In den Abendstunden skizzierte ich gern mit Bleistift und Feder. Doch bevor ich ins Bett ging, landete das abscheuliche Produkt meiner Bemühungen meist im Papierkorb, und ich brach den Bleistift in Stücke, der sich meiner um schöne Formen bemühten Hand widersetzt hatte. Ich verachtete mich dann selber, weil es mir wieder nicht gelungen war, meine Kunstfertigkeit zur Perfektion zu zwingen.

Mrs. Riley, unsere Kunstlehrerin, hob sich wohltuend ab von all den Krähen, die uns den lieben langen Tag über das Leben schwer machten. Ihr langes schwarzes Haar schimmerte dort besonders schön, wo es sich in weichen Wellen auf die zierlichen Schultern schmiegte. Besonders aber hatte es mir ihr Vorname angetan: Lillith. Niemals habe ich beobachtet, dass sie während der Pausen bei den anderen Lehrerinnen saß, und sie kleidete sich so farbenfroh wie sie malte. Einige Kinder meinten zwar, sie sei ein bisschen plemplem. Ich aber hielt mich gern in ihrer Nähe auf, weil ich hoffte, ein wenig von ihrer Extravaganz könne so auf mich abfärben.

„Was soll das denn werden?“ Ich stand hinter meiner Freundin Carla, die gerade an der Töpferscheibe saß, ihre Daumen in eine unförmige Masse von feuchtem Ton trieb und dabei nichts zustande brachte, was das Auge erfreut hätte.

„Wird ’ne Vase für meine Großmutter. Mach dich nicht lustig, Katrina. Ich weiß, dass ich dein Talent nicht habe.“

„Greif nicht so fest zu. Guck mal, so!“ Ich legte meine Hände um den Klumpen und drückte ein wenig zu, bis sich eine ansehnliche Form zwischen meinen Fingern bildete.

„Du töpferst, und ich glasiere nachher“, schlug Carla vor.

„Nee, du. Versuch mal erst selber. Irgendwann kriegst du schon den Bogen raus.“ Ich brachte es einfach nicht fertig, die Lehrerin zu beschummeln – nicht für ein Taschengeld!

„Katrina?“ Ich hörte Mrs. Rileys Stimme hinter mir.

„Ja?“

„Wenn du nichts dagegen hast, möchte ich gern dein Ölbild *Frau mit Kind* für den Wettbewerb einreichen.“

„Meins?“

„Es sei denn, du hättest was dagegen.“

„Was denn für ein Wettbewerb?“

„Für Oberschüler. Und ein Stipendium winkt auch für den Besten. Ich denke, du hast das Zeug dazu.“

Ich war stumm vor Staunen. Nie hätte ich gedacht, das Zeug zum Fliegen zu haben, zum Abheben von unserer Rollbahn in Mockingbird Valley. Geträumt hatte ich wohl davon. Aber Träume und berechtigte Hoffnung – das waren zwei ganz unterschiedliche Dinge, wenn man in der Erie Lane bei Mama und Papa wohnte.

„Hier hast du das Anmeldeformular. Du brauchst noch die Unterschrift deiner Eltern.“

Die Glocke läutete, und ich hielt das Formular so behutsam, als sei es aus zerbrechlichem Glas.

Mama hatte in schlauen Büchern gelesen, dass man es den Mädchen überlassen solle, sich ihre männlichen Begleiter selber auszusuchen. Sie hätte also vorbereitet sein müssen, als sich eines Tages Edens erster Verehrer bei uns blicken ließ. Sie war gerade vierzehn, und das Alter dieses Kerls war schwer abzuschätzen. Eines Tages stand er auf der Veranda und spähte durch die Glastür. Ich fuhr erschrocken zusammen, denn ich glaubte ein Landstreicher sei von unten aus dem Tal gekommen.

„Wer sind Sie?“, rief ich und ließ den Bleistift fallen.

„Is’ Eden zu Hause?“

„In ihrem Zimmer. Was wollen Sie?"
Er grunzte und blickte verlegen zur Seite.
„Da ist jemand an der Tür." Ich lief schnell in Mamas Schlafzimmer, die gerade auf dem Bett lag und einen Groschenroman verschlang.
„Was ist los, Katrina?"
„Da ist 'n Mann an der Tür und will was von Eden. Er hat einen Vollbart bis zum Gürtel, und seine Haare sind länger als meine."
Ich ließ meine Mutter vorbei, die hinab in die Küche eilte. „Lass sie bloß nicht mit dem allein, Mama", rief ich ihr nach.
„Kann ich Ihnen helfen?", fragte Mama durch die Tür mit dem Fliegengitter, aber dann blieb sie wie angewurzelt stehen und sagte kein Wort mehr.
„Ich wollte ihre Tochter, die Eden, abholen", murmelte er fast unverständlich. Die Hände vergrub er tief in den Taschen seiner schlecht sitzenden Hose. Er erinnerte mich an einen Kobold, wie er in einem meiner Bilderbücher gemalt war. Wenn er sprach, hielt er sich immer eine Hand vor den Mund und ab und zu rückte er seine geflickte Hornbrille zurecht.
Mama musterte ihn von Kopf bis Fuß. Irgend so ein Hippie. Diesen Kerl wollte sie nicht ins Haus lassen.
„Papa", raunte ich, „der Mann sagt, er will mit Eden ausgehen." Mein Vater saß seelenruhig am Tisch und rührte in seinem Kaffee. Von dort konnte er den Mann nicht sehen.
„Bitte ihn doch herein, Doreen", sagte Papa unwillig und schüttelte den Kopf. Er warf uns oft vor, nicht gastfreundlich genug zu sein.
Mama bekam kein Wort mehr heraus. Sie starrte den jungen Mann an, der verlegen zu Boden blickte.
Endlich erhob sich Papa, und wir ließen ihn vorbei, damit er sich um den Fremden kümmere.
Plötzlich meldete sich Eden von oben: „Katrina, will mich jemand sprechen?"
Ich sah Papa von hinten. Er stand im Türrahmen zur Küche, und ich ahnte, dass er erbleichte. Das Linoleum dellte sich ein, wo seine

Krücke ihm Halt gab. „Was haben Sie hier zu schaffen, mein Herr?", fragte Papa mit belegter Stimme.

Jetzt trug der Abendwind von der Einfahrt her Gekicher über die Schwelle des Hauses.

„Ich bin hier, um Eden abzuholen", sagte der Hippie und blickte sich unwillig nach den Insassen eines Autos um, die, ungeduldig geworden, mit zwei Fingern im Mund gellende Pfiffe ausstießen und immer wieder hupten.

Ich lief schnell zum Fenster, um nachzusehen, wer sich dort so lautstark bemerkbar machte. Das letzte Abendrot beschien einen alten Chevy-Cabrio mit seinen Insassen. Vorn saß eine junge Frau mit einem freizügigen Oberteil, die sich gerade eine Zigarette anzündete und den Rauch des ersten Zuges genüsslich dem Hallodri neben ihr auf dem Fahrersitz ins Gesicht blies. Die Rückbank war leer und gewiss für den Mann und meine Schwester reserviert.

Eden kam aufgeregt in die Küche gerannt. Sie hatte sich frische Jeans angezogen und einen engen Pulli. Sie machte einen viel adretteren Eindruck als der Kerl draußen auf der Veranda.

Eden tat, als sei Mama Luft für sie. Sie machte auch keine Anstalten, uns den Mann vorzustellen.

Man sah es dem Fremden an, wie froh er war, Eden ausgehfertig zu sehen. Offenbar fühlt er sich nicht besonders wohl in seiner Haut.

„Eden, willst du uns nicht wenigstens den Namen deines Bekannten verraten", rief Mama und gestikulierte in Papas Richtung. *Nun tu endlich was!*, schien sie ihn wortlos auffordern zu wollen.

„Mama, Papa – das ist Dub", sagte Eden flüchtig, bevor sie hinausstob und mit dem Troll im Halbdunkel verschwand.

„Ich verstehe nicht, dass du sie einfach so laufen lässt!", rief ich außer mir, rannte ins Wohnzimmer und warf mich schmollend auf die Couch.

Papa mischte sich ein: „Du hättest wirklich mit ihr reden sollen, Doreen."

„Wer ist denn ihr Vater, hä? Warum hast *du* sie nicht aufgehalten?", fragte Mama, ging zur Verandatür und blickte den Rücklichtern nach bis sie irgendwo in jenem Viertel der Stadt verschwanden, das für seinen schlechten Ruf bekannt war.

„Und was ist, wenn ihr was zustößt?", jammerte ich. „Sie ist doch noch viel zu jung, um sich mit Kerlen zu treffen! Der da war außerdem viel zu ausgeflippt für sie."

„Du redest zu wenig mit den Mädchen, Doreen", sagte Papa müde und setzte sich erneut zu seinem Kaffee.

„Sie lässt sich einfach nichts mehr sagen."

„Mag ja sein."

„Wie oft habe ich dir schon gesagt, dass du mir beistehen sollst, wenn es um sie geht! Ich kann sie so wenig aufhalten wie den Nachtzug in Gordon Creek."

„Du brauchst ihr doch nur zu verbieten, dass sie ausgeht, Mama. Warum geht das bei Eden nicht, wenn es bei mir funktioniert?"

Das war zu viel – Papas Schuldzuweisungen und dazu noch meine Nörgelei. „Haltet beide den Mund, verdammt noch mal", schrie sie. „Lasst mich bloß in Ruhe!" Dann stapfte sie in ihr Zimmer und warf die Tür ins Schloss. Papa zog sich in die halbdunkle Küche zurück, und ich überließ ihn sich selbst und seinem Tabak.

Stundenlang lag ich wach und starrte in die Mondlichtpfützen am Fußboden, die langsam durchs Zimmer wanderten. Ein paar Mal stand ich auf, um mir ein Glas Wasser zu holen. Durch die Küchentür sah ich Papas Zigarette im Dunklen glühen. Aber das war nichts Besonderes. Viele Nächte verbrachte er wachend, und so wusste ich nicht, ob er sich gerade heute Sorgen um Eden machte oder wie gewöhnlich kein Auge zutat.

„Katrina, geh ins Bett", hörte ich Mama grollen. „Das Herumgelaufe macht mich ganz verrückt."

Ich seufzte und zog mich in mein Zimmer zurück. Edens zerwühltes Bett war immer noch leer.

Oben auf meinen Schulbüchern lag das Anmeldeformular von Mrs. Riley. Ich füllte es zwar aus, wusste aber, dass es nicht klug wäre, Mama und Papa damit zu belästigen, solange sie noch wie tätige Vulkane fauchend Feuer spien. Außerdem hatte Papa ganz eigene Vorstellungen von der Berufswahl eines Mädchens. Künstler waren für ihn Hungerleider, weil sie in unserem Tal ganz gewiss keine Arbeit fanden. Und dass ich einmal ganz woanders wohnen würde, das konnte er sich beim besten Willen nicht vorstellen. Ich wollte die beiden morgen früh darauf ansprechen, wenn all ihre Probleme im Schein der Morgensonne für einen Augenblick nicht mehr ganz so bedrohlich wirkten.

Die Hurleys lebten in einem Tal, umgeben von Bergen, die all die Widrigkeiten des Lebens symbolisierten. Und ich war wohl die Einzige, die sich danach sehnte, diese Berge zu erklimmen und einen Blick jenseits in die weite Ebene zu werfen.

2

Mein Papa liebte seine Heimat – das Tal mit dem schwingenden Rock aus grünen Hügeln und den vielen sanften Kurven – mehr als alles andere. Seine Favoritin war ein naives Mädchen, das nichts von der Welt wusste, gern nach den Rhythmen der Vergangenheit tanzte und die modernen verschmähte.

Mein Papa liebte sie mehr als seine Frau und zog sie sogar seiner Angebeteten vor, die er besuchte, wenn er einmal die Woche angeblich zum Baseball ging. Und so nahm er es mit großem Verdruss auf, als ich eines Tages kundtat, einen Blick über die Hügel unseres Tales werfen zu wollen.

„Damit verdienst du doch nichts, Katrina. *Künstlerin!* Du liebe Güte!"

„Die Wirtschaftskrise ist doch längst vorbei, Papa! Es ist eine neue Zeit! Wir sind in den Siebzigern!", entgegnete ich.

„Gib mir den Schraubenschlüssel", sagte Papa und streckte die Hand aus, während er mit dem Kopf unter der Motorhaube steckte. Wenn er zu Hause war, werkelte er oft am Auto. „Bringe ich die Kiste in Fourth in die Werkstatt, wird's bei dem Schwarzen doppelt so teuer, als wenn ich's selber mache", murmelte er. „Bei den Schwarzen wird man schnell übers Ohr gehauen."

„Aber Papa, ich bin sicher, dass du bei Mr. Robinson genauso viel bezahlst wie in jeder anderen Werkstatt auch."

Er antwortete nicht. Was er da unter der Motorhaube mit Schlüsseln und Schrauben trieb, blieb für mich genauso rätselhaft wie seine häufigen Ausflüge in die Stadt, deren eigentliches Ziel ich nicht kannte. Ganz selten nahm er mich mit zu jenen Orten, wo man ihn gern sah und sein Männlichkeitsgehabe bewunderte. Es ärgerte mich, dass ich ausgeschlossen wurde aus dieser Welt, zu der offenbar nur Männer Zutritt hatten, nur weil sie Hosen trugen, sich herausnahmen, für ein paar Stunden einfach ihre Familien zu vergessen, und in der Lage waren, über Pontiacs, Schraubenschlüssel und Politik zu schwadronieren.

„Ich bin eben nicht wie du", sagte ich.

„Du hörst mir gar nicht zu, oder?" Seine Stimme klang plötzlich scharf.

„Du brauchst es doch nur zu unterschreiben. Bitte, Papa."

„Hau ab, und lass mich in Ruhe arbeiten."

„Es ist doch nur ein kleiner Wettbewerb. Was soll das schaden?"

„Kommt nicht in Frage, dass alles, was du gelernt hast, nachher umsonst war."

„Aber Mrs. Riley sagt, ich habe das Zeug dazu, mal etwas aus meinem Talent zu machen. Außerdem habe ich fünfzig Dollar gespart, als ich in der Pizzeria gejobbt habe. Ich kann den Unkostenbeitrag also selber bezahlen."

„Sie ist und bleibt ein dummes Ding."

„Nein, Papa, ist sie ganz bestimmt nicht!"

„Willst du sagen, dass ich Quatsch erzähle?"

„Nee, das auch nicht."

Mama freute sich immer, wenn sie uns im Hof plaudern sah, und sie dachte dann, dass wir gute Gespräche führen würden. Von Zeit zu Zeit erzählte sie mir, dass Papa damit prahle, wie gut er mit mir reden könne – im Gegensatz zu Eden. Ich würde noch auf ihn hören. Auf den ersten Blick hätte man meinen können, auch Papa höre *mir* zu. Doch in Wirklichkeit tat er es nicht. Er war mit den Gedanken ganz woanders – meist in der Vergangenheit. Und das, davon war ich überzeugt, machte ihn so verdrießlich. Er hörte immer nur die Stimmen aus einer Zeit, die ich nicht mehr kannte und die ihm einhämmerten, er sei nicht viel wert. Es waren Stimmen der Verachtung. Wenn er mich schlug, schlug er nicht mich, sondern die Geister seiner Kindheit in Sunny Point. Ganz selten erzählte er von damals, wenn er ausgestreckt auf der Couch lag – von den fiesen Kerlen, die sich im Dorfladen über seine staubigen, nackten Füße lustig machten, wenn die Mutter ihn schickte, um Schmalz zu holen. Dann konnte ich es ihm einfach nicht übel nehmen, dass er auch nach so vielen Jahren noch so hasserfüllt war. Ich lebte zu sehr in der Gegenwart, als dass diese Stimmen von früher mir etwas anhaben konnten.

„Papa, die Zeiten haben sich geändert ..."

„Du sagst schon wieder, dass ich lüge, Katrina!" Er fuhr herum, und ich hatte keine Zeit mehr, um auszuweichen. Der Schlag streckte mich zu Boden, und meine Tränen brachten ihn noch mehr auf, denn er sah in das Gesicht eines kleinen, hilflosen Mädchens. Er aber hasste Schwäche, weil er den Schwächling in sich selber verachtete. Aber diesen Zusammenhang erkannte er nicht, dazu war er zu schlicht in seinem Gemüt.

„Papa, was ist los?" Ich setzte mich auf und strich das Haar aus dem Gesicht. Er hielt mir den Arm hin, sodass ich auf die Knie kam.

„Meine Kinder sagen nicht, dass ich lüge!"

„Das habe ich doch gar nicht! Nein, Papa, nicht!"

Mit Mühe öffnete er einhändig die Gürtelschnalle, während er mit der anderen Hand meinen Arm verdrehte. Einen kurzen Augenblick wand ich mich frei, dann packte er mich wieder, und der Gurt schlug auf mein Hinterteil.

Mama trat aus dem Haus auf die Veranda, sah, wie ich mich wand, um seinem Griff zu entkommen, und begann schallend zu lachen.

„Halt ihn auf!", schrie ich aus Leibeskräften.

„Du liebe Güte! Was treibt ihr da?"

„Sie hat mich einen Lügner genannt."

„Aber Katrina, du weißt, dass das nicht stimmt!"

In diesem Augenblick begriff ich zum ersten Mal, dass sie Angst vor ihm haben könnte, denn sie verteidigte mich nicht, ließ mich im Stich und klopfte verlegen das Mehl von ihren Händen.

Gerade holte Papa noch einmal aus, aber ich hielt nicht still, und im selben Augenblick fuhr ein Auto auf den Hof. Mama rief Papa zu, dass man ihn beobachte, und das half mir sofort. Sein guter Ruf war Papa heilig, den polierte er, dass es nur so glänzte. Seinen erhobenen Arm ließ er sinken, und er schlurfte davon, ohne mich noch eines Blickes zu würdigen.

Ich stand auf und lief zu meiner Mutter. „Warum hast du ihn nicht aufgehalten, Mama? Ich dachte, du würdest mir helfen."

Das verlegene Grinsen meiner Mutter machte mich traurig, denn es tröstete nicht und ließ keinen Raum für irgendeine Hoffnung auf bessere Zeiten.

Tante Pippa und Onkel Hank besuchten uns. Sie entluden den Kofferraum, und der Onkel hob einen Karton mit Pfirsichdosen heraus. Tante Pippa arbeitete nämlich seit kurzem in einer Konservenfabrik – nur so zum Zeitvertrieb, wie es hieß.

„Ist jemand da?", rief die Tante.

„Tag, Tante Pippa", antwortete ich.

Onkel Hank traf Papa im Flur an. Es war immer wieder beeindruckend, wie ähnlich sich die Brüder sahen. Gott hatte die beiden wohl nach dem gleichen Schnittmuster entworfen und dabei auch noch an Kirk Douglas gedacht – dieselben Augen mit dem stechenden Blick, die kräftige Nase und das vorstehende Kinn.

„Roxanne schickt dir ein paar Platten mit. Vielleicht magst du sie ja", sagte Tante Pippa und zog ein Album hervor.

Die Beatles! Ich war begeistert. Wie andere sich noch genau an den Tag erinnern, als John F. Kennedy ermordet wurde, so erinnere ich mich noch sehr gut an die Zeit, da der Beat Einzug in Mockingbird Valley hielt. Die Ed Sullivan Show lief im Fernsehen. Vier süße Boys mit strähnigem Haar und elektrischen Gitarren spielten sich an einem Sonntagabend in unsere Herzen. Und fortan versammelten wir uns um jedes verfügbare Fernsehgerät, wie die Gläubigen der Stadt sich um ihre Altäre scharten.

Ich war ganz aus dem Häuschen – die Beatles! Wenn sie außer Rand und Band gerieten, dann packte mich das Fernweh, die Sehnsucht nach der Welt da draußen und vielleicht nach der großen Liebe. Doch sobald die Sendung zu Ende war und ihre Songs nur noch als Echo in mir nachhallten, blieb ich zurück in der beschaulichen Stille von Mockingbird Valley.

„Bis du sicher, dass sie die Platten nicht mehr will?"

„Sie meinte, du könntest sie mögen", antwortete Tante Pippa, und ich sah, dass ihre Hand zitterte.

„Du solltest zum Arzt gehen wegen deiner Hand, Tante Pippa."

„Und was soll mir das bringen?", fragte sie. „Schon mein Vater hatte das Zittern und sein Vater auch. Wir haben das halt alle geerbt. Is' nun mal so."

* * *

Ich saß auf der Schultreppe, und der aufgeheizte Beton wärmte meine Schenkel. Es war der letzte Schultag vor den Sommerferien, und die meisten Schüler waren zu den wartenden Schulbussen geeilt, um sie ja nicht zu verpassen. Ich wartete noch auf Mrs. Riley, um ihr persönlich mitzuteilen, dass ich an dem Malwettbewerb nicht teilnehmen könne.

Der Sommer hatte unser Tal in den Schwitzkasten genommen. Es waren die Hundstage und so hatte ich Schutz unter einem Vordach gesucht.

„Katrina, komm lieber, sonst verpasst du noch den Bus", rief Eden mir zu.

„Die fahren doch erst in zehn Minuten", sagte ich. „Ich warte noch auf Mrs. Riley."

„Sie ist nicht mehr da", sagte eine Stimme hinter mir. Ich drehte mich um, und Betty Semples stand auf dem Treppenabsatz. Sie war die einzige *Betty*, die ich kannte. Die meisten von uns waren nach den Stars der Nachkriegszeit benannt – Patty, Duke oder Judy. Aber die Mutter dieses Mädchens hatte ihrer Tochter einen altmodischen Namen gegeben – so altmodisch, wie sie sich kleidete.

„Mrs. Riley hat schon vorgestern Abend die Stadt verlassen", erzählte Betty.

Eden interessierte sich nicht dafür und lief zum Bus.

„Gehen wir zusammen, Betty. Erzähl mir mal, was du weißt."

„Ich dachte du wüsstest es längst, wo du doch ihr Liebling bist", sagte Betty.

„Von wegen – Liebling! Ich bin niemandes Liebling. Is'n Gerücht."

„Amy Tyler hat mir erzählt, dass die Riley auf und davon ist. Amy hat von ihren Eltern gehört, dass Mrs. Rileys Mann einen Anruf gestern am späten Abend von ihr bekommen hat."

„Du meinst, sie hat ihn verlassen?", rief ich erschrocken.

„Auf 'ner Party hat sie irgend so einen Supermann kennen gelernt."

„Was für 'n Supermann?"

„Irgend so 'n Heini aus New York, der Bücher schreibt. Jedenfalls sind sie beide auf und davon – Hals über Kopf."

„Das ist doch Quatsch!"

„Kein Quatsch, Katrina."

„Und was wird aus den Kindern? Sie hat doch welche, oder?"

„Sie bleiben eben beim Vater. Aber Einzelheiten weiß ich auch nicht. Ruf mich nachher an, vielleicht weiß ich dann mehr." Betty suchte ihren Bus und lief zu der Haltestelle.

„Und es ist doch Quatsch!", rief ich ihr hinterher.

Ich konnte es nicht fassen und wehrte mich, die Nachricht zu akzeptieren. Doch je länger ich darüber nachdachte, desto plausibler erschien mir das Ganze.

Mrs. Riley war also so mir nichts, dir nichts mit einer flüchtigen Bekanntschaft davongeflogen. Da hatte jemand den Käfig einen Spaltbreit geöffnet, und schon hatte sie ihre Flügel ausgebreitet und war auf und davon, und wir anderen gafften ihr verdutzt hinterher.

Im Bus roch es nach Schweiß, wir saßen wie die Heringe, denn heute hatten alle zur selben Zeit Schluss. Ich wusste nicht recht, was ich fühlen sollte – Entrüstung, Eifersucht oder Neid? Erst als der Bus an der Erie Avenue anhielt und seine letzten Fahrgäste ausspie und ich an der Zufahrt zu unserem Grundstück stand, wurde ich mir meiner Gefühle bewusst. Ich konnte es nicht ertragen, zurückgelassen worden zu sein. Und ich beneidete diese Frau. In meiner kleinen Welt gab es keine Partys, auf denen man bekannte Künstler kennen lernen konnte. Als Mrs. Riley zum letzten Mal neben mir gestanden hatte, konnte ich nicht ahnen, dass ich mit dem exotischen Wohlgeruch ihres Parfums eine winzige Kostprobe vom Duft der weiten Welt einatmete. Und mehr davon würde ich auf absehbare Zeit auch nicht bekommen.

Papa saß auf der Veranda und schnitzte. Ich konnte sehen, dass Mama mit ihm durch die Fliegengittertür redete. Statt einer Begrüßung nickte er nur müde, als ich an ihm vorüberging. Hatte die Sommerhitze ihn so erschöpft?

„Na, Katrina, jetzt bist du sicher froh, dass wir dich davon abgehalten habe, dich mit dieser Mrs. Riley abzugeben“, rief Mama von drinnen und triumphierte.

Papa schliff sein Messer am Wetzstein und schwieg. Auch ich wusste nicht, was ich sagen sollte. Also schwiegen wir beide.

„Sie ist abgehauen mit irgend so ’nem Kerl“, sagte Mama, als ich die Küche betrat.

„Immerhin ist er Schriftsteller“, erwiderte ich, während ich einen heißen Deckel anhob und in den Topf spähte, in dem Rüben kochten. „Damit will ich ihr Verhalten natürlich nicht entschuldigen.“

„Immerhin hat sie Mann und Kinder im Stich gelassen.“

„Ich gehe in mein Zimmer“, brummte ich missmutig.

„Von jetzt an hörst du lieber gleich auf deinen alten Herrn!“

Das waren die letzten Worte, die ich hörte, bevor ich meine Zimmertür ins Schloss fallen ließ.

Neben meinen Rollschuhen lag in einer Ecke meine schon etwas schäbig gewordene Arbeitsmappe. Als mein Blick darauf fiel, zog ich eine der Kohlezeichnungen hervor, die Bobby Kennedy darstellen sollte. Ich hielt die Zeichnung ins Licht, um besser sehen zu können. Diese stümperhaften Striche um Mund und Augen! Wie peinlich! Ich hasste diesen Dilettantismus und riss das Bild in lange Streifen, die ich zu Boden fallen ließ. Eine Bleistift-Skizze kam als Nächstes zum Vorschein. Auch sie riss ich in Stücke, während ich mir die Tränen von den Wangen wischte und dabei schwarze Kohlespuren hinterließ.

Die späte Nachmittagssonne traf plötzlich mein Gesicht, aber ich wollte kein Licht in meinem Zimmer, und so riss ich entnervt das Sonnenrollo herunter.

„Katrina, komm essen“, sagte Mama, die extra in mein Zimmer gekommen war.

„Für mich brauchst du nicht zu decken.“

„Du kommst runter und isst gefälligst was.“

„Ich habe aber keinen Hunger.“

„Katrina Louise! Was hast du getan?“, rief Mama, die noch immer im Türrahmen stand. Es waren die Papierschnipsel, die ihren Zorn entfachten.

„Mit Kunst will ich nichts mehr zu tun haben", sagte ich so beiläufig, als hätte ich: „Ich geh mal in die Stadt" gesagt.

Wir blickten uns beide eine Weile grimmig und schweigend an, und sie machte ein Gesicht, als hätte ich eins meiner Stofftiere zerfetzt.

„Was ist schon dabei, Mama?"

Sie stand vor den Schnipseln und hielt sich die Hand vor den Mund. Ich sah, dass sie mit den Tränen kämpfte, aber sie ließ gerade so viel zu, dass ich mich schämte. Sie hockte sich hin und versuchte mit ihren vom Rübenschälen gelben Fingern, die Schnipsel zu ordnen. Dann erkannte sie das Portrait. „Das war doch das Bild von Bobby Kennedy! Und das habe ich so geliebt! Wie gut hattest du ihn getroffen, richtig echt! Er guckte so, als würde er wissen, dass er ermordet wird."

„Sei doch still, Mama!"

„Alle Bilder kaputt! Du hast nicht eins heil gelassen? Nicht eins?"

„Sie bedeuten mir nichts mehr, Mama."

„Das hast du gemacht, um mir eins auszuwischen, stimmt's?"

Und nach einer Pause fuhr sie fort: „Du hättest sie verkaufen können ... was auch immer ... aber doch nicht zerreißen!"

„Du hast noch nie gesagt, dass sie dir was bedeuten."

„Du bist nicht richtig im Kopf, Katrina, das sage ich dir."

„Du hast kein Recht, so was zu behaupten. Du kennst mich ja überhaupt nicht!"

„Einen Schafskopf erkenne ich wohl noch. Und du bist einer, basta!"

Mama richtete sich auf, und dann ließ sie das, was von meinen Träumen übrig geblieben war, zwischen ihren Fingern zu Boden rieseln.

„Lass mich doch endlich in Ruhe", grollte ich, schlüpfte unter mein Deckbett und zog es mir über den Kopf. Ich hörte die Tür ins Schloss fallen. Also musste ich meine verwundete Seele nun selber trösten. Und so verbrachte ich viele Tage meiner Ferien eingehüllt in meine Decke und meine Selbstzweifel.

Mrs. Rileys Affäre mit dem Schönling aus New York war den Sommer über Gesprächsthema in der Stadt, bis es eines Tages wie so mancher Unrat mit den braunen Wassern unsres Flüsschens hinab ins Tal gespült und vergessen wurde.

Der Sommer mit seinen hellen Tagen, den Blumen und Düften hatte unserem Haus nach einem allzu tristen Winter wieder neues Leben eingehaucht. Niemand hasste Weihnachten mehr als Papa. Den ganzen Dezember über hatten sich er und Großmama angefaucht wie zwei Straßenkatzen, die man zusammen in einen Sack steckt. Aber dann starb die Großmutter, und meine Hoffnungen schwanden völlig, dass die Hurleys untereinander doch noch Frieden schließen würden. Wie bei Großpapa war es mir nicht vergönnt, mich von der Todkranken zu verabschieden. Obgleich die Geschwister ihn baten, weigerte sich Papa, seine Mutter am Krankenbett zu besuchen, und selbst an ihrer Beerdigung machte er aus seinem Groll keinen Hehl. Nicht eine einzige verstohlene Träne gestattete er sich. Deshalb hatte ich gerade diesen Sommer so sehnsüchtig erwartet und gehofft, er werde mit seinen freundlichen Tagen alle düsteren Erinnerungen auslöschen.

Einige meiner Tanten und Onkel hofften noch immer, den Streit mit meinem Vater beilegen zu können. Als sich damals alle zurückgehalten und nichts dagegen unternommen hatten, dass sich Tante Velda die Farm unter den Nagel riss, schwor Papa, mit einigen nie wieder zu reden. Von Zeit zu Zeit tauchte einer von ihnen bei uns auf und wollte um gut Wetter bitten – wie jener Mann, der gerade bei uns am Küchentisch saß.

Ich hatte wieder einmal etwas länger im Bett gelegen, als plötzlich beißender Tabak-Geruch in mein Zimmer drang, so wie ich ihn von Papa nicht kannte. Auf Zehenspitzen schlich ich zur Küche. Mama goss gerade einem unbekannten Mann Kaffee ein. Papa saß neben ihm, und die beiden unterhielten sich ziemlich vertraut – über die lieben Verwandten und die schlechten Zeiten während der Wirtschaftskrise.

Als Mama mich entdeckte, rief sie: „Sieh mal, wer uns heute Vormittag besucht."

„Hallo", sagte ich schläfrig und rieb mir die Augen. Dann fiel mir ein, dass ich ja in einem ziemlich dummen Baby-Doll-Nachthemd herumlief, und so zog ich mich schnell wieder zurück.

Mama kam mir hinterher.

„Wer ist das?"

„Ein Cousin von Papa, Marlon Trent. Der Kerl ist heute Morgen angetrunken hier aufgekreuzt, und Papa hatte keine Lust, ihn in dem Zustand nach Hause zu fahren."

„Es ist doch noch früh. Besäuft er sich schon am Morgen?", fragte ich Mama.

„Der ist schon seit halb vier bei uns."

„War er es, der mitten in der Nacht angerufen hat?", wollte ich wissen, denn ich besann mich, im Halbschlaf das Telefon gehört zu haben.

„Nein, das war Tante Velda."

„Ist sie zurück?"

„Ihr Mann ist abgehauen. Sie hatten einen Riesenkrach, und da ist er weg. Tante Ruby musste sie mal wieder ins Sanatorium bringen."

„Was? Onkel Ned ist abgehauen?"

„Hat seine sieben Sachen gepackt und hat Velda allein gelassen. Ruby kümmert sich inzwischen um die Kinder."

„Und was macht Tante Velda jetzt?"

„Eins sage ich dir: Die kriegt keinen Cent von uns!"

„Kann sie nicht was arbeiten?", wollte ich wissen, aber ich hätte mir die Frage auch sparen können. Außer Onkel Hank, Pippas Mann, ging keiner aus Papas Familie einer festen Arbeit nach.

„Sie kann doch nix, und wer würde schon mit ihr auf Arbeit auskommen, Katrin?"

„Ihre Kinder tun mir Leid", sagte ich.

„Frauen wie sie sollte man sterilisieren. Ach übrigens, geh mal hinters Haus und hol aus dem Keller Kartoffeln. Mima kommt zu Besuch. Ich habe ihr gesagt, dass wir was zu Mittag machen."

Es hatte sich also meine andere Großmutter – Mamas Mutter – angemeldet. Wir alle fühlten uns nicht wohl in ihrer kühlen Gegenwart, und wir nannten sie Mima, weil ihr Lieblingsenkel, der jetzt in Oregon lebte, sie als kleines Kind so genannt hatte. Sie hatte nie ein freundliches Wort für einen von uns, legte dafür aber größten Wert darauf, als tugendhafte Frau geachtet zu werden.

Ich zog mich schnell an und kroch in den Kartoffelkeller, der nur von außen zugänglich war. Dort unter dem Haus breitete Papa im Herbst die Kartoffeln aus und bestreute sie mit Schwefel, damit sie den Winter über hielten. Und diese Höhle unter dem Haus hatte mir schon so manches Mal als Versteck gedient – aber nicht nur mir. Einmal fand ich dort zu meiner großen Freude einen Wurf Kätzchen mit der Mutter vor.

Ich ließ die Kartoffeln in die Zinkwanne vor dem Haus poltern, wo ich sie wusch. Papa begleitete gerade seinen Cousin zum Auto.

Und kaum war Marlon Trent abgefahren, da tauchten schon die nächsten Gäste auf. Die beiden ausgezehrten Gestalten spähten so angestrengt übers Armaturenbrett ihres Wagens wie sich Jungvögel über den Nestrand recken.

Ich begrüßte höflich Großvater und Großmutter.

„Was hast du da im Gesicht?", fragte Mima und beäugte mich streng.

„Ist noch Schwefel dran?" Ich wischte mir das Gesicht. „War nämlich im Kartoffelkeller."

„Nicht doch, ich meine die viele Tusche da und da."

Sie stupste mit dem Finger gegen meine Wangen. Für alles, was modern war, hatte sie noch fürchterlich altmodische Bezeichnungen. Schminke war für sie nur *Hurenfarbe.*

„Wie Isebel siehst du aus ..."

„Sie ist aber keine Isebel", rief Mama dazwischen, und man merkte ihr an, wie verärgert sie war.

„In der Bibel steht sehr wohl, dass Isebel ihr Gesicht angemalt hat", rief Großmutter aufgebracht, und ihr Kehllappen bebte.

„Katrina ist ein anständiges Mädchen, Mama! Sprich nicht so abfällig über sie, jedenfalls nicht in meinem Haus! Das lasse ich nicht zu!"

„Wollt ihr reinkommen?", sagte ich schnell, damit sich die Erwachsenen nicht noch zu streiten anfingen.

Drinnen angekommen, schälte ich die Kartoffeln, während Mama den Maisbrotteig rührte.

Und um einen ordentlichen Eindruck zu hinterlassen, begann ich mit den Großeltern zu plaudern: „Wie war es im Gottesdienst, Mima?"

„Schön. Du solltest auch mal wieder kommen."

„Würde ich ja gern. Warum gehen wir nicht, Mama?"

„Du kannst ja, wenn du willst, Katrina", antwortete sie.

Die Eltern hatten schon mehrmals die Gemeinde gewechselt. Sie hielten es jedoch nie lange aus. Irgendwann hatte sich Papa entschlossen, überhaupt nicht mehr zur Kirche zu gehen, und Mama besuchte nur sporadisch einen Gottesdienst. Jedes Mal, wenn wir eine Gemeinde verlassen hatten, suchten uns die Ältesten der Gemeinde heim, um uns die Leviten zu lesen. Ich bekam nie mit, worüber gesprochen wurde, aber Mama war jedes Mal hinterher tagelang missmutig und zu nichts zu gebrauchen.

„Wir können dich ja abholen", meinte Mima, und ich nahm ihren Vorschlag gern an.

* * *

Es war Sonntag, und schon früh begann ich mit den Vorbereitungen für meinen Gottesdienstbesuch. Die ganze Nacht hatte ich mit Mutters stachligen Lockenwicklern geschlafen, die ich nun ausrollte.

„Mama, leihst du mir eine von deinen Strumpfhosen?", fragte ich.

„Ich hätte eine für dich, wenn sie über deine langen Beine passt", rief Mama aus dem Schlafzimmer.

Ich ging zu ihr und wunderte mich über die vielen Prospekte und dicken Bücher, die überall herumlagen. „Was ist das denn für ein Zeug?", erkundigte ich mich.

„Das sind Musterbücher und Prospekte. Ich möchte die Küche renovieren. Wie gefällt dir die Farbe hier? *Narzisse* heißt sie. Sieht doch hübsch aus."

„Na ja, eben gelb", sagte ich ein wenig desinteressiert, während sie mir die Strumpfhose reichte.

Vor längerer Zeit hatte ich schon einmal versucht, Anschluss in Mimas Gemeinde zu finden. Aber sie schickten mich damals gleich in die Kinderstunde zu lauter kleinen Mädchen, die alle bodenlange Röcke trugen. Mama weigerte sich, extra für den Gottesdienst einen solchen Rock zu nähen und Geld für die Arbeitshefte auszugeben, die man für die Kinderstunde unbedingt brauchte. Und so konnte ich nicht mehr teilnehmen. Außerdem fand ich es widerlich, wie diese dummen Gänse mich von Kopf bis Fuß musterten, als ich den Raum zum ersten Mal betrat. Inzwischen war ich allerdings alt genug, um bei den Erwachsenen sitzen zu dürfen, und es schrieb mir niemand mehr vor, was ich anziehen sollte.

Mama hatte mir einen Minirock genäht. Meine langen, dürren Beine hingen unten heraus wie Leggins auf der Leine. Es war das kürzeste Ding, das sie mir je geschneidert hatte, sodass selbst ich mich etwas unbehaglich fühlte und immer wieder am Saum zupfte.

„Ob ich nicht doch lieber zu Hause bleibe? Beim letzten Mal haben die Mädchen in Mimas Gemeinde alle ziemlich lange Röcke getragen."

„Geh du mal ruhig zur Kirche", meinte Mama, „und wenn jemand dumme Bemerkungen macht, dann sagst du mir Bescheid, Katrina."

So schickte sie mich hinaus zu Großvater, der im Auto wartete, und ich in meinem Minirock war dabei der Pfeil, den sie abschoss, um die Community Church von Mockingbird Valley mitten ins Herz zu treffen.

Die Gemeinde war mit ihrer Verkündigung so traditionsbewusst wie die Familien, die sich sonntags und mittwochs in die Bänke zwängten. Menschen zogen fort und ließen sich nieder in Mockingbird Valley, aber die Familien, die vor fünfzig Jahren die Gemeinde gegründet hatten, trafen sich noch immer fast vollzählig Sonntag für Sonntag.

Die McClintocks besetzten eine ganze Bank, und hinter ihnen saß in aller Regel die Familie Corwalli. Die Familien, die sich für noch geistlicher hielten, nahmen in den vorderen Bänken Platz und bekundeten vernehmlich ihr Wohlwollen, wenn ihnen gefiel, was der Prediger verkündete. Doch es gab eine Familie, die immer meine besondere Aufmerksamkeit erregte. Mit stolz geschwellter Brust zog Vater Houston ein, gefolgt von seiner Frau und sechs stattlichen Söhnen. Und wenn sie alle den Mittelgang entlanggingen, kamen sie mir vor wie Mose und die Kinder Israel, die das Schilfmeer durchschritten.

Großvater lieferte uns immer vor der Kirche ab. Niemals habe ich ihn in einer Gemeinde gesehen – außer bei seiner Beerdigung natürlich. Mima steuerte zielstrebig dem mittelsten Platz auf der mittelsten Bank zu, und irgendwann begriff ich, dass jeder hier seinen festen Stammplatz hatte. Sollte sich wirklich einmal ein Fremder in diese Gemeinde verirren und sich irgendwo niederlassen, so würde ihn der rechtmäßige Besetzer gewiss nachdrücklich in die Gepflogenheiten der Gemeinde einweisen. Ich stand noch im Gang, während Großmutter sich an den Knien ergrauter Damen vorbeizwängte, um ihren Stammplatz zu erreichen. Sie gesellte sich zu all den Frauen, denen es partout nicht gelingen wollte, ihre Männer aus jenen Plüschsofas zu reißen, für die sie so hart gearbeitet hatten.

„Guten Morgen, Flora", sagte Mima tonlos.

„Herrliches Wetter heute Morgen, nicht wahr?", sagte Flora, ohne eine Miene zu verziehen. Ihre Frömmigkeit verbot es ihnen, im Haus Gottes Gefühle zu zeigen. Mit dieser selbst auferlegten Starre schützten sie ihr Herz vor den giftigen Pfeilen all der Tugendwächter in ihren Reihen.

Ich lächelte der Frau, die ganz vorn am Gang saß zu, und schickte mich an, meiner Großmutter zu folgen, als diese von der Mitte der Bank her rief: „Hier sitzen nur die Alten, Katrina. Geh du rüber zum Kindergottesdienst. Die Spatzengruppe ist das hier."

„Wo finde ich die?"

„Da hinten. Zum Schluss kommt ihr Kinder dann zurück in den Gottesdienst."

„Mima, ich bin sechzehn!"

„Dann geh zu dem Mann mit dem roten Mantel, der da drüben

steht und Kugelschreiber austeilt. Der sagt dir, wohin du gehen sollst."

Ich machte mich auf den Weg, und dabei beobachtete ich die Familien, die in den Bänken saßen und miteinander schwatzten. Ich war kaum fünf Minuten in der Kirche und hatte bereits das Verbot, das Glück anderer zu begehren, gebrochen. Denn ich wünschte mir nichts sehnlicher, als zu einer dieser Familien zu gehören.

Nach dem Gottesdienst lief ich schnell zum Ausgang. Die Houstons sammelten sich dort in der Vorhalle. Der älteste Sohn achtete darauf, dass sich seine jüngeren Brüder nicht von der Mutter entfernten. Da entdeckte ich neben einem Pflanzkübel am Boden eine kleine blaue Bibel. Ich schlug sie auf, und sah, dass sie der Familie Houston gehörte.

„Entschuldigung", sagte ich, als ich an den ältesten Sohn herantrat, dessen schwarze Locken einen interessanten Kontrast zu seinen blauen Augen bildete.

„Ja bitte?" Er sah mich an, und ich spürte die Wärme meiner Wangen.

„Die habe ich auf dem Boden gefunden", sagte ich und gab ihm die Bibel.

„Oh, danke. Meine kleinen Brüder verstreuen die Bibeln immer in der ganzen Kirche."

„Wie viele Brüder hast du?" Ich kannte die Antwort, aber ich spürte den Drang, ihn nicht einfach so stehen zu lassen.

„Fünf." Er nahm einen von ihnen auf den Arm. „Fünf kleine Ungeheuer insgesamt."

„Ich habe gar keine Brüder."

Der Kleine begann zu quengeln, und so ließ ihn sein Bruder wieder frei.

„Du kannst sie alle haben."

„Danke, aber lieber nicht. Ach übrigens, ich heiße Katrina."

„Ich bin Sol – Sol Houston."

„Hab dich schon öfters in der Schule gesehen."

„Jedenfalls nett, dass du die Bibel aufgehoben hast."

In diesem Augenblick fuhr Mr. Houston vor und hupte.

„Man sieht sich", sagte ich.

„Klar", erwiderte Sol, trat hinaus in den Sonnenschein und löste seinen Krawattenknoten. Ich sah ihnen noch nach und fragte mich, ob seine Familie wohl bereit wäre, einen aufgeschossenen Teenager zu adoptieren, der davon träumte, sich in die Lüfte zu erheben.

3

Mama ließ sich gern von mir chauffieren, nachdem ich mit 16 den Führerschein gemacht hatte. Sie hatte wieder einmal einen Einkaufszettel geschrieben, und wir stiegen in Papas alte Kiste. Als Mama sich in den Sitz fallen ließ, wirbelten die Flöckchen von Papas Zigarettenasche durch die Luft.

„Wenn er doch bloß aufhören würde zu rauchen", seufzte Mama.

„Finde ich auch. Aber was anderes wäre noch wichtiger: dass ihr wieder zur Kirche kommt."

„Ich gehe dann, wenn ich Lust dazu habe."

Beim Zurücksetzen auf der Ausfahrt sah ich, dass schon wieder eine Rose am Briefkasten steckte. „Sieh mal, Mama, eine Rose! Glaubst du, dass Papa sie pflückt, weil er sich wieder mit dir vertragen will? Oder ist er einfach nur lieb?" Sie antwortete nicht, und so wechselte ich das Thema. „Am Sonntag haben wir ein Chorkonzert in der Kirche. Eine Gruppe aus Tennessee kommt. Hast du nicht Lust mitzukommen?"

„Diesen Sonntag?"

Ich nickte.

„Och ja, 'n Chor höre ich immer gern. Vielleicht komme ich mit. Ich überleg's mir."

„Zu welchem Laden, Mama?"

„Zum Supermarkt. Ich will Rabattmarken einlösen. Übrigens bleibst du immer ziemlich lange weg, wenn du zur Gemeinde fährst. Was hält euch denn so lange in der Kirche?"

„Manchmal gehen die Jugendlichen noch 'ne Pizza essen oder so was. Da bin ich ein paar Mal mitgefahren."

„Ihr seid also gar nicht in der Kirche selbst?"

„Manchmal schon. Wir treffen uns dann mit Pastor Sweeney zur Gebetsnacht."

„Ihr könnt doch auch im Bett beten."

„Klar."

„Wenn ich nicht so viel Vertrauen hätte, käme ich auf den

Gedanken, dass du dich mit deinen Leuten irgendwo in der Stadt herumtreibst."

„Ich bin bestimmt immer nur mit der Gemeindejugend unterwegs. Ehrenwort!"

„Papa meint, dass du's ganz schön übertreibst."

„Mit Gott?"

„Ja, mit dem ganzen frommen Getue."

„Ich brauche Gott, Mama. Jetzt, wo ich ihn gefunden habe, möchte ich, dass mein Leben anders wird. An einem Abend habe ich ihn ganz nahe gespürt. Als ich betete, hatte ich plötzlich das Gefühl, er sei vom Himmel gekommen und würde dicht neben mir stehen."

„Du hörst aber keine Stimmen wie Papa, oder?"

„Keine richtigen Stimmen. Es ist so, als würde man sich ohne Worte verstehen. Gott macht das so, wie du deine Veilchen gießt. Du achtest doch auch darauf, dass das Wasser ganz sanft den Boden um die Pflanze nass macht."

„Veilchen sind auch ziemlich heikel zu ziehen."

„Seine Stimme ist so sanft wie das Wasser, mit dem du die Veilchen wässerst. Und dann zieht es in mich ein. Ich brauche es jeden Tag."

Mama betrachtete die voll erblühten Rosenspaliere in Nachbars Garten. Hätte sie es am Ende lieber gehabt, ich wäre mit irgendeiner Clique nächtens durch die Stadt gezogen?

Im Laden angekommen, trennten wir uns, und jeder für sich arbeitete einen Teil des Einkaufszettels ab, bis wir uns an der Kasse wieder trafen.

Mama nickte und deutete mit dem Kopf hinter mich in der Schlange. Und als ich mich umdrehte, blickte ich in das blasse Gesicht eines Jungen, den ich aus der zehnten Klasse kannte. Er jobbte wohl irgendwo, denn er trug eine rote Schürze und hatte einen Besen in der Hand. Seine mit einem schwarzen Gestell eingefassten, dicken Augengläser gaben ihm etwas Insektenartiges. So beäugte er mich.

„Hallo, Katrina", nuschelte Douglas Witherspoon wegen seiner dicken Unterlippe.

„Tag, Douglas", sagte ich so beiläufig wie möglich und sah weg, um auf keinen Fall in ein Gespräch verwickelt zu werden. Aber Mama blieb hartnäckig. Sie lächelte ihn aufmunternd an. Ihr Geschmack, was Jungen betrifft, schien sich von meinem völlig zu unterscheiden. Ich denke, das ist bei Müttern und Töchtern im Allgemeinen so. Aber ihre Vorliebe schien inzwischen irgendwo am unteren Ende der Nahrungskette angekommen zu sein. Sie lächelte noch immer Douglas zu, dann wieder mir, als wolle sie eine Brücke zwischen uns schlagen.

„M-öchste ma' mit mir ausgehen?", platzte er heraus. Und ich fragte mich, wie oft er diesen Satz zuvor im Stillen geübt hatte, bevor er sich überwand. Er hielt es offenbar nicht für nötig, mich mit netter Konversation einzustimmen, sondern fiel gleich mit der Tür ins Haus.

„Habe im Moment viel zu tun, du", ließ ich ihn abblitzen.

„Dann eben nicht", sagte er und stahl sich davon.

Ich schüttelte mich bei dem Gedanken, mit diesem Typ ausgehen zu müssen, aber Mama sah mich mit großen Augen an.

„Was hast du dir dabei gedacht?", fragte sie mich. „Warum hast du die Einladung dieses netten Jungen einfach so ausgeschlagen? Ich verstehe dich nicht!"

„Douglas ist weder nett noch hübsch, Mama. Er ist hässlich wie die Nacht."

Mama trug mir meinen Eigensinn länger nach, als ich erwartet hatte. Das war ihre Art, die aufsässige Tochter zur Räson zu bringen, die es gewagt hatte, einen anständigen jungen Mann abblitzen zu lassen. Darüber hinaus bedienten sich die Hurleys gern der üblen Nachrede, um andere in der Familie zu bestrafen. Erst ein paar Tage später, als Tante Velda uns überraschend besuchte, erfuhr ich durch Zufall, wie Mama es mir heimgezahlt hatte. Ich war ganz überrascht, dass Papa wieder mit seiner Schwester redete. Mama hatte seit dem großen Familienzwist ihren Namen kein einziges Mal mehr erwähnt.

Ich traf mich mit den Cousins und Cousinen in Edens Zimmer. Wir saßen im Kreis am Boden, musterten uns gegenseitig und wunderten uns, wie groß wir alle geworden waren.

„Ich hab Karten mitgebracht“, sagte ich. Ich zog das Spiel heraus und mischte für eine Partie Mau-Mau.

Plötzlich begann Haley mit ihrem Bruder zu tuscheln, aber ich verstand nicht, was sie sagte.

„Du gibst, Dale?“, fragte ich.

Er antwortete nicht, sondern wandte sich an seinen Bruder George, um ihm auch etwas ins Ohr zu flüstern. Sie saßen da wie drei Tauben auf dem Dach und musterten mich stumm.

„Was habt ihr?“, fragte ich, während ich die Karten austeilte.

Haley rückte ein Stück weg von mir.

„Ihr tut ja gerade so, als hätte ich die Masern. Was ist los?“

Dale mit seinen feisten roten Bäckchen von zu vielen Hamburgern grinste mich verschämt an. „Wir haben gehört, dass du ’ne Lesbe bist“, stieß er hervor.

Ich glaubte nicht, was ich hörte. Wer konnte solche Gerüchte verbreiten? Sollte etwa Mama dahinter stecken?

Sobald unsere Gäste gegangen waren, lief ich stracks zu meiner Mutter. „Warum tust du mir das an?“, fragte ich aufgebracht.

Sie richtete sich in ihrem braunen Schaukelstuhl auf. „Ich weiß nicht, wovon du redest.“

„Du hast Tante Velda erzählt – ausgerechnet der –, dass ich ’ne Lesbe bin. Ich – eine Lesbe!“

Sie wirkte verlegen. „Ich ... ich meinte doch nur ...“

„Hast du das von mir behauptet?“

„Ich habe zu Velda nur gesagt, dass ich mich wundere, warum du noch keinen Freund hast.“

„Das hast du gesagt? Ich denke, ihr beiden redet nicht mehr miteinander?“

„Und warum willst du keinen Freund haben?“

„Du bist doch nur darauf gekommen, weil ich diesen Douglas habe abblitzen lassen. Stimmt’s, Mama?“

„Der war doch ganz nett.“

„Habe ich denn nichts Besseres verdient?“

„Warum denn? Er sieht nicht viel schlechter aus als all die anderen, die dir über den Weg laufen. Wenigstens trug er saubere Sachen und hatte die Haare geschnitten – nicht wie all die Hippies, die sonst so rumlaufen."

„Ich lasse mich nicht mit irgend so einem Typ verkuppeln. Bin eben ein bisschen wählerischer als meine Schwester."

„Ich kann nicht darüber bestimmen, was Eden macht."

„Und bei mir kannst du dich auch nicht reinhängen."

„So lasse ich nicht mit mir reden!"

„Dann erzähl niemand mehr, dass ich lesbisch bin."

Sie hatte genug, sprang aus ihrem Schaukelstuhl auf und ließ mich stehen.

„Eher werde ich eine alte Jungfer, als mich mit so einem schmierigen Typ wie Douglas Witherspoon einzulassen", rief ich ihr hinterher, und einen ganzen Tag lang redeten wir nicht mehr miteinander – bis zum Sonntag.

Ich ließ Mama unter dem Vordach der Kirche aussteigen. Vom Regen glänzten die Dächer. „Geh schon vor", rief ich, als ich sah, dass sie vor der Tür stehen blieb. „Mima kommt immer ziemlich früh. Such sie, und setz dich zu ihr."

Ich sah, wie verkrampft sie die große grüne Bibel hielt, die ich ihr zum letzten Geburtstag geschenkt hatte. Noch zögerte sie, aber dann trieb sie ein Windstoß voller Regen ins Innere der Kirche. Ich stellte mir Gott vor, der sie von oben mit Zuneigung und Wohlwollen betrachtete und sie nun mit sanftem Nachdruck in die Kirche stupste. So viele Dinge wollte er ihr doch noch ins Ohr flüstern. Und ich fragte mich, ob sie in all den Jahren, in denen sie ihre Sonntage im Rosengarten verbrachte, je geahnte hatte, was Gott ihr eigentlich anvertrauen wollte. Aber sie wird ihn nicht gehört haben, denn Gott ist ein Flüsterer – was ich aus eigener Erfahrung weiß.

Ich parkte den Chevy in einer Seitenstraße, dort wo ein Christenhasser eifersüchtig darauf achtete, dass keiner der Gottesdienstbesucher auch nur eine Stoßstangenbreite seine Grundstücksgrenze überfuhr, und drohte, er werde andernfalls unsere Autos abschleppen lassen.

Das Begrüßungsteam war wie immer vollständig angetreten,

lächelte freundlich den Ankömmlingen zu und führte die betagten Gottesdienstbesucher hinein zu ihren Plätzen.

Ich fand Mama noch immer im Foyer. Ihre hängenden Schultern unter dem schlaffen Regenmantel verrieten, wie ängstlich und angespannt sie war. „Ist Mima noch nicht da?“, fragte ich.

„Doch, ich habe sie schon gesehen. Aber heute am ersten Sonntag im Monat ist sie nicht auf ihrem Platz. Sie füllt die Abendmahlskelche.“

„Ich sitze meistens vorn, aber wenn du willst, bleibe ich heute bei dir“, schlug ich vor.

„Da ist ja Evelyn, die Friseuse. Seit wann kommt sie denn zu euch?“

„Seit etwa einem Jahr.“ Ich erkannte Evelyn sofort an ihrer auffälligen Hochfrisur, die so starr wirkte wie aus Gusseisen.

„Ich setze mich zu Evelyn. Geh du nur zu deinen jungen Leuten.“

„Fein. Wir treffen uns hinterher dann wieder hier im Foyer. Ist das recht?“

Sie nickte, und ich sah ihr nach, wie sie zögerlich den Kirchenraum betrat und in der zweiten Bank von hinten ihre Friseurin begrüßte.

* * *

Es war still im Haus an diesem Sonntagmorgen. Eden erwachte gerade und streckte sich. Von draußen drang kein Laut durchs offene Fenster. Die Sonne hatte sich über die Bergkämme erhoben und tauchte das Tal in ein sanftes Licht.

Noch letzten Sonntag hatte sie draußen das Pfeifen und Singen der Mutter gehört, die im Beet vor dem Fenster ihre Teerosen hegte und ab und zu nach den Mädchen rief, weil sie ihr Teeglas gefüllt haben wollte. Aber heute drang kein rhythmisches Klicken der Gartenschere zu Eden ins Zimmer. Sie erhob sich, zog sich ein T-Shirt über den Kopf und trat hinaus auf den Flur. Dort lag Katrinas Nachthemd neben einer einzelnen Sandale am Boden. Es machte Eden jedes Mal wütend, wenn Mama und ihre Schwester am Sonntagmorgen so Hals über Kopf zur Kirche aufbrachen.

Eden hatte an sich nichts gegen einen Gottesdienstbesuch

einzuwenden und erinnerte sich noch gut an ihre eigene Taufe in der Baptistengemeinde kurz vor ihrem neunten Geburtstag.

Als Katrina zu Ostern den Pastor gebeten hatte, getauft zu werden, hatte Eden nicht zurückstehen wollen. Mit den beiden Mädchen wurde ein alter Mann getauft, der wie Bauer Ziffels Schweine quiekte, als er seinen Fuß in das kalte Wasser tauchte. Eden bekam einen heftigen Rippenstoß, weil sie sich das Lachen nicht verbeißen konnte. Schließlich war sie an der Reihe. Mama hatte ihr weiße Sachen angezogen. Aber der Rock aus Spitze blieb beim Eintauchen an der Oberfläche, und Eden sah aus wie eine Seerosenblüte.

Auch wenn es eine schöne Feier wurde, bedeutete Eden die Taufe nicht viel, und so war sie froh, als die Mutter eines Tages ihre regelmäßigen Gottesdienstbesuche einstellte.

Irgendwann im April hatte Katrina ihrer Mutter dann eine Bibel geschenkt. Es würde ihr gut tun, darin zu lesen, hatte sie gemeint. Und fortan traf Eden ihre Mutter immer häufiger beim Lesen an, die Bibel in der Hand und all die spannenden Arztromane unbeachtet am Boden.

Eden nahm es ihrer Schwester übel, dass sie die Mutter zu diesem frommen Lebensstil verführte. Es machte ihr schon zu schaffen, dass sich ihre Schwester so verändert hatte. Aber sie konnte nicht in Worte fassen, was sie empfand. War es Neid oder Groll oder beides zugleich? Katrina war ihr ein gutes Stück über den Kopf gewachsen und hatte eines Tages die Puppen in die hinterste Ecke ihres Schrankes verbannt, und dann war sie auch noch gläubig geworden, hatte, wie sie sagte, Gott gefunden. Eden stritt mit Leidenschaft. Es bereitete ihr das größte Vergnügen, sich mit ihrer Schwester auseinander zu setzen, denn in diesen Augenblicken bekam sie Katrinas ganze Aufmerksamkeit. Doch plötzlich wich die Schwester ihr aus und gab sich so unerträglich versöhnlich. Zuweilen brach Eden ohne wirklich Anlass einen Streit vom Zaun, nur um sich endlich wieder einmal mit ihrer Schwester zu zanken. Doch es wollte ihr nicht mehr gelingen.

Plötzlich war nichts mehr so wie früher. Pam Haney, Edens beste Schulfreundin, hatte sich schwängern lassen, ohne sich dessen zu schämen. Ihr Stolz schwoll mit ihrem Bauch. Wie eine Königin ließ sie sich hofieren, wenn man ihr wieder den einzigen freien Stuhl anbot oder ihr sonst zu Diensten war. Pam war von heute auf morgen zur Frau gereift und hielt sich fortan zur Clique der Oberstufe, in der sich jene jungen Mädchen trafen, die nichts anderes mehr im Kopf hatten, als den Jungen schöne Augen zu machen.

Doch Eden überwand sich nicht, die Schwester in ihre Seelenpein einzuweihen. Wie gern hätte sie es getan, aber Katrina war ihr irgendwie fremd geworden – genauso wie Pam, ihre Freundin.

Außerdem brachte es Eden zur Weißglut, wenn Katrina wieder einmal als Problemlösung Bibelverse zitierte. Dass ihre Schwester sich derart verändern konnte! Mama und Papa waren zwar gute Menschen, hatten ihre Töchter aber niemals zu sittsamen und frommen Mädchen erzogen. Warum ihre ältere Schwester nun plötzlich so versessen auf Kirche war, konnte Eden sich nicht erklären.

Glücklicherweise blieb Mama weitgehend die Alte, und Eden registrierte jedes Anzeichen weltlicher Gesinnung bei ihrer Mutter mit Freude. Jedes Mal, wenn Mama wieder tobte und zeterte, las Eden es am Gesicht ihrer Schwester ab, wie betrübt sie war. Und sie erinnerte sich später daran, wie Katrina oft vor der Zimmertür ihrer Mutter mit gesenktem Kopf stand und betete. Sie solle es niemals wagen, sich vor ihre Tür zu stellen, hatte Eden damals gedroht und sich gefragt, warum dieser Gott so klammheimlich in ihr Haus gezogen war.

* * *

Der Zwang, mit 14 endlich einen festen Freund vorzuweisen, hatte mir großen Kummer bereitet, denn ich hatte es als unlösbare Aufgabe empfunden, bei der beschränkten Zahl junger Männer in meinem Umfeld einen einzigen klugen Kopf ausfindig zu machen. Mit 16 wuchs der Druck ins Unermessliche. Es gehörte nun einfach für ein Mädchen dazu, sich mit Jungen abzugeben, und so war ich gezwungen, nach einem Begleiter Ausschau zu halten, der mir so wenig wie möglich in die Quere kam, mir mit seiner Großzügigkeit den Weg ins Kino ebnete und meine schon allzu besorgte Mutter beruhigte.

Als ich endlich anfing, mich mit einem Jungen regelmäßig zu verabreden, entspannte auch sie sich, und die nagenden Zweifel bei Tanten und Cousinen, ob bei mir alles richtig sei, legten sich. Papa mischte sich in meine Partnerwahl nicht ein – bis ein junger Mann von jenseits des Flusses mich bat, „mit ihm zu gehen". Er war ein paar Jahre älter als ich, sein Benzintank war immer gefüllt, und er besaß die Kühnheit, sich mit der überall lauernden Verkehrspolizei anzulegen. Und darüber prahlte er gern bei meinem Vater. Sein Pech war nur, dass Papa für Draufgänger nichts übrig hatte.

Leon fiel mir zum ersten Mal ins Auge, als er eines Tages vor unserem Haus stand. Jenny McAbee, mit der ich damals gerade befreundet war, hatte ihn mitgebracht, weil er mit ihrem Freund herumgehangen und so traurig wie ein Hund geguckt habe. Die ersten Worte, die er an mich richtete, waren dann auch gleich ein vielsagendes Zeugnis seines kulturellen Horizontes: „Has'de Lust auf 'ne Cola?"

Leons breite Schultern füllten von nun an öfters den Rahmen unserer Haustür aus, besonders in den Sommermonaten, und je mehr ich von seinen Angewohnheiten mitbekam, desto klarer wurde mir, warum meine Eltern ihn mochten. Er war der Traum einer jeden Hausfrau. „Er ist ein guter Esser", schwärmte Mama des Öfteren. Seine breiten Schultern waren nicht athletisch, sondern eher rund und weich wegen seines gesegneten Appetites. Leon streckte seine Füße gern unter Mutters Tisch, und dann überhäufte er sie mit Komplimenten für ihre Kochkunst. Da sie sonst höchst selten für ihre hausfraulichen Tätigkeiten belobigt wurde, schloss sie Leon sofort in ihr Herz.

Leon war nicht das, was man als *Hingucker* bezeichnet, aber ich schämte mich dennoch nicht, mit ihm gesehen zu werden. Das reichte mir für den Augenblick. Das Beste an ihm aber war, dass er Auto fahren konnte.

Für den Glauben interessierte er sich kaum. Doch wenn ich lange genug bettelte, kam er über den Fluss und fuhr mich zum Gottesdienst. In der Bibel ist zwar beeindruckend oft von Männern die Rede, die ihre Frauen zu Gott führten, doch irgendwie hatten sich die Verhältnisse bei uns umgekehrt. Die Herrn der Schöpfung verweigerten sich zunehmend dem Kirchgang. Und Leon passte genau in dieses Schema. Wenn er sich tatsächlich einmal überreden ließ, gesellte er sich zu den wenigen Männern, die die Kirchenbank warm hielten, an ihren engen Kragen zupften und mürrisch dreinblickten. Manche von ihnen tauchten wochenlang nicht auf und erschienen dann plötzlich wieder, und niemand wusste, warum. Wahrscheinlich ging es ihnen wie meinem Papa. Immer wieder suchte er krampfhaft nach Gründen, um dem einen oder anderen Gemeindemitglied oder dem Pastor etwas übel zu nehmen, was ihm dann den Vorwand gab, ein paar Wochen nicht im Gottesdienst zu erscheinen. Wenn man es darauf anlegt, muss man meist nicht lange suchen, um in einem Tuch irgendeinen Webfehler zu finden.

Im ersten halben Jahr unserer Beziehung brachte Leon mich ein paar Mal zum Gottesdienst. Er war höflich und zuvorkommend, widersprach mir eigentlich nie, lächelte mich lieb an und ließ mich wissen, dass er mich hübsch fände.

„Leon, wie gefällt es dir eigentlich hier bei uns im Tal?“, fragte ich ihn eines Tages, als es mir wieder einmal gelungen war, ihn in die Kirche zu locken.

„Nö, eigentlich nicht“, antwortete er aufrichtig.

„Mir auch nicht.“

„Mockingbird Valley ist mir zu groß. Ich finde Riverton schöner. Kleiner, ruhiger Ort. Ich werde mir sicher später mal ein Grundstück in der Nähe meiner Eltern kaufen, einen Garten anlegen und Tomaten anpflanzen. Du gärtnerst doch auch gerne, oder?“

„Du findest, dass Mockingbird Valley ein großer Ort ist?“

„Klar. Ich mag diese Stadtmenschen nicht“, sagte er und blickte sich demonstrativ um. Hinter uns saßen die Jugendlichen aus Mockingbird Valley, kauten Kaugummi und unterhielten sich lärmend. Er verabscheute alle, die sich so selbstsicher gaben und ihn, den Schüchternen, nur selten beachteten.

„Du willst dein ganzes Leben lang in Riverton bleiben?", fragte ich verwundert.

„Fühlst du dich nicht wohl hier?"

„Nee, du. Das Tal ist ... so schrecklich eng. Es nimmt mir die Luft zum Atmen."

Leon starrte mich an, als spräche ich plötzlich seine Sprache nicht mehr.

„Für Papa ist Mockingbird Valley das Paradies, aber für mich ganz und gar nicht. Was soll ich hier später mal tun? Hier gibt's doch nichts."

„Dein Vater meint, du würdest mal eine gute Lehrerin abgeben, Katrina."

„Hat *er* das gesagt?"

„Ich dachte, es käme von dir."

„Von mir bestimmt nicht."

Es musste schroff geklungen haben, denn er sah mich an, als habe ich ihn geohrfeigt. „Was kann mir Mockingbird Valley noch bieten? Hier gibt's doch nur was für Hausfrauen."

„Sag nicht, dass du 'ne Emanze bist."

Ich hasste dieses Wort. Es war so abfällig und herablassend wie die Frage der Männer an eine wütende Frau, ob sie wohl gerade ihre Tage habe. Anstatt sich die Zeit zu nehmen, um nachzudenken, was die Frau im Innersten bewegt, verspotten die Männer uns und würdigen uns ausgerechnet dort herab, wo wir am weiblichsten sind. „Mädchen dürfen genauso in die weite Welt streben, ohne dafür gleich ins Gefängnis wandern zu müssen", sagte ich und beobachtete Leon, wie er reagieren würde.

Er antwortete jedoch nicht und betrachtete stattdessen die Gesichter vom Jugendchor. „Kennst du die alle?", fragte er nach eine Pause. „Wahrscheinlich nicht. Es sind zu viele. In Riverton ist das anders, da kennen sich alle."

„Da hast du Recht, Leon. Ich kenne nicht alle."

Ich war tatsächlich noch nicht in diese verschworene Gemeinschaft vorgedrungen, in der man lediglich durch Geburtsrecht als Vollmitglied aufgenommen wurde. Die Jugendlichen, die nicht im

Chor sangen, saßen stets in den hinteren Bänken, und sie waren auch die Urheber der vielen Spottverse in den Gesangbüchern wie: *„Sieh dir mal den Wiggel an, dann fängst du gleich zu kichern an."* Es bereitete ihnen das größte Vergnügen, sich über den alten Bruder Earl Wiggelsworth lustig zu machen, der nur noch mit Mühe die Stufen zum Altarraum bewältigte und dann mit skurrilen Bewegungen den Chor dirigierte. Mama hätte mich für weniger geohrfeigt.

Es tat mir gut, wenn Leon neben mir saß, dann fühlte ich mich gleich nicht mehr als Einzelgängerin. „Ich werde mich allerdings bemühen, sie mit der Zeit alle kennen zu lernen", sagte ich. „Es ist jedenfalls keine Todsünde, nur ein paar Leute aus deiner Umgebung zu kennen."

Nachdem die Spannung zwischen uns ein wenig abgeebbt war, fragte ich: „Fühlst du dich hier wohl, Leon? Ich meine hier in der Kirche?"

„Doch, schon. Kann ich nicht anders sagen."

„Gehen eigentlich deine Leute zur Kirche? Vielleicht hast du's mir schon mal gesagt. Aber ich hab's vergessen."

„Sie sind Baptisten."

„Aber gehen sie auch? Meine Eltern haben auch schon gesagt, sie seien Baptisten, nur um neugierige Frager zufrieden zu stellen", sagte ich und blickte mich um. Da sah ich, dass Mama die Kirche betrat und sich sogleich neben Evelyn setzte. Zwei Bänke vor ihr kauerte Mima.

„Man muss nicht unbedingt zur Kirche gehen, um an Gott zu glauben", sagte Leon.

„Ist das wirklich deine Überzeugung?"

„Es ist die Wahrheit."

„Du hast sogar Recht. Der Teufel geht auch nicht zur Kirche und glaubt trotzdem an Gott", gab ich zu bedenken. „Andererseits müsste man fast vermuten, dass der Teufel doch in die Kirche geht. Wie sonst sollte er es schaffen, so viele daraus zu vergraulen?"

„Keine Ahnung, Katrina, ich bin kein Prediger", sagte Leon und zuckte die Achseln.

Mehr war ihm nicht zu entlocken, denn seine Bereitschaft, über geistliche Dinge zu diskutieren, war bereits erschöpft. Und es blieb mir ein Rätsel, warum er zwar mit wachen Augen alles wahrnahm, was um ihn herum geschah, und er sich dann für *den* Teil seiner selbst so wenig interessierte, der es verdiente, ewig zu leben.

Pastor Sweeney bat die Gemeinde, sich zum Singen zu erheben.

Aus irgendeinem Grund stellte ich meine Handtasche hinter mich auf die Bank, sodass ich gezwungen sein würde, mich umzudrehen, bevor ich mich wieder setzte. Sweeney stimmte ein Lied nach dem anderen an, und ich bekam einen trockenen Mund. Wie sehnte ich mich plötzlich nach einem Kaugummi. Irgendwann wagte ich es dann doch, mich umzudrehen, um in meiner Tasche nach einem zu suchen, wobei ich meinen Blick wie zufällig nach hinten schweifen ließ. Dort standen die Houston-Brüder – eine Augenweide für meine nach Lebensfreude schmachtende Seele. Sol stand nicht etwa stocksteif in seiner Bank. Nein, er klatschte und schwang die Hüften im Rhythmus der Musik.

Sol und sein Bruder saßen längst nicht mehr bei ihren Eltern. Sie hatten sich zu den Jugendlichen gesellt, die in den hintersten Bänken saßen. Auch ich hatte mich schon vor Monaten von meiner Großmutter gelöst und war einige Reihen nach vorn gewandert. Doch es kam mir vor, dass ich immer einsamer wurde, je näher ich mich Gott fühlte. Und so genoss ich es, wenn wenigstens Leon an meiner Seite saß.

Umständlich suchte ich nach dem Kaugummi. Sol trug ein eng anliegendes, kurzärmliges Polohemd, das seinen athletisch sehnigen Körper besonders zur Geltung brachte. Er ließ sich das Haar etwas länger wachsen und schien sich wenig darum zu kümmern, dass dies bei uns im Tal nicht üblich war. Eine Locke fiel lässig über die Stirn. Er war der Größte der Houstons, und so, wie er aussah, hätte man ihn gewiss für ein Werbeplakat der Marine ablichten können.

Aber trotz seiner athletischen Figur wirkte er nicht plump. Er bewegte sich geschmeidig und strahlte einen Charme aus, der jeden für ihn einnahm – besonders die Mädchen.

„Suchst du 'n Kaugummi?“, fragte Leon und hielt mir einen hin.

Ich fühlte mich irgendwie ertappt und errötete. Mit gesenktem Kopf nahm ich sein Geschenk an, dann schloss ich die Augen, um ihm zu signalisieren, dass ich beten wolle. Und ich meinte es durchaus ernst. Ich betete wirklich und bekniete Gott, mich doch so bald wie möglich in Kontakt mit Sol Houston zu bringen.

Der Chor sang gerade: „Fliege auf, du meine Seele!“

4

Es war Sonntagnachmittag, und der Wind frischte plötzlich auf. Ein paar Blitze durchzuckten die träge Schwüle des Sommers. Und die von der Sonne beschienenen Wolkentürme, die sich hinter der Hügelkette in den Himmel reckten, hatten eine tiefblaue, bedrohliche Farbe angenommen. Mama lief durchs Haus und schloss alle Fenster. „Hörst du das? Es gibt ein Unwetter", rief sie mit bebender Stimme.

„Mach dich nicht verrückt, Doreen", rief Papa durchs Haus.

Als Mama noch Kind war, erlebte sie mit, dass ihre eigene Mutter furchtbare Angst vor Windhosen hatte. Sobald ein Blitz am Himmel zuckte und Donner in der Ferne grollte, sah sie das Unglück kommen. Dann packte Oma in Panik meine Mutter und lief eilends hinüber zum Haus ihrer Schwester.

Diese Angst hatte sich auf meine Mutter übertragen, und so weckte sie uns oft in turbulenten Nächten, zerrte Eden und mich aus dem Bett und brachte uns durch den klatschenden Regen ins Auto. Dabei sah sie mit ihren weit aufgerissenen Augen selber so ängstlich verschüchtert wie ein kleines Kind aus. „Bleib du nur hier und lass dich durch die Luft wirbeln!", rief sie dann Papa zu. Der aber ließ sich nicht aus der Ruhe bringen, sondern stand am Küchenfenster und winkte uns zu. Wir fuhren dann jedes Mal in die Stadt zu einer Notunterkunft, wo wir ganze Nächte verbrachten. Das machten wir Töchter mit, bis wir alt genug waren und unseren Glauben an die Sturmdämonen verloren.

„Papa, Tante Velda fährt auf den Hof", rief ich, und sogleich meldete sich Mama aus dem Schlafzimmer: „Lass sie bloß nicht rein, diese Nervensäge. Wenn sie wieder geht, hat sie dich um dein Geld gebracht. Pippa hat schon angekündigt, dass sie bei uns aufkreuzen würde. Und da ist sie schon."

„Wie kommt Velda darauf, dass Papa Geld hat?", fragte ich.

In diesem Moment presste die Tante ihre Nase gegen die Glastür und hielt die Hand über die Augen, um besser hineinsehen zu können.

„Na, Velda, komm doch rein, bevor du richtig nass wirst", rief Papa.

Velda trug ihr grünes Sommerkostüm mit dem zipfeligen Saum. Mama sprach immer von Veldas *Bettlerkostüm.*

Mama kehrte Velda demonstrativ den Rücken zu, während sie den Tee umrührte und sich dann ein Stück Kirschkuchen abschnitt.

„Schneid uns allen ein Stück ab, Doreen", rief Papa, als Velda über unsere Schwelle trat.

Mama schnitt zwei Stücke ab und ließ sie missmutig auf die Teller fallen.

„Da habt ihr", sagte sie.

„Stellt euch vor, Ned ist schon wieder abgehauen und hat mich mit den Kindern im Stich gelassen", sagte Velda.

„Hab davon gehört", erwiderte Papa.

„Und wie soll ich jetzt zurechtkommen?"

„Immer mit der Ruhe, Velda. Ned mag ja seine Marotten haben, aber er wird schon dafür sorgen, dass du und die Kinder was auf den Tisch bekommt. Ich werde ihn mal anrufen."

„Er hat die Stadt verlassen. Niemand kann ihn also erreichen", sagte sie mit gequält hoher Stimme. Es brachte Mama jedes Mal auf die Palme, wenn die Tante so quiekte.

„Velda, du hast Grund und Boden der Familie verscherbelt. Was ist aus dem ganzen Geld geworden?", fuhr meine Mutter sie an.

„Das war Neds Idee. Wusstet ihr das noch nicht? Er hat alles gemacht, und mir bleibt jetzt kein Cent."

„Du hast doch das Haus", entgegnete Mama scharf, während sie Papa einen wütenden Blick zuwarf.

„Sag Doreen, dass sie nicht so gemein zu mir ist", jammerte Velda, wischte sich die Tränen aus dem Gesicht, rang die Hände und spielte mit der Gutmütigkeit meines Vaters. Sie ging hinüber ins Wohnzimmer und ließ sich in Mamas Sessel fallen. Dann zog sie die Beine an und schmiegte sich in das Polster. An ein Ungeborenes im Mutterleib erinnerte diese vom Kettenrauchen und vom ausschweifenden Lebenswandel ausgezehrte Frau dort im Sessel.

„Rede nicht so, als sei ich Luft für dich, Velda", grollte Mama. „Ich möchte, dass du mir ins Gesicht sagst, was du von uns willst."

„Sie ist mittellos, Doreen. Was soll ich denn machen?", sagte Papa, während er auf und ab ging. Er steckte in einer Zwickmühle.

„Wenn du ihr auch nur einen Cent gibst, nehme ich die Mädchen und bin weg!"

„Ein paar Hundert per Scheck, Doreen, das tut uns doch nicht weh!"

„Das würde mir schon reichen", rief Velda hocherfreut.

„Hobart Hurley! Du tust nichts dagegen, dass die Mädchen und ich in Lumpen rumlaufen, aber diese Säuferin braucht bloß ein paar Tränen rauszuquetschen ..."

„Hörst du, sie beschimpft mich, Hobart!"

„Du hältst deinen Rand", schrie Mama und bebte vor Zorn. Es war mir zuwider, meine Mutter so zu erleben. Es machte mich regelrecht krank.

„Du hörst mir jetzt zu, Doreen", kreischte sie. „Ich weiß, was du hinter dem Rücken deines Hobart treibst. Bis jetzt habe ich darüber geschwiegen, aber in Zukunft kannst du keine Rückendeckung von mir erwarten. Damit ist Schluss!"

„Wovon redet sie, Doreen?"

„Sie versucht es mit billigen Tricks, dich rumzukriegen und sich an mir zu rächen."

„Mein armer Bruder lag im Krankenhaus, und du hast hinter seinem Rücken anderen Männern schöne Augen gemacht." Velda warf triumphierend den Kopf in den Nacken und blies wie der Drache im Märchen eine Wolke Tabakrauch in die Luft.

„Du lügst, du alte Hexe!"

„Velda, warum sagst du so was?", fragte Papa und ließ sich aufs Sofa fallen.

„Alle haben es mitgekriegt. Während du ans Bett gefesselt warst, hat Doreen die Situation ausgenutzt."

„Ich reiß dir die Haare einzeln raus!", schrie Mama.

„Was war denn mit dem Senator damals? Er ist doch immer noch deine heimliche Liebe, dieser J.B. Holdermann, oder?"

„Jetzt reicht's, Velda", brüllte Papa und schlug mit der Faust auf den Tisch.

„Mama, Papa, worum geht's denn hier bloß?", rief ich dazwischen.

„Geh in dein Zimmer, Katrina", sagte Mama barsch.

„Was habe ich denn gemacht?"

Velda grinste hämisch. „*Du* hast nichts angestellt, mein Schatz, aber deine Mutter ist ein Flittchen."

Mama stürzte sich auf die Tante. „Ich mach dich kalt!"

„Doreen!" Papa packte Mama von hinten bei den angewinkelten Ellenbogen und hielt sie fest, als wolle er seine Frau am Fortfliegen hindern.

„Tante Velda, nenn meine Mutter nicht so gemein", rief ich entrüstet, und Tränen rannen mir über die Wangen.

„Ich gehe! Und ich werde überall in der Stadt herumerzählen, dass ihr euer eigen Fleisch und Blut herzlos vor die Tür gesetzt habt!"

„Mach nur, dass du fortkommst! Und lass dich hier nicht mehr blicken", kreischte Mama.

„Geh schon, Velda. Lass Doreen Zeit", sagte Papa, während er unsere Mutter noch immer fest hielt.

„Ich gehe nicht, bevor ihr mir nicht versprochen habt, dass ihr mir unter die Arme greift."

„Hier, Tante Velda." Ich zog 50 Dollar aus meiner Börse. „Nimm das und geh."

„Du bist lieb, kleine Kat. Hobart, du hast ein artiges Kind großgezogen", sagte Velda und schnappte sich die Scheine.

„Du nimmst kein Geld von meinem Kind!", rief Mama.

Aber Velda tänzelte schon zur Tür hinaus und winkte mit den Scheinen, die sie zwischen zwei Finger geklemmt hatte.

Wohl jeden in Papas Familie hatte dieses Frau mindestens einmal gekränkt und gegen sich aufgebracht. Und dass sie zuweilen meinem Vater Honig um den Bart schmierte, hatte nur ein einziges Motiv: Nur so bekam sie Zugriff auf Papas Brieftasche. Damals hatte ich noch nicht mitbekommen, dass er nur deshalb mit großen Ersparnissen im Rücken so bettelarm lebte, weil er fürchtete, eine neue Weltwirtschaftskrise würde ihm wieder seine Ersparnisse rauben. Tante Veldas Talent, versteckte Schätze aufzuspüren und zu heben, beeindruckt mich noch heute.

„Katrina, du hättest deiner Tante kein Geld geben sollen“, sagte Papa.

„Du musst gerade reden, Hobart! Wie oft hast du ihr ausgeholfen!“

Eden steckte ihren Kopf durch die Tür und kam herein, während sie sich die Bluse zuknöpfte.

„Du weißt, dass Velda eine Lügnerin ist, Hobart“, sagte Mama.

„Lass uns diese Familiengeschichten nicht in Gegenwart der Mädchen besprechen“, meinte Papa, doch Mama redete unbekümmert weiter: „Ich habe gearbeitet und die zwei Kleinen versorgt, während du im Krankenhaus warst. Du glaubst mir doch sicher, dass ich treu bin.“

„Komm in die Küche.“

„Ich komme nicht mit, wenn du nicht sagst, dass du's mir glaubst. Sag es, Hobart!“

„Ich glaube dir, Doreen.“

Doch statt ihm in die Küche zu folgen, ließ Mama ihn stehen und schloss sich für den Rest des Tages im Badezimmer ein. Ich meinte, immer wieder ihr Schluchzen zu hören. Es war ihr überhaupt nicht peinlich, in unserer Gegenwart die Fassung zu verlieren und laut zu schreien, aber niemand durfte sehen, wie sie weinte.

„Wer ist eigentlich J.B. Holdermann?“, fragte ich, während der Großvater Mima und mich abends noch zum Gottesdienst fuhr. Ich wusste, dass es nicht klug wäre, Mama zu fragen, und so wandte ich mich stattdessen an Großmutter mit meiner Neugier.

„Woher hast du den Namen?“, fragte Mima, ohne mich anzusehen. Die Wischerblätter quietschten im Takt, und das Auto roch muffiger als sonst bei dem Regen – fast schlimmer als ein alter Keller.

Ich hatte alles getan, um diesen Namen, den ich am Nachmittag aufgeschnappt hatte, bloß nicht wieder zu vergessen. Ich wollte doch wissen, was es mit diesem Kerl auf sich hatte.

„Jemand hat von ihm gesprochen. Er muss Politiker sein oder so was.“

„So was Ähnliches.“

Großvater redete kein Wort. Er schob nur die Unterlippe vor und seufzte.

„Er ist Senator, stimmt's, Mima?“

„Warum willst du das wissen?“, fragte sie kurz angebunden. Sie wirkte nervös.

„Ich interessiere mich eben für Politik, das ist alles.“

„Gott merkt es, wenn du lügst, Mädchen.“

„Warum sollte ich lügen?“

„Sprich nicht mehr über diesen Mann, hörst du?“

„Na schön“, sagte ich und schmollte, bis wir das Gemeindehaus erreichten.

* * *

Leon bekam gar nicht mit, wie erleichtert ich es aufnahm, als ich eines Tages feststellen musste, dass ich nicht mehr seine Favoritin war. Unsere Beziehung war ohnehin zu keiner Zeit tief und leidenschaftlich gewesen und niemals Ausdruck meines Begehrens. Wir „gingen“ miteinander – nicht mehr und nicht weniger.

Mama hatte im Laufe der Zeit zwar Unmengen Kirschkuchen für ihn gebacken, und hin und wieder – nur für meine Ohren bestimmt – vom zukünftigen Schwiegersohn gesprochen, doch gerade das hatte mich jedes Mal in Panik versetzt. Zwar gab es bei uns keine von den Eltern verabredeten Ehen mehr, aber wenn man sie zuweilen reden hörte, klang durch, dass sie noch aus einer Zeit stammte, in der das junge Paar häufig nicht gefragt wurde.

Im Laufe eines Jahres gab es mehrere große Feste in unserer Gegend, die die Menschen aus nah und fern anlockten. Dazu gehörte auch das große Mount-Nebo-Hähnchen-Braten. Unzählige Stände wurden in den Straßen dieser Nachbarstadt aufgebaut, überall brutzelten Hühnerschenkel und Pommes frites im Fett, nebenan verkaufte jemand Filzpantoffeln und ein anderer Hosenträger.

Das Hähnchenbraten von 1974 ist mir in besonderer Erinnerung geblieben, denn zu jener Zeit trat Leon aus dem Rampenlicht meiner Erinnerungen.

Am Vormittag fuhren Jenny und ich in die Stadt. Leon und Albert hatten schon am Morgen aufbrechen müssen, weil sie in diesem Jahr zum ersten Mal zur Brat-Brigade gehörten. Wir bummelten ein bisschen durch die Stadt und entschlossen uns dann, die beiden zu überraschen. Vielleicht konnten sie uns ja sogar ein paar Hühnerbeine abzweigen.

Es herrschte trotz der frühen Stunde schon reger Betrieb im Zelt, und es dauerte einen Augenblick, bis wir Albert entdeckten, der vornüber gebeugt stand und Hähnchenteile wendete. Er war so mit Mehl bepudert, dass man meinen konnte, er gehöre gleich selber in den Bräter.

„Hallöchen, Albert", säuselte Jenny, der es immer wieder gelang, fremde Stimmen täuschend echt zu imitieren. Wer sie nicht sah, hätte meinen können, die fette Edith Bunker wolle Albert umgarnen.

Der Arme fuhr erschrocken hoch und war ganz erleichtert, als er uns beide sah.

„Jenny, Katrina! Ein Glück! Ihr seid es."

„Klar sind wir's!", sagte ich und grinste schelmisch.

„Leon ist gerade weg, noch einen Sack Mehl holen." Albert starrte in seinen Bräter, schob ein paar Fleischstücke hin und her und tat, als sei er schwer beschäftigt. Er wirkte irgendwie verlegen.

Ich lehnte mich vor und fragte: „Habe ich denn nach Leon gefragt?"

„Nö, wohl nicht. Aber ich dachte mir, dass du gleich fragen würdest. Bin eben ein schlaues Kerlchen."

„Jenny, siehst du Leon irgendwo?", fragte ich und blickte mich suchend um.

„Nun wartet gefälligst, der Typ wird gleich zurück sein."

„Ich guck mal selber", sagte ich und wandte mich zum Gehen.

Ich brauchte nicht lange zu suchen, denn ich folgte nur der Richtung, in die Albert die ganze Zeit nervös gespäht hatte. Und siehe da, eine der wenig erfolgreichen Kandidatinnen für die diesjährige Wahl zur *Miss Chicken* lag in Leons Armen. Lela Starbuck hatte mit ihrer Pudelnummer noch nicht einmal die erste Ausscheidungsrunde überstanden und sich deshalb nach einem Tröster umgesehen.

Während sie sich schluchzend an seine Brust schmiegte, strich er zärtlich über ihr langes Haar. So sehr in seine Tätigkeit vertieft, bekam er einige Minuten nicht mit, dass ich ganz in der Nähe mit verschränkten Armen auf eine Reaktion von ihm wartete. Dann endlich bemerkte er mich und erschrak.

„Katrina, du hier?“

„Klar, Leon, ich hier!“

„Schatz, ich kann das erklären.“

„Nicht nötig.“

Das Mädchen mit der Pudelnummer drehte sich zu mir um und fragte herablassend: „Wer ist ’n die?“

„Das ist ... Katrina, meine Freundin.“

„Du bist also die Ziege aus dem Tal?“, fragte Lela mit einem abschätzigen Blick. „Ich hab’s in der Schule gehört, dass Leon mit ’ner Landpomeranze aus dem Tal angebandelt hat. Was soll ’n daraus werden?“

Das wollte ich mir nicht länger bieten lassen und so sagte ich zu Leon: „Lass mal, Jenny kann mich nach Hause bringen.“

„Nun zieh nicht gleich Leine, Mädchen. Das hier bedeutet doch nichts. Lela ist ... na ja ... sie bedeutet mir nichts.“

Das Mädchen stieß einen Fluch aus, entwand sich seinem Arm und rückte ihr verrutschtes T-Shirt zurecht.

Jetzt tauchte auch Jenny auf und musterte uns drei.

„Ich gehe, Leon. Und ruf mich nie mehr an“, sagte ich barsch.

„Katrina, bitte, geh jetzt nicht!“, flehte er, doch ich ließ ihn einfach stehen.

Ich war froh, dass Jenny mich auf dem Weg zum Jeep nicht ausfragte. Wir fuhren extra einen Umweg durch die Berge, um nicht gleich wieder zu Hause anzukommen. Dabei dachte ich über die Zeit mit Leon nach. Es fielen mir nicht viele Situationen ein, in denen ich froh gewesen war, ihn als Freund zu haben, dafür war ich lange nicht mehr so erleichtert wie in diesem Augenblick.

Nach längerem Schweigen meinte Jenny, mich trösten zu müssen: „Lass mal, Leon wird das sicher bereuen, und dann wird er wieder angewinselt kommen."

„Jenny, denk nicht, dass ich mir das wünsche."

„Aber ich dachte immer, ihr beiden wärt die Ersten von uns, die heiraten."

„Dass ich nicht lache! Davon war meinerseits nie die Rede."

Wir fuhren eine Weile weiter, dann hörte ich Jenny seufzen. „Du bist offenbar gar nicht traurig."

Ich blickte über die Schulter zurück. Mount Nebo war schon nicht mehr zu sehen. Eine mit hohen Bäumen bewachsene Hügelkette hatte sich zwischen uns und die lärmende Stadt geschoben. Nur noch gedämpft aus der Ferne hörten wir Musik und die Lautsprecheransagen der Veranstalter. Das Fest lag hinter uns und vor uns die Stille der Natur.

Plötzlich konnte ich nicht mehr an mich halten. Ich stieß einen Freudenschrei aus, und Jenny sah mich entgeistert an. „Bist du verrückt geworden?"

„Ich bin frei, Jenny! Es ist mir egal, was Mama und Papa dazu sagen. Lieber sterbe ich als unverheiratete Schrulle."

„Vielleicht hast du ja gar nicht so Unrecht. Wenn ich manchmal nachts nicht schlafen kann, dann male ich mir aus, allein bleiben zu müssen. Eine schreckliche Vorstellung zuerst. Aber wenn ich dann wieder Albert höre, wie er stundenlang darüber labert, was er schrauben muss, um den Motor in Gang zu kriegen, dann frage ich mich, ob das wirklich alles ist, was wir von den Kerlen erwarten können."

„Dein Papa repariert doch auch Autos, Jenny."

„Na eben! Seine ganze Leidenschaft. Ich weiß, wie meine Mutter darunter leidet."

„Und was ist deine Leidenschaft?"

„Ich bin nicht wie du. Ich weiß nicht, was mich begeistert."

„So genau weiß ich es eigentlich auch nicht. Was ich weiß, ist, dass ich hier im Tal meinen Lebensinhalt bestimmt nicht finde. Ich muss weg hier, Jenny. Ich modere hier vor mich hin."

„Nun übertreib mal nicht!“

„Nein, ich meine es ganz ernst. Grab schon mal ’ne Kuhle, wenn ich es nicht schaffen sollte, rechtzeitig wegzukommen.“

„Ich will dabei sein, wenn du abhaust. Sag mir auf jeden Fall vorher Bescheid – hörst du?“

Wir fuhren noch schnell bei Ali vorbei, um uns eine Cola zu teilen. Wir waren furchtbar albern, hatten uns mit Zukunftsträumen schwindelig geredet und nahmen uns vor – falls Eden vorbeikäme –, sie einzuladen, mit zwei Superschlauen einen lustigen Abend zu verbringen. Stark und unbezwingbar fühlten wir uns. Was würde die Welt schon kosten! Doch wir waren Närrinnen, weil wir an jenem Abend tatsächlich glaubten, solch ein Hochgefühl könne bei uns in Mockingbird Valley Bestand haben.

* * *

Schotter knirschte unter den Reifen des 69er Chevy. Er näherte sich dem höchsten Punkt jenes Geländes, das die Leute *Twinkle Land* nannten. Ein Investor hatte vor einiger Zeit das Areal gekauft um es für ein paar Besserverdienende aufzuteilen und zu Bauland zu machen. Das Gelände neigte sich sanft zum Fluss hinab und lag doch so erhaben, dass es von unten betrachtet den Himmel zu küssen schien. Doch dann spielten die Banken nicht mit und verweigerten das Geld für die Teilung, sodass *Twinkle Land* zum Symbol für allzu hochfliegende Pläne wurde.

Je weiter sie sich von der Stadt entfernten, desto enger presste Eden sich gegen die Beifahrertür, und als Darrell den Gang herausnahm, starrte sie versteinert nach vorn ins Leere.

„Nun hab dich nicht so, Kleines“, gurrte Darrell. „Rutsch an mich ran, und dann kuscheln wir ’n bisschen.“

Eden spürte das kalte Metall des Türgriffs, und dann drückte sie ihn beherzt. Und noch bevor Darrell ein Wort sagen konnte, war sie aus dem Auto geschlüpft. Es tat ihr gut, nicht mehr Gefangene in diesem Wagen zu sein, selber ein paar Schritt zu gehen und tun zu können, was sie wollte. Sie trat an den Abhang heran. Unter ihr glitzerte der Fluss im Mondlicht. Eden war nie hier oben gewesen und kannte ihr Tal aus dieser Perspektive noch nicht, und sie fragte sich, warum sich ihre Mutter dort unten in der Enge des Tales verkroch – aus Angst, ihr könne sonst womöglich ein schlimmes Schicksal auf den Kopf fallen. Eden aber wollte lieber hier oben stehen, wenn ein glühender Stern vom Himmel fiele und in den Fluss stürzte. So würde sie wenigstens für einen Augenblick die Faszination der entfesselten Natur kurz vor dem großen Ende miterleben können.

„Was hast du vor, Mädchen?“, fragte Darrell.

„Weiß nicht“, antwortete Eden, die froh war, dass er sie hatte aussteigen lassen. Er sah plötzlich so jungenhaft aus, nun, da er nicht mehr wie ein Halbstarker am Ganghebel riss und im Schutz seiner Blechhülle Passanten beschimpfte.

„Sollen wir hier draußen die ganze Nacht rumstehen?“, fragte er verunsichert.

„Wer hat uns denn hier rausgefahren?“, fragte sie und zog eine Zigarette aus der Schachtel, die in seiner Brusttasche steckte.

„Es war jedenfalls nicht meine Idee, hier am Abhang zu hocken wie zwei dumme Krähen und blöd rumzugucken.“

„Den Fluss anzusehen ist für dich Nichtstun?“

„Rede nicht so dumm daher, Eden!“

„So was sagst du nicht noch mal zu mir. Ich habe es satt, dass mir irgendwelche Leute sagen, wie dumm ich bin.“

„Ich habe noch nie jemand sagen hören, dass du blöd bist.“

Ein Windstoß fuhr unter Edens langes Haar und hob es von den Schultern. Sie blies eine Rauchwolke in die Böe und beobachtete, wie der Wind sie erfasste, kringelte und zerfaserte.

„Komm wieder ins Auto. Du frierst ja“, sagte Darrell.

„Eines Tages baue ich mir hier oben ein Haus.“

„Wer kann sich das schon leisten? Deshalb ist die Gegend ja noch unbewohnt.“

„Ich find’s einfach schön hier.“

„Und ich finde’s schön, mit dir zusammen zu sein.“ Er versuchte sie an sich zu ziehen, doch sie wich ihm aus. Das machte ihn so wütend, dass er einen Fluch ausstieß und seine Kappe zu Boden warf.

„Du liebst mich doch gar nicht, Darrell."

„Sag du mir nicht, was ich fühle. Du weißt, dass mich das fuchsig macht."

„Sieh mir in die Augen und sag mir, dass du mich liebst."

Darrell tat plötzlich, als interessiere ihn die Gegend. „Man kann Mount Nebo von hier aus sehen."

„Als ob mich das jetzt interessieren würde. Aber ich liebe dich auch nicht."

„Ihr Mädels redet dauernd nur von Liebe. Ihr macht uns was vor, um zu kriegen, was ihr von den Jungs wollt."

„Ich habe dir niemals zu verstehen gegeben, dass ich was von dir will, Darrell."

„Wir können uns gegenseitig was schenken – noch heute Abend."

„Spuck's aus, Darrell! Sag offen, was du willst."

„Lass uns heute Abend so richtig verlieben. Ich wäre sofort dabei."

„Ich weiß, was du damit meinst. Aber das kann warten. Meine Schwester ist mir da ein gutes Vorbild."

Er lachte. „Du lebst aber wirklich hinterm Mond, Mädchen. Deine Schwester hat schon vor Wochen ihre Unschuld verloren."

„Du bist ein gemeiner Lügner, Darrell!"

„Leon hat mir davon berichtet. Und alle Jungs reden darüber. Sie soll froh sein, dass sie's gemacht hat. Du tust gerade so, als ginge die Welt davon unter. Auch du musst früher oder später lernen, was die Liebe ist. Katrina ist endlich eine Frau. Und wann wirst du erwachsen, Eden?"

„Sie hat mir nichts davon erzählt."

„Vielleicht hat sie Angst, die kleine Schwester könnt's der Mama petzen. Es ist ihre Privatsache."

Darrell ließ seine Hand über Edens Schulter gleiten und sagte sanft: „Du kriegst ja Gänsehaut. Lass mich dich wärmen."

Eden ließ es geschehen und schmiegte ihr Gesicht an seine Brust. Ihr war, als habe sie ihre eigene Todesnachricht bekommen. Es kostete sie manchmal so viel Kraft, dem hohen Standard gerecht zu werden,

den sie sich selber gesetzt hatte. Und nun hörte sie, dass Katrina so stolz auf ihre verlorene Unschuld war wie die jungen Leute sonst auf ihre Führerscheinprüfung. Niemals würde sie, die Kleine, zugeben, dass sie ihre Schwester immer für etwas Besonderes gehalten hatte. Doch nun dämmerte es ihr, dass Katrina so gewöhnlich war wie alle anderen auch. Sie verachtete sich dafür, dass sie geglaubt hatte, ihre Schwester flöge mit den Engeln.

„Ich fürchte mich ein wenig, Darrell."

„Wir lassen uns Zeit, Baby, ganz viel Zeit. Magst du die Sterne? Lass es uns hier unter den Sternen tun, dort, wo wir unser Haus bauen wollen."

Sie lächelte, und er küsste ihre Stirn. *Twinkle Land* war ein so geeigneter Ort zum Träumen.

5

Ich erinnere mich noch gut an den Abschiedsschmerz. Wieder einmal musste ich zurückbleiben, während eine meiner besten Freundinnen wegzog. Rebecca und ihre Mutter hatten zur Miete gewohnt. Und den ganzen Sommer über hatten Eden und ich mit ihr im Galla Creek unseren Spaß gehabt. Sie lernte die Kunst, Flusskrebse zu fangen und war bald flinker als die meisten Mädchen der Umgebung, denn sie ging nicht zimperlich zu Werke, wie man es von einem Stadtkind erwartet hätte.

Eines Abends, wir hatten heimlich Streichhölzer organisiert, ein Lagerfeuer am Fluss entfacht und Marshmallows geröstet, vertraute mir Rebacca ein grausiges Geheimnis an. Es ging um den Geliebten ihrer Mutter. Nach unserer Heimkehr brach ich mein Versprechen, Stillschweigen zu bewahren, und erzählte Mama von dem Kinderschänder, der nachts ins Zimmer meiner Freundin drang und sich zu ihr ins Bett legte.

Mama war fassungslos und machte sich sogleich auf den Weg zu Rebeccas Mutter, ohne mich mitzunehmen. Bereits eine Woche später verließen Rebecca und ihre Mutter die Stadt.

Erneut befiel mich tiefe Verzweiflung. Ich war zwar nicht missbraucht und geschunden worden, dennoch kam ich mir vor, als säße ich hinter Gittern und schaute hinaus auf die Straße, wo das Leben pulsierte, wo Menschen, von immer neuen Eindrücken inspiriert, sich persönlich weiterentwickelten und ihre Freiheit genossen, mal hierhin und mal dorthin zu gehen, während ich immer nur zuschaute. Mama und Papa waren meine Wärter, die niemals Pause machten und freiwillig an diesem Ort der Enge zwischen den oft umwölkten Hügelketten des Ozark Ridge ausharrten.

Und was mich noch zusätzlich verdross, war die Verachtung der Welt da draußen, dass man uns für stumpfsinnige Tölpel vom Land hielt. Und dabei hatten die Leute gar nicht so Unrecht. Ich war so einfältig und unerfahren, dass es mich sofort aus der Bahn warf, wenn das gewohnte Koordinatensystem meines gleichförmigen Lebens plötzlich durcheinander geriet. Deshalb trafen mich die Ereignisse in diesem Sommer völlig unvorbereitet. Sie kamen aber nicht über mich als Metamorphose, bei der die unscheinbare Raupe zum bunten Schmetterling wird. Nein, wenn sich bei den Hurleys etwas änderte, dann schmeckte es meist bitter.

Eden entfernte sich immer weiter von mir. Die Tage unserer gemeinsamen Kindheit und Jugend waren gezählt. Wir verbrachten kaum noch Zeit draußen an den Ufern des Galla Creek, und auch sonst verbanden uns immer weniger Gemeinsamkeiten. Deshalb überraschte es mich, dass sie eines Morgens in mein Bett kam und ihre Arme um mich schlang.

„Bist du schon wach, Katrina?"

„Jetzt bin ich's."

„Ich bin krank. Wenn ich aufstehe, dreht sich alles, und wenn ich mich wieder hinlege, geht's mir noch schlechter. Ich glaube, ich sterbe. Fühlt sich das so an?"

Ich kannte Edens theatralische Art, Dinge maßlos zu übertreiben. Einmal, als sie Kopfschmerzen hatte, erzählte sie ihrer Lehrerin, sie habe wahrscheinlich einen Hirntumor, aber ihre Eltern würden solche Dinge immer auf die leichte Schulter nehmen.

„Sag Mama Bescheid, dass du krank bist. Liebe Zeit, Eden, es ist erst sechs! Hast du vergessen, dass ich bis spät in der Nacht in der Pizzeria arbeite? Ich bin erst um zwei nach Hause gekommen."

„Ich kann Mama nicht sagen, dass ich krank bin."

Noch bevor ich etwas erwidern konnte, sprang Eden auf und stürzte ins Badezimmer, das an unsere Zimmer grenzte und das wir gemeinsam benutzten. Ich fürchtete, ihr Würgen könne unsere Mutter auf den Plan rufen, und so schloss ich lieber die Zimmertür. Es sah schon erbarmungswürdig aus, wie Eden da kreidebleich über dem Klo kauerte.

„Schnell, Katrina, mach mir einen Waschlappen nass."

„Hast du letzte Nacht zu viel gebechert?", fragte ich, während ich kaltes Wasser über den Lappen laufen ließ.

Sie warf mir ein paar grobe Schimpfwörter an den Kopf.

„Na gut, dann hole ich eben Mama, die kann sich dann um dich kümmern."

„Nein, Katrina, bloß das nicht!"

„Mama und Papa wissen eh, dass du trinkst."

„Ich war nicht benebelt."

Sie kniete vor dem Becken, und ich wusch ihr das Gesicht. „Es ist sowieso ganz allein deine Sache."

„Vielleicht habe ich mich da in was reingeritten", sagte sie und begann zu schluchzen, während die Tränen liefen.

„Was ist los?"

„Bevor ich es dir erzähle, will ich eins von dir wissen, Katrina."

„Schieß los."

„Warum hast du dich Leon hingegeben?"

„Was redest du da für 'n Quatsch."

„Du hattest deine Unschuld schon verloren, Katrina. Warum sollte ich mich da bei Darrell zurückhalten?"

Ich war starr vor Schreck.

„Darrell hat es mir erzählt. Leon soll damit überall angegeben haben."

„Eden, wenn Leon das behauptet hat, dann hat er hundsgemein gelogen!"

„Lass mal, du brauchst dich nicht rauszureden. Ich hab's ja auch gemacht. Und ich petze nicht."

„Du hörst mir nicht zu, Eden. Ich habe gar nichts verloren! Besonders *das* nicht."

Eden saß wie erstarrt da. Ihr schien der Atem zu stocken.

„Du hast diesem Kerl nachgegeben, weil er dir Märchen über mich erzählt hat?"

Sie nickte und bebte am ganzen Körper.

„Eden, ich habe Schluss gemacht mit Leon!"

„Wann hast du mit ihm Schluss gemacht?"

„An dem Abend beim großen Hähnchenbraten."

Sie schlang ihre Arme um mich und weinte herzzerreißend. „Ich hätte wissen müssen, dass Darrell ein gemeiner Lügner ist. Du bist viel zu anständig, um so was zu tun. Ich schwöre, Katrina, eines Tages werde ich dich zur Heiligen vorschlagen."

„Es gibt bei den Protestanten keine Heiligen, Eden."

„Das sollte es aber. Dann wirst du aber wenigstens ein Engel, wenn du mal stirbst."

„Es gibt keine menschlichen Engel."

Sie nahm sich ein Handtuch und wischte sich das schweißnasse Gesicht damit ab.

„Hol mir Mamas Schlaftabletten. Ich möchte schlafen und nie wieder aufwachen."

„Hör auf damit! Aber jetzt spuck's schon aus. Wieso meinst du, dass Darrell dich in was reingeritten hat?"

Eden nickte und sah mich an, und dabei hatte ich das Gefühl, tief in die Seele einer 5-Jährigen zu blicken. Hatte ich sie nicht vor diesem Taugenichts gewarnt und ihr gesagt, dass er die Mädchen reihenweise vernascht?

„Ich habe seit zwei Monaten keine Periode mehr. Was soll ich davon halten, Katrina?"

„Ich weiß nicht. Mama fürchtet ja sowieso dauernd, dass du schwanger wirst."

„Vielleicht habe ich ja auch nur die Grippe."

„Kann natürlich sein. Deine Periode war doch noch nie so regelmäßig. Wenn ich dich jetzt aber zu Doc Miller fahre, hängt die Sprechstundenhilfe im nächsten Augenblick an der Strippe."

„Sag mir, was ich tun soll, Katrina? Ich mache alles, was du sagst."

„Wir könnten natürlich auch ins Krankenhaus fahren. Aber auch da müssen wir vorsichtig sein. Papas Kartenspiel-Kumpane hängen da in der Gegend oft herum."

„Ich ziehe mich erst mal an", sagte Eden und verschwand im Schlafzimmer.

Ich ging inzwischen in die Küche und wartete auf sie an der Verandatür. Mama und Papa saßen sich gegenüber am Küchentisch im Alkoven und waren schweigend in ihre Zeitungen vertieft. Mama hatte die ganze Küche und Teile des Inventars vor einiger Zeit narzissengelb gestrichen. Das sollte modern sein – eine einzige Farbe beherrschte den ganzen Raum. Und wenn dann das Sonnenlicht in die Küche flutete, verschwamm alles vor den Augen zu einer butterfarbenen Masse.

Ich brachte es nicht über mich, mein Schweigen zu brechen und die Eltern einzuweihen. Aber sollte das Personal in der Klinik die Schwangerschaft bestätigen, dann blieb Eden ohnehin nichts weiter übrig, als alles zu bekennen. Was hatte ich damit eigentlich zu tun?

„Ich habe schon lange nichts mehr von Leon gehört", sagte Mama plötzlich, bevor sie sich das letzte Stück Toast in den Mund schob.

„Sein Vater spannt ihn ganz schön ein. Er muss dauernd bei den Vorbereitungen für die Bootsausstellung helfen."

„Du hast da offenbar einen fleißigen junge Mann kennen gelernt", sagte Papa, während er seine Zigarette ausdrückte. „Den solltest du dir warm halten."

Ich sah draußen die Gartengeräte an einem Baum lehnen. „Fängt heute die Kartoffelernte an?", fragte ich, um das Thema zu wechseln.

„Ja, und ich könnte deine Hilfe gebrauchen. Wir habe zwei Reihen Rote Pontiac. Die müssen raus, und jemand könnte sie mit der Schubkarre zum Keller fahren."

„Ich arbeite doch heute wieder in der Pizzeria – 'ne Doppelschicht. Barry hat mich einfach eingeteilt. Ich hasse das. Manchmal kommen wir erst so gegen zwei nach Hause."

„Ein bisschen Arbeit hat noch niemand geschadet. Wenn du am Ball bleibst, werden sie dich noch befördern."

Ich hörte das Klicken von Papas Feuerzeug. *Er* hatte es gerade nötig! Ein paar ironische Bemerkungen lagen mir auf der Zunge. Aber ich verbiss sie mir, wusste ich doch, was für ein Kummer auf die beiden zukommen würde, wenn Eden tatsächlich schwanger wäre. Also musste ich sie noch ein wenig schonen

„Ihr seid schon früh auf, ihr Mädchen", sagte Mama und wunderte sich, während sie sich die Brotkrümel vom Busen klopfte.

„Eden möchte, dass ich sie in die Stadt fahre. Sie will schon ein paar Klamotten für den Schulanfang besorgen."

Als Mama verdutzt aufblickte, bedauerte ich augenblicklich, dass ich so vorschnell eine Ausrede parat gehabt hatte, die völlig unglaubwürdig war. Eden interessierte sich so gut wir gar nicht für ihre Kleidung und war zufrieden, wenn die Mutter ihr hin und wieder irgendetwas hinhängte.

„Du hast das Mädchen dazu gekriegt, Kleidung einzukaufen?“, fragte Mama verblüfft.

„Dann soll sie sich mal endlich ein vernünftiges Paar Latzhosen kaufen“, meinte Papa.

„Aber Hobart, sie ist doch kein Junge! Hier, Katrina, ich gebe euch ein bisschen Geld mit.“ Mama holte ihre Geldbörse hervor. Zwar hatte sie sich über unser Vorhaben gewundert, aber sie hatte auch keinen wirklichen Grund, mir zu misstrauen. Ich war immerhin ihre bravste Tochter. Doch gerade weil sie mir so vertraute, quälten mich schon bald heftige Gewissensbisse, und als sie mir dann auch noch den zerknitterten 20-Dollar-Schein in die Hand drückte, war mir, als bekäme ich einen Stromschlag. „Wenn ihr schon unterwegs seid, könnt ihr gleich etwas Rumaroma für den Kuchen mitbringen.“

Ich betrachtete beklommen den Zwanziger, als Eden hereingestürmt kam. „Katrina bringt mich schnell zu Belinda Moorefield. Ich werde wahrscheinlich den ganzen Tag dort sein“, rief sie und war auch schon zur Tür hinaus. Ich aber musste mir Mamas verwunderte Frage gefallen lassen: „Zu Belinda Moorefield? Ich dacht, ihr beide wollt Einkäufe machen?“

„*Zuerst* kaufen wir ein, und dann ... danach bringe ich Eden zu Belinda.“ Ich fühlte mich scheußlich – mit diesem elenden 20-Dollar-Schein in der Hand.

Ich weiß nicht, ob Mama meine Lügen durchschaute. Sie ließ sich zumindest nichts anmerken. Jedenfalls war ich froh, als ich endlich auf dem Weg zu unserem Chevy war, den Papa uns für solche Fahrten zur Verfügung stellte.

Aber noch bevor ich die Tür zuschlug, steckte Mama ihren Kopf durchs Fenster und rief: „Katrina, Leon ist am Telefon.“

„Sag ihm, dass ich schon weg bin.“

„Er sagt, dass er sich auf den Weg hierher machen will. Soll ich ihm sagen, dass es euch recht ist?“

„Bloß nicht!“, riefen Eden und ich wie aus einem Mund.

„Was will er den überhaupt?“

„Er vermisst dich, Katrina. Er denkt, dass er bei dir was gutzumachen hat. Ich werde ihm sagen, dass er später kommen soll", rief Mama und schlug die Tür zu.

Wir fuhren ein Stück und schwiegen. Beide waren wir in Gedanken versunken. Dann bemerkte ich: „Warum musstest du auch das von Belinda erzählen? Ich habe Mama vorgeflunkert, dass wir einkaufen gehen."

„Einkaufen? Ausgerechnet ich? Ich habe ihr wenigstens was Glaubwürdiges gesagt."

„Du bringst mich noch um den Verstand, Eden."

„Gib mir nicht die Schuld!"

„Wenn *ich* fahre, bin *ich* es auch, der für die Ausreden verantwortlich ist."

Für den Rest der Fahrt wurde Eden sehr einsilbig.

„Ich kann immer noch nicht fassen, dass ich für dich gelogen habe", sagte ich irgendwann in die Stille hinein, während Eden in ihrem Beutel kramte.

„Ich weiß, was du suchst. Aber du darfst eh nicht im Auto rauchen, wenn ich fahre. Und solltest du tatsächlich schwanger sein, musst du auf jeden Fall damit aufhören."

„Ich suche ein Papiertaschentuch. Und außerdem will ich nicht, dass du darüber sprichst. Nachher wiederholst du's irgendwo draußen, und jemand hört mit. Immerhin bin ich erst 15. Es kommt mir vor, als hätte ich erst gestern meine Puppen im Schrank verstaut. Hast du übrigens noch das kleine Tee-Service – das mit den Röschen drauf?" Sie stieß einen tiefen Seufzer aus. „Reden wir über die guten Zeiten und nicht mehr über all den anderen Kram. Okay?"

Von diesem Augenblick an nannte Eden unsere gemeinsame Kindheit immer „die guten Zeiten". Und wenn sie zu erzählen begann, schilderte sie alles in hellen, leuchtenden Farben, während sie die Gegenwart immer nur düster malte.

„Wenn ich das heute hinter mir habe, gehen wir noch zu Al einen Hamburger essen. Das haben wir schon lange nicht mehr gemacht. Und außerdem hat uns Mama 20 Dollar mitgegeben."

Eine resolute Krankenschwester nahm Edens Daten auf, warf aber mir immer wieder mürrische Blicke zu, als ob ich die Verantwortung für die Lage meiner Schwester trüge.

„Kenne ich euch nicht? Wer ist euer Vater?", fragte die Frau und schnippte wiederholt am Drücker ihres Kugelschreibers.

„Eden, beantworte du die Fragen der Schwester! Ich gehe inzwischen und hole uns eine Cola."

„Nein, Katrina, geh nicht weg!", jammerte Eden und klammerte sich an meinen Arm. Ich sah, dass sie den Tränen nahe war.

„Schon gut, ich bleibe, aber du beantwortest die Fragen! Hörst du?" Ich schob Eden wieder näher an den Tresen. In diesem Augenblick schlug die Tür auf und die Oberschwester mit einem etwas freundlicheren Gesicht trat herein. „Elvira, ich kümmere mich hier weiter um diesen Fall. Geh du nur zur Pause", sagte sie.

„Sie hat nicht eine meiner Fragen beantwortet."

„Das kriegen wir schon hin", meinte ihre Kollegin freundlich, und ich war der Frau so dankbar, dass sie Eden aus den Fängen dieses Drachens befreite. Außerdem wimmelte es von Patienten in dem Vorzimmer, was Eden noch mehr verängstigte. Ein paar Minuten länger hier, und meine Schwester wäre Amok gelaufen.

So klein und jämmerlich sah Eden aus, als die Oberschwester sie ins Sprechzimmer mitnahm. Noch einmal blickte sie sich angstvoll nach mir um, bevor die Schwingtür auspendelte und uns trennte.

Auch mir war zum Heulen, aber die Angst vor der Zukunft ließ mich erstarren. Es war alles so plötzlich über uns hereingebrochen, dass ich wie betäubt war. Ich versuchte, mich an Edens Vorschlag zu halten, und mich der „guten Zeiten" zu erinnern, aber es wollte mir nicht so recht gelingen, Blumen unter die Disteln zu streuen. Bitterkeit und Zuversicht sind eben doch unversöhnliche Feinde.

Die sterilen Plastikstühle im Wartesaal waren mir unsympathisch. Es hielt mich nicht lange darauf. Ich spürte meinen krampfenden Magen, der Mund war trocken. Ich lief umher und stellte mich schließlich ans Fenster, von wo ich einen weiten Blick über Mockingbird Valley hatte, über die Stadt, die völlig unberührt schien von unserem Schicksal.

Ich presste meine Stirn gegen die Scheibe und spürte die Kälte des Glases. Tausend Gedanken schossen mir durch den Kopf – Fragen zumeist. Sollte bei all dem tatsächlich Gott seine Hände im Spiel gehabt haben? Ich fürchtete Gott zu sehr, als dass ich ihm die Schuld an Edens Unglück gegeben hätte, aber ich musste wissen, warum er es zugelassen hatte. Als ich ihn fragte, spürte ich tief im Innern seine Gegenwart. Er berührte mich sanft in jenem sterilen Wartesaal voller Menschen in Not, während meine kleine Schwester nebenan hinter der Schwingtür traktiert und ausgefragt wurde.

Der Gedanke tröstete mich, dass es dem himmlischen Vater keine Mühe bereiten würde, mir in allen Schwierigkeiten beizustehen. Ich wusste, dass er mich sicher hielt. Nach Papas Lebensphilosophie gab es nur Pechsträhnen mit kurzen Unterbrechungen des Glücks, und nur wenigen vergönnte der Zufall, das Leben in vollen Zügen zu genießen. Alle anderen, geboren unter einem unglücklichen Stern, waren auf Dauer zur Sklavenarbeit verdammt und gezwungen, sich ständig zu ducken und zu hoffen, die Peitsche werde ihr Ziel schon verfehlen. Ich aber weigerte mich standhaft, Gefangene dieser Philosophie der Hoffnungslosigkeit zu werden. Papas Leben erinnerte mich an die Ameisen im Naturkundemuseum, die unter einer Glasscheibe ihre Arbeit verrichteten. Sie gruben und schleppten, um in Windeseile neue Tunnel zu bauen, während wir, die wir ihr emsiges Treiben mitleidig beobachteten, Mühe hatten, den tieferen Sinn ihrer endlosen Plage auszumachen.

Eine Träne rollte mir über die Wange, und ich fühlte mich ein wenig erleichtert. Dann schloss ich meine Augen und betete für Eden, obgleich ich gar nicht wusste, was ich konkret für sie erbitten sollte.

„Miss Hurley?" Die Oberschwester, die Eden abgeholt hatte, steckte ihren Kopf durch die Tür, und es gelang ihr nur mäßig, ihre tiefe Traurigkeit mit einem gequälten Lächeln zu überdecken.

„Ist alles in Ordnung mit Eden?", fragte ich schnell.

„Ich bringe Sie zu ihr, Miss Hurley. Sie wird Ihren Beistand jetzt brauchen."

Es gibt Momente, in denen man nicht erst durchs Tal der Tränen geht, sondern gleich zu jenem tiefen schwarzen Abgrund gelangt, wo der Schmerz die Seele erstarren läst. Dort ist nur noch ödes Land, in dem nicht einmal mehr die Tränenquelle sprudelt.

„Eden?“ Ich klopfte zaghaft an die Tür, die uns trennte. Die Oberschwester nickte aufmunternd.

Eden saß zusammengesunken auf der Liege, die Beine baumelten über dem Rand. Die Atmosphäre war eisig, gleißendes Röhrenlicht von der Decke, weiße Kacheln, Instrumentenschränke aus Metall, und Eden trug einen grünen Klinikkittel aus gestärkter Baumwolle. „Das endgültige Ergebnis haben sie noch nicht. Aber die Schwester meint, da würde was in mir wachsen.“ Ihr versagte die Stimme. „Mach, dass ich es wieder loswerde, Katrina! Es gehört da nicht rein!“

Sie ließ sich nach hinten gegen die Wand fallen, von heftigen Weinkrämpfen geschüttelt.

„Da hast du ein Taschentuch“, sagte ich und reichte ihr eins.

„Ich will es nicht! Lieber Gott, ich will es nicht!“

„Wann wissen sie's genau?“

„Eine Stunde, vielleicht zwei.“

„Fahren wir ein bisschen herum. Dann kommen wir zurück und holen die Diagnose ab. Gut, dass Mama uns nicht gleich zurückerwartet.“

„Du kannst dir doch sicher denken, was Papa mit mir anstellt.“

„Das werden wir nicht zulassen. Er wird einfach mal zuhören müssen, wenigstens dieses eine Mal. Darfst du dir wieder was anziehen?“

„Sie meinten, ich könnte mich anziehen.“

„Ich helfe dir. Und nun lass den Kopf nicht hängen. Wenn es ein Baby ist, ist es kein Monster, das da in dir wächst. Es ist ein niedliches kleines Kind. So musst du denken, Eden! Ein süßes Baby mit Knopfaugen, kleinen Fingern und Zehen.“

„Ein Baby!“, flüsterte sie noch ein paar Mal, während wir uns auf den Weg zum Auto machten.

6

Auf der Heimfahrt saßen wir im Auto wie versteinert. Ich fuhr nicht wie sonst sofort auf unser Grundstück, sondern hielt vorn am Briefkasten an. Dennoch begriff ich schnell, dass es für einen Rückzug schon zu spät war. Leon und Darrell standen auf der Wiese und unterhielten sich mit unseren Eltern.

Als sie uns sahen, verstummten sie und blickten uns erwartungsvoll an.

„Ausgerechnet!", sagte Eden. „Was soll ich zu ihm sagen? Was, wenn er nichts mehr von mir wissen will, mich zur Schlampe stempelt und behauptet, das Kind wäre nicht von ihm? Am Ende glaubt Papa ihm mehr als mir, und was wird er dann mit mir machen? Ich würde am liebsten sterben."

„Wir können einfach wieder wegfahren. Aber was würden wir damit erreichen, wenn wir sie einfach auf dem Rasen stehen lassen?"

„Und was sollen wir sagen?"

Der Umschlag mit der Diagnose für Edens Schwangerschaft lag auf meinem Schoß.

„Vielleicht wäre es nicht verkehrt, wenn du im Auto bliebest und ihr euch nicht begegnet."

„Nein, die Begegnung stehe ich schon durch. Ich möchte es ihm lieber selber sagen. Schließlich hat er seinen Teil auch dazu beigetragen. Aber wenn Papa alles erfährt – er wird außer sich sein. Ich kann mir ausmalen, wie er ausrastet."

„Vielleicht ist es sogar besser, wenn du es Papa in Gegenwart von uns allen erzählst."

„Du bist immer so vernünftig und vorausschauend, Katrina. Ich möchte doch lieber hier sitzen bleiben und erst mal über alles in Ruhe nachdenken."

Wir blickten uns lange an, während erste Regentropfen aufs Autodach klopften. Ich wusste, dass ihr eine Auseinandersetzung ohnehin nicht erspart blieb, aber ich konnte sie nicht zwingen. Ich war zu müde, um auch noch ihr Leben zu führen, vor allem, da sie ständig Entscheidungen traf, auf die ich keinen Einfluss nehmen konnte. „Dann denk darüber nach“, sagte ich und ließ sie in dem verqualmten Auto zurück.

Leon und Darrell kamen großspurig grinsend auf mich zu, während Papa sich auf die oberste Stufe der Veranda zurückzog.

Dunkle Regenwolken türmten sich im Westen zu mächtigen Gebirgen, und schwere Tropfen benetzten meine Arme. „Leon, ich muss dich was fragen.“

Leon lehnte sich gegen den Chevy und musterte mich herablassend. „Du hast deinen Alten noch gar nicht erzählt, dass wir Schluss gemacht haben, oder?“

„Es gibt noch wesentlich mehr zu besprechen als unsere Trennung, Leon“, erwiderte ich.

„Dein Papa ist nicht gerade erfreut. Aber ich versprach ihm, dass ich schon wüsste, wie ich mit dir umzugehen habe.“

„Du hältst jetzt deinen Mund und hörst mir zu, Blödmann!“

Eden rutschte auf den Fahrersitz und kurbelt das Fenster herunter, sodass ihr der Regen ins Gesicht tropfte, aber sie wollte doch hören, was geredet wurde.

„Darrell, es geht auch um dich“, rief ich, und der Junge kam näher. „Du erzählst rum, Leon habe dir berichtet, dass ich ihm nachgegeben hätte. Stimmt das, oder stimmt das nicht?“

Ich bemerkte, dass Darrell verlegen von einem Fuß auf den anderen trat und sich auf die Lippe biss.

„Weißt du, Leon“, sagte Darrell kleinlaut, „es geht um all den Quatsch, den du mir über Katrina erzählt hast, als wir beim Bowlen waren.“

„Nun gib’s schon zu, Leon“, rief ich und warf einen Blick über die Schulter zu Eden. Sie saß noch immer zusammengesunken auf dem Fahrersitz und hielt den Umschlag von der Klinik gerollt in ihrer Hand.

„Ach, Baby, du weißt doch, wenn Jungs zusammenhocken, wird viel gelabert. Das musst du nicht so ernst nehmen.“

„Lügner!“, schrie ich und gab ihm eine Ohrfeige, aber sie verfehlte offenbar ihre Wirkung. Dafür brannte meine Hand. Dann holte ich noch einmal aus, und der klatschende Schlag ins Gesicht ließ uns beide erschrocken zurückweichen. Fast verlor er das Gleichgewicht. Ich schnappte vor Erregung nach Atem und hasste mich für meine Unbeherrschtheit; aber ihn hasste ich noch mehr für das, was er uns angetan hatte.

Papa stutzte und rückte seine Brille zurecht, während ich meine letzte Beherrschung verlor. Ich fragte mich später, ob Gott wohl in diesem Augenblick von meiner Seite gewichen war. Wieder holte ich aus, doch mein Opfer wehrte den Schlag mit der Hand ab. Ich war so außer mir vor Zorn und Entrüstung, dass ich die leise Stimme meines himmlischen Beschützers gewiss überhört habe.

Darrell brüllte und Eden kreischte.

Leon drückte mich gegen den Chevy, wobei er es jedoch nicht verhindern konnte, einen weiteren Hieb von mir einzufangen.

„Katrina!" Papa war aufgesprungen und kam, so schnell es sein krankes Bein zuließ, auf uns zugehumpelt. Schlüssel und Münzen klimperten in der Hosentasche. „Bist du verrückt geworden, Göre?"

„Du bist schuld, Eden", schrie Darrell. „Du hast den ganzen Quatsch erzählt." Doch er verstummte, als er bemerkte, wie finster Papa ihn musterte.

Da stieß Eden die Fahrertür auf. Wie eine Katze sprang sie Darrell an und verkrallte sich in seinen Haaren. „Ich hasse dich!"

Erst als Papa sie fortzerrte, ließ sie von Darrell ab. In diesem Augenblick trat Mama auf die Veranda und klopfte sich das Mehl von den Händen. Sie bekam gerade noch mit, wie ich zum zweiten Mal auf Leon einschlug. Doch jetzt wehrte er sich, holte mit der Faust aus und hätte wohl auch getroffen, wenn nicht ein stärkerer Arm dazwischengefahren wäre.

„Das kann ich nicht zulassen, Leon", rief Papa, der zusehen musste, dass er auf seiner Krücke wieder Halt fand.

„Seid ihr alle verrückt geworden?", keifte Mama von der Veranda her. „Du Bengel, wirst du dich gefälligst nicht an meiner Tochter vergreifen!"

Leon, der über seine schmerzende Wange strich, sagte zu Papa:

„Es tut mir Leid, Mr. Hurley, aber ich konnte es mir nicht einfach so gefallen lassen, dass sie auf mich einschlägt."

Mama kam näher, doch dann blieb sie in einiger Entfernung stehen.

„Ihr hört jetzt sofort auf, all dieses wirre Zeug zu reden!", schnauzte Papa und wischte sich mit dem Taschentuch den Schweiß von der Stirn. Dann sah er Leon fragend an.

„Katrina regt sich über dummes Zeug auf, das ich aus Spaß zu Darrell gesagt habe", erklärte Leon und musterte mich verunsichert.

„Nun sag schon, was du erzählt hast", schluchzte Eden, der feuchte Haarsträhnen im Gesicht klebten.

„Es war einfach nur blödes Gerede. Überhaupt nicht ernst gemeint."

„Wenn du nicht redest, sag ich's", mischte ich mich ein. „Leon hat Darrell weismachen wollen, ich hätte mit ihm geschlafen."

„So ein dummes Zeug interessiert mich nicht. Ich will davon nichts hören", sagte Papa, und es sah so aus, als wolle er sich davonstehlen. Trotzig stellte ich mich ihm in den Weg und sagte: „Du musst dir noch anhören, was ich zu sagen habe, Papa. Er hat über mich gemeine Lügen verbreitet." Und zu Leon gewandt, fuhr ich fort: „Du hast Gerüchte über mich in die Welt gesetzt, Leon, und die haben ganz schnell die Runde gemacht. Du hast damit Schande über uns alle gebracht, besonders aber über Eden. Du bist kein anständiger Kerl, und du wirst nie einer werden."

Jetzt wollte auch Darrell sich klammheimlich davonstehlen, aber ich rief ihm hinterher: „Du solltest bleiben, Darrell. Ich lasse dich nicht vom Hof, solange du nicht gehört hast, was Eden dir zu sagen hat."

Er zog ein zerknittertes Päckchen Zigaretten aus seiner Hemdentasche und steckte sich mit zitternden Händen eine an. „Ich muss mir gar nichts anhören", sagte er dann und ging ungerührt weiter zu seinem Auto.

Jetzt mischte sich Mama ein: „Eden, wovon redet Katrina?"

Meine Schwester begann wieder zu weinen und lief dem Flüchtenden hinterher. „Du Lügner hast mir versprochen, uns ein Häuschen oben in Twinkle Land zu bauen!"

„Eden, bleib hier!“, rief ich, denn ich konnte es nicht ertragen, sie diesem Kerl nachlaufen zu sehen. Ihr ganzes Leben lang hatte sie sich mangels einer eigenen Identität anderen an die Fersen geheftet, um etwas zu erhaschen, was sie selber nicht zustande zu bringen glaubte. Schon ganz früh musste sie das Gefühl gehabt haben, sie könne nichts Eigenes auf die Beine stellen, sodass sie sich darauf verlegte, andere einfach zu kopieren. Da ich der Mensch war, mit dem sie den intensivsten Umgang pflegte, war sie zu meinem Schatten geworden. Was ich aus freien Stücken tat, das äffte sie mir nach – und meist lange nicht so perfekt.

„Halt sie auf, Doreen“, rief Papa. „Was ist bloß in dieses Kind gefahren!“

„Katrina, was hat das alles zu bedeuten?“ Auch Mama begann jetzt zu schluchzen.

Aber bevor Eden den Flüchtenden erreichte, hatte der sich in seinem Wagen eingeschlossen und den Motor gestartet. Eden baute sich vor dem Kühler auf.

„Darrell, komm wieder raus!“, rief Leon seinem Freund zu.

Der Chevy rollte ganz langsam an, doch Eden stand wie angewurzelt, trotzig und entschlossen.

Darrell riss den Gang heraus und legte schnarrend den Rückwärtsgang ein. Räder drehten knirschend im Schotter durch. Er setzte zurück ohne Rücksicht und überfuhr die jungen Erdbeerpflanzen, die Mama gerade gesetzt hatte. Sie kochte vor Wut.

„Ich schieß den Kerl über den Haufen“, schrie sie und lief zum Haus, um sich das Luftgewehr zu holen, aber Papa hielt sie zurück.

Eden schnitt Darrell den Weg zur Ausfahrt ab. Keuchend erreichte sie vor ihm das Tor. Darrell wusste nicht weiter, geriet in Panik. Hinter dem Graben dort links lag die Straße! Er drückte das Gaspedal kräftig durch, der Motor fauchte, dann der Spurt.

„Darrell, nein!“, schrie Eden, doch Darrell wagte alles. Die Strecke war viel zu kurz, er kam nicht in Fahrt, war zu langsam für den Sprung, und so hob der Wagen nicht ab, sondern stürzte mit lautem Krachen in den Graben.

„Mama, ruf den Krankenwagen", rief ich und drängte die Mutter ins Haus, die völlig kopflos war.

Von Darrell war nichts zu sehen, denn der Chevy steckte mit der zerbeulten Motorhaube tief im Graben, während der Kofferraum himmelwärts ragte.

„Er hat sich umgebracht, Katrina! Jetzt hat mein Kind auch noch den Vater verloren!"

Sie schrie die unglaubliche Nachricht als Anklage hinaus, und es war ihr egal, wer sie hörte.

Papa musterte sie ungläubig, wortlos und bleich. Er schien starr vor Entsetzen zu sein. Wortlos ließ er sich unter einem der Bäume ins Gras sinken. Dort blieb er und starrte vor sich hin, bis der Krankenwagen auf den Hof fuhr.

Eden und ich saßen mit Leon im Wartesaal der Notaufnahme und hofften, dass Darrells Vater bald eintreffen würde. Papa hatte sich in die Cafeteria zurückgezogen, um allein die Nachricht zu verarbeiten, mit der Eden ihm soeben das Herz beschwert hatte.

Leon blieb ziemlich einsilbig, und wenn er etwas sagte, klang seine Stimme belegt und leise. „Und du weißt ganz sicher, dass du schwanger bist?", fragte er schuldbewusst.

Eden nickte.

„Und Darrell hat den Stuss, den ich geredet habe, dazu benutzt, um dich rumzukriegen?"

„Das hat er."

„Du glaubst gar nicht, wie Leid mir das tut. Darrell hätte doch wissen müssen, dass in so 'ner Clique viel angegeben wird. Da will man doch gut dastehen."

„Ich werde euch Jungs nie begreifen", sagte ich und wandte mich ab von ihm. Am liebsten hätte ich ihn nie wieder gesehen.

„Katrina, ich habe dir ja noch gar nicht gesagt, warum ich überhaupt bei euch vorbeigekommen bin", sagte er, ohne zu bemerken, dass ich ihm die kalte Schulter zeigte.

„Das ist doch jetzt nicht so wichtig", murmelte ich.

„Ich hatte Sehnsucht nach dir."

„Was verstehst du schon unter Sehnsucht? Dir war höchstens langweilig."

„Wie meinst du das?"

„Dein ganzes Leben ist die reinste Langeweile. Bald wird wieder irgendein Mädel auftauchen, und dann hast du für kurze Zeit etwas Beschäftigung. Das ist alles, was du willst: eine Braut auf dem Beifahrersitz, damit du hinterher damit angeben und deinen hirnlosen Kumpels Lügen auftischen kannst."

Er wagte es nicht, mir ins Gesicht zu sehen.

„Ich denke, es wäre das Beste, wenn du uns jetzt allein ließest. Wir rufen dann deine Mutter an und geben Bescheid, wie es mit Darrell weitergeht."

Als wir einen Mann mit tief besorgter Miene eintreten sahen, ahnten wir, dass es Mr. Lunsford war.

„Was ist meinem Jungen geschehen?", fragte er in die Runde. „Sein Name ist Darrell, Darrell Lunsford."

Der Mann trug eine grüne Schürze mit dem Logo der Geflügelfarm von Mockingbird Valley, und seine Gummistiefel quietschten auf dem Linoleumbelag am Boden, während er zu dem Fenster ging, hinter der die Dienst habende Schwester Karteikarten ordnete.

„Ob ich mit ihm reden soll?", flüsterte Eden. Doch ich kam nicht dazu, ihr eine Antwort zu geben, denn in diesem Augenblick trat eine Schwester in den Raum und fragte: „Sind Sie Verwandte von Darrell Lunsford?"

Mr. Lunsford musterte uns verwundert und sagte dann: „*Ich* bin Darrells Vater. Wird mein Junge wieder gesund?"

„Er ist gerade auf dem Weg in den OP, Mr. Lunsford. Ich kann sie dorthin bringen."

Doch noch bevor Darrells Vater den Raum verlassen konnte, sprang Eden auf und trat an den fremden Mann heran. „Mr. Lunsford?" Sie sah so klein und zerbrechlich aus neben dem stattlichen Mann.

Lunsford sah sie nur von der Seite an.

„Hat Darrell schon mal von mir gesprochen? Ich bin Eden Hurley."

„Nicht, dass ich wüsste, aber Darrell erzählt mir sowieso nie was."

„Ich würde sie gerne zum OP begleiten. Ich kann Ihnen auch alles erklären."

So etwas hatte ich noch nicht erlebt: Eden trat an einen Fremden heran und äußerte ihre Wünsche! Ich kannte meine Schwester nicht wieder und war beeindruckt. Lunsfords Miene hellte sich auf, und ich machte mir Sorgen, dass Eden zu voreilig sein könne.

„Eden, soll ich dich nicht lieber nach Hause fahren?", fragte ich deshalb schnell.

„Nein, Katrina, ich will hier sein, wenn Darrell aus der Narkose aufwacht."

„Na schön, aber ruf mich gleich an, wenn er durch ist."

„Mache ich."

Ich wandte mich zum Gehen, doch noch bevor ich zur Tür hinaus war, sagte sie etwas, was ich nicht erwartet hatte.

„Katrina? Ich habe dich lieb." Sie winkte mir noch einmal zu, und mit jedem Schritt in dem langen Korridor schien sie zu reifen – vom unbedarften Teenager zur jungen Frau, die Verantwortung zu tragen hatte. *Ich liebe dich auch, meine Schwester.* Sie hörte es nicht mehr, denn sie war bereits zu weit fort, und das war auch gut so, denn ich weiß nicht, ob ich es sonst über die Lippen gebracht hätte.

Ich hasste den Geruch von Desinfektionsmitteln, der hier überall in der Luft lag und in meine Kleider zu ziehen drohte. Außerdem füllte sich der Wartesaal und es hörte langsam auf zu regnen, sodass ich trockenen Fußes zu meinem Auto gelangen konnte. Also entschloss ich mich zu gehen.

Ein junger Mann hielt mir die Tür auf. Scheu sah ich zu Boden, ich musste zu dicht an ihm vorbei. Trotzdem bemerkte ich, dass er mich anstarrte. „Ich kenne dich", sagte er.

„Sol Houston!" Ich hasste mich für meinen euphorischen Ausruf.

„Du warst auf Joy Hillermans Party am letzten Freitag, stimmt's?"

Es überraschte mich zu erfahren, dass ausgerechnet ein bibelfester Houston bei den Hillermans ein und aus ging, die zur Highsociety von Mockingbird Valley gehörten und für ihre feuchtfröhlichen Feste und Drogen-Partys bekannt waren. „Nee, du, wir haben uns in der Gemeinde gesehen."

„Gemeinde? Ach ja!“ Es war ihm offensichtlich peinlich, denn er errötete.

„Ist bei euch alles in Ordnung?“, fragte ich.

„Klar. Wieso?“

„Na, weil du in die Notaufnahme willst.“

Normalerweise hätte ich mich in Gegenwart eines jungen Mannes verunsichert gefühlt, da wir gezwungenermaßen auch noch so dicht beieinander standen. Aber bei ihm war das anders.

„Der Freund meiner Schwester ist bei einem Unfall verletzt worden“, erzählte Sol.

„Das tut mir Leid, ist es was Ernstes?“

„Er ist in der Chirurgie, aber ich weiß nicht, wie ernst es ist. Bet mal für ihn. Er heißt Darrell.“

Noch ehe ich reagieren konnte, bemerkte er die Handtasche, die er unter dem Arm hielt, und rief: „Ach, du liebe Güte! Die muss ich schnell meiner Mutter bringen. Die hat sie vergessen.“

„Nett, dich getroffen zu haben“, rief ich und blickte ihm nach, dann machte ich mich auf den Heimweg.

Es regnete schon wieder.

7

Für einen Augenblick schwebte Darrell Lunsford zwischen Himmel und Erde. Die Ärzte konnten ihn nicht retten, denn er war ihrem Zugriff bereits entglitten. Drei stille Tage lag er im Koma.

Dann hatte Mr. Lunsford uns angerufen, Eden und ich waren ins Krankenhaus geeilt, und während sein Vater weitere Telefonate führte, hielten wir beide Totenwache an Darrells reglosem Körper. Mir gelang es nur mit Mühe, meine Trauer für mich zu behalten, dieses innere Aufbäumen von Schuld und Schmerz.

Eden saß am Fußende seines Bettes und trauerte. Schon tagelang war sie mit finsterer Miene herumgelaufen und hatte immer wieder aufs Telefon gestarrt in der Hoffnung, jemand überbringe die Nachricht, dass Darrell aus dem Koma erwacht sei. Sie stand gerade unter der Dusche, als Darrells Vater anrief und uns berichtete, sein Sohn sei nicht mehr am Leben. Mit noch nassen Haaren kam sie in die Küche und starrte uns ungläubig an. Ein Bild des Jammers.

Jetzt kauerte Eden an seinem Bett und weinte bitterlich. „Soll ich Mama und Papa bitten, dass sie kommen?“, fragte ich, aber sie reagierte nicht darauf. Stattdessen jammerte sie: „Er ist einfach nicht mehr aufgewacht, hat nichts mehr über sein Kind erfahren. Wer wäre denn auf den Gedanken gekommen, dass es so schnell zu Ende gehen würde – wo er doch noch so jung war.“ Eden betrachtete ihn nachdenklich, und nach einer Pause fuhr sie fort: „Vorher ist mir eigentlich nie aufgefallen, wie gut er aussieht – dir? Diese Nase, perfekt. Ich hoffe ja nur, dass mein Kind sie geerbt hat und nicht den Riesenzinken von Papas Familie.“

Eden stand auf und ging zum Nachttisch, wo ein paar Grußkarten aufgestellt waren. Sie kamen von seinen Freunden, mit denen er so gern Autos repariert und mit frisierten Mustangs Rennen veranstaltet hatte. Wer so viel riskierte wie sie, der musste ganz versessen darauf sein, seine Unsterblichkeit zu testen. Doch als dann wirklich einer von ihnen ins Nichts stürzte, wandten sie sich von ihm ab, als könne sein Unglück ansteckend sein. Nur die Mütter hatten wohl gemahnt, dass ihre Söhne wenigstens Kartengrüße schickten.

Eden strich ihm eine vom Todeskampf noch feuchte Haarsträhne aus der Stirn. „Er ist noch ein bisschen warm."

„Aber trotzdem tot. Es dauert manchmal eine Weile, bis die Haut ganz kalt ist."

Eden nahm die Karten, legte sie zu einem Stapel zusammen und sagte: „Von denen kenne ich keinen Einzigen. Und was noch schlimmer ist: ich kenne auch dich nicht, Darrell Lunsford. Ich habe einem Fremden meine Unschuld geschenkt! Und auf einmal bin ich 'n Flittchen. Mama hat mir so was ja schon öfters prophezeit. Und ich hasse es, wenn sie Recht behält."

„Ich möchte eigentlich nicht länger bleiben", sagte ich. „Findest du's nicht auch ein bisschen unheimlich hier, Eden? Jetzt verstehe ich auch, wenn die Leute von *Verblichenen* reden. Guck dir sein Gesicht an. Man sieht es ihm an, dass er nicht mehr hier ist. Ich weiß nicht, wie ich's erklären soll. Seine Augen sind eingefallen, irgendwie leblos. Sieht aus, als hätte Gott ihn einfach aus seinem Körper gezogen ... so einfach, wie man einen Schlafanzug auszieht."

Eden beugte sich über seinen Körper und betrachtete neugierig sein Gesicht mit den kaum verheilten Wunden. „Du hast Recht, Katrina, so habe ich mir einen Toten nie vorgestellt, obwohl wir ja schon Großpapa Hurley gesehen haben, aber der war auch alt, und so dicht waren wir auch nicht dran." Sie deutete auf den Leichnam. „Darrell ist da nicht mehr drin."

Sie richtete sich auf und trocknete sich noch einmal die Tränen. „Mein Magen knurrt ganz fürchterlich", sagte sie plötzlich. „Wollen wir rüber zu Ali? Ich brauche hier sicher nichts zu unterschreiben. Schließlich bin ich noch nicht seine Frau."

„Vielleicht sollten wir aber warten und Mr. Lunsford fragen, ob er noch was braucht", entgegnete ich.

„Dann wartest du eben. Ich muss mal eine qualmen. Bin unten im Foyer. Du weißt ja, wo das ist."

Wie du meinst, dachte ich. *Lass dein Kleines nur ordentlich mitpaffen.*

Ich warf hin und wieder einen Blick in den Korridor, wo Mr. Lunsford mit seiner geschiedenen Frau telefonierte. Er schluchzte leise und zwirbelte das Hörerkabel zwischen seinen Fingern. Es war ein langes Gespräch. Offenbar hatten er und seine Ex-Frau plötzlich wieder Gemeinsamkeiten entdeckt – mitten im Elend.

Im Grunde fand ich es ziemlich respektlos von mir, den toten Darrell so eingehend zu betrachten, nachdem Eden gegangen war. Aber mich bewegte so viel, und das musste erst einmal verarbeitet werden. Ich sah noch ganz deutlich die Szene vor mir, wie Darrell mit seinem Chevy über Stock und Stein fuhr, um mir zu entkommen. Gewiss, es war Eden, die sich ihm in den Weg gestellt hatte, aber ich war der eigentliche Anlass seiner Flucht. Ich hatte ihn durch meine Anklage in die Enge getrieben. Wenn die ausgleichende Gerechtigkeit vorgesehen hatte, dass sein Leben zu Ende geht, war es zwar völlig egal, ob er durch mein Zutun in unserem Graben sein Leben ließ oder ob er von Twinkle Land aus in die Tiefe gestürzt wäre. Aber ich glaubte nicht so sehr an schicksalhafte Fügungen, sondern eher an die persönliche Verantwortung jedes Einzelnen für das, was hier auf der Erde geschah. Und so gelang es mir nicht, meine Schuldgefühle auf ein ominöses Schicksal abzuwälzen. Nein, ich, Katrina Hurley, hatte diesen Jungen auf dem Gewissen!

Ich hörte die Stimmen der Anklage. Jetzt war ich die Verfolgte. Wie sollte ich mich rechtfertigen? Gott hatte mich nicht beauftragt, Anklage gegen diesen Jungen, der gewiss schuldig geworden war, zu erheben. Darrell war nicht durch ein paar moralische Ermahnungen zur Umkehr zu bewegen. Nein, jemand hätte sein Herz erreichen müssen. Ich aber wollte so oberflächlich zu Werke gehen, wie die falschen Freunde Hiobs.

Die Erkenntnis war bitter: *Ich hatte ihm die Chance zur Umkehr verbaut!*

Aber ich konnte mir damals auch nicht vorstellen, dass nun der große Gott im Himmel seine Engelsknechte herbeipfeifen würde, um den sich windenden und schreienden Darrell in die ewige Verdammnis abzuführen.

Ich habe dich umgebracht, Darrell, als wäre ich in dein Haus eingedrungen und hätte dich im Bett erschossen. Da gibt es keinen Unterschied!

Selbsthass ist wie ein Tumor. Dieser Feind fängt sein Zerstörungswerk im Kleinen an, durchwandert alle Glieder und bildet tief im Innern seine Metastasen. Plötzlich stellte ich mir vor, wie Darrell über mir im Zimmer schwebte und mich beobachtete.

Verabscheue mich nur, Darrell! Ich bin es gewesen, die dich geradewegs in den Himmel geschickt hat. Magst du nun wenigstens einen Fensterplatz bekommen, wo du so frühzeitig dort aufgetaucht bist.

Ich legte meine Hände auf seinen toten Körper wie ein Glaubensheiler bei einer Evangelisation, obgleich mir klar war, dass solche Wunder heute nur noch selten geschehen.

„Ich bin schuld", sagte ich. „Nimm mich stattdessen, Gott. Ich kann mit diesem schlechten Gewissen nicht leben."

„Schon gut, Katrina."

Ich spürte eine warme Hand auf meinem Kopf, und es roch nach kaltem Tabak. Es war Darrells Vater. „Mr. Lunsford, es tut mir Leid, dass Sie mich hier noch vorfinden."

Er begann ohne einleitende Worte zu erzählen, als hätten wir schon länger vertraut miteinander geplaudert: „Darrells Mutter und ich haben ihn einmal mitgenommen ins große Einkaufszentrum von Little Rock. Es war das erste Mal, dass wir mit ihm weiter von zu Hause weg waren. Ich bläute ihm ein, immer in unserer Nähe zu bleiben, aber er war schon immer ein Irrwisch, der nicht gehorcht hat. Kaum hatten wir ihm mal kurz den Rücken gekehrt, war er auch schon ausgerückt. Meine Frau hatte gleich wieder ihren hysterischen Anfall, während ich durch's ganze Haus rannte und alle Angestellten fragte, ob sie einen kleinen Jungen gesehen hätten."

„Eden ist auch so eine, wie oft haben wir die schon gesucht!"

„Schließlich fand ich ihn bei den Rolltreppen. Da ist er rauf- und runtergefahren. Ich konnte ihn gerade noch packen, bevor ein Malheur passiert ist. Ein paar Monate später hat uns seine Mutter verlassen. Habe ihn mit Ach und Krach allein großgezogen. Aber der Bengel hat immer gemacht, was er wollte, und sich nicht um irgendwelche Regeln geschert – bis heute. Du hast ihn ganz bestimmt nicht umgebracht, Katrina. Auch ich habe ihn nicht umgebracht. Und den lieben Gott können wir auch nicht verantwortlich machen. Darrell ist ganz allein und ohne Zwang in diesen Graben gefahren. Ich bin nur heilfroh, dass er nicht noch deine kleine Schwester mit ins Unglück gestürzt hat."

„Sie wissen von dem Kind, Mr. Lunsford?"

„Hier, wisch dir die Augen trocken, Mädchen. Deine arme, kleine Schwester ist viel zu jung für so viel Malheur. Ich habe mich immer gefragt, welches arme Ding er irgendwann in den Strudel seines schon jetzt so verpfuschten Lebens ziehen würde. Es tut mir so unendlich Leid, dass es ausgerechnet eure kleine Eden war."

„Sind Sie schon mal Großvater?"

Er starrte eine Weile ins Leere mit seinem Hut in der Hand, und so fuhr ich fort: „Darrell ist ja wohl ihr einziger Sohn, deshalb sind sie es bestimmt noch nicht."

„Nein, bislang noch nicht."

„Eden ist eigentlich noch viel zu jung, um Mutter zu werden. Und sie war schon immer ein bisschen ausgeflippt. Aber ich werde ihr beistehen mit dem Baby. Und wenn Sie es sehen wollen, dann sind Sie natürlich jederzeit willkommen."

„Das würdest du für mich tun?"

„Klar. Kinder brauchen eine richtige Familie."

„Du bist ein gutes Mädchen, Katrina. Ich hoffe, deine Eltern sind sich dessen bewusst."

„Jetzt muss ich mich aber auf den Weg machen, Mr. Lunsford. Sollen Eden und ich noch irgendwas für Sie erledigen? Wir helfen gern. Sollen wir Ihnen was zu essen besorgen oder was anderes? So ein Todesfall kostet Nerven, besonders wenn es ein engster Verwandter ist." Ich berührte die Hand, die damals den kleinen Darrell von der Rolltreppe in Little Rock gerettet hatte.

„Meine Schwester aus Kalifornien ist schon unterwegs. Sie wird bald hier eintreffen und mich unterstützen. Aber trotzdem vielen Dank für dein Angebot. Ihr habt sicher selber noch genug zu tun." Er reichte mir einen 10-Dollar-Schein. „Nimm das und kaufe dem

Kleinen irgendwas Niedliches. Eigentlich hoffe ich ja, dass es ein Mädchen wird. Jungen machen einfach zu viel Kummer."

Er ging zu seinem Sohn und beugte sich noch einmal über ihn. Und so ließ ich ihn allein mit seinem Kummer.

Eden wartete schon im Foyer auf mich. „Katrina, ich habe 'ne halbe Packung geraucht, so lange hat es gedauert! Bei Ali wird es sicher schon voll sein um die Zeit."

„Eden, ich habe eigentlich gar keinen Hunger mehr. Macht es dir was aus, wenn wir gleich nach Hause fahren?"

Ich wartete nicht mehr auf die Antwort, sondern ließ sie stehen und strebte schnell dem Ausgang zu. Wieder einmal fühlte ich mich verpflichtet, für mich und meine Schwester zu bestimmen, was richtig war.

* * *

Unser Leben köchelte nach diesen turbulenten Ereignissen nur noch auf kleiner Flamme. Es ereignete sich zunächst nichts Weltbewegendes mehr. Mama kümmerte sich rührend um Eden und genoss es, mit ihrer Tochter Schwangerschaftskleider einzukaufen, und endlich ließ Eden es sich gefallen, neu eingekleidet zu werden.

Während Darrells Krankenhausaufenthalt hatte Eden noch ein Motiv gehabt, zeitig aufzustehen. Doch dann war der Junge gestorben, und Eden fiel wieder in ihre alte Lethargie. Fast den ganzen Tag schlief sie, und wenn wir anderen abends todmüde ins Bett fielen, blieb sie vor dem Fernseher hocken und sah sich das Nachtprogramm an. Unser Haus mit dem erleuchteten Wohnzimmerfenster war Nacht für Nacht das Glühwürmchen in der Erie Lane, dessen traulicher Schimmer als Letztes verlöschte.

Die Zeit verging, und ich wechselte in der Jugendstunde die Altersgruppe. Zum Abschied gab ich Schwester Trueblood einen Kuss auf die Wange. Auch wenn ich ihre Art, mit uns Teenagern umzugehen, nicht sehr schätzte, so hatte ich doch die eine oder andere Lebensweisheit von ihr gelernt, und dafür war ich in jedem Fall dankbar. Sie verdiente diesen kleinen Kuss.

Wir zogen mit der Gruppe in einen kleineren Raum um, der bislang ganz anderen Zwecken gedient hatte. Man hatte dort Gesangbücher gestapelt und die Utensilien des Hausmeisters untergebracht. Aber unsere neue Gruppenleiterin Bickle bemühte sich sehr, uns den Raum so wohnlich wie möglich zu gestalten. So hatte sie ein großes Stück blauen Teppichboden besorgt, damit der Raum nicht mehr wie eine Abstellkammer wirkte.

Die Haarfrisur von Schwester Bickle erinnerte mich sehr an Großmama Hurley. Es gibt immer wieder Frauen, die trotz ihres fortgeschrittenen Alters kaum ergraut sind – vielleicht, weil sie ihr Haar niemals gefärbt und es höchstens einmal in der Woche mit einem milden Shampoo gewaschen haben. Gott hatte Schwester Bickle mit solch einem gesunden Haarschopf gesegnet, den sie zu einem mächtigen Knoten wickelte. Obgleich sie eine gemischte Gruppe von Jungen und Mädchen hatte, bevorzugte sie uns Mädchen eindeutig. Zuweilen lud sie uns sogar über Nacht zu sich ein. Wir waren „ihre Mädels“, und sie gab sich alle Mühe, jeder Einzelnen von uns das Gefühl zu vermitteln, ihr besonderer Liebling zu sein.

Die Begegnung mit Gertrude Bickle veränderte mein Leben nachhaltig. Sie nahm mir die Unrast, die bislang all mein Streben und Hoffen bestimmt hatte. So verständnisvoll, wie sie mir gegenübertrat, schenkte sie mir Selbstvertrauen. Immer wieder lobte sie meine Klugheit. Früher hatte ich immer davon geträumt, eines Tages von den Houstons adoptiert zu werden, doch inzwischen sehnte ich mich danach, von Gertrude Bickle mit nach Hause genommen zu werden.

Die Poesie war die große Leidenschaft der verwitweten und pensionierten Lehrerin. Zwei ihrer Gedichte waren sogar schon in einem Bändchen erschienen, worauf sie sehr stolz war. Und stets war Gott ihr großes Thema. Die Sprache ihrer Gedichte wirkte so rührend antiquiert wie eine gestärkte Bluse mit Spitzenbesatz.

Trotzdem – oder gerade deswegen – bewunderten wir diese Frau sehr. Sie führte ein beschauliches, ruhiges Leben ohne Extravaganzen, und das zog uns an in einer immer lauter werdenden Welt. Das Strahlen in ihren Augen machte uns zu Anhängerinnen – und ich war eine der eifrigsten.

Am liebsten trafen wir uns in einem Café, das an einen Naturkostladen angeschlossen war und erst seit kurzer Zeit geöffnet hatte. Wir nippten an unseren Bananenflips, während Gertrude von unserem himmlischen Vater mit leuchtenden Augen erzählte. Die meisten Mädchen verloren – je älter sie wurden – das Interesse an diesen Zusammenkünften und kamen plötzlich nicht mehr. Ich aber blieb ihr während meiner ganzen Oberschulzeit treu, und mit zwei anderen Mädchen behielten wir die Gewohnheit bei, uns einmal im Monat zu verabreden.

Jane und Beth, die beiden anderen Mädchen, konnten unterschiedlicher nicht sein. Jane war die Wankelmütige mit wechselnden Stimmungen, während Beth wie ein Fels in der Brandung wirkte, worum wir sie alle beneideten. Aber gerade diese Gegensätze schienen sich anzuziehen, und so schlossen die beiden eine feste Freundschaft, der nichts etwas anhaben konnte.

Jane konnte sich selber nicht leiden. Ständig klagte sie über ihre Pfunde, während Beth Beine wie Bohnenstangen hatte und leichtfüßig durchs Leben zu schweben schien. Für Jane war der Spiegel der größte Feind. Morgen für Morgen geriet sie mit dem Bild in Streit, das er ihr entgegenhielt. Sie streckte ihm die Zunge heraus, stupste ihre vom Liegen verdrückte Frisur zurecht und strich sich mit dem feuchten Finger die Brauen entlang, die sie wieder als viel zu struppig empfand. Sie hatte als Einzige von uns schon recht frauliche Kurven aufzuweisen, aber jedes Kompliment, das wir ihr diesbezüglich machten, traf auf taube Ohren.

Das ganze Gegenteil davon war Beth, die irgendwie bleich und durchsichtig wirkte mit ihren goldblonden Locken, hellhäutigen Wangen und wasserblauen Augen. Dazu trug sie meist noch selbst geschneiderte Blusen und T-Shirts aus ungefärbter Baumwolle.

Wir saßen wieder einmal zusammen, als Gertrude mich fragte: „Katrina, hast du das Bild für mich mitgebracht?“

„Klar“, antwortete ich, „es ist ein Stillleben. Eine Kohlezeichnung.“ Die Mappe mit den Zeichnungen lag neben mir am Boden.

„Ich bin so froh, dass du wieder zeichnest. Das solltest du auf keinen Fall aufgeben. Kann ich es sehen?“, sagte Gertrude.

„Ich habe kaum eine Woche Zeit gehabt, vielleicht wirkt es noch ein bisschen grob.“

„Überlass mir ruhig das Urteil“, sagte Schwester Bickle und rückte ihre Brille zurecht.

Ich hatte eine Flasche mit einem besonders langen Hals abgemalt, die irgendwo im Haus herumlag. „Nichts Besonderes“, meinte ich bescheiden.

„Darf ich es behalten?“

„Wenn Sie möchten?“

„Über meinem Klavier ist noch ein Plätzchen frei für solch ein Bild. Ich werde es mir selber rahmen.“

Jane sah demonstrativ nicht hin. Auch wenn ich ihr des Öfteren Komplimente wegen ihrer schönen Singstimme machte, bekam ich nie ein aufmunterndes Wort von ihr zurück. Aber Beth lehnte sich vor, um mein Bild besser betrachten zu können.

„Du solltest dein Talent noch mehr fördern“, meinte sie.

„Ich habe ja schon an der Kunst-Arbeitsgemeinschaft teilgenommen, aber dann habe ich es wieder aufgegeben. Ich durfte eh nicht an dem Abschlusswettbewerb um das Stipendium teilnehmen.“

„Beth hat das Stipendium bekommen“, sagte Jane. „Ihr kann sowieso keiner das Wasser reichen.“

Gertrude schüttelte den Kopf. „Sag das nicht. Katrina hat ’ne Menge Talent. Sehr wirkungsvoll, diese Flasche. Hast du sie noch?“

„Würden Sie sie haben wollen?“, fragte ich.

„Wenn du sie nicht für was anderes brauchst. Ich sammle im Moment Flaschen für ein Projekt.“

„Dann bringe ich sie Sonntag mit.“

„Ich freue mich übrigens, dass du inzwischen auch donnerstags zur Bibelstunde kommst, Katrina.“

„Ich brauche das auch, Schwester Bickle. Ich musste in letzter Zeit durch die Wüste wandern.“

„Trinkt aus", sagte sie, „und dann machen wir uns noch ein bisschen an die Arbeit." Mit diesen Worten schlug sie ihre zerlesene Bibel auf und gab uns vom Brot des Lebens zu essen.

8

Eden rief nach mir – es war mitten in der Nacht. Ich schreckte hoch. Das bläuliche Mondlicht warf verwaschene Schatten ins Zimmer. Wer war ich? Wie hieß ich? Wo war die Tür? Schlaftrunken ertastete ich mir den Weg über den Flur, als Eden schon wieder nach mir rief – verzweifelt und nachdrücklich. Der Arzt hatte uns schon gewarnt: Bei einem so jungen Mädchen steige die Gefahr einer Frühgeburt. Ein kalter Schauer lief mir über den Rücken, als ich sie schreien hörte.

„Träume ich, oder hast du mich wirklich gerufen, Eden?"

Sie lag auf ihrem Bett, vom Licht des Nachttischlämpchens beschienen, und krallte sich am Kopfende ihres Bettgestells fest.

„Ich habe so Schmerzen, Katrina. Ist es etwa schon so weit? Die Wehen – meine ich?"

„Wie soll ich das wissen, Mädchen? Ich kenne den Unterschied nicht. Aber es ist doch eigentlich noch viel zu früh."

„Halte einfach nur meine Hand, Katrina. Ich habe so Angst. Wenn ich nun dabei verrecke? Mama erzählt doch immer, dass sie bei mir auch fast gestorben wäre."

„Sei still. Davon stirbst du nicht! Und Mama erzählt viel, wenn der Tag lang ist. Du kennst sie doch."

„Mein Bauch! Katrina, das tut so hundsgemein weh! Mir ist, als würde ich gleich aufplatzen. Halte meine Hand, bitte."

„Ich bin doch bei dir, Eden. Mach am besten deine Atemübung, die du gelernt hast. Pusten! Genau so."

„Atmen hilft nicht. Bring mich zum Arzt. Der soll mich mit dem Hammer k.o. schlagen."

„Ma-ma! Eden hat Wehen!", rief ich. „Ich denke manchmal, diese Frau würde die Wiederkunft Christi verschlafen."

Eden wimmerte noch immer, ächzte und stöhnte. Trotzdem hörte ich Mamas Schritte im Flur.

„Es ist vier Uhr nachts! Ihr beide müsst schon gute Gründe haben, mich aus dem Tiefschlaf zu holen!"

„Eden hat Schmerzen, Mama. Und ich denke, sie sind ziemlich heftig."
„Wahrscheinlich nur Scheinwehen. Leg dich wieder schlafen."
Eden stopfte sich ein Kissen zwischen die Beine und legte sich auf die Seite.
„Ich werde mich anziehen", sagte ich. „Dann bringe ich sie lieber in die Klinik."
„Weckt aber bloß nicht Papa. Er hat im Moment schon Sorgen genug. Sie wird ja auch nicht da bleiben. Für 'ne Geburt ist es noch viel zu früh."
„Gib mir mal meine Zigaretten, Katrina. Ich muss unbedingt eine rauchen", sagte Eden und fingerte nach der Schachtel auf dem Nachttisch.
„Siehst du, das sind gar keine Wehen", meinte Mama triumphierend. „Alles nur Affentheater, um auf sich aufmerksam zu machen. Ich gehe wieder ins Bett."
„Du solltest nicht rauchen, Eden. Es schadet dem Kind. Du darfst jetzt nicht mehr nur immer an dich selber denken, sondern auch an das Baby."
Ich reichte ihr die Schwangerschaftshose mit dem weiten Bund, die auf dem Boden lag. „Zieh dich an, ich komme dann gleich vorbei, um dich abzuholen."
Ich hasste die Dielen im Flur, wenn sie ausgerechnet vor Mutters Schlafzimmertür unerbittlich knarrten. Dann war ich am Telefon und raunte in den Hörer, um nicht noch einen weiteren Wutanfall meiner Mutter zu provozieren. Ich erklärte der Nachtschwester, dass Eden eigentlich noch gut vier Wochen Zeit habe, dass die Schmerzen aber trotzdem heftig seien. Wir sollten unbedingt kommen, meinte die Schwester.
„Guck einfach stur in den Mond, Eden." Ein milchiger Hof umrahmte die Scheibe am Himmel und versprach den Farmern den ersehnten Regen. Tiefe Stille draußen in der Natur, die Luft feucht und klamm, dann das Knirschen der Räder im Schotter. Es hörte sich so laut an – lauter als sonst. Hinter Papas Schlafzimmerfenster ein Schatten. Er war also wach und beobachtete uns still. Was mochte in dem Einsamen vorgehen?

„Wenn du dich in Gedanken auf irgendwas ganz doll konzentrierst, sollte es dir besser gehen ... steht jedenfalls in dem Baby-Buch."

„Mama hasst mich, Katrina. Dich aber zieht sie vor. Du bist ihr Liebling."

„Red nicht so einen Quatsch, Eden! Mama liebt dich genauso."

„Sie will ja noch nicht mal dabei sein, wenn mein Kind geboren wird. Sie tut so, als ginge sie das alles gar nichts an." Ein tiefer Schluchzer entfuhr ihr. „Wenn es mich doch auch nichts angehen würde!"

„So darfst du das nicht sehen. Dauernd hat sie dir irgendwelche Klamotten für die Schwangerschaft gekauft."

„Ihr war nur peinlich vor den anderen, wie ich rumgelaufen bin."

„Mama denkt einfach, dass das falsche Wehen sind. Am Ende hat sie sogar Recht."

„Sie selber kennt ja gar keine richtigen Wehen, schließlich hat man uns beide geholt."

„Na, dann hat sie uns wenigstens ohne Schmerzen *geboren*", sagte Eden und suchte nach ihren Zigaretten.

Die Spätschicht im St.-Mary-Krankenhaus hatte gerade alle Hände voll zu tun, denn man hatte gerade einen Mann mit Verbrennungen im Gesicht und am Arm eingeliefert. Im Wartesaal saß sonst nur noch ein alter Mann, der nervös die Krempe seines Hutes durch die Hände gleiten ließ.

„Ich werde dich mal anmelden, Eden. Setz dich am besten ans Fenster. Man wird uns sicher gleich sagen, wie es weitergeht."

„Meinst du, ich könnte auch draußen an der frischen Luft warten? Bei dem Gestank hier wird mir übel."

Ich glaubte ihr aufs Wort, denn bei dem bleichen Licht, das die summenden Röhren von der Decke warfen, sah sie fahl wie ein Leichentuch aus.

„Meinetwegen, geh vor die Tür. Aber bleib dort und geh nicht umher", sagte ich zu Eden und wandte mich dann an die Schwester hinter dem Tresen, eine hagere Frau mit einer viel zu großen Brille. „Was wollen Sie?", fragte das Nervenbündel gereizt.

„Meine Schwester ist schwanger. Sie ist mit Schmerzen aufgewacht, und jemand hier hat am Telefon gesagt, dass wir sie bringen sollen." Ich schob die Chipkarte über den Tresen.

„Sie sieht aus, als wäre sie noch minderjährig. Ist der Vater der Kleinen auch da?"

„Nö, nur ich. Ich bin die Schwester."

„Ein Erziehungsberechtigter muss aber für sie unterschreiben."

„Die Eltern kommen später nach", log ich.

„Wann ist der Termin?"

„Erst in vier Wochen."

„Das kommt immer wieder vor. Wie oft habe ich hier Mädels erlebt, die haben sich gekrümmt vor Schmerzen. Aber dann hat sich herausgestellt, dass es keine echten Wehen waren."

„Sie hat alle Viertelstunde Schmerzen. Das ist doch verdächtig, oder?"

„Wenn sie tatsächlich jetzt schon Wehen hat, sollte sie aber auf keinen Fall so rauchen wie ein Schlot", sagte die Schwester und deutete nach draußen.

Ich drehte mich um. Tatsächlich! Eden stand mit dem Rücken an eine der gläsernen Eingangstüren gelehnt und paffte. Der Patient mit den Verbrennungen stand neben ihr, und wie die Teens in der hintersten Schulhofecke kurz vor dem Unterricht teilten sie sich eine Zigarette.

Ich wollte eigentlich zu ihr, um ihr das Rauchen zu verbieten, aber in dem Augenblick, da ich die Glastür aufdrückte, ließ sie die Zigarette fallen, hielt sich die Hand vor den Mund und glitt zu Boden. Der Mann neben ihr starrte sie mit weit aufgerissenen Augen an, fühlte sich hilflos. Was sollte er mit einem schwangeren Mädchen tun, das am Boden lag und sich nicht rührte?

Es war glücklicherweise nur eine flüchtige Ohnmacht. „Katrina, hier will ich mein Kind nicht zur Welt bringen ... nicht hier auf der Straße!", stöhnte Eden.

Mit Entsetzen bemerkte ich, dass sie aus dem Mund blutete. „Was ist mit mir?", rief sie. „Da stimmt was nicht. Gott, hilf mir, das halte ich nicht aus! Bring mich nach Hause, Katrina! Ich will ins Bett ... nur schlafen."

„Eden, du hast dir auf die Lippe gebissen.“ Ich kniete neben ihr und wischte das Blut mit dem Saum meines T-Shirts ab.

„Holen Sie Hilfe!“, rief ich dem Mann zu, der immer noch völlig kopflos zu sein schien. „Jemand soll mit einer Trage kommen, damit man sie reinbringt.“

Doch statt hineinzugehen und Hilfe zu holen, lief der Mann los, überquerte den Parkplatz, warf sich in eins der dort abgestellten Autos und fuhr mit quietschenden Reifen davon.

Die Glastür neben mir, ich pochte dagegen, bis mir die Knochen schmerzten. „Hallo! Wir brauchen Hilfe hier!“

Ich wandte mich wieder Eden zu, hoffend, dass jemand meine Rufe gehört hatte. „Nimm meine Hand, Eden. Ich denke, dass gerade die Fruchtblase geplatzt ist.“

„Es soll endlich jemand kommen, der sich auskennt. Ich muss fragen, ob das immer so wehtut. Ich bin doch noch viel zu klein. Will lieber mit Babypuppen spielen. Bring mir Peggy, die mit dem rosa Jäckchen.“

„Das geht nicht. Jetzt bleibt dir nichts anderes mehr übrig: Du musst einfach erwachsen werden!“

Sie beruhigte sich etwas, und ich hatte einen Augenblick Zeit zu verschnaufen. Der Himmel war eine Pracht! Ein stiller Sonnenaufgang – unberührt von unserem Schicksal. Ein Silberstreif am Horizont. Papa würde gerade seinen Kaffee kochen.

„Hoffentlich kommt Mama gleich“, flüsterte ich.

Doktor Lingle hatte noch ziemlich altmodische Ansichten. Väter hatten bei ihm in den Kreißsälen nichts zu suchen. Und so hockten einige im Wartesaal der Entbindungsstation. Sie rutschten auf ihren Stühlen hin und her und blickten nervös zu der Schwingtür, die zu den Kreißsälen führte. Und jedes Mal, wenn jemand die Flügel aufstieß, fuhren die Wartenden zusammen. Jeder Einzelne hoffte dann, er sei nun an der Reihe, die Schwelle zu Doktor Lingles Heiligtum zu überschreiten, um ein wimmerndes Etwas als neues Familienmitglied willkommen zu heißen.

Edens Flehen, mich mit in den Kreißsaal nehmen zu dürfen, traf auf taube Ohren bei Doktor Lingle. Und so stellte ich mich vor die Schwingtür und spähte durch den Schlitz zwischen den Flügeln. Ich sah Schwestern in weißer Tracht, die aufgeregt zwischen den Türen des langen Flures hin und her eilten. Sie sahen aus wie das Fotonegativ ihrer Mitschwestern der anderen Abteilungen von St. Mary, die alle schwarz gekleidet waren.

„Katrina Louise?“ Die Stimme meiner Mutter klang schwach und belegt – passend zu ihrer Erscheinung. Sie sah so klein und hutzelig aus, als wolle sie sich absichtlich unscheinbar machen.

„Eden geht es gut, Mama, aber sie hat ziemlich Angst. Sie sollten wenigstens einen von uns zu ihr lassen.“

„Soweit ich weiß, geht das in dieser Klinik nicht. Die haben hier ihre Vorschriften.“

„Die Doktor Lingle gemacht hat.“

Jetzt tauchte auch Papa auf, reckte den Hals, um auf sich aufmerksam zu machen.

„Sieht aus, als wäre Papa ziemlich nervös.“

„Er hasst Krankenhäuser. Ich denke, er hat zu viele schlechte Erfahrungen damit gemacht, damals im Lazarett, als er aus Vietnam nach Hause kam.“

Mama hatte immer für alles eine schnelle Erklärung parat. Es lag ihr nicht, lange über etwas nachzudenken und nach den wahren Motiven zu forschen. Ich aber kannte Papa ganz gut. Es war nicht das Krankenhaus an sich, das ihn irritierte. Er fühlte sich immer unwohl und verunsichert, sobald er die Umfriedung seines Grundstücks verließ. Drinnen stolzierte er umher wie ein selbstbewusster Gockel und bestimmte unser Leben, doch sobald er seine Burg verließ, verwandelte er sich in eine phlegmatische, dicke Henne.

„Eden war so ein zartes Baby“, sagte Mama und blickte gedankenverloren vor sich hin. „Wir dachten schon, sie würde die ersten Stunden nicht überleben. Und bei mir stand es auch auf der Kippe.“

„Ich weiß, Mama“, sagte ich demonstrativ gelangweilt und rollte mit den Augen.

„Im Grunde konnte ich euch beiden keine gute Mutter sein. Sie wird sich von Anfang an zurückgesetzt gefühlt haben – sie, das kränkelnde Kind, und du, das hübsche Mädchen, das immer alles richtig gemacht hat. Da habe ich dich sicher verzogen."

„Ich mag das gar nicht, wenn du so redest."

„Aber es ist nun mal eine Tatsache. Es ist mir immer schwer gefallen, Eden wirklich zu lieben."

„Wenn du sie nicht lieben würdest, wärst du jetzt nicht hier."

„Ein Sorgenkind – das wird sie wohl immer bleiben. Und an mir wird wieder alles hängen bleiben. Ich werde mich um das Kind kümmern müssen. Ich, die Frau, die auf die Wechseljahre zugeht, muss ein Kind großziehen, das ich nicht gewollt habe."

„Ich habe dir doch gesagt, dass ich dich unterstützen werde."

„Ich sage dir, wie alles kommen wird, wenn das Kind auf der Welt ist: Die junge Dame wird sich kein bisschen darum kümmern. Aber dann werde ich ihr einen Vorschlag unterbreiten."

„Was für ein Vorschlag?"

„Ich habe schon mit einer Agentur für Adoptionen gesprochen. Dieses Kind muss ein gutes Zuhause haben, wo man sich liebevoll darum kümmert."

„Mama, Eden bringt doch kein junges Kätzchen zur Welt, das man einfach weggibt, wenn es geboren ist!"

„Ihr müsst die Entscheidung schon mir überlassen, denn ich bin das Arbeitstier, das alles schultern muss. An mir bleibt die Drecksarbeit hängen. Ich muss immer das Chaos ausbaden, das Eden verbockt."

„Du meinst das nicht ernst! Kein einziges Wort!"

„In der Agentur haben sie ein Paar aus Sunny Point, das keine Kinder bekommen kann. Sie würden alle Krankenhauskosten hier übernehmen und dem Baby alles zukommen lassen, wozu Eden niemals in der Lage wäre."

„Sprich nicht so laut, Mama."

„Wenn ich nichts unternehme, ist Papa pleite, sobald wir die Rechnung von der Klinik präsentiert bekommen. Und jetzt, wo sie noch das Frühchen im Brutkasten versorgen müssen, wird alles dreimal so teuer. Er wird sich rundweg weigern, das alles zu bezahlen. Daran haben wir dann monatelang zu knabbern. Ich weiß jetzt schon oft nicht mehr, was ich anziehen soll. Das ist nicht in Ordnung, und damit basta."

„Vielleicht verreckt das Kleine ja auch, dann hast du wenigstens keine Arbeit damit", rief ich erbost und ließ meine Mutter stehen. Doch sie suchte sich sofort einen Fremden, dem sie ihre Leidensgeschichte erzählen konnte und der auch noch in allem ihrer Meinung war.

Im Wartesaal hätte ich den Kaffee umsonst bekommen, aber ich ging lieber in die Cafeteria und bezahlte dafür. So hatte ich ein paar Augenblicke, um mich zu sammeln und wieder zur Ruhe zu kommen. Ich betete still und bat Gott, mir meine Hitzköpfigkeit und scharfe Zunge zu vergeben.

„Katrina, bist du das?" Ich blickte mich um. Es war Schwester Gertrude Bickle, die hinter mir stand, die Morgensonne im Rücken. Unter dem Arm trug sie wie immer ihr zerlesenes Andachtsbuch mit den vielen Lesezeichen.

Ich freute mich, sie zu sehen und lächelte ihr zu.

„Ich besuche eine kranke Freundin, aber ich habe von deiner kleinen Schwester gehört. Kriegt sie wirklich ein Kind?"

„Sie hat sogar schon Wehen. Ich habe sie heute Morgen hergebracht."

„Das gewiss schon in aller Frühe. Du siehst abgespannt aus. Ich wohne ja hier in der Nähe. Willst zu mir gehen und dich ein bisschen hinlegen?"

„Ich sollte wohl besser hier bleiben. Es würde Eden sicher sehr traurig machen, wenn sie ihr Kind in den Armen hält und ich bin nicht dabei, um es zu bewundern."

„Du wirst eine gute Tante sein. Wir sollten im Freundeskreis Geschenke sammeln. Der eine oder andere wird schon was geben."

„Strampler und so was könnte sie gebrauchen. Wir haben noch nicht viel für das Kleine gekauft. Mama meinte immer, wir sollten abwarten und dann sehen, was wirklich gebraucht wird."

„Ich werde mal in der Gemeinde rumfragen. Wie geht es übrigens den Eltern dabei?"

„Na ja, geht so."

„Möchtest du reden, Katrina?"

„Ich muss eigentlich wieder. Übrigens, hübsch, das neue Kleid."

„Ach was! Alt wie Methusalem. Komm, lass uns einen Tee zusammen trinken. Ich habe auch Taschentücher dabei, damit du deine Tränen abwischen kannst."

Wir setzten uns an einen der Tische, nippten an unserem Tee, und Schwester Bickle redete auf mich ein, bis sie den Eindruck hatte, mir meinen Seelenfrieden wiedergegeben zu haben. „Du machst dir um Eden Sorgen?"

„Eher um das Kind. Eden hat nie was auf die Reihe bekommen. Wenn das Kleine nun nach ihr gerät?" Ich spürte Gertrudes weiche Hände, die meine umfassten. „Das gibt doch alles keinen Sinn! Gott lässt zu, dass jemand wie Eden ein Kind zur Welt bringt."

„Ideale Eltern bekommt wohl niemand, und jedes Kind muss mit den Fehlern seiner Eltern irgendwie zurechtkommen."

„Trotzdem frage ich mich, ob Gott einfach zuschaut, wie ein Kind über den Regenbogen vom Himmel rutscht und direkt im Schoß eines Mädchens landet, das weder beim Kaufmann das Wechselgeld ausrechnen kann noch in der Lage ist, die Windeln zu wechseln."

„Gottes Sohn kam zu uns in eine unvollkommene Welt. Denk an deine Familie, Katrina. Du und deine Schwester – ihr habt dieselben Eltern, und dennoch habt ihr beide unterschiedliche Wege gewählt. Es kommt in dieser Welt nicht darauf an, in einer möglichst perfekten Familie aufzuwachsen, sondern in jeder Lebenslage die richtigen Entscheidungen zu treffen. Jeder ist dazu aufgefordert. Leid ist wie Feuer. Entweder es läutert, oder es verzehrt. Und wir haben durchaus Einfluss darauf, aus welchem Material wir beschaffen sind."

„Ich habe im Moment das Gefühl, aus Papier zu sein und vom Feuer verzehrt zu werden."

„Das kommt dir nur so vor. Ich denke vielmehr, es läutert dich gerade. Das alles hier wird eines Tages überstanden sein, und dann wirst du erhobenen Hauptes deiner Wege gehen, vielleicht erst mit unsicheren Schritten, aber das wird sich geben. Du wirst eines Tages auf eigenen Füßen stehen."

„Ich möchte aber viel lieber fliegen, Schwester Bickle."

„Zunächst musst du stehen lernen. Das Fliegen, mein Mädchen, das kommt erst viel später."

9

Meine Mutter kauerte vor dem Brutkasten und betrachtete nachdenklich das Baby. So alt wie in diesem Augenblick hatte sie noch nie ausgesehen. Draußen huschten graue Wolkenfetzen über den Himmel und entließen schwere Regentropfen auf die Erde in Mockingbird Valley, und ich fragte mich, ob es wohl im Herzen meiner Mutter genauso trist aussehen mochte?

Sie bemerkte nicht, dass ich sie heimlich beobachtete. Und weil sie sich allein glaubte, sprach sie ein Gebet, aber so förmlich wie Mima ihren Dank vor dem Essen. Mit der Rechten hielt sie eins der Beine von dem Gestell umklammert, auf dem der Brutkasten stand, während die andere Hand auf dem Deckel lag. Das einzige Mal, dass ich sie zuvor so hatte beten hören, war damals, als ich mit einer schweren Grippe im Bett gelegen hatte.

„Wo ist Eden, Mama?", fragte ich, nachdem sie ihr Amen gesprochen hatte. „Ich habe dich durch die Scheibe sitzen sehen, und eine Schwester hat mich reingelassen."

Ich las das Namensschild am Brutkasten. Darauf stand: „Hurley – Mädchen – 2200 Gramm – Geburtsdatum: 3.2.1975"

„Eden ist noch nicht wieder ganz aufgewacht. Das Kleine musste wie ihr zur Welt kommen. Doktor Lingle sagt, dass sie bald wieder auf dem Posten sein wird. Deine Schwester ist wie ich gebaut: zu schmales Becken. Da passt kein Kätzchen durch, geschweige denn ein richtiger Säugling. Als sie uns mitteilten, dass es eine Steißlage ist, war mir klar, dass sie es holen mussten. Papa sitzt übrigens im Warteraum bei einer Tasse Kaffee, falls du ihn sehen willst. Und dann kannst du auch gleich bei Eden vorbeigehen."

„Es ist wohl ein kleines Mädchen", sagte ich nach einem Blick in den Glaskasten. „Darüber wird Eden sich bestimmt freuen. Hat die Kleine schon einen Namen?"

„Sie ist ja noch gar nicht richtig beieinander. Aber sie wird sicher bald wieder klar denken können", erwiderte Mama und stand auf.

Ich betrachtete das kleine Wesen. „Das hat ja überall Schläuche und Kabel dran! Wie schrecklich. Glaubst du, Mama, dass es überleben wird?"

„Das ist eine kleine Kämpferin wie seine Mama, als sie noch ein Säugling war."

„Zweitausend Gramm nur, und dann schon die vielen schwarzen Haare! Haben Frühchen schon so einen Haarschopf? Sie sieht ja aus wie Eden. Vielleicht hat sie auch noch blaue Augen."

„Kann schon sein."

„Darf ich sie mal auf den Arm nehmen?"

„Nein, das darfst du noch nicht, Katrina. Außerdem wäre es nicht recht. Eden sollte sie als Erste nehmen."

Die Säuglingsschwester kam herein und prüfte die dünnen Schläuche, die in Baby Hurley eindrangen und irgendwo wieder herauskamen. Die Haut war rosig und lag in tiefen Furchen an den Gelenken, als sei die kleine Hülle viel zu groß für den winzigen Körper. Ich würde das kleine Wesen wohl auf einer Handfläche halten können. Doch jetzt lag es auf dem Bauch in dem wärmenden Kasten. Plötzlich zuckte ein Arm, dann wieder ein Bein, und Mama konnte sich nicht losreißen. Fasziniert betrachtete sie ihr Enkelkind.

Dann schlug die Tür auf. Eine hagere Schwester mit dunklem Flaum über der Lippe trat herein. „Da ist jemand aufgewacht", sagte sie, drehte sich um und zog einen Rollstuhl ins Zimmer.

Ich war erschrocken, wie bleich Eden aussah. „Gratulation der jungen Mutter", sagte ich.

Edens Miene hellte sich auf, als sie Mama und mich bei dem Brutkasten stehen sah.

„Ich habe ein kleines Mädchen zur Welt gebracht, Katrina! Ist es hübsch wie du?"

„So hübsch wie *du*, Eden. Dichtes, dunkles Haar hat sie. Sieh dir die Kleine doch an, wie niedlich sie auf dem Bauch liegt."

Ich trat einen Schritt zurück, um Eden Platz zu machen. Die Schwester fuhr sie mit dem Rollstuhl ganz dicht an den Glaskasten, Eden lehnte sich vor und betrachtete zum ersten Mal das zarte Wesen. Ergriffen fuhr sie mit der Hand zum Mund und legte die Finger auf die Lippen. Und als die Kleine sich plötzlich rührte, erschrak seine

Mutter. Sie lebte, bewegte sich und atmete! Ein eigenständiges Wesen. „Ich habe ein Baby, Katrina, und es ist so süß! Es ist meins! Nie habe ich was wirklich Wertvolles besessen. Aber jetzt! Ich weiß gar nicht, was ich fühle. Es tut weh, aber es tut auch so gut." Sie wischte sich eine Träne ab. „Darf ich's mal halten?", fragte sie die Schwester und blickte sie flehend an.

„Ich werde Ihnen einen Mundschutz holen, Miss Hurley", antwortete die Schwester und lächelte verständnisvoll, als habe sie diesen Augenblick erwartet. „Alle anderen müssen dann aber den Raum verlassen."

„Wir warten im Korridor mit Papa", sagte Mama. „Lee und Pippa sind übrigens auch gekommen."

Wir beobachteten Eden durch die Glasscheibe. Die Kleine öffnete die Augen einen Spaltbreit und versuchte zwischen zwei ausgedehnten Schlafperioden einen kurzen, verschwommenen Blick von der Welt zu erhaschen. Es sah so unbeholfen aus, wie Eden ihre Tochter im Arm hielt – wie etwas Fremdes, Unbekanntes. Die Schwester trat zu ihr und stützte den kleinen Kopf, wobei sie der jungen Mutter erklärte, wie man einen Säugling richtig hält.

Wir anderen drückten uns die Nasen platt an der Scheibe und wären doch am liebsten ins Zimmer gestürzt und hätten das arme Wurm der hilflosen Mutter aus den Armen gerissen, um es endlich in Sicherheit zu wiegen. Doch wir hielten uns zurück und blieben Zuschauer, die schweigend verfolgten, wie ein junger Mensch seine ersten ungeübten Schritte in ein neues Leben tat.

Ich sah, wie die junge Mutter mit den Fingerchen der Kleinen spielte und freundlich auf sie einredete. Eine Frage beschäftigte mich plötzlich, und ich stellte sie sogleich: „Mama, hast du dich eigentlich schon gefragt, ob Kinder vor dem Leben Gott gesehen haben?"

„Jetzt nicht, Katrina. Da sprechen wir später drüber", antwortete Mama.

Tante Pippa mischte sich ein: „Wie meinst du das, Katrina?"

„Ich frage mich manchmal, ob es Seelen gibt, die noch mit einem letzten Eindruck vom Himmel hier auf der Erde ankommen, die im Gedächtnis behalten, was sie gesehen haben, bevor sie durch den Geburtskanal treten. Solche Menschen versuchen dann vielleicht ihr ganzes Leben lang, zu zeichnen oder in Musik zu fassen, was sie beeindruckt hat."

„Vielleicht macht das ja den Künstler aus, Katrina", sagte Pippa und legte mir eine widerspenstige Locke hinters Ohr.

„In der Bibel steht jedenfalls nichts davon", sagte ich. „Jedenfalls nichts Konkretes. Schwester Bickle sagt immer, dass die Ewigkeit ins Herz eines jeden Menschen geschrieben ist. Deshalb frage ich mich das."

* * *

Ich saß an Edens Fußende und betrachtete sie, während sie schlief. Wie immer lag sie zusammengerollt wie ein Embryo. So kannte ich sie, seit ich denken konnte. Wenn sie schlief, sah sie so lieb aus wie ein Engel. Doch wehe, wenn sie erwachte.

Die Nachtschwester hatte ihr zwar Schmerzmittel verabreicht, aber die wirkten natürlich nicht gegen die Seelenpein, die sie quälte, und so wimmerte sie leise im Schlaf.

Bevor ich mich auf den Nachhauseweg machte, deckte ich die frei gestrampelten Füße zu, blickte noch einmal zurück und hörte eine Stimme hinter mir flüstern: „Schläft sie? Ich möchte sie nicht aufwecken."

Es war Tante Edith, Mutters Schwester.

„Tante Edith, ich hatte gehofft, dass du vorbeikommen würdest."

„Es tut mir Leid, dass es so spät geworden ist. Ich putze im Moment in der Bank. In der Woche bin ich immer jetzt erst fertig. Ich denke, ich werde morgen wiederkommen. Wäre das recht?"

Sie blickte zu Eden hinüber. „Das arme Ding. Hat sie es sehr schwer genommen?"

„Sie mussten es holen. Es ist ja ein Frühchen, aber ganz süß. Willst du es sehen?"

„Ich will nicht lästig fallen, wo ich so spät dran bin."

„Komm ruhig und wirf einen Blick drauf. Eden ist so weit weg.

Du kannst ihr eh im Augenblick keine Gesellschaft leisten. Hat Mama dich benachrichtigt?"

Ich führte sie hinaus.

„Charles Ray hat mir Bescheid gesagt. Deine Mutter hat es ausrichten lassen. Wie hat sie denn alles aufgenommen? Wie wird sie damit fertig?"

„Ich habe den Eindruck, dass sie die Kleine ganz spontan in ihr Herz geschlossen hat. Sie konnte sich wahrscheinlich nicht vorstellen, dass ihr ein Enkelkind überhaupt Freude machen würde. Wenn man sie reden hört, müsste man meinen, die Kleine wäre das süßeste Baby, das je geboren wurde."

„Ich erinnere mich, das hat sie damals auch von dir gesagt."

Wir gingen den Flur entlang und hielten vor der Säuglingsstation an.

„Siehst du dort den Glaskasten?", fragte ich Tante Edith. „Da drin liegt das Baby."

„Eden wird ihm doch hoffentlich schnell einen Namen geben! Babys brauchen einen Namen. Ich hatte die Namen meiner Kinder längst vor der Geburt ausgesucht."

„An sich hat Eden ein Namensbuch. Ich habe es ihr aus der Bücherei besorgt. Sie hatte schon ein paar Mal Namenslisten für Jungen und Mädchen angefertigt. Aber sie hat ja nicht erwartet, dass es so schnell geht. Wenn es ihr nach ein paar Tagen wieder besser geht, wird sie schon einen Namen bestimmen. Mach dir keine Gedanken, Tante Edith. Mama hat sich auch schon unnötig Sorgen gemacht."

„Das denke ich. Niemand macht sich so schnell Sorgen wie meine Schwester. Mima sagt, Doreen kommt jetzt öfters zum Gottesdienst. Stimmt das?"

„Ja, sie geht ganz gern, glaube ich. Nach so einem Gottesdienst ist sie immer ein bisschen ihre Sorgen los. Sie ist zwar nicht die Frau, die sich jetzt irgendwo besonders engagieren würde. Sie wird also kaum in der Frauenarbeit oder in der Kinderbetreuung mithelfen. Aber ich bin ja schon froh, dass sie sich hinsetzt und zuhört."

„Hat sie sich schon richtig für Jesus entschieden? Das ist ja eigentlich das Wichtigste?"

„Ich habe beobachtet, wie sie im Gottesdienst geweint und gebetet hat. Als ich hinterher nachfragte, erzählte sie mir, sie habe einen schlechten Traum gehabt, worauf sie über vieles habe nachdenken müssen."

„Einen Traum?"

„Sie träumte, man habe sie angekettet, und sie habe sich nicht befreien können. Es sei finster gewesen und das Böse um sie her. Außer ihrem rechten Fuß konnte sie nichts bewegen. Sie hat sich freistrampeln wollen, aber das hat wohl alles nichts genützt. Und dann ist sie aufgewacht. Mama erzählte, dass sie tränenüberströmt aufgewacht sei, und sie habe sich so fern von Gott gefühlt. Noch nie hat sie sich so verzweifelt gefühlt. Dann hat sie den Herrn um Vergebung ihrer Sünden gebeten. Und du wirst es nicht glauben – gleich darauf hat sie sich auf die andere Seite gelegt und ist sofort in einen tiefen Schlaf gefallen. Die Ketten waren plötzlich weg."

„Ach, Katrina, ich habe schon so lange dafür gebetet, dass deine Mutter Gott begegnet."

„Erwarte aber nicht, dass sie von einer Bekehrung erzählt. Das geht bei ihr alles immer nur Schritt für Schritt – mühsam wie alles bei ihr. Aber wenigstens liest sie regelmäßig in der Bibel. Manchmal ziemlich lange. Und ein andermal ist sie dann wie früher, eben nur mit sich selbst beschäftigt und mürrisch. Die einen bekehren sich Hals über Kopf, und bei anderen ist dies ein langwieriger Prozess."

„Das kenne ich", sagte Tante Edith. „Ich bin auch so 'ne lahme Schnecke."

Mir kam ein Gedanke. „Wollen wir zusammen für meine Schwester beten? Sie braucht das Gebet so dringend im Moment."

„Klar, würde ich gern tun, Katrina, wenn es dir nichts ausmacht, diese vom vielen Chlor ausgebleichten Hände anzufassen."

Wir gingen zurück in Edens Zimmer, und Edith sprach das Gebet, bat darum, dass Gott Mutter und Kind beschützen möge. Und dann schloss sie: „Gott, bitte behalte auch Doreen in deiner liebenden Hand, und schenke, dass Katrina ihren Weg im Leben findet."

Als ich meine Augen öffnete, blickte ich in das freundliche Gesicht meiner Tante.

* * *

Sechs Wochen lang fuhr ich Eden jeden Tag ins Krankenhaus, weil sie noch zu jung für den Führerschein war, aber alt genug, ein Kind zu bekommen. Eines Tages war dann die Kleine kräftig genug, den Brutkasten zu verlassen, und wir konnten die beiden aus der Klinik abholen. Eden hatte ihr inzwischen den Namen Lolita Dream gegeben.

„Wetten, dass Dreamy eines Tages viel Ähnlichkeit mit ihrem Vater haben wird, Katrina? Wie soll ich dem armen Wurm mal erzählen, was seinem Vater passiert ist, ohne dass es einen seelischen Knacks kriegt?"

„Da brauchst du dir doch jetzt noch keine Gedanken drüber zu machen. Habt ihr eigentlich Mr. Lunsford immer auf dem Laufenden gehalten? Oder wollt ihr jetzt erst Kontakt zu ihm aufnehmen?"

„Mama ist puterrot angelaufen, als ich mal andeutete, dass man Mr. Lunsford anrufen muss. Sie tat so, als ginge ihn das alles überhaupt nichts an. Aber ich denke, ich sollte ihn doch mal anrufen."

„Immerhin ist Mr. Lunsford Dreamys Großvater, so wie Mama seine Großmama ist. Am besten ist, wenn wir Kontakt zu ihm aufnehmen, ohne Mama davon zu erzählen, damit sie sich nicht wieder so aufregt."

„Mit Papa kann ich sowieso nicht reden. Ich weiß gar nicht, wie ich das anstellen soll. Ich kann nicht einfach nach Hause kommen und so tun, als wäre nichts geschehen. Ich weiß doch, wie es sein wird: Er sitzt herum, redet über die schlechten Zeiten, legt sich mit jedem an und lässt es dann an mir aus."

„Willst du eigentlich wieder zur Schule gehen?"

„Ich wüsste nicht wie."

„Du solltest jetzt aber nicht aufhören, Eden! Du willst dir und deinem Kind doch mal was Schönes kaufen ... Klamotten und so. Und wie willst du jemals von hier fortkommen, wenn du auf Dauer von Papa abhängig bist?"

„Nicht alle wollen unbedingt weg aus diesem Tal wie du, Katrina."

Lolita Dream begann unruhig zu werden. Sie steckte das Fäustchen in den Mund, nuckelte und verzog das rot angelaufene Gesicht.

„Ich kann mir nichts anderes vorstellen. Ich warte sehnsüchtig darauf, einmal nachzusehen, was sich hinter den Bergen von Arkansas tut", erwiderte ich.

„Kann dieses Kind auch mal Ruhe geben?"

„Vielleicht ist sie nass."

„Kümmere du dich ums Fahren, Katrina!"

„Sei nicht so gereizt. Du gehst immer gleich in die Luft, wenn ich mal einen Vorschlag mache. Ich will dir ja gar nicht reinreden."

„Rede gefälligst leiser. Du machst ihr ja Angst." Die Kleine fing tatsächlich an zu wimmern.

„Sie lässt sich einfach nicht beruhigen", meinte Eden nach einer Weile. „Was soll ich bloß machen?"

„Du musst mit ihr kuscheln. Ein Klaps schadet nur, dazu ist sie noch viel zu klein, Eden. Gib sie mir mal. Ich halte an."

Kaum hatte ich den Wagen geparkt, da warf Eden die Kleine hinter sich auf den Rücksitz – wie früher ihre Puppe, wenn sie keine Lust mehr hatte, damit zu spielen. Nervös fingerte sie in ihrer Tasche, zog ein Päckchen Zigaretten hervor und galoppierte die Böschung neben der Straße hinab, nachdem sie ein paar Mal heftig an der Zigarette gesogen hatte.

Dreamy weinte. Ich hielt sie zum ersten Mal, schnupperte an ihr und sog diesen typischen Baby-Geruch ein, der entfernt an Frühlingsblumen erinnerte.

„Sei nicht böse auf deine Mama, kleines Mädchen. Sie ist mal wieder nicht gut drauf ... wie so oft." Ich wollte Dreamy ein Lied singen, aber mir fiel keins ein – zumindest kein Schlaflied für Kinder. Also sang ich, was mir gerade in den Sinn kam:

Jesus will uns bauen zu einem Tempel
Als Wohnung für den heil'gen Gott.
Dieses Haus des Herrn ist die Gemeinde,
... so wächst der Tempel mehr und mehr.

Dreamy schien es zu mögen, denn sie wurde ruhiger und schmiegte ihren Kopf an meine Schulter, während sie an ihrer kleinen Faust sog. Ich wollte nachsehen, was ihre Mutter trieb, also stieg auch ich aus und ging zur Brücke über den Galla Creek. Unter mir wand sich das Flüsschen plätschernd durchs Tal so lebendig wie eh und je, denn alle geplanten Begradigungen konnten im letzten Moment abgewendet werden. Man ließ dem Wasser seinen natürlichen Lauf, den es sich in der Landschaft suchte – über Steine hinweg und an Felsen vorbei. Immer wieder teilte es sich, um sich hinter einem Hindernis erneut zu vereinigen.

Eden lief am Ufer entlang, das glitschig und lehmig war, bis sie an einen Felsen kam, auf dem sie sich niederließ.

„Wollen wir zur Mama gehen? Wir werden ihr ein bisschen an den Haaren ziepen, dass sie sich bei dir entschuldigt, kleine Lolita", sagte ich.

Als wir unten bei ihr anlangten, war sie gerade dabei, Kaulquappen mit einem weggeworfenen Pappbecher aus dem stillen Wasser einer kleinen Einbuchtung des Ufers zu fischen.

„Können wir dann wieder, Eden?"

„Noch einen kleinen Moment, bitte, Katrina", bettelte sie und betrachtete nachdenklich das kleine schwarze Wesen in ihrem Becher, das verzweifelt versuchte, seine Freiheit wiederzugewinnen. Eden aber spitzte die Lippen und blies ihm eine Wolke weißen Rauches entgegen.

„Du hast so ein süßes Baby, Eden. Es fühlt sich so richtig knuddelig an und leicht wie eine Feder. Dreamy braucht eine Mutter, die sie lieb hat, damit sie sich gewünscht fühlt."

Eden ließ die Kaulquappe wieder in ihre natürliche Umgebung frei.

„Wenn du sie nicht willst, dann gib sie mir", sagte ich gereizt.

„Das ist wieder typisch Katrina!", rief meine Schwester und stemmte die Hände in die Hüften, die Zigarette zwischen die Lippen gepresst, sodass ihr der beißende Qualm in den Augen brannte. „Falls du's noch nicht begriffen hast: Das ist *mein* Kind! Ich habe sie bekommen, und niemand nimmt sie mir wieder weg! Klar? Du glaubst, immer alles besser zu machen als ich. Ich bin immer nur der letzte Dreck. Aber lieber bring ich das arme Wurm um, eh ich es anderen überlasse."

Sie hatte mich herausgefordert, und deshalb ließ ich alle Rücksicht fahren. So durfte die kleine Schwester nicht mit der großen reden!

„Mama hat ganz Recht. Lolita Dream sollte unbedingt von guten Eltern adoptiert werden. Ich finde es unmöglich, wie du mit ihr umgehst. Du schreist sie an und schmeißt sie auf den Rücksitz. Da muss sie sich ja gleich von Anfang an weggestoßen fühlen. Eine richtige Mutter geht nicht so mit ihrem Kind um!"

„Ich kann nichts dafür, dass mein Kopf noch nicht wieder richtig funktioniert. Es ist nicht recht, dass du mir Schuldgefühle machst und so tust, als würde das Kleine sich später an das hier heute erinnern. Ich habe die Nase voll von dir und deinem frommen Getue!"

„Habe ich irgendwas Frommes gesagt? Ich rede einfach nur über die Liebe zu diesem Baby. Und wenn Gott der Einzige ist, der dich dazu befähigen kann, dann ist es eben höchste Zeit, dass du ihn kennen lernst."

Eden sah mich herausfordern an. „Das habe ich kommen sehen. Ich wusste, dass du's so drehen würdest, bis du deinen Gott ins Gespräch bringen kannst – um jeden Preis."

„Du übertreibst wie immer maßlos – so selten, wie ich über Gott rede. Du kannst *mich* nicht dafür verantwortlich machen, wenn Gott mit dir reden und dich locken will. Gott ist real, und er wird mit dir reden, wann er es für richtig hält."

„Ich höre keine Stimmen – auch nicht die von Jesus. Ich bin noch ganz klar im Kopf, auch wenn ich im Moment etwas aus der Bahn geworfen bin. Du kannst mir nicht weismachen, dass meine Gedanken von außen kommen."

„Er liebt dich, Eden. Gott kann dich durch diese schwierige Situation durchtragen. Ich kann mir denken, was du durchmachst. Ich habe auch schon so manches hinter mir. Es geht einem richtig dreckig, und du weißt, dass es morgen auch noch nicht besser sein wird. Aber man darf eben wissen, dass man nicht allein ist."

„Gib mir endlich das Baby zurück, und dann fahr mich heim!"

Ich war so wütend. „Da, nimm sie! Es tut mir Leid, wenn du meinetwegen jetzt Gewissensbisse hast. Ich will gar nicht Gott spielen, Eden. Aber ich würde dir gerne beistehen, wenn es um die Kleine geht. Du bist selbstverständlich ihre Mutter. Doch ich möchte dir auch eine gute Schwester sein. Nimm das doch bitte an."

Mürrisch blickte sie zu Boden und vermied es, dass sich unsere Blicke trafen. „Du schaffst es nicht, mich zum Heulen zu bringen, Katrina", sagte sie, nahm ihr Kind und stieg die Böschung hinauf.

10

Der Sommer ging ins Land, ohne dass sich sonderlich viel ereignete, ein Tag war wie der andere und verblasste schon nach kurzer Zeit im Gedächtnis, ohne eine Spur zu hinterlassen.

Dreamy wuchs zu einem pummeligen kleinen Mädchen mit dunklen Kringellöckchen heran, die ihren Kopf wie ein Kranz umgaben. Morgens saß sie oft, nur mit einer Windel bekleidet, auf dem Küchenboden gleich vor der Tür und spielte mit Kellen und Topfdeckeln. Wäre jemand auf die Idee gekommen, ihr ein paar Flügel anzuschnallen, so hätte sie gewiss jeder für einen Gast aus himmlischen Sphären gehalten.

Der Schöpfkellen überdrüssig, stand sie auch heute Morgen wieder auf, kam zu mir an den Küchentisch und wartete darauf, dass ich sie auf den Arm nahm.

„Na, mein kleines Mädchen, hast Geburtstag heute", sagte ich. „Tante Katien hat was ganz Feines für dich. Guck mal." Ich steckte sie in den Hochstuhl und legte ein paar Geleefrüchte auf das Tischchen, die sie sich begierig in den Mund stopfte. Dann zog ich aus einer bereitgestellten Tasche ein Stoffpüppchen hervor. „Herzlichen Glückwunsch von Tante Katien."

Dreamy jauchzte, griff nach der Puppe und drückte sie an ihre Brust. In diesem Augenblick schlurfte Eden mit halb geöffneten Augen zur Tür herein. „Gib ihr doch nicht immer so viel zum Naschen", grunzte sie. „Du verwöhnst sie nach Strich und Faden."

„Meine Puppi", sagte Dreamy und drückte die neue Freundin noch fester an sich.

„Du Racker", neckte Eden, stupste ihre Tochter mit der Nase und griff gleichzeitig nach den Zigaretten auf dem Küchentisch. Die Kleine hatte bald gelernt, ihre Sympathien ungeschminkt kundzutun. Wenn die Mutter sich mit ihrer so häufig schlechten Laune näherte, drehte sich Dreamy zu mir und streckte mir ihre Arme entgegen, was Edens Missmut natürlich noch förderte. Ich ließ mir zwar nichts anmerken, aber insgeheim war mir diese Geste der Kleinen jedes Mal eine Genugtuung.

Edens schlechte Laue hatte sich von Woche zu Woche gesteigert, bis sie eines Tages verkündete, sie wolle nun die Abendschule besuchen, und Tante Pippa habe zugesagt, sich an den Abenden um die Kleine zu kümmern, an denen ich, Katrina, für meinen Job arbeitete.

„Es ist doch heute ihr Geburtstag, Eden! Hast du's vergessen?"

„Ich weiß, dass du glaubst, ich hätte den Geburtstag vergessen, Katrina. Aber das habe ich nicht. Ich werde ihr heute Nachmittag schon noch was besorgen."

„Denkst du auch an Kuchen? Wenn ich aus der Schule komme, können wir ein bisschen feiern."

„Was denn, auch noch Kuchen?"

Ich küsste Dreamy auf die Stirn. „Lass mal, kleine Lolita, Tante Katien wird dir 'nen feinen Kuchen kaufen."

Am Nachmittag kehrte Eden mit einem Malbuch und Wachsmalstiften heim.

„Die isst sie vielleicht noch auf", meinte ich sogleich einwenden zu müssen. „Willst du sie nicht lieber aufheben, bis Dreamy größer ist?"

Eden warf mir einen hasserfüllten Blick zu, stieß den Teller mit meinem Kuchen von sich und verließ wortlos das Zimmer.

Bald darauf erschien Tante Pippa mit einem nett eingepackten Geschenk. Wir halfen Dreamy, das Papier aufzureißen, und zum Vorschein kam ein bunter Stoffball mit einer Schelle darin.

„Ich denke, ich werde die Kleine eine Weile zu mir mit nach Hause nehmen", sagte Tante Pippa und behielt Dreamy bis zum Abend bei sich.

Die Kleine fühlte sich bei ihrer Großtante bald zu Hause. Sofern ich nicht zur Spätschicht eingeteilt war, holte ich Dreamy am späten Nachmittag von Tante Pippa ab. War ich verhindert, kümmerte sich Papa um sie. So wechselten wir uns ab und taten alles, um Eden ein wenig in ihrer ungeliebten Mutterrolle zu unterstützen.

Doch keiner von uns empfand dies als lästige Pflicht. Im Gegenteil: Wir wuchsen zusammen und gingen friedlicher miteinander um denn je.

Was Papa allerdings nicht verlor, waren seine Zukunftssorgen. Oft sprach er mit mir über meine Pläne, nach der Schule zu studieren. Er wollte haarklein wissen, wie ich mir meine Zukunft vorstellte und ob ich tatsächlich beabsichtige, mein Leben mit Müßiggang zu verplempern, indem ich mich den schönen Künsten verschrieb. Wenn er mich so ausfragte, fühlte ich mich jedes Mal wie der Delinquent auf der Anklagebank. Wollte er mich mürbe machen, bis ich nachgab und mich bereit erklärte, klaglos die Rolle des angepassten Hausmütterchens zu übernehmen?

So kam es, dass ich ihm immer häufiger einfach aus dem Weg ging.

* * *

In der Erdbeerzeit roch unser ganzes Haus süßlich nach gekochten Früchten. Schon am frühen Morgen zerrte mich Mama dann aus dem Bett, weil sie meine Hilfe brauchte. Dreamy musste gewickelt werden, und Berge von Erdbeeren warteten darauf, gepflückt und geschnitten zu werden. Meine Mutter stand fast den ganzen Tag mit hochrotem Kopf an ihren dampfenden Töpfen, rührte beständig mit Holzkellen darin und goss den fertigen Brei in Gläser, auf die sie goldfarbige Deckel drehte. Ich wusch und schnitt derweil so viele Beeren, dass sich meine Fingerspitzen bläulich rot verfärbten.

Papa saß dabei und las die Zeitung. Und wieder fing er mit dem Thema an, das mich so aufbrachte: „Frauen sind für den Lehrerberuf wie geschaffen."

Er wusste, dass ich nicht fliehen konnte, weil ich Mama half. „Ich muss das doch ganz allein entscheiden, Papa."

„Geht das denn nicht in deinen Dickschädel rein? Ich weiß gar nicht, warum ich mich immer noch um dich bemühe."

„Hier kommt die nächste Schüssel", sagte ich zu Mama, „und wir müssen die Messer schärfen."

„Sieh dich doch mal im Tal um, wer es zu was gebracht hat. Die Lehrer und Lehrerinnen – denen geht es gut. Alle sind in Lohn und Brot, und sie bewohnen die schönsten Häuser."

Papa hatte dieses Märchen irgendwo auf der Straße zwischen Gericht und dem Café an der Ecke aufgeschnappt, dort, wo die „klugen Leute" vom Gericht während der Mittagspause schlenderten und so taten, als seien sie allwissend.

„Mama, hast du noch eine Marke?", rief ich, nachdem mir einfiel, dass das Anmeldeformular für die Bibelschule noch nicht unterschrieben und abgeschickt worden war.

„Du weißt doch, die Marken sind in der Grabbelschublade", antwortete Mama. „Brauchst du auch einen Umschlag?"

„Nee, Umschlag habe ich. Der war gleich dabei."

Papa bemerkte wohl, das ich das Thema wechseln wollte, aber er ließ sich nicht abschütteln. „Reece Caldwell ist clever. Die hat sich sogar ein Stipendium geholt für Sumner Hill. Und sobald sie mit ihrem Studium fertig ist, kriegt sie auch einen Arbeitsplatz – einen richtigen und sicheren – drüben in der Grundschule in der Parker Road. Das ist die Clayford-Schule, glaube ich."

„Crawford-Schule, Papa. Hast du's schon vergessen? Ich bin dort sechs Jahre zur Schule gegangen."

„Katrina, trockne dir erst die Hände ab, bevor du in die Schublade mit den Marken und den Umschlägen fasst", sagte Mama und legte mir ein Handtuch über die Schulter.

„Ich muss die Anmeldung noch unterschreiben, aber mein Kuli ist leer. Könntest du mir deinen leihen?"

Papa griff nach seiner Hemdentasche und reichte mir seinen Stift, während er immer noch über die Vorzüge des Lehrerberufes schwadronierte. Ich aber unterschrieb ungerührt das Anmeldeformular fürs Bibelstudium.

„Klopf, klopf!", sagte eine Männerstimme an der Verandatür.

„Wer ist da?", fragte Papa.

„Ich bin's, Mr. Hurley, Stanley Houston."

Der Kugelschreiber fiel mir aus der Hand.

„Ah, Mr. Houston. Treten Sie ein", sagte Papa. „Trinken Sie mit uns eine Tasse Kaffee. Doreen, brühst du uns frischen auf? Und back ein paar von den Rosinenbrötchen auf."

„Papa, bei uns sieht's doch gerade wüst aus", raunte ich meinem Vater zu. Ich sah mich um, und es war mir schrecklich peinlich.

„Guten Tag, Mr. Houston", sagte Mama und lächelte höflich, aber mit einem leichten Augenzwinkern, denn sie kannte die Houstons schließlich von der Gemeinde.

„Sie haben wegen der Versicherung angerufen, Mr. Hurley?" Stanley Houston trug einen sportlich geschnittenen Anzug und eine helle Krawatte. „Geht es um eine Lebensversicherung?"

Papa öffnete dem Gast die Tür weit. Ich hatte bereits mitbekommen, dass Mr. Houston einen Kollegen mitgebracht hatte. Nun aber erschrak ich, als ich sah, wer ihm da folgte. „Mr. Hurley, ich glaube, Sie haben meinen Sohn noch nicht kennen gelernt. Nach dem Examen wird Sol meine Agentur übernehmen. Ich dachte mir, es würde Ihnen nichts ausmachen, wenn er mich begleitet."

„Nett, Sie kennen zu lernen, junger Mann. Das ist übrigens meine Tochter Katrina."

„Hallo, Sol", sagte ich kurz und fuhr dann fort: „Doch, wir sind uns schon begegnet." Mehr brachte ich nicht heraus. Mir wurde nämlich gerade bewusst, in welch abstoßendem Zustand ich mich gerade befand. Das alte Hemd, das ich anstelle einer Schürze trug und das ich Weihnachten vor zwei Jahren in der Schule gefärbt hatte, war an den Ärmeln ausgefranst. Das Haar hatte ich mir ganz aus dem Gesicht gestrichen und fest zu einem Pferdeschwanz gebunden. Man hätte mich glatt für David Bowie halten können.

„Ich kenne dich von der Gemeinde, stimmt's?", sagte Sol und studierte mein Gesicht. Ich fühlte mich unansehnlich wie ein fauliger Apfel, und ich fragte mich, ob die Jungen aus seiner Schicht Mädchen wie mich wirklich niemals zur Kenntnis nahmen oder ob sie nur so borniert taten.

„Und in der Schule, und einmal in der Klinik", sagte ich schnell, aber dann bedauerte ich es sogleich. Erweckte ich doch den Eindruck, über unsere Begegnungen genau Buch geführt zu haben.

„Katrina, was hältst du davon, wenn du Sol die Kaninchenställe hinter dem Haus zeigst?“, fragte Mama, die Hände in die Hüften gestemmt. „Ich denke, dass ihn das interessieren würde.“

„Du brauchst aber nicht, wenn du keine Lust hast“, sagte ich schnell, denn ich wäre am liebsten im Boden versunken.

„Doch, doch, wir können uns die Kaninchen ansehen“, meinte Sol.

Sein Vater mischte sich ein: „Eigentlich hatte ich ja gedacht, du würdest mir ein bisschen über die Schulter sehen, damit du was lernst.“

„Wir bleiben nicht lange“, entgegnete sein Sohn.

Hinter dem Haus führte ich Sol zu der Garage, die noch Großpapa Hurley gebaut hatte. „Wir halten die Kaninchen in der alten Garage. Die großen weißen haben gerade Junge.“

„Du musst mir keine Karnickel zeigen“, sagte Sol und lachte. Ich kam mir plötzlich so kindisch und albern vor. Wie peinlich! Ich betrachtete ihn verstohlen. Sein Haar schimmerte seidig. Er hatte es noch länger wachsen lassen. Seine ganze Ausstrahlung schüchterte mich geradezu ein. Er wirkte so selbstsicher und unnahbar zugleich.

„Ich habe nicht viel übrig für diese Viecher. Sind eben Kaninchen“, sagte er. „Übrigens, ist es dort drüben, wo der Automechaniker ums Leben gekommen ist?“

„Gestorben ist er im Krankenhaus. Aber es stimmt, dort drüben in dem Graben hat er den Unfall gehabt.“

„Na ja, ich will auch nicht neugierig erscheinen ...“

Wir beide blickten verlegen zu Boden. Worüber sollten wir noch reden? Er klimperte mit ein paar Münzen in seiner Hosentasche, warf einen Blick hinüber zu den Kaninchenställen, lief ein paar Schritte auf und ab und blieb dann zwei Schritte vor mir stehen. „Was hältst du von ’ner Cola?“

„Soll ich reingehen und dir eine holen? Hast du Durst?“

„Nee, so nicht. Du sollst mir keine holen. Aber wir könnten irgendwo hingehen. Vielleicht auch ’n Happen essen.“

„Essen?“

„Muss ja nicht sein. Eben nur ’ne Cola trinken.“

„Mit deinem Vater?“

„Ohne ihn."

„Klar, können wir machen", sagte ich, und ich spürte mein Herz klopfen. Er sah mich an, und sein Lächeln kam mir so wohl vertraut vor, als würde ich diesen Jungen schon eine Ewigkeit kennen.

Auf dem Prospekt von der Bibelschule prangte eine große Flamme als Logo und darunter stand: „Betet für die Ernte." Er lag immer auf meinem Nachttisch, sodass ich morgens, sobald ich erwachte, danach greifen und darin blättern konnte. Ich hatte es einem Buch über Lillian Trasher zu verdanken, dass ich überhaupt auf die Idee gekommen war, mich für eine Bibelschulausbildung zu interessieren. Ihre Biografie stand auf meinem Bücherregal in der Abteilung „Große Frauen, denen ich niemals würde das Wasser reichen können" – zwischen Corrie ten Boom und Florence Nightingale.

Lillian hatte auf eine gute Partie verzichtet und war nach Indien gegangen, um dort Waisenkindern zu helfen. Sie schenkte alles fort, was sie besaß. Als einmal eine Gruppe von Frauen sie besuchte und ihr ein neues Kleid als Spende mitbrachte, schnitt sie es in Stücke und nähte Kindersachen daraus.

Wenn ich es schon nicht schaffen würde, genau wie Jesus zu sein, dann wollte ich doch wenigstens wie Lillian werden.

„Katrina, könntest du mich rasch rüber zu Mr. Lunsford fahren? Er möchte Dreamy mal wieder sehen. Und ich war auch schon lange nicht mehr bei ihm."

Ich ließ den Prospekt sinken. „Ach, Eden, fahr doch selber."

„Ich kann doch mit Dreamy nicht allein im Auto fahren. Du weißt, was sie immer für ein Affentheater macht, wenn ich sie in den Kindersitz schnallen will. Auf dich hört sie besser. Und außerdem würde sich Mr. Lunsford ganz bestimmt freuen. Er mag dich nämlich."

„Mr. Lunsford mag jeden."

„Fährst du uns nun, oder nicht?"

„Ich weiß nicht, wo der Autoschlüssel ist."

„Da liegt er doch! Direkt neben dem Blumentopf."

Mr. Lunsford stand draußen im Garten, und seine Miene hellte sich sofort auf, als er uns kommen sah. Er streckte seine Arme aus. „Gebt mir die Kleine. Großpapa freut sich schon den ganzen Vormittag drauf, dich in die Arme zu schließen, kleines Mädchen!", rief er und winkte uns ungeduldig herbei.

Eden reichte Lunsford das Kind und zog gleich darauf eine Schachtel Zigaretten aus der Tasche. Ihre silbernen Armreifen klimperten. Die Mutterschaft hatte sie fraulicher gemacht und die Liebe zu Schmuck entfacht. Immer häufiger zog es sie im Kaufhaus zum Stand, wo der Modeschmuck auslag.

„Kleine Eden, es wäre mir lieb, wenn du draußen rauchen würdest. Mein Lungenemphysem macht mir schon den ganzen Winter zu schaffen. Ich halte Zigarettenqualm einfach nicht mehr aus."

Eden zog darauf noch einmal kräftig an ihrer gerade entzündeten Zigaretten und schnippte sie dann in eine der verrosteten Regentonnen, die ganz gefüllt waren.

„Sie haben noch anderen Besuch außer uns, Mr. Lunsford? Vor dem Haus parkt noch ein Mustang."

„Ja, mein Neffe, Carl besucht mich gerade. Wahrscheinlich will er wieder Geld schnorren. Aber ich freue mich über die Gesellschaft."

Dreamy saß inzwischen huckepack auf Großvaters Schultern und klammerte sich mit den Händchen an seiner Stirn fest. Wie glücklich war er, als die Kleine: „Hopp, hopp, Doßpapa!" quiekte.

Im Wohnzimmer saß ein junger Mann auf dem Sofa und nickte uns freundlich zu. Wir erwiderten die Geste.

„Carl, begrüß unsere jungen Damen. Das hier ist Eden, die junge Mutter. Und das da ist ihre Schwester Katrina."

Carl murmelte etwas, doch ich verstand es nicht.

„Kann ich euch Mädels einen Happen zu essen machen? Habe noch ein bisschen Schinken da", sagte Mr. Lunsford und reichte Dreamy eine Katzenzunge aus einer Kristallschale, die auf dem Tisch stand.

„Für mich nichts", sagte ich.

Eden betrachtete fasziniert Carls Gürtelschnalle, die aus einer überdimensionalen verchromten Scheibe bestand, auf der ein Stier abgebildet war, umgeben von kleinen, grünlichen Steinen.

„Ist das echt Türkis?", fragte Eden, während sie sich vorbeugte und die Hände auf die Knie stützte, um die Steine näher betrachten zu können.

„Ich denke, die sind echt. Wenn ich bedenke, was ich dafür bezahlt habe, dann sollten sie besser echt sein."

„Bist du 'n richtiger Cowboy? So einer, der auf Rodeos reitet?"

Es war nicht zu verkennen, wie beeindruckt Eden war.

„Klar, bin oft draußen. Verdiene damit zum Teil mein Geld damit – nicht viel. Davon leben könnte ich nicht."

„Was reitest du? Bullen?"

„Bullen und Wildpferde, und werfe mit dem Lasso."

„Katrina, da müssen wir mal hin und zugucken", rief Eden begeistert. „Carl, kannst du uns fürs nächste Rodeo Karten besorgen?"

Carl grinste verlegen.

„Dann bist du bestimmt beim Volksfest von Pope Country geritten", rief Eden. „Ich wäre am liebsten hingefahren. Aber mit so 'nem kleinen Racker kann man nicht auf den harten Bänken sitzen. Dreamy interessiert sich im Moment für alles, da ist sie dann auf einmal durch die Absperrung gekrabbelt, oder sie steckt ausgespuckte Kaugummis in den Mund."

Ich entdeckte eine Kanne Kaffee auf dem Tisch. „Ach, Mr. Lunsford, ob ich wohl eine Tasse haben könnte?"

Mr. Lunsford nickte, und ich goss mir den Kaffee ein. In diesem Augenblick hörte ich die Haustür ins Schloss fallen. Eden und Carl kamen draußen am offenen Fenster vorbei, und ich rief: „Geht ihr weg, Eden?"

„Nicht richtig weg. Carl will mir nur seinen Schlitten zeigen. Wir sind gleich wieder zurück."

Mr. Lunsford und ich setzten uns aufs Sofa, und ich überlegte krampfhaft, worüber wir noch reden könnten. „Leben Sie schon lange hier im Valley?", fragte ich.

„Doch, schon eine ganze Weile. Es ist ein Ort, wo man sich gut aufgehoben fühlt, eben ziemlich geborgen ... mitten in den Bergen. Das ist auch gut für die Kinder, die wachsen noch in einer halbwegs heilen Welt auf."

„Aber nur, wenn die Väter Arbeit haben und was zum Beißen ranschaffen. Für mich gibt es hier keine Perspektive." Ich blickte in sein freundliches Gesicht, und so begann ich ihm zu vertrauen. „Papa will unbedingt, dass ich Lehrerin werde."

„Ich denke, das musst du selber und ganz allein entscheiden, Katrina. Als ich mich damals selbstständig machte und auf eigenen Beinen zu stehen begann, hatte ich keinen roten Heller in der Tasche. Erst nach fünf Jahren warf das Geschäft ein bisschen Gewinn ab. In dieser Zeit habe ich nachts noch auf der Hühnerfarm gearbeitet, bis ich mich endlich ein bisschen freischwimmen konnte. Aber obwohl ich auf so vieles verzichtet und immer nur geschuftet habe, war ich zufrieden. Hatte immer im Auge, dass Darrell eines Tages den Laden hier übernimmt. Aber das Schicksal hat es eben anders gewollt. Meine einzige Enkeltochter wird nicht viel damit anzufangen wissen."

„Wollen Sie Ihr Geschäft verkaufen?"

„Ich spiele mit dem Gedanken. Als Darrell so plötzlich starb, war plötzlich der Schwung weg. Ich habe versucht, meinen Neffen Carl zu interessieren, aber ihm fehlt einfach der Geschäftssinn. Der Bengel hat 'ne Menge Schulden. Wahrscheinlich muss ich doch eines Tages in den sauren Apfel beißen und das alles hier zu Geld machen. Dann ist eben Feierabend."

Mr. Lunsford reichte Dreamy einen Bleistift und sah gedankenverloren zu, während sie auf einer alten Zeitschrift ihre Hieroglyphen krakelte.

„Mr. Lunsford, wenn Sie wollen, könnte ich Darrells Zimmer ausräumen. Aber natürlich nur, wenn Sie dazu schon bereit sind."

„Das würdest du für mich tun?"

„Klar. Sie waren so nett zu meiner Schwester und der Kleinen. Deshalb würde ich auch Ihnen gern einen Gefallen tun."

„Meine Hütte wird bald wie 'n Palast aussehen. Aber was mache ich mit dem frei werdenden Zimmer?"

„Wir könnten ein Spielzimmer für Dreamy einrichten."

„Das machen wir! Ich gebe dir 'n bisschen Geld für Puppen und so was. Besorg ein paar Poster für Kinder und 'n paar hübsche Vorhänge."

„Wir werden ein richtig schönes Kinderzimmer draus machen, und wenn Dreamy ihr eigenes Reich hat, wird sie auch nicht mehr so oft hier draußen alles auf den Kopf stellen."

Eden steckte plötzlich ihren Kopf durch die Tür. Ihre Wangen glühten. „Carl und ich machen eine kleine Spritztour. Er fährt mich danach gleich nach Hause, Katrina. Würdest du so lange auf Dreamy aufpassen?"

„Ich dachte, du hättest mit ihr heute den Impftermin?"

„Könntest ... könntest du das vielleicht erledigen? Sie ist doch bei dir sowieso immer viel braver."

„Eden, ich denke, dass das deine Aufgabe wäre."

„Nur das eine Mal. Bitte!" Ich sah das Leuchten in ihren Augen. „Er ist ein richtiger Cowboy", raunte sie und zwinkerte mir zu. Wie sollte ich ihr da die Bitte abschlagen?

Draußen röhrte der Motor, ein paar Fehlzündungen knallten, und dann entfernte sich das Getöse schnell.

Mr. Lunsford, der bislang im Unterhemd bei mir gesessen hatte, nahm ein T-Shirt von einem vollen Korb mit frischer Wäsche und zog es sich über. „Carl ist nicht der Richtige für engere Beziehungen", sagte er.

„Das kann sein, Mr. Lunsford. Aber Eden hört nicht auf mich. Wenn sie sich was in den Kopf gesetzt hat, zieht sie es durch. Da kann ich mich auf den Kopf stellen."

„Schade um sie. Wo sie doch ein so süßes Baby hat!"

„Ich denke, ich muss jetzt gehen", sagte ich. „Vielen Dank für den Kaffee. Morgen ist Samstag, da komme ich wieder, und dann räume ich das Zimmer auf."

„Ich will dir noch Geld mitgeben für die Spielsachen."

„Morgen reicht auch noch. Wir müssen ja erst aufräumen. Dreamy, sag wiedersehen zu Großpapa."

Sie gab ihm einen dicken Schmatz auf die runzlige Wange.

„Weiß du, Katrina, ich habe drei Räume oben. Vielleicht sollten wir doch Darrells Zimmer so lassen, wie es ist – wenigstens für eine Weile. Du richtest dann Dreamy eins der anderen Zimmer her. Was hältst du davon?"

„Ganz wie sie wollen, Mr. Lunsford."

„Wirkt vielleicht ein bisschen hirnverbrannt, dass ich so an Darrells Sachen hänge."

„Ganz und gar nicht."

Er begleitete mich noch zur Tür und öffnete sie für Dreamy und mich. „Du bist ein so nettes junges Mädchen, Katrina. Mach dir keinen Kopf um deine Schwester. *Du* richtest dir dein eigenes Leben ein, und ich sehe, dass die Kleine in guten Händen ist."

„Bis morgen", sagte ich und hielt Dreamy ganz fest in meinem Arm.

11

„Wie sehe ich aus?“ Eden kam zu mir ins Zimmer gestürmt und hatte sich fürs Rodeo herausgeputzt mit einer karierten Bluse, Halstuch, Jeans und Stiefeln. „Sollte ich auch noch den Hut aufsetzen, oder ist das ein bisschen viel?“

„So, wie du die Haare gesteckt hast, kriegst du eh keinen Hut drüber.“

Sie schüttelte den Kopf. „Dass du doch immer was zu mäkeln an mir findest! Kannst du nicht irgendwann mal auch was Positives sagen?“

„Du siehst klasse aus“, sagte ich lakonisch.

„Na also. Geht doch. Kommst du übrigens heute Abend mit zum Rodeo?“

„Muss ich?“

„Eigentlich schon. Ich brauche dich, damit du ab und zu Dreamy hältst, falls sie wieder nicht stillsitzen will und sich von allen möglichen Leuten Bonbons schenken lässt. Bitte, hilf mir ein bisschen.“

Sie stand vor meinem Spiegel und betrachtete sich.

„Lass sie doch zu Hause. Ich passe dann auf sie auf.“

„Nee du, ich will dass Carl sich daran gewöhnt, dass sie ihm um die Beine wieselt.“

„Mensch, Eden, du solltest Carl auf keinen Fall unter Druck setzen. Ich habe dir doch erzählt, was Mr. Lunsford über ihn gesagt hat.“

„Carl ist kein bisschen wie Darrell, Katrina.“

„Klar, er hat blaue Augen und keine braunen, und statt eines Chevys fährt er einen Mustang, und ihn stört nicht, wenn es in seiner Bude wüst aussieht.“

„Das hast du auch schon wieder spitz gekriegt?“

„Eden, Carl ist in fast jeder Beziehung wie Darrell! Immerhin sind sie verwandt und haben die gleichen Anlagen. Vielleicht ist es dir bislang noch nicht so aufgefallen, aber eines Morgens wachst du auf und merkst, dass du dir eine Laus in den Pelz gesetzt hast. Er wird sich über dein Konto hergemacht haben und dir die Haare vom Kopf fressen."

Ich musterte sie misstrauisch von Kopf bis Fuß. „Woher hasst du eigentlich die Klamotten? Dafür hat Papa doch bestimmt keinen Cent ausgegeben! Mama darf sich ja noch nicht mal Strümpfe kaufen, wenn sie 'ne Laufmasche haben."

„Carl hat eine Kreditkarte. Es ist klasse, wenn man mit jemand geht, der schon 21 ist. Du solltest dir auch 'n alten Knacker anlachen, Katrina. Dann weißt du, wovon ich spreche. Es ist wie Tag und Nacht."

Es war schon merkwürdig. Seit Eden diesen Kerl kannte, hatte sich die Atmosphäre in unserem Haus verändert. Eden war fast ständig aufgedreht. Ihre lappigen T-Shirts wanderten in den Kleidersack, und stattdessen stolzierte sie nur noch mit ihren Western-Klamotten umher, die Carl ihr mit seinem Plastik-Kärtchen spendierte. Das war nicht mehr das junge Mädchen, das ich kannte. All die Jahre war sie immer mein Schatten gewesen, nun aber wurde sie zum Schatten eines anderen.

Dreamy kam angekrabbelt und setzte sich zwischen meine Beine.

„Ich werde ihr Löcher für Ohrstecker machen lassen", sagte Eden. „Ich finde diese kleinen Ohrringe süß, die sie jetzt für die Kleinsten anbieten. Ich denke, Carl wird sie mir spendieren, wenn ich ihm tief in die Augen schaue."

„Dreamy sitzt ja noch nicht mal im Auto still, da wird sie wohl kaum stillhalten, wenn du ihr Löcher in die Ohren stechen willst."

Das Telefon klingelte. Eden sprintete zum Apparat und riss den Hörer von der Gabel. Ich hörte sie murmeln: „Ja ... na gut ... hm ..." Und nach einer Weile kam sie wieder. Ich hatte mich inzwischen auf mein Bett gelegt, und Dreamy war in meinem Arm eingeschlafen.

„Sie sollte jetzt noch keinen Mittagsschlaf machen", sagte Eden ungehalten. „Wenn sie so früh schläft, kriege ich sie nachmittags nicht zur Ruhe."

„Du hast sie gestern viel zu lange aufgelassen. Ich meine, das Spätprogramm lief schon. Deshalb ist sie jetzt müde. Was gab's eigentlich am Telefon?"

„Carl meint, ich sollte Dreamy nicht zum Rodeo mitbringen. Er denkt, der viele Staub wäre für kleine Kinder nicht so gut. Ist doch lieb von ihm, dass er sich Gedanken macht. Mir fällt gerade ein, Carls Cousine Esther könnte auf Dreamy aufpassen."

„Wer ist denn Esther? Kenne ich sie?"

„Klar. Das ist die allein stehende Mutter mit den fünf Kindern, die so 'n bisschen plemplem ist. Ihre Mutter will eigentlich, dass sie in eine Anstalt kommt."

„Ach, die meinst du."

„Ich weiß nicht, wie die Leute drauf kommen, dass sie nicht ganz dicht ist. Ich habe sie mal kennen gelernt, und wir haben uns richtig gut unterhalten. Ich konnte nicht feststellen, dass sie plemplem ist. Außerdem ist sie kinderlieb. Sie kann also sehr gut auf Kinder aufpassen."

„Dreamy bleibt bei mir. Heute ist der letzte Abend vom Pfirsich-Erntefest. Dorthin werde ich sie mitnehmen. Lass den Buggy draußen vor der Tür stehen."

Wieder klingelte das Telefon. „Das wird Carl sein. Du hast dich also entschieden? Dann werde ich ihm die gute Nachricht überbringen."

Die Pfirsichernte war eine Zeit der Feste in unserer Gegend, ein willkommener Anlass, ein wenig Zerstreuung zu suchen, und die Menschen warteten auf diese Zeit, wie sie nach langer Dürre den Regen ersehnten. Im benachbarten Johnson County feierte man ein großes Volksfest und einen Schönheitswettbewerb, wo die hübschesten Mädchen um den Titel der *Miss Pfirsichblüte* wetteiferten. In dem Jahr, als meine Großmutter starb, hatte eine Cousine väterlicherseits alle Juroren von ihren Qualitäten überzeugt und die Krone gewonnen, was unsere ganze Sippe mit Neid und Missgunst zur Kenntnis nahm. Als ihre Mutter mit der Neuigkeit bei den Hurleys hausieren ging und überall von dem Glück sprach, nun auch noch das Stipendium für die Tochter in der Tasche zu haben, schüttelte Papa nur den Kopf und meinte missgelaunt: „So was würde unsere Katrina wohl nie zustande bringen."

Ich genoss es immer sehr, mit Dreamy allein im Auto zu fahren. Wir waren schon früh nach Clarksville aufgebrochen, und ich nutzte die Gelegenheit, das Sprachtalent der Kleinen ein wenig zu fördern. Es machte mir einfach Freude, ihrem Geplapper zuzuhören, denn es lenkte ein wenig ab von den Sorgen, die ich mir um Eden machte. Meine Schwester hatte keine konkreten Vorstellungen, wie man einem Kind das Rüstzeug der eigenen Muttersprache beibringt. Sie übernahm einfach die Tradition der Familie, sich mit einem ungehobelten und allzu begrenzten Wortschatz zufrieden zu geben und sich überhaupt nicht darum zu scheren, wie man damit in der Welt da draußen über die Runden kommt. Es bereitete mir deshalb besonders viel Vergnügen, gerade einem Spross der Hurleys ein wenig Sprachkultur beizubringen. Eden entwickelte keinerlei Ehrgeiz, Dreamy das Rüstzeug für ein erfolgreiches Leben an die Hand zu geben. Sie ließ die Kleine plappern, was sie wollte, sodass Silben und Wörter ungeordnet wie eine Hand voll Murmeln aus ihrem Mund kullerten.

Dreamy hatte ihre helle Freude an dem bunten Treiben auf dem Jahrmarkt. Die Obstbauern boten ihre Früchte an Ständen zum Verkauf an, die mit großen Leinentüchern überdacht waren. Und wir kamen an keinem der Stände vorbei, die uns mit allerlei Leckereien in Versuchung führten. Bald hatte ich so viel Pfirsichkompott, Eierkuchen und kandierte Früchte vertilgt, dass ich nichts Süßes mehr sehen konnte.

Gerade hatte ein Mann in einem plüschigen Pfirsichkostüm Dreamy mit seinem Schabernack einen gewaltigen Schrecken eingejagt, als eine Männerstimme rief: „Katrina Hurley?"

Ich erkannte sofort, wer da etwas von mir wollte, und ich war zunächst geneigt, so zu tun, als habe ich nichts gehört. Doch dann überwog die Neugier, und ich wandte mich um. „Hallo, Sol. Das ist meine Nichte. Sie heißt Dreamy."

„Ein richtiger Lockenkopf. Sieht ihrem Vater ähnlich."

„Ihre Mutter hat auch von Natur aus Locken, aber sie glättet sie immer."

Sol trug einen Sack mit Pfirsichen auf der Schulter. „Meine Mutter kauft jedes Jahr diesen Vorrat. Das meiste weckt sie ein. Ich muss das nur schnell zum Auto tragen, danach habe ich Zeit."

„Na, dann nutze sie gut", sagte ich und ließ ihn stehen. Ich stellte mir vor, wie er mir verdutzt nachsah.

Gott, vergib mir, aber ich kann ihn nicht leiden, diesen arroganten Schönling. Mach, dass er mir nicht dauernd über den Weg läuft.

„Katrina!"

Jemand tippte mir auf die Schulter.

„Sol, du schon wieder? Ich dachte, du wärst beim Auto." Er stand vor mir, den schweren Sack noch immer über der Schulter. „Wie wär's, wenn wir uns am Karussell treffen. Ich habe noch ein paar Freifahrten, die mein kleiner Bruder gewonnen hat, die könnten wir doch abfahren.

„Na schön", sagte ich gelangweilt.

Er machte sich auf den Weg, und diesmal blickte ich ihm nach – ein wenig verträumt – ich dumme Gans.

* * *

Eden stand in der Schlange vor dem Einlass zum Rodeo und drückte ihre Zigarette an einem der Zaunpfähle aus. Carl hatte ihr keine Eintrittskarten zurücklegen lassen, so, wie es eigentlich verabredet war. Und so musste sie nun ihr letztes Geld zählen, ob es für den Eintritt überhaupt reichte. Papa hatte ihr noch beim Abschied ein paar Dollarnoten in die Hand gedrückt. Er, dem es so wichtig war, über Reserven zu verfügen, hatte stets ein paar Scheine in der Tasche, aber nur höchst selten rückte er sie auch heraus. Aber er hatte wieder vorausgedacht. Möglicherweise würde sie mit Carl in Streit geraten, und dann musste sie ja Geld für das Taxi nach Hause dabei haben. Aber an Rückzug dachte Eden im Augenblick gar nicht. Sie war bereit, all ihre Reserven für die Eintrittskarte auszugeben. Sie wollte nur eins: Carl auf dem Brahman-Bullen reiten sehen! Alle Mädchen würden nach ihm schmachten, aber er würde nur Augen für sie haben – für Eden Hurley.

Es roch überall nach Staub, Schweiß und Leder, aber Eden liebte diesen Duft. Sie fühlte sich wohl unter den Cowboys, und Katrina tat ihr Leid, der Männer wie Carl völlig fremd waren.

Sie bezahlte die Eintrittskarte und suchte sich einen Platz auf den schmalen Bänken. Wäre Katrina doch mitgekommen! Sie hätte sich nicht so einsam gefühlt zwischen all den fremden Menschen, von denen die meisten sich untereinander kannten.

Die Rodeo-Queen saß auf ihrem graugelben Pferd in der Mitte der Arena, während Jungen sie auf ihren Ponys immer wieder umrundeten. Das war die nächste Generation, die dazu geboren war, die Farmen ihrer Väter zu übernehmen. Und kaum einer von ihnen würde auf den Gedanken kommen, mehr vom Leben zu wollen, als das, was das Tal zu bieten hatte. Dennoch beneidete Eden die Kinder der Farmer, die in geordneten Elternhäusern aufwuchsen – mit fleißigen Vätern und liebevollen Müttern. So dachte sie jedenfalls.

Jetzt zogen die Matadore ein. Applaus brandete auf. Jubel. Aufmunternde Zurufe. Katrina hatte immer nur abfällige Bemerkungen für diese Männer. Sie personifizierten für sie die Vergangenheit des wilden Westens, das Imponiergehabe der Männer, die in der Prärie das Recht des Stärkeren durchsetzen wollten.

Eden rutsche ungeduldig auf der Bank hin und her. Sie suchte unter den Männern nach ihrem Freund. Da endlich, ein Cowboy, den sie kannte. Carl hatte ihn bei einem Tanzabend mal vorgestellt. Aber ihr Freund war nicht dabei!

Die Rodeo-Queen ritt eine Ehrenrunde und winkte den Menschen auf den Rängen zu. Die Sonne war am Horizont versunken und die Scheinwerfer waren eingeschaltet worden, an ihrem Hut glitzerten Glasperlen im Lichtkegel. Feiner brauner Sand stieg aus der Arena auf. Eden mochte diese affektierte Ziege nicht, die die Blicke der Männer auf sich zog. Was mochten wohl all die Frauen auf den Rängen denken?

Eden fühlte sich plötzlich wie eine Fremde hier. Sie dachte an Zuhause. Katrina würde gerade Dreamy baden, ihren Spaß mit ihr treiben. Die Kleine war immer so ausgelassen bei Tante Katrina, sehr zum Ärger von Eden. Noch einmal blickte sie sich um.

Vergeblich. *Carl war nirgends zusehen* – dieser Mann, der ihr im Augenblick alles bedeutet, der die Leere in ihrem Innern füllte, die große Leere, die sie um den Verstand zu bringen drohte. Sie wollte doch nicht werden wie Tante Velda.

„Miss, ich denke der Mann da unten meint Sie“, sagte jemand, und Eden fuhr hoch aus ihren Gedanken. „Meinen Sie mich?“, fragte sie die Frau, die vor ihr saß. Die Frau deutete nach unten.

Eden suchte die Gegend ab, und dann sah sie ihn. Carl stand unten auf dem Rasenstreifen vor der Arena.

„Carl!“ Sie winkte ihm zu, er aber erwiderte ihren freundlichen Gruß nicht und nickte nur flüchtig. Dann tauchte er in der Menge unter.

Eden versuchte ihm zu folgen, sein buntkariertes Hemd nicht aus den Augen zu verlieren. Bei einem der großen Viehtransporter holte sie ihn ein, als er gerade eine Bierdose aufriss.

„Ich habe mir Sorgen um dich gemacht, Carl“, sagte sie vorwurfsvoll.

„Eden, tu mir einen Gefallen und halte den Mund.“

„Du sprichst so komisch.“

„Hast du gehört, was ich gesagt habe, Kleines?“

Ray Cornelius, Carls Rodeo-Kumpel, stand ein paar Meter entfernt, die muskulösen Arme in die schmalen Hüften gestemmt. Er und Eden waren gute Freunde geworden, und so wandte sie sich an ihn: „He, Ray, was ist los mit Carl? Du weißt doch Bescheid, oder? Ich sehe es dir an der Nasenspitze an.“

„Carl wird heute Abend nicht reiten“, sagte Ray mit gesenktem Blick.

„Aber es ist doch ein so toller Abend! Ich habe mir extra die Eintrittskarte geleistet. Nun mach schon, Junge, lass dich registrieren. Du wirst das schon schaffen“, sagte Eden und schmiegte sich verführerisch an Carl.

Doch der stieß sie weg, schleuderte seine Bierdose gegen den Transporter und starrte Ray und Eden verdrießlich an, ohne ein Wort zu sagen.

Jetzt nahm Ray das Mädchen beiseite. „Du gehst am besten

rein und guckst dir das Rodeo allein an. Carl ist heute nicht gut drauf."

„Ich will aber in seiner Nähe bleiben. Vielleicht braucht er ja jemand, um sich auszusprechen. Das hilft ja manchmal."

„Dann rufe ich dir lieber ein Taxi, Eden. Lass ihn einfach eine Weile in Ruhe", sagte Ray.

„Eden kommt mit mir", schnauzte Carl, der mitgehört hatte, und packte Eden beim Arm.

„Carl, tu tust mir weh! Lass mich los!"

Carl zerrte sie zur Beifahrertür seines Lieferwagens. „Steig schon ein. Wir brauchen keinen von denen hier."

„Eden, er ist betrunken. In dem Zustand wollten ihn die Veranstalter nicht reiten lassen."

„Carl, ist das wahr?"

„Ich sagte, du sollst einsteigen. Du kommst doch mit mir, oder?" Er schwang sich auf den Fahrersitz.

„Das kann ich nicht zulassen", rief Ray und versuchte den Schlüssel zu erwischen. „Ich rufe euch schnell 'n Taxi." Die beiden rangelten, bis Carl seinem Freund mitten ins Gesicht schlug. Da ließ Ray ihn ziehen.

„Hau doch ab und bring dich um!", rief er erbost. „Aber ich werde nicht zulassen, dass du das Mädchen auch noch ins Unglück stürzt. Ich weiß zufällig, dass sie noch minderjährig ist."

Ray stieß einen Fluch aus und wischte sich das Blut von der Lippe.

Währenddessen startete Carl ungerührt den Motor.

„Ich kann ihn jetzt nicht im Stich lassen, Ray", sagte Eden und stieg ins Fahrerhaus.

Carl fuhr davon, quer über die bucklige Wiese und so ungestüm, dass das Auto beinahe ein paar Mal mit dem Unterboden aufsetzte. Eden spürte, dass ihr Magen rebellierte, aber sie hatte sich entschlossen, sich diesem Mann anzuvertrauen. Jetzt war sie auf ihn angewiesen auf Gedeih und Verderb.

12

Sol und ich hatten uns unter einer schattigen Linde niedergelassen und schlürften Eiskaffee aus Plastikbechern. Wir beobachteten die vorüberschlendernden Menschen und genossen das bunte Treiben auf dem Jahrmarkt. Es duftete nach gebrannten Mandeln, kandierten Früchten und nach gebratenem Fleisch. Eine einmalige Mischung! Schausteller lockten das zuweilen eher gelangweilte Publikum mit deftigen Sprüchen, und die Verstärker der einzelnen Fahrgeschäfte plärrten abgedroschene Hits in die Menge.

Ich genoss diesen Augenblick in vollen Zügen, und so sind mir Details, die man normalerweise vergisst, bis heute im Gedächtnis haften geblieben. Ich sehe die Szene von damals noch deutlich vor mir – farbig und in allen Einzelheiten. Sol trug wie immer seine ausgewaschenen Jeans und einen dunkelblauen Pulli aus Baumwolle. Auch ich hatte mir morgens, als es noch kühl war, meinen roten Pullover übergezogen, doch jetzt da die Sonne heizte, wurde er zur typischen Last heißer Nachmittage. So band ich ihn mir um die Hüften. „Jesus ist Herr!“ stand auf meinem T-Shirt in poppigen Lettern geschrieben.

Während Sol den Kaffee besorgt hatte, war ich zu den Ständen geschlendert, wo die kunstgewerblichen Sachen angeboten wurden, und hatte dort eine kleine Stoffpuppe erstanden. Diesem niedlichen Fratz hatte ich nicht widerstehen können. Jetzt steckte sie mit den Beinen in meiner Leinentasche, während sie oben herausschaute. Immer wenn ich auf den Jahrmarkt ging, begleitete mich dieser weite Beutel, denn wenn man bester Laune von Stand zu Stand schlendert, ist es bequem, all die kleinen Dinge, die man trotz guter Vorsätze erwirbt, dort hineinfallen zu lassen.

Ich hatte mich immer gewundert, warum Sol so braun gebrannt war. „Mein Onkel hat einen riesigen Garten, und ich mähe ständig den Rasen für ihn, da wird man ganz automatisch braun“, erklärte er. Seine äußere Erscheinung hatte es mir angetan. Der dunkle Teint und das Blau seines Pulli ergänzten sich zu einem ausgesprochen gefälligen Bild. Und das passt zu Sol: Er strahlte Harmonie und Besonnenheit aus.

„Hast du dich schon für irgendeine Ausbildung entschieden?", fragte Sol, nachdem wir eine Weile schweigend das Treiben auf dem Jahrmarkt beobachtet hatten.

„Ich hatte durch Zufall von der Bibelschule in Springfield gehört. Da habe ich mich beworben. Aber eine Antwort ist noch nicht gekommen."

„Und wieso gerade eine Bibelschule?"

„Es ist mir im Grunde egal, wohin ich gehe – Hauptsache raus hier", sagte ich wie aus der Pistole geschossen. Es war zu meiner Devise geworden, die mein ganzes Streben und Hoffen bestimmte. „Los Angeles, New York – meinetwegen auch ins Ausland."

„Du musst es hier aber wirklich satt haben."

„So habe ich das bislang empfunden, aber seit Dreamy auf der Welt ist, wird mir der Abschied doch auch schwer fallen."

„Aber sie ist doch nicht dein Kind?"

„Manchmal habe ich das Gefühl, dass sie tatsächlich mich für ihre Mutter hält. Mama engagiert sich jedenfalls kaum – bis auf ein paar Handreichungen vielleicht. Wer weiß, was sie unbewusst mit dieser Zurückhaltung zum Ausdruck bringen will. Und Eden? Sie ist zwar die leibliche Mutter, muss aber selber noch ganz viel bemuttert werden. Gib ihr irgendeine Aufgabe, und sie wird sich so ungeschickt anstellen, dass man sie ihr ganz schnell wieder abnimmt."

„Für Leute, die mit dem Leben nicht zurechtkommen, gibt es doch Beratungsstellen und Therapien. Vielleicht wäre das was für Eden."

„Als wenn ich das nicht selber wüsste! Wir hatten schon mal so 'ne Tante von einer Fürsorgestelle bei uns. Ich weiß gar nicht, wer sie gerufen hatte. Plötzlich stand sie vor der Tür, und Mama war ganz schön sauer, dass da jemand auftauchte, sich bei uns einmischte und uns vorschreiben wollte, was gut für Eden wäre. Mama machte ihr ziemlich schnell Beine, und sie trippelte mit ihren Stöckelschuhen gleich wieder zu ihrem Auto. Aber statt sich zu freuen, dass sie die Frau abgewimmelt hatte, ließ Mama sich in den Sessel fallen und starrte missmutig vor sich hin. Im Grunde ahnte sie wohl, dass sie die Hilfe vielleicht doch hätte brauchen können. Aber sie war eben viel zu stolz, sich von Fremden helfen zu lassen."

Sol streckte sich im Gras aus und verschränkte seine Arme hinter dem Kopf. „Ich höre dir gerne zu, Katrina. Deine Stimme hat so was Sanftes."

„Das hat noch niemand zu mir gesagt", murmelte ich und betrachtete verlegen meine Hände mit den Niednägeln, den ausgefransten Nagelhäuten und den Tintenflecken an den Fingerspitzen. Ich hatte wieder einmal gewagt, ein paar Bilder zu malen und dabei mit Tusche und Tinte gearbeitet. Jedenfalls war ich nicht der Typ, der zur Maniküre ging.

„Und was sagen die anderen, was sie an dir mögen, Katrina?"

„Die meisten äußern sich über meine Beine, was mich übrigens ziemlich wundert. Sie sind doch so dürr und lang."

Sol hob seinen Kopf und betrachtete meine Beine, nickte stumm und legte sich wieder zurück ins Gras.

„Sind sie okay?"

„Wer?"

„*Sie*, die Beine natürlich!"

„Ich mag sie. Aber du hast mehr an dir, was ein paar Komplimente wert ist."

„Zum Beispiel?"

„Du hast ein liebes Wesen. Und du bist hübsch."

Es wurde mir peinlich, und deshalb wechselte ich schnell das Thema: „Was machst du eigentlich im nächsten Jahr? Gehst du weiter zur Schule, Sol?"

„Klar. Aber gleichzeitig soll ich auch im Geschäft meines Vaters mithelfen. Er versteift sich darauf, dass ich sein Maklerbüro übernehme und betreibe, wenn er mal nicht mehr kann. Meine Mutter würde jedenfalls Luftsprünge machen, wenn ich zur Bibelschule wollte."

„Wäre doch lustig, deine Mutter in die Luft springen zu sehen.

Ich frage mich, warum viele Mütter so wild drauf sind, dass ihre Söhne zur Bibelschule gehen."

„Sie sind eben ganz scharf drauf, dass ihre Söhne Prediger werden, und die Töchter sollen möglichst Prediger heiraten. So ist es zumindest bei uns in den Gemeinden."

„Und warum sollen sie das unbedingt?"

„Vielleicht denken sie, dass diese Laufbahn ihren Kindern den Fensterplatz im Himmel reserviert."

„Weißt du, wenn ich da an einige auf unserer Schule denke, denen würde selbst das Bibel-College nichts nützen. Die kriegen bestimmt keinen Fensterplatz."

„Ich glaube, unsere Mütter hängen da einer Illusion nach. Sie denken, eine fromme Ausbildung könnte uns zu besseren Menschen machen." Sol schleuderte Steinchen in die Zweige der Linde, als wolle er einem tief sitzenden Hader Luft machen. Wen wollte er in Wirklichkeit treffen? Die Mütter mit den hohen moralischen Erwartungen? Vielleicht seine eigene Mutter?

„Auch Schwester Bickle meint, dass einem die Bibelausbildung allein nichts nützt. Wenn man Gott wirklich kennen lernen wolle, müsse man vielmehr immer wieder ganz allein und im Stillen auf die Knie gehen und in der Bibel lesen."

„Die gute, alte Schwester Bickle. Trotzdem ist sie wohl ganz froh über deine Entscheidung."

„Ich denke schon. Sie ist eine richtige Freundin geworden. Sie regt mich immer wieder an, über Dinge gründlich nachzudenken. Und das tut mir gut. Ich neige eher dazu, spontan Entscheidungen zu treffen und erst hinterher nachzudenken."

Ich zog die Puppe aus dem Beutel und betrachtete ihr Gesicht. Sie hatte blonde Zöpfe und trug ein buntes Kleid. Ich hätte doch lieber das Landmädchen nehmen sollen mit den dunklen Ringellöckchen, dachte ich. Sie hätte dann besser zu Dreamy gepasst. Doch je länger ich darüber nachdachte, desto klarer wurde mir, dass ich das Püppchen eigentlich für mich selber gekauft hatte.

„Ich habe schon dran gedacht, nach Sumner Hill zu gehen", sagte Sol. „Vielleicht klappt es im Herbst."

„Aber dann kannst du ja zu Hause schlafen. Das ist doch gerade der Reiz beim Studium, dass man endlich von zu Hause weg ist und neue Leute kennen lernt."

„Dich zieht's wohl immer noch hinaus in die Ferne. Du scheinst auch schon ziemlich konkrete Vorstellungen von deinem Leben zu haben."

„Zumindest weiß ich, was ich *auf keinen Fall* will. So weit bin ich schon mit meiner Lebensplanung gediehen. Wäre doch toll, wenn Gott mir eine Botschaft in den Sand schreiben würde: *Katrina, geh nach Afrika.*" Dreamy schnaufte im Schlaf, schmatzte und lächelte zufrieden. Wovon mochte sie gerade träumen? „Eigentlich wollte ich die Puppe schon umtauschen. Aber ich werde sie wohl doch behalten. Menschen kann man auch nicht so einfach umtauschen. Man muss sie nehmen, wie sie sind. Plötzlich treten sie ins Leben, und dann mach was draus. Ich werde für Püppi schon ein Plätzchen über meinem Bett im Schlafsaal finden."

„Wann geht's los?"

„Im August. Ich will aber schon ein bisschen eher dort sein und mir einen Job suchen. Vielleicht finde ich ja was im Buchladen auf dem Campus. Ich liebe Bücher. Liest du auch gern?"

„Isaac Asimov."

„Aha, Science-Fiction. Asimov ist auch der beste Autor auf diesem Gebiet."

„Du kennst dich wohl auf allen Gebieten aus, Katrina."

„Ich weiß, ich rede schon wieder viel zu viel", sagte ich schuldbewusst. Ich empfand meine Geschwätzigkeit immer als eine schlimme Eigenschaft, etwas, was ich einfach nicht in den Griff bekam. Gerade huschten zwei Eichhörnchen den Stamm jenes Baumes hinauf, unter dem wir saßen. Sie bewegten sich flink, behände und geräuschlos fort. So wollte auch ich durchs Leben huschen: leichtfüßig, ohne anzuecken oder sich der Umgebung aufzudrängen. So würde ich auch Mama und Papa gefallen. Ich blickte den flinken Nagern mit den buschigen Schwänzen nach, wie sie höher und höher kletterten und bald in dem frischen Frühlingsgrün nicht mehr zu sehen waren.

„Was ist eigentlich dein Vater für ein Typ?", wollte Sol plötzlich wissen. „Ich habe ihn noch nie in der Kirche gesehen. Nur damals bei euch bin ich ihm einmal begegnet."

„Papa geht grundsätzlich nicht zur Kirche. Er hält auch nichts davon, dass ich gehe. Aber er tut auch nichts dagegen. Zu Anfang hat er versucht, es mir auszureden, meinte ich sei plötzlich fromm und fanatisch geworden. Aber inzwischen reden wir kaum noch darüber. Papa und ich leben in zwei Welten."

„Ach, ihr wohnt nicht mehr in einem Haus?"

„So meine ich das nicht. Hörte sich vielleicht ein bisschen missverständlich an. Papa lebt einfach in seiner ganz eigenen Gedankenwelt, in die niemand eindringt." Gerade wollte ich ein Beispiel erzählen, doch dann ließ ich es lieber bleiben. Erst gestern früh hatten wir Papa gesucht und ihn schließlich im Garten gefunden. Er hatte mitten auf dem Rasen gesessen, nur mit seinen Boxershorts bekleidet, hatte den Himmel angestarrt und lauthals Selbstgespräche geführt, als streite er sich mit dem Wind.

„Dein Vater hat also mit der Kirche nichts am Hut."

„Er verachtet mehr die *Leute*, die zur Kirche gehen. Aber im Grunde nicht nur die. Er ist ganz allgemein ein Menschenhasser, im Innern voller Groll und Wut. Und nach außen wirkt er so lammfromm. Ein Rassist im Schafspelz ist er."

„Hat er noch nicht mitgekriegt, dass der Norden den Bürgerkrieg gegen die Sklaventreiber gewonnen hat?"

„Offenbar nicht. Eine Freundin hat mich mal mit dem Auto nach Hause gebracht. Ich denke, du kennst Beth nicht. Wir haben noch eine dunkelhäutige Mitschülerin im Wagen gehabt, die wir aus dem Spanischunterricht kennen. Lonnie erzählt die besten Witze, und sie hat die Sprache viel schneller geschnallt als ich. Manchmal hat sie mir sogar nach der Schule noch geholfen. Plötzlich hat sie sich im Auto geduckt. Wir hielten gerade an einer Ampel vor dem Gericht an. Ich sah Papa auf der Straße, wie er einen der Obdachlosen, die dort rumhängen, anpöbelte. Ich frage sie natürlich, was sie hat. Da sagt sie: ‚Der Kerl da, der hasst uns Schwarze. Man kennt ihn.'"

„So schlimm ist das mit deinem Papa?"

„Ich wäre am liebsten im Boden versunken. Eigentlich hätte ich ja meinem Papa zuwinken sollen ... wenn man schon seinen Vater auf der Straße sieht. Aber ich hab's nicht getan. Trotzdem höre ich nicht auf, für ihn zu beten. Wenn Jesus die Hure retten kann, dann doch bestimmt auch einen vernagelten Menschenhasser."

„Aber gewalttätig ist dein Papa doch nicht, oder?", fragte Sol, und im selben Augenblick ertönte die Festplatzsirene. Um sechs Uhr musste das Gelände geräumt werden, um der Reinigungsmannschaft Gelegenheit zu geben, den Unrat vom Tag zu beseitigen. Für den abendlichen Tanz sollte alles wieder sauber sein. Die Sonne war von uns unbemerkt hinter den Hügeln versunken, aber noch leuchtete ein freundliches Abendrot vom Himmel. Und wie die Grillen im Gras, so begannen auch die ersten Geiger sich warmzuspielen. Eine leichte Kühle legte sich übers Tal, ich begann zu frösteln, entknotete die Ärmel meines Pullis und schlüpfte hinein.

„Weißt du was, Sol? Dein Kaffee ist alle. Ich besorg dir noch schnell einen, bevor es keinen mehr gibt. Du bist doch ein Kaffeefan."

„Du verwöhnst mich wie eine gute Freundin, Katrina."

„Freut mich, wenn du das so siehst", erwiderte ich, und ich wollte einfach glauben, dass er es ernst meinte.

Als ich mich an diesem Abend hinlegte, konnte ich nicht gleich einschlafen. Immer wieder überfluteten mich die Bilder vom Nachmittag, ich schwelgte in Eindrücken und Gefühlen, ließ meiner Fantasie freien Lauf. Nur ab und zu mahnte der Verstand, mich nicht allzu weit forttreiben zu lassen. Ich roch noch die Linde, unter der wir gesessen hatten, hörte den fröhlichen Lärm der Menschen auf der Festwiese und das sanfte Brummen von Sols Stimme. All diese Eindrücke waren ein Labsal für meine ausgedörrte Seele. Unser Tal war gleich viel grüner und anheimelnder, wenn ich mir vor Augen hielt, dass auch Sol darin lebte.

Wenn ich mich fortan irgendwo aufhielt, ob in der Stadt, im Park oder am Flussufer, so fragte ich mich unwillkürlich, ob Sol wohl auch schon hier gewesen sein mochte. Ich dachte angestrengt darüber nach, ob wir uns in früheren Jahren nicht doch schon einmal begegnet waren. Ich fragte mich, wie es möglich gewesen war, so lange in diesem engen Tal zu leben, ohne seine immer nahe Seele gespürt zu haben – diesen Jungen, der mich so unvermittelt seine Freundin nannte. Jetzt dämmerte mir auch, warum ich so manche Freundschaft letztlich ausgeschlagen hatte: Mein Geist wartete noch auf den Einen – den Richtigen!

Es genügte mir einstweilen, dass Sol mich seine Freundin nannte. Und es war ein so wohliger Gedanke, dass mein Geist schließlich zur Ruhe kam und ich selig einschlummerte – bis mich am frühen Morgen eine Schreckensnachricht weckte.

Eden war nicht nach Hause gekommen.

Der Regen, der noch gestern für die Besucher des Festes gnädig zurückgehalten worden war, ergoss sich nun in Strömen übers Land, füllte Senken und Gräben und überflutete die Straßen der Stadt. Der Himmel war schwarz wie die Nacht, und in tief hängenden Wolkengebirgen entluden sich Blitze, gefolgt von einem unheimlichen Grollen, das über die Bergketten wanderte. Solch ein theatralischer Tagesbeginn passte so gar nicht zu dem stillen Sonntag, den wir alle erwartet hatten.

Mama starrte versteinert durch die Glasscheibe der Haustür – hielt Ausschau nach der verlorenen Tochter dort draußen im tobenden Unwetter.

„Papa, sollten wir nicht die Polizei einschalten?“, fragte ich.

Mein Vater starrte mich mit leeren Augen an, ohne Antwort zu geben.

„Eden hat noch nicht mal ein Adressbruch oder irgendwelche Notizen. Ich weiß also auch nicht, wie ich ihre Freunde erreichen könnte.“ Ich saß im Schneidersitz auf der Telefonbank und blätterte unser dünnes Anschlussverzeichnis von Mockingbird Valley durch, ob nicht irgendwelche Kritzeleien von Eden auf Freunde hindeuten würden.

Mama meinte: „Sie war doch zum Rodeo mit diesem Typ, Carl heißt er. Machte eigentlich einen ganz netten Eindruck. Ein bisschen ansehnlicher, als die Kerle, die sie bisher immer angeschleppt hat.“

„Carl ist genauso ein Hallodri wie sein Cousin Darrell“, gab ich zu bedenken.

In diesem Augenblick klingelte das Telefon, und Papa forderte mich mit einem Kopfnicken auf, den Hörer abzunehmen. „Geh du ran, Katrina, und sag gleich, wer es ist. Ich hoffe nicht die Leichenhalle."

Ich meldete mich und hörte Mr. Lunsfords Stimme. Sie klang schwach und belegt. Er erkundigte sich, ob Eden nach Hause gekommen sei, und als ich das verneinte, wirkte er besorgt, als habe er es geahnt.

„Es ist Mr. Lunsford", sagte ich zu Papa. „Er sagt, dass Eden das Rodeo gestern Abend mit Carl verlassen hat. Carl hat wohl zu viel getrunken und ist rausgeschmissen worden, sagt er. Sein Kumpel vom Rodeo hat sich nach Carl erkundigt. Nein, Mr. Lunsford, wir haben auch nichts von Carl gehört. Aber rufen Sie uns gleich an, sobald Sie von einem der beiden was hören", sagte ich, und wir beide legten auf, um die Leitung frei zu machen.

„Wird schon alles in Ordnung sein mit Eden, was meinst du Hobart? Oder sollen wir sie vermisst melden?", fragte Mama mit heiserer Stimme.

Papa starrte schweigend zu Boden und fuhr mit den Daumen unter seinen Hosenträgern entlang.

„Katrina, zieh dich an und nimm den Wagen. Fahr ein bisschen in der Gegend rum. Vielleicht siehst du ja irgendwo Carls Lieferwagen stehen", sagte Mama, die jetzt nach jedem Strohhalm griff.

„Ich würde mich eigentlich viel lieber für den Gottesdienst fertig machen. Eden wird sich schon früher oder später melden. Wenn sie nicht wollen, dass wir sie finden, können wir den ganzen Tag umsonst rumkutschieren."

„Hörst du, was deine Tochter sagt, Doreen? Hau nur ab, Katrina. Lass deine Familie wieder mal im Stich", sagte Papa. „Geh du nur zu deinen Frommen und lass uns hier allein mit den Sorgen."

„Papa, ich kann natürlich hier bleiben, aber es wird nichts bringen."

Es war zwecklos, weiter zu argumentieren, wenn Papa sich mit seiner Meinung festgefahren hatte. Wenn Hurleys ihren Willen nicht bekamen, gefroren sie zu starren Eisklumpen und setzten sich auf diese Weise meist durch. Deshalb war jedes weitere Wort reine Zeitverschwendung.

Nachdem die Wolken ihre schwere Last abgeworfen und sich die Bäche in reißende Ströme verwandelt hatten, kam am Nachmittag wieder zögernd die Sonne hervor. Die Ulme im Garten mit ihren halb offenen Knospen warf bei jeder vorbeihuschenden Wolkenlücke ein gesprenkeltes Schattenbild auf den sandigen Boden. Und jedes Mal, wenn ein Windstoß die Zweige erfasste, prasselten schwere Tropfen aus dem noch nassen Astwerk hernieder. Kaum hatte der Regen nachgelassen, da zog es die Eltern gleich wieder in den Garten. Sie suchten dort Ablenkung. Ich aber blieb im Haus und betete für Eden, dass auch ein durchtriebener Kerl wie Carl ihr nichts anhaben könne.

Papa untersuchte gerade die Kartoffelbeete nach Wasserschäden, und Mama schleppte leere Mineralwasserkisten zum Auto, als ein Polizeiauto mit eingeschaltetem Blinklicht auf unseren Hof fuhr, obgleich ich auf Papas Wunsch ausdrücklich bei meinem Anruf darum gebeten hatte, ohne Horn und Licht zu erscheinen. Aber die Polizisten im Tal hatten normalerweise nicht viel zu tun, und so nutzten sie jede Gelegenheit, sich wichtig zu tun und schalteten bei nichtigen Anlässen ihr rotes Zyklopenauge in der Mitte des Daches ein.

Ich beobachtete von drinnen, wie einer der Sheriffs einen Notizblock hervorzog. Es war ein besonders breitschultriger Mann mit sehr schmalen Hüften. Er wirkte auf mich wie ein Ballon, dem die Luft entwich. Papa redete nicht viel, beantwortete hauptsächlich Fragen des Polizisten mit Nicken und Kopfschütteln. Mama stand daneben mit angezogenen Schultern, die Hände vor dem Bauch gekreuzt. Nervös knetete eine Hand die andere. Hin und wieder mischte sie sich ein, sagte ein Wort, ohne dass die andern ihr Beachtung schenkten. Aber wenigstens konnte sie sich äußern, sich ein wenig Erleichterung verschaffen.

Ich trat mit Dreamy auf dem Arm auf die Veranda, damit sie ihre Erdbeeren lutschen konnte, ohne lauter rote Flecken auf Mutters frisch gewischten Fußboden zu tropfen. Ich hörte, wie der Polizist gerade zu Papa sagte, dass man Carl wegen Entführung einer Minderjährigen einsperren könne, vor allem wenn er die Grenze des Bundesstaates überschreite. Mama trat erschrocken einen Schritt zurück, denn der Gedanke war ihr noch gar nicht gekommen, Eden könne bereits so weit fort sein.

Die Nachbarn, neugierig geworden, standen alle vor ihren Häusern und gafften in unsere Richtung. Papa aber wandte ihnen demonstrativ den Rücken zu.

Der Polizist schrieb seinen Bericht, und ließ uns dann mit unseren Sorgen allein. Eine unheimliche Stille legte sich über die Erie Lane. Die Nachbarn tuschelten leise über die missratene Tochter von Hobart und Doreen, doch niemand wagte, sich den Hurleys zu nähern. Als schließlich nichts Weltbewegendes mehr zu erwarten war, nahmen sie ihre Bierkrüge und zogen sich vor ihre Fernseher zurück, denn es lief gerade die abendliche Nachrichtensendung. Wie froh konnten sie alle sein, dass das Unglück wieder mal an fremde Türen gepocht hatte – in der Nachbarschaft und draußen in der Welt.

Ich konnte nicht schlafen. Dreamy schlummerte neben mir. Wahrscheinlich hätte sie es bequemer in ihrem eigenen Bettchen gehabt, aber ich brauchte jetzt einfach den Trost ihres gleichmäßigen Atems und der wohligen Seufzer, die sie regelmäßig ausstieß.

Der Groll darüber, dass ich weder vormittags noch am Abend zum Gottesdienst hatte gehen können, saß immer noch tief. Erst als ich betete, gelang es mir, meinen Frieden wieder zu finden. Immerhin hatte meine Familie mich gebraucht, und wenn es nur darum ging, die erhitzen Gemüter ab und zu mit einem netten Wort zu beschwichtigen. Ich bat Jesus, mich auch noch von diesen Spuren des Egoismus zu befreien. Ich wollte ihm doch so ähnlich wie möglich werden. Wenn ich für Eden betete, sah ich oft ein Bild vor mir: Das Gebet flog hinauf zum Himmel und kam mit einem Antwortschreiben zurückgesegelt. Doch bevor es in Edens Schoß landen konnte, fächelte sie es fort, denn sie spürte den Atem Gottes, der ihrem Herzen zu nahe kommen wollte, um sie zur Aufgabe ihres

Trotzes zu bewegen. Ich drückte mein Gesicht ins Kissen und schickte noch ein letztes Stoßgebet zum Himmel. Gott möge doch noch ein einziges Mal mit meiner Schwester reden, hoffte ich doch, dass sie vielleicht gerade in dieser Nacht offen für ein tröstendes Wort sei.

13

Eine Mückenplage quälte schon seit Wochen unser idyllisches Tal. Einige behaupteten gar, die Biester seien dieses Jahr so groß, dass Kühe daran stürben. Ich glaube, als Gott das Tal von Mockingbird Valley erschuf, bemerkte er, dass es zu perfekt geworden war, schon zu sehr dem Paradiesgarten gleich, und so ließ er Mücken ausschwärmen, setzte streunende Hunde hinein – und die Hurleys natürlich.

Mama hatte sich inzwischen ein wenig beruhigt, nachdem sie von der Polizei die Nachricht erhalten hatte, es sei kein Unfall mit einem Lieferwagen gemeldet worden. Doch nun, da die Sorge wich, hielt Wut in ihrem Herzen Einzug, und sie konnte es kaum mehr abwarten, der Tochter die Meinung zu sagen, sobald sie die Schwelle des Hauses überqueren würde.

Es war die Woche der Abschlussprüfungen in der Schule. Die Anspannung war groß, dennoch tröstete mich, dass uns schon bald kein Lehrer mehr würde peinigen können.

Am letzten Schultag saß ich noch einmal auf der Schultreppe und wartete. Ich wollte mit Beth gemeinsam nach Hause fahren. Und während ich das Treiben auf dem Vorplatz beobachtete, schickte ich ein Stoßgebet zum Himmel, ob mir nicht noch ein kurzer Blick auf Sol Houston vergönnt sein würde. Wer weiß, womöglich würde er meinen Blick erwidern, wir kämen ins Gespräch und könnten uns diesen Sommer öfters mal verabreden.

Wir vom 76er Jahrgang konnten uns gar nicht trennen. Lange nach Schulschluss trieben wir uns noch immer vor dem altvertrauten Gebäude herum. Die Vergangenheit ließ uns einfach noch nicht los, sie bedeutete uns Halt angesichts einer unbekannten Zukunft, die verheißungsvoll und gleichzeitig irgendwie unheimlich war.

Beth kam, und wir machten uns auf den Heimweg, wobei wir uns das Ehrenwort gaben, auch in Zukunft in Verbindung zu bleiben – ein Versprechen, das ich auf dem Weg zum Parkplatz nicht nur einmal hörte.

Es wunderte mich kaum, dass niemand auf mich zukam, um sich nach Eden zu erkundigen. Meine Schwester war eine echte Hurley geworden, die alle durchs Leben gingen, ohne dort, wo sie einmal auftauchten, bleibende Spuren zu hinterlassen.

„Hast du Sol gesehen?“, raunte Beth so leise wie möglich, damit niemand es hörte.

„Sol soll gefälligst nach *mir* Ausschau halten. Ich kann mich nicht hinstellen und warten, bis der gnädige Herr mir mal ein freundliches Lächeln spendiert.“

„Du musst dich ja nicht hinstellen. Geh du doch auf ihn zu.“

„Was soll das bringen? Im August bin ich über alle Berge.“

„Vielleicht folgt er ja deinen Spuren.“

„Nee, du, er will nach Sumner Hill.“

„Wann hat er dir das erzählt?“

„Am Samstag.“

„Du hattest eine Verabredung mit ihm und hast mir nichts davon erzählt?“

„Es war kein Date, wenn du das denkst.“

„Und wo wart ihr?“

„Beim Pfirsich-Erntefest.“

„Ihr seid zusammen aufs Pfirsich-Fest gegangen?“

„Wo denkst du hin! Wir haben uns nicht verabredet, haben uns zufällig getroffen. Ich gucke so, und da steht er plötzlich vor mir. Dann haben wir ’n Kaffee zusammen getrunken und geredet.“

„Hat er den Kaffee wenigstens bezahlt?“

„Warte mal. Ich glaube schon. Ja, doch.“

„Dann war es doch ’n Date!“

„So war es nicht. Er hat mich nur eine ‚gute Freundin‘ genannt.“

„Katrina, ich bin auch deine ‚gute Freundin‘. Wann habe ich dir zum letzten Mal einen Kaffee spendiert?“

„Sol ist ein komischer Vogel, Beth. Ziemlich undefinierbarer Typ. Ich weiß nicht, woran ich bei ihm bin. Er hat mich noch nie von sich aus angerufen, und dann treffen wir uns und plaudern, als hätten wir uns dafür verabredet. Bislang waren alle Begegnungen rein zufällig. Aber das gefällt mir nicht. Ich muss vorausschauen und planen können."

„Ich denke, er ist eher so jemand, der schwer zu bändigen ist", meinte Beth.

„Könnte sein."

„Genau das Richtige für dich."

„Ich weiß nicht. Bin mir nicht sicher, ob er tatsächlich bei seinem Vater arbeiten will. Er scheint selber nicht zu wissen, was er will. Hat offenbar 'ne Menge Probleme, aber lässt niemand in die Karten gucken. Also zu seinen Zukunftsplänen kann ich fast gar nichts sagen."

Beth dachte offenbar angestrengt darüber nach, wie sie meiner flüchtigen Begegnung mit Sol den Anstrich einer zukunftsträchtigen Beziehung geben könnte. Aber ich hatte ja selber schon tausendmal über unseren gemeinsamen Tag auf dem Fest nachgedacht und war zu dem Schluss gekommen, dass das alles für Sol nichts bedeutete.

„Ich will jetzt einfach nur nach Hause", sagte ich.

„Diesen Satz habe ich von dir ja noch nie gehört!"

„Das heißt nicht, dass ich mich dort wohl fühle. Aber ich möchte einfach wissen, ob es was Neues über meine Schwester gibt."

„Ach ja, natürlich. Das hatte ich ganz vergessen. Du scheinst dir ja wirklich Sorgen zu machen."

„Wenn sie jetzt schon zu Hause sein sollte, werde ich sie zuerst umarmen und ihr dann 'n Kissen ins Gesicht drücken, um sie fertig zu machen."

„Was soll bloß aus Eden werden?", fragte Beth. „Sie ist wie die Mädchen vom Burger-Restaurant. Erst wollen sie auf die Schnelle ein paar Dollar verdienen, dann machen sie keine Ausbildung, weil das Geld lockt, und dann sind sie zu alt und schieben nach Jahren immer noch Cola und Hamburger über den Tresen."

„Eden hat es noch nie länger als zwei Wochen bei einem Job ausgehalten. Spätestens dann hat jeder Boss spitzgekriegt, dass sie kein Wechselgeld rausgeben kann und dass sie Kunden anpöbelt, deren Nase ihr nicht passt. Ich wäre also sogar erleichtert, wenn sie es schaffen würde, bis zur Rente Hamburger über 'n Tresen zu schieben."

Wir erreichten meinen Chevy. Zwei von Akne gepeinigte Jungen kamen auf uns zu und hielten uns ihre Jahrgangsbücher hin. Wir sollten darin unsere Unterschriften verewigen.

Dann warf ich meinen Beutel durch einen Türschlitz in den Wagen, heiße Luft von drinnen raubte mir den Atem. Schnell öffnete ich alle Türen und Fenster, um den beißenden Plastikgeruch zu verscheuchen. In diesem Augenblick hörte ich das bekannte Knattern von Sols Motorrad. „Katrina, eh man dich so findet!"

Sol hielt den Motorradhelm in einem Arm, die Robe von der Entlassungsfeier über dem anderen.

„Du hast mich gesucht? Schön, dass du mich auch gefunden hast. Na, dann netten Tag noch", sagte ich so desinteressiert wie möglich.

„Bist du schon mal mit dem Motorrad gefahren?", fragte er, und ich sah sofort, dass ein zweiter Helm am Sozius hing. Es schien, als habe er es darauf abgesehen, jemand mitzunehmen.

„Nee, du, bin ich noch nicht. Für Mama sind alle Motorräder Todesfallen." Ich versuchte krampfhaft, ihn mit herablassenden Blicken zu verunsichern, doch es wollte mir einfach nicht gelingen, mich so zu maskieren. „Aber sie sagt das auch von Flugzeugen, und wie viele Menschen fliegen jeden Tag!"

Sol schwang sein Bein über den Sitz, kam auf mich zu und hängte seine Robe an den Kleiderhaken an der Türsäule von meinem Chevy. Ohne mich noch einmal anzublicken, kehrte er zu seiner Maschine zurück, stülpte den Helm über, schwang sich auf den Sattel und trat den Kickstarter. Der Motor blubberte einladend. Dann nahm er den zweiten Helm und schwenkte ihn, um mich zu verführen.

Blitzschnell überlegte ich, welche Gründe ich haben könnte, ihm einen Korb zu geben, doch mir fielen partout keine ein. Ach ja! Ich hatte Beth versprochen, sie nach Hause zu bringen. Auf meinen fragenden Blick winkte sie mich allerdings fort. „Ich warte hier, ihr werdet ja nicht ewig bleiben", rief sie durchs Fenster.

Es gelang mir nicht, den Helmgurt zu öffnen, was mich fuchsig machte, denn ich wollte doch unbedingt wie ein alter Hase auf so einem Ding wirken. Sol half mir schließlich und setzte mir den Helm auf den Kopf. Der dicke Lederwulst glitt über mein Haar.

Sanft und umsichtig befestigte Sol vorn den Kinnschutz. Ich blickte ihm ins Gesicht, das mir zum ersten Mal ganz nahe kam. Mit meiner weißen Bluse sah ich natürlich lange nicht so zünftig aus wie Sol in seiner Lederkluft.

Als ich auf dem Sozius Platz genommen hatte, fiel mir ein, dass ich für meinen sicheren Halt sorgen musste.

„Du hältst dich am besten an mir fest", sagte Sol, und ich verstand ihn kaum unter dem Helm.

Ich mochte das sonore Brummen der Maschine und das Vibrieren an meinen Waden. Das Beste aber war, dass ich Dinge an Sol entdeckte, die mir bislang entgangen waren.

War Mama nicht zu Hause? Ich spähte in die Küche. Alles still. Die Tür war nicht abgeschlossen, aber das hatte bei uns im Tal nichts zu bedeuten. Selbst wenn die Hausfrau zum Papamann ging, wurden die Häuser für gewöhnlich nicht abgeschlossen.

Schnell lief ich zu Edens Zimmer. Vielleicht war sie inzwischen ja heimgekehrt. Aber was war das? Wie angewurzelt blieb ich stehen. Jemand hatte das Zimmer durchwühlt und teilweise ausgeräumt. Hatte etwa Mama Edens Sachen aus den Schränken geholt und in Kleidersäcken abtransportiert? Für die Altkleidersammlung? Für mittellose Familien, deren Töchter brav zu Hause blieben?

Jemand öffnete vorsichtig die Verandatür. Es knarzte. Ich rannte hin, weil ich hoffte, Eden zu begegnen, doch ich lief Mama in die Arme, die einen großen, leeren Karton heranschleppte. Ich spürte Wut und Empörung in mir aufsteigen.

„Edens Sachen, sie sind weg, Mama! Weißt du was davon?"

„Ich habe sie jedenfalls nicht genommen, wenn du das meinst", sagte sie und stellte den Karton mit einem Seufzer auf den Boden. In diesem Augenblick läutete das Telefon. Ich war wie elektrisiert, lief zum Apparat und riss den Hörer von der Gabel. Die Telefonistin am anderen Ende fragte, ob wir bereit seien ein R-Gespräch von Eden Hurley anzunehmen.

„Klar", rief ich in den Hörer, obwohl ich wusste, dass Mama

Gespräche, die wir später bezahlen mussten, nicht guthieß. Ich wollte doch unbedingt mit Eden ein paar Worte wechseln.

„Eden, wir haben uns solche Sorgen gemacht", rief ich. „Geht es dir gut? Oder hat dich Carl in Schwierigkeiten gebracht?"

„Hat Mama dir noch nichts erzählt – von mir und Carl?"

Ich hielt die Muschel zu und fragte Mama: „Wovon spricht Eden da? Du wüsstest Bescheid?" Doch Mama antwortete nicht, sondern zog sich schweigend ins Schlafzimmer zurück.

„Das habe ich mir beinahe gedacht", sagte Eden. Sie sprach so schnell und hektisch, dass man nicht sagen konnte, ob sie nur aufgekratzt war oder in Schwierigkeiten steckte. „Sie hat mich und Carl so wüst beschimpft, und wir bräuchten nicht mehr nach Hause zu kommen. Inzwischen wird sie sicher ihre Meinung geändert haben. Ich will dir nur erklären, warum wir 'n R-Gespräch angemeldet haben. Mama will uns bestimmt kein Geld schicken. Ich habe zwar noch nicht gefragt, aber so, wie sie drauf war, hätte sie's mir sowieso abgeschlagen."

„Eden, das ist doch alles dummes Zeug, was du da treibst. Ich bin fast gestorben vor Angst um dich."

„Hör mir erst mal zu, was ich zu sagen habe. Dann verstehst du alles besser." Ich hörte, wie sie den blauen Dunst in den Hörer blies. „Carl war ganz schön fertig, weil ihm das passiert war. Hatte ganz schön gebechert. Und das mögen die Leute vom Rodeo nun gar nicht."

„Das kann ich mir vorstellen."

„Er tat mir so Leid – mehr als irgendjemand zuvor. Ich musste ihm einfach beistehen. Und deshalb blieben wir die ganze Nacht zusammen. Aber nicht, was du denkst! Carl ist ein anständiger Kerl. Wir machten uns ein Lager aus Decken auf der Ladefläche, haben uns oben in Twinkle Land hingestellt und haben die Sterne gezählt."

„Ausgerechnet dort?"

„Du sollst mir zuhören! Am nächsten Morgen hat sich Carl gleich viel besser gefühlt. Ich meinte, er soll zum Rodeo-Boss gehen, zugeben, dass er 'n Fehler gemacht hat und um eine zweite Chance bitten. Er hat sie tatsächlich bekommen, Katrina, und ich habe ihm beigestanden."

„Du hättest aber doch mal anrufen können."

Sie hörte gar nicht hin, sondern plapperte weiter: „Carl meinte, ich sei das fehlende Stück im Puzzle seines Lebens. Bisher hätte er nicht erkennen können, was alles bedeuten soll. Jetzt hat er's begriffen: Er ... ich meine ... wir wollen heiraten. Verstehst du, was ich sage? Wir haben gestern den ganzen Tag damit zugebracht, die Hochzeit zu planen. Carl hat ja 'ne Kreditkarte. Da haben wir ein tolles Spitzenkleid gekauft. Wie ein Engel soll ich darin aussehen, sagt Carl. Mama hat wenigstens die Papiere unterschrieben, weil ich ja noch nicht volljährig bin, auch wenn sie's eigentlich nicht wollte. Von jetzt ab soll ich sie gefälligst in Ruhe lassen und nicht mehr kommen. Das macht mich natürlich ganz schön traurig. Aber sie wird sich's bestimmt noch überlegen, meinst du nicht auch?"

Ich hielt die Muschel zu und rief ins Schlafzimmer: „Mama, hast du etwa für Eden die Papiere unterschrieben, damit sie Carl heiraten kann?"

Eden redete ohne Unterbrechung weiter, während Mama aus dem Schlafzimmer rief: „Könnt ihr nicht mal aufhören, an meinen Nerven zu zerren!"

„Du hast ihr erlaubt zu heiraten?"

„Soll sie doch all das Leid am eigenen Leib erfahren, das sie mir all die Jahre angetan hat!"

„Es wäre toll, wenn *du* wenigstens kommen könntest", hörte ich Eden im Hörer quäken.

„Soll denn sonst niemand aus der Familie teilnehmen? Keine Brautjungfern, niemand streut Reis?"

„Mama meinte, wegen deiner Abschlussprüfungen und anderer Sachen müsste es ohne euch gehen."

„Das hat sie gesagt? Könnt ihr denn nicht noch ein bisschen warten?"

„Carl muss am Wochenende wieder zum Rodeo, und wir wollen vorher noch ein paar Tage durchs Land fahren – als Hochzeitsreise sozusagen. Das ist alles so aufregend, Katrina. Findest du nicht auch? Ich – verheiratet!"

„Und was wird aus der Schule?"

„Wozu soll ich noch zur Schule gehen? Carl sorgt doch jetzt für mich."

„Du hast eine Tochter, Eden! Was hält er davon, dass er sich um ein fremdes Gör kümmern soll? Ich kann mir Carl nicht als fürsorglichen Papa vorstellen."

„Er meint, er könnte sich dran gewöhnen. Wir kommen morgen vorbei, um Dreamy abzuholen, aber nicht vor dem Abend. Ob du wohl inzwischen alle ihre Sachen packen könntest?"

„Ihr könnt doch mit Dreamy nicht im Pickup kreuz und quer durchs Land kutschieren. Überleg doch mal. Komm doch lieber erst mal nach Hause und denk über alles in Ruhe nach."

„Ich glaube, ich berede das lieber mit Mama. Hol sie doch mal ran."

Ich rief Mama, und als sie herbeieilte, sagte ich: „Mama, du kannst doch nicht zulassen, dass sie Dreamy abholt!"

„Das geht dich nichts an, Katrina."

„Sie kann ja noch nicht mal für sich selber sorgen, geschweige denn für Mann und Kind."

„Dreamy ist nun mal Edens Tochter. Vielleicht wächst sie ja mit der Aufgabe, wenn sie sich um die Kleine kümmern muss", sagte Mama, aber anstatt ans Telefon zu gehen, nahm sie den Korb mit nasser Wäsche und trug ihn hinaus zur Leine.

„Eden, Mama kann im Moment nicht."

„Na ja, wir kommen ja bald vorbei."

„Bitte, komm wieder ganz nach Hause", bettelte ich.

„Ach, das muss ich dir ja noch erzählen. Mr. Lunsford will uns übrigens noch die beiden freien Zimmer in seinem Haus zur Verfügung stellen. Immer wenn es passt, wollen wir dann dort übernachten. Dreamy wird ein eigenes Zimmer haben, das Zimmer, das du so lieb mit Puppen bestückt hast. Wie du immer so schön sagst: Gott sorgt für uns. Findest du nicht auch, dass er seine Hand im Spiel hat? Katrina? Bist du noch da?"

* * *

Ich tat kaum ein Auge zu in der folgenden Nacht. Immer wieder stand ich auf, starrte hinaus in die Dunkelheit und fragte mich, ob sich die Sonne heute wohl gnädig verspäten würde, um nicht allzu frühzeitig jenen Tag zu beleuchten, der für uns so viel Unglück und Trauer bringen würde. Dreamy schlief im Bett ihrer Mutter. Immer wieder trieb mich die Sorge um das kleine Wesen an sein Bett. Dreamy war noch zu klein, um auch nur zu ahnen, was das Leben für sie an Schicksalsschlägen bereithalten könnte.

Die Wahrscheinlichkeit, sie noch einmal so geborgen und unschuldig im Schoß der Familie schlummern zu sehen, war nicht allzu groß. Das silbrige Mondlicht hüllte sie ein, und ich wünschte mir, dass dieses Tuch sie für immer schützen möge vor großen, bösen Cowboys.

Schließlich riss ich mich los, Tränen rannen mir über die Wangen. Schnell schlüpfte ich wieder in mein Bett, versuchte zu schlafen, nickte irgendwann ein, bis der Wecker mich rief. Heute würde ich meine allerletzten Klausuren schreiben.

Edens Telefonanruf beschäftigte mich dann den ganzen Tag, bis ich nachmittags wieder auf unseren Hof fuhr. Dreamy saß vor dem Haus und spielte mit der Kette unseres Wachhunds.

„Tante Katien, Wauwau weg“, babbelte Dreamy, nahm meinen Arm und deutete damit zur Ausfahrt. Auch der Fressnapf war nicht mehr da. „Wir sagen drinnen schnell Bescheid, dass wir Salome suchen gehen“, sagte ich zu Dreamy. Aus der Küche drang der säuerliche Geruch nach gekochtem Kohl, eine Beleidigung für meine Nase.

Mama hatte uns gehört. „Salome wird nicht wiederkommen“, sagte sie.

„Ach, ich denke, wenn sie Hunger kriegt, wird sie spätestens wieder auftauchen, falls wir sie nicht finden“, sagte ich.

„Ich habe sie weggegeben. Ein Hausierer kam vorbei, wollte Scheren und Messer schleifen. Er war ganz hin und weg wegen Salome. Meinte, er habe einen kleinen Enkel, der würde mit dem Hund spielen.“

„Du hast meinen Hund weggegeben?“

„Sie hat mir dauernd Scherereien gemacht."

„Ich habe doch für ihr Fressen bezahlt!"

„Dauernd hat sie geknurrt und wegen jeder Kleinigkeit gekläfft."

„Aber sie hat *mir* gehört! Und Dreamy. Wir beide mochten sie. Und wirklich lästig konnte sie dir gar nicht fallen. *Ich* bin Gassi mit ihr gegangen und habe ihr zu fressen gegeben. Wahrscheinlich fürchtet sie sich jetzt zu Tode."

„Ihr wird's dort besser gehen."

„Du hast mich noch nicht mal gefragt, Mama! Zählt meine Meinung denn hier kein bisschen? Du verkaufst deine Tochter so mir nichts, dir nichts an irgendeinen Hippie. Deine Enkeltochter willst du an wildfremde reiche Leute verschenken. Wann setzt du 'ne Anzeige in den *Courier*: ‚Verkaufe meistbietend Mann und Tochter'? Dann hättest du endlich deine Ruhe. Wenn du das willst, hättest du doch gleich eine alte Jungfer bleiben und in der Bibliothek Bücher abstauben sollen. Warum hast du uns alle in diesen Schlamassel mit reingezogen?"

„Schrei mich nicht an, Katrina! Sonst hau ich dir noch eine runter!"

„Ich mache mich jetzt auf die Suche, Mama, und du solltest dich ans Telefon hängen und versuchen rauszubekommen, wo Salome stecken könnte." Meine Stimme überschlug sich, und ich spürte, wie sich meine Gedärme krampften.

„Ich hab dir doch gesagt, dass es ein Hausierer war. Ich habe den Kerl bar bezahlt für die Messer. Wie soll ich ihn da finden? Er bot mir ein gutes Geschäft: den Köter gegen eine Bratpfanne. Die gebe ich nicht wieder her ... für diese olle Töle, für die ich noch sorgen müsste, wenn ihr längst alle aus dem Haus seid."

In diesem Augenblick rief Papa, dass Eden und Carl eingetroffen seien. Ich hielt Dreamy in meinem Arm und drückte sie ganz fest an mich.

14

Bis nach Thorncrown Chapel, wo sie eigentlich heiraten wollten, sind Eden und Carl nie gekommen. Irgendwo zwischen Berryville und Green Forest war auch der letzte Überziehungskredit seiner Scheckkarte erschöpft, und so mussten sie sich den nächstbesten Friedensrichter für die Hochzeit suchen. Aber Eden bildete sich ohnehin etwas darauf ein, dass sie nicht wie die anderen weiblichen Wesen in Mockingbird Valley schon ab dem sechsten Lebensjahr das Eheversprechen auswendig lernte. „Hochzeit finde ich doof", hatte sie schon immer getönt. „Hauptsache, die Ehe klappt nachher." Also ließ sie die Zeremonie über sich ergehen und auch den Fototermin hinterher.

Carl hatte darauf bestanden, dass sie mich zu meiner Examensfeier besuchten. Eden entschuldigte sich tausendmal, dass sie mir kein Geschenk besorgt hatte. Aber die Gründe lagen auf der Hand – ihre desolate finanzielle Lage war schuld.

Nicht nur für mich begann ein neuer Lebensabschnitt, auch Eden schloss ein wichtiges Kapitel ihrer Vergangenheit ab. Aus dem kleinen Hurley-Trampel, der kaum bis drei zählen konnte, war eine allzu junge Braut geworden, die sich mit naiver Begeisterung in ihr neues Leben stürzte – belastet mit den aufgehäuften Schulden ihres Cowboys.

„Katrina, du siehst so fremd aus in deiner Examensrobe", sagte Eden, ohne mich anzusehen. Dreamy riss sich derweil los und krabbelte zu mir.

„Ich habe mir einen Fotoapparat gekauft. Eden, kannst du ein Foto von Mama, Papa und mir machen? Hinterher kann Carl dann noch uns beide aufnehmen."

„Dreamy, lass Tante Katien in Ruhe", schimpfte Eden.

„Gib mir mal das Kind", sagte Mama.

Sie streckte ihre Arme nach Dreamy aus, doch die Kleine wehrte sie ab. „Bei Tante Katien bleiben!"

„Stört doch nicht, wenn Dreamy mit aufs Bild kommt“, meinte ich. „Ich will sowieso ein Foto von ihr haben.“

Wir lichteten uns gegenseitig ab zur Erinnerung an einen Augenblick, da wir zwar wieder alle beisammen waren, aber uns so fremd blieben wie eh und je.

„Jetzt müssen wir aber“, meinte Eden und warf Carl einen Blick zu, um sich seiner Zustimmung zu versichern. Offensichtlich war nun *er* zum Souffleur ihres Lebens geworden war, auf dessen Stichworte sie wartete. „Carl hat heute Abend ein Rodeo in Danville. Wir werden in Zukunft wohl mehr auf der Straße leben als irgendwo unter einem Dach“, sagte sie.

Ich schloss Eden in meine Arme. „Pass auf dich auf. Und nun mach, dass du wegkommst, sonst fange ich noch an zu heulen.“

Dreamy griff nach meiner Hand und hielt sie ganz fest. „Tüss, Mama“, piepste sie und winkte.

„Nein, kleines Mädchen, du kommst heute mit deiner Mama. Weißt du, zu den Pferden und zu den Cowboys“, sagte ich und übergab Eden die kleine Hand.

„Nee, will nich’ gehen“, quengelte Dreamy und versteckte sich hinter meinen Beinen.

„Du kommst jetzt sofort her“, schnauzte Eden.

„Komm, Dreamy, Tante Katien bringt dich noch zu Carls Auto. Was hältst du davon?“

Die Kleine streckte mir ihre Arme entgegen, ich nahm sie auf und folgte Eden zum Pickup. Alle schwiegen betreten, bis Carl sagte: „Dreamy, jetzt geh zu Mama. Es ist Zeit.“ Er schloss die Beifahrertür auf.

„Also dann“, sagte Eden und griff nach Dreamy.

Die Kleine begann zu schreien und zu zetern.

Ich löste jeden der kleinen Finger einzeln von meiner Bluse. Dann hatte Eden sie endlich. Sie setzte Dreamy in ihren Kindersitz ohne sie anzuschnallen und fingerte nach ihren Zigaretten.

Dreamy sah mich fassungslos an. Sie nahm mir offensichtlich übel, dass ich sie so schmählich im Stich ließ. Dabei begriff sie nicht, dass nicht ich es war, die ihr dieses Leid antat. Und ich fragte mich, ob es nicht gerechter wäre, wenn Kinder sich eine Mutter aussuchen dürften, die sie wirklich liebt.

Ich kehrte von der Entlassungsfeier meiner Schule heim. Beth wollte heute Nacht mit uns durchfeiern, weswegen ich noch einmal nach Hause musste, um mir bequemere Sachen anzuziehen, ein paar Toilettenartikel einzupacken und den Fotoapparat mitzunehmen.

Die Pfirsiche in Mutters Garten waren herrlich reif. Ich pflückte drei besonders leuchtende Früchte mit roten Bäckchen, um sie Beths Mutter als Gastgeschenk mitzubringen. Ich wusste nämlich, dass sie sich ganz besonders über die Schätze aus unserem Obstgarten freute.

Eine fast klösterliche Stille hatte sich über unser Haus gelegt. Doch auch wenn ich die Ruhe zu schätzen wusste, so vermisste ich Dreamy dennoch schmerzlich.

Auf meinem Bett fand ich einen großen Umschlag vor. Er kam aus Springfield, Missouri. Ich drückte einen Willkommenskuss darauf, bevor ich ihn aufriss. Das Begleitschreiben las sich wie eine Lobeshymne, und man teilte mir mit, dass ich für das Herbstsemester angenommen worden sei.

Ich konnte es nicht fassen, tanzte im Zimmer umher, lief zum Fenster und blickte hinaus in unser Tal, das ich nun bald verlassen würde. Ich sog die warme Sommerluft ein und fühlte mich wie neugeboren. Wenn ich irgendwann wieder einmal zu Besuch käme, würde ich endlich das Leben kennen, so wie es wirklich ist – prickelnd und überschäumend wie ein frisch eingeschenktes Glas Sekt. So dachte ich damals, und mir war schwindlig vor Lebenslust und innerer Erregung.

Ich rief nach Mama, steckte meinen Kopf in ihre Schlafzimmertür, doch niemand war da.

„Sie ist einkaufen", rief Papa aus der Küche. „Ich glaube, sie wollte noch Eier besorgen."

Papa hatte sich wieder einmal in die Nische der Küche zurückgezogen. Er trug wieder jene graue Stoffhose aus Polyester, die Mama ihm zu meiner Entlassungsfeier gekauft hatte. Die beiden waren fast als Letzte gekommen und hatten sich gleich danach als Erste davongeschlichen – dankbar und zufrieden, dass sie die schwere Aufgabe, mich auf den Weg zu bringen, nun hinter sich gebracht hatten und die eingebildete Elternschaft meiner Mitschüler nicht mehr sehen mussten.

„Bin angenommen, Papa. Hier, willst du lesen?"

„Wieso angenommen? In Sumner Hill? Du hattest dich doch dort beworben, nicht wahr?"

„Nicht doch, Papa. Bibelschule, Missouri." Ich gab ihm einen freundschaftlichen Klaps auf die Schulter. „Hast du's schon wieder vergessen?"

„*Bibelschule!*" Es klang so verächtlich, enttäuscht und bitter.

„Lies doch erst mal, Papa."

Er riss mir den Zettel aus der Hand, und während er las, kam mir die Küche kleiner, enger und bedrückender vor als je zuvor.

„Du verbaust dir alles", knurrte er, und seine Hand zitterte.

„Wieso verbaue ich mir alles?"

„Du hättest ein Stipendium kriegen können, wenn du was Ordentliches gelernt hättest. Aber da geht sie auf 'ne Predigerschule! Das ist doch gar kein richtiges College!"

„Man ist auch dort berechtigt, finanzielle Unterstützung zu beantragen. Guck hier, da steht's."

„Du verspielst alle deine Chancen", sagte er und baute sich vor mir auf.

„Hör auf, Papa, du machst mir Angst."

„Ich dulde nicht, dass eins meiner Kinder zur ... zur *Bibelschule* geht! Was willst du anstellen, wenn du fertig bist? Sag es mir!"

„Menschen helfen."

Er sah mich spöttisch an. Auch ihm hatte niemand geholfen, als es ihm schlecht ging, warum sollte er also eine Tochter in die Welt setzen, die Bedürftigen beisteht?

„Jeder soll sich gefälligst selber helfen", polterte er. „Keine Menschenseele hat uns geholfen, als wir Kinder waren und fast krepiert wären, weil wir verdammten Hunger hatten."

Ich wusste von Mama, dass seine Familie nicht einmal in der

größten Not bei irgendjemand um Hilfe gebettelt hatte. Es ist schließlich viel bequemer, sich vor lauter Stolz zu bemitleiden, als sich zu überwinden und anderen ein Zeichen zu geben, dass man es nicht allein schafft.

„Weißt du, Papa, seit Monaten erzähle ich dir von diesem Bibel-College. Hast du mir überhaupt einmal zugehört?"

Er holte aus, doch ich wich ihm aus.

„Bleib gefälligst, wo du bist."

„Papa, mach dich nicht lächerlich."

„Dir werd ich's zeigen", schrie er. Tiefe Furchen markierten seine Stirn, und seine Stimme klang eher traurig als bedrohlich. „Hast du schon Geld überwiesen?"

„Noch keinen Cent. Habe nur die Anmeldung unterschrieben."

„Wo sind die Streichhölzer?" Er tastete die Brusttasche seines Hemdes ab.

„Du hast sie auf dem Küchentisch liegen lassen, bei den Zigaretten. Soll ich dir eine holen? Möchtest du eine rauchen?"

Er blickte mich finster an wie ein bissiger Hund. „Ich will diesen Mist hier verbrennen", rief er und zerknüllte den Brief von der Bibelschule.

„Lass mir den Brief, Papa!" Tränen rannen mir über die Wangen. Ich wollte mich wehren, mich durchsetzen, doch ich war wie alle Mädchen mit der Vorstellung groß geworden, dass Töchter um das Wohlwollen ihrer Väter buhlen müssen, indem sie sich ganz klein machen. Töchtern müsse stets der Beifall der Väter wichtiger sein als der eigene Weg – so hatte ich es gelernt.

Das Streichholz flammte gleich beim ersten Strich auf.

„Gib ihn mir zurück, Papa! Du hast kein Recht, ihn mir wegzunehmen – und schon gar nicht zu verbrennen!"

In diesem Augenblick bemerkte ich Mama, die im Türrahmen stand und uns wohl schon eine Weile beobachtete.

Der Brief fing Feuer, Flammen züngelten, und rußige Schwaden kringelten sich, bis Papa das halb verkohlte Papier in die Spüle warf.

Und dann geschah etwas völlig Unerwartetes: Mama ergriff den Besen, ging auf Papa los und schlug damit auf ihn ein.

„Doreen, bist du verrückt geworden?"

Ich konnte mich nicht erinnern, dass sie jemals zuvor aufeinander losgegangen waren. Wir Kinder waren ja Prügel von beiden gewohnt, aber dass sie sich gegenseitig schlugen, das hatte ich noch niemals erlebt.

„Mach sofort das Feuer aus", rief Mama. „Ich ruf die Polizei!"

Papa versuchte ihr den Besen zu entreißen, aber sie hielt ihn fest umklammert.

„Lass los, Doreen. Du tust dir noch selber weh."

„Erst lässt du los, dann ich", keifte Mama.

Die Gelegenheit nutze ich aus, lief zur Spüle, drehte den Wasserhahn auf und löschte das glimmende Papier. „Hört auf, ihr beiden. Hört auf, euch zu streiten!", rief ich hilflos.

„Du hast gut reden", sagte Mama, und dabei fiel ihr Blick auf die Tüte mit den Eiern, die ihr aus der Hand geglitten war. Eigelb sickerte heraus und breitete sich am Boden aus. Kein Krieg ohne Verluste!

Ich schüttelte das Wasser von dem übrig gebliebenen Papierfetzen. Die Flammen hatten ein großes Loch in die Mitte gefressen.

„Was ist das eigentlich?", fragte Mama, die den Besen sinken ließ.

„Ein Schreiben von der Bibelschule, dass ich angenommen worden bin", antwortete ich.

„Die Göre kam zu mir, um mich zu provozieren, Doreen", beklagte sich Papa.

„Ich habe dir doch nur den Brief gezeigt. Weiter nichts."

Mama versuchte zu vermitteln: „Ich denke, sie probiert eh noch dies und das aus. Sag Papa, dass du's noch gar nicht so ernst meinst, dass du noch suchst, wie all die Mädchen, die heutzutage nicht so genau wissen, was sie mal werden sollen. Es bedeutet nichts, Hobart, dieser Brief. Sag's ihm, Katrina."

„Warum hört mir hier eigentlich niemand zu? Niemand interessiert, was ich sage! Ist es denn eine Schande, wenn ich etwas dazu beitragen will, dass die Welt ein kleines bisschen schöner wird?"

„Wer so redet, Katrina, weiß nicht, wie das Leben spielt", sagte Mama, während sie sich eine Rolle Küchenkrepp holte, einige Blätter abriss und sich daran machte, die glitschige rohe Eimasse vom Boden zu wischen. „Du warst schon immer eine Träumerin. Viele haben Flausen im Kopf, aber wie viele gehen dann wirklich los, um die Welt zu retten?“

„Ich kann auch die Welt nicht retten, Mama. Ich wäre ziemlich naiv, so was zu glauben.“

„Sie verbaut sich ihr ganzes Leben, Doreen.“

„Lass sie doch mal reden, Hobart.“

„Ihr habt doch auch schon diese Kinder im Fernsehen gesehen mit den ausgemergelten Gesichtern und den aufgedunsenen Bäuchen. Wenn du so was siehst, hast du zwei Möglichkeiten: Entweder du suchst dir ’n schöneres Programm, oder du fängst an, was dagegen zu tun.“

„Ach, weißt du, Mädchen, die wollen doch nur an dein Geld ran“, meinte Mama, während sie immer noch mit der glitschigen Masse kämpfte, die sich nicht aufnehmen lassen wollte.

„Alles Raffzähne sind das“, grollte Papa.

„Ich weiß, dass man gerade uns Amerikaner gern ausnimmt wie ’ne Weihnachtsgans. Ich jedenfalls bin nicht so dumm, dass ich mir das gefallen lasse.“

Ich bemühte mich, sachlich zu bleiben, aber der Streit mit Papa von eben steckte mir doch noch in den Knochen, und so bebte meine Stimme, als ich erwiderte: „Jedenfalls sehen diese Kinder erbärmlicher aus als die von den Armen unten am Creek, die sich immerhin Sozialhilfe abholen können. Diese schrecklichen Bilder lassen mich nachts oft nicht schlafen.“

„Diese Kirche hat Schuld, die haben ihr die Flausen in den Kopf gesetzt“, meinte Papa.

„Mach nur weiter so, irgendeinen Sündenbock findest du immer – und wenn’s wieder mal die Frommen sind.“

„Seit wir einigermaßen aus dem Schlamassel raus sind, habe ich mir immer geschworen, dass meine Kinder es mal besser haben sollen, vor allem eine bessere Ausbildung sollten sie kriegen. Was *mir* nicht vergönnt war. Eden hätte die Highschool nie geschafft, schon gar nicht die Uni. Du warst also meine einzige Hoffnung.

Ich kann den Gedanken nicht ertragen, dass mein eigen Fleisch und Blut die Zeit mit frommem Gefasel totschlägt ..." Mehr brachte er nicht heraus, denn ihm versagte die Stimme.

„Katrina, das machst du nie wieder! Deinen Vater so aufzuregen! Geh jetzt sofort auf dein Zimmer."

„Das ist doch verrückt! Ich hab's nicht darauf angelegt, Papa zu ärgern. Ich dachte, ihr würdet euch für mich freuen."

„Los, ab mit dir! Ich werde mit der Schweinerei hier am Boden schon allein fertig."

Ich spürte eine zentnerschwere Last auf meiner Seele. Alle Lebendigkeit war von mir gewichen, der Wille, mich durchzusetzen. Ich fühlte mich ausgepresst, und heraus kam ein zähe Masse aus Unterwürfigkeit und Kadavergehorsam. „Also ... was willst du von mir hören, Papa? Dass ich nach Sumner Hill gehe und Lehrerin werde?"

„Ich will, dass du dich erst selber rettest, bevor du losziehst, um die Welt zu retten. Das ist alles."

„Mach ich, Papa. Kannst ganz beruhigt sein. Ich werde Lehrerin, wenn es dich glücklich macht."

„Siehste, Hobart, ich hab's dir doch gleich gesagt: Die Mädels probieren es erst mal", sagte Mama triumphierend.

„Bist ein kluges Mädchen, Katrina", sagte Papa. „Ich habe es schon immer gewusst." Er lächelte müde, denn die Welt war wieder halbwegs in Ordnung für ihn.

15

Ich hielt den neuen Stundenplan in Händen. Das College von Sumner Hill bestimmte also von nun an meinen Lebensrhythmus, und ich würde Lehrerin werden.

Ich bemerkte bei Papa allerdings keinerlei Anzeichen besonderer Genugtuung. Er war so kühl und distanziert wie eh und je, und nur gelegentlich erfuhr ich, dass er unter seinen Kumpanen vom Veteranen-Verein mächtig mit seiner Tochter prahlte, die nun in den Schuldienst getreten sei. Was allerdings beunruhigend zunahm, waren die Gespräche mit den kleinen Männchen, die offensichtlich in seinem Kopf herumspukten.

Mama jätete gerade Unkraut, weswegen sie keine Zeit hatte, einen Blick auf meinen Stundenplan zu werfen.

„Hast du alle Stunden zusammen?", fragte sie.

„Ja, die Woche ist voll mit Seminaren und Vorlesungen. Ich habe übrigens auch Kunsterziehung."

„Da wirst du ja gut drin sein", meinte Mama und wischte sich mit dem Unterarm den Schweiß von der Stirn.

„Ich habe übrigens heute meine Kontaktlinsen abgeholt", berichtete ich.

Mama schüttelte den Kopf. „Die werden deinen Augen nur schaden."

„Ach, Mama!"

Papa saß ein paar Meter von uns entfernt auf seinem Gartenschaukelstuhl. Er blickte ins Leere, seine Lippen bewegten sich fast unmerklich, und wir hörten ihn murmeln.

„Hör damit auf, Hobart! Schluss damit!" Mama ließ ihre Schippe zu Boden fallen. „Wenn du so weitermachst mit deinen Selbstgesprächen, schicken sie dir noch die Männer mit den weißen Kitteln auf den Hals. Du weißt, was ich meine."

Papa blickte sie verdutzt an. Mama hatte ihn nie zuvor unterbrochen, noch niemals hatte sie sich eingemischt in seine Unterhaltung mit den netten Leuten im Kopf.

Verärgert nahm er sein Teeglas und verschwand im Haus, um seine Unterhaltung fortzusetzen.

* * *

Sol Houston schien sich noch immer für mich zu interessieren, denn er nutzte jede Gelegenheit, sich in meiner Nähe aufzuhalten. Nach dem Gottesdienst scharwenzelte er ständig um uns Mädchen herum, und kein Vorwand war ihm zu fadenscheinig, mich von der Gruppe abzusondern, um mit mir allein ins Gespräch zu kommen.

Wir redeten eigentlich immer nur ziemlich belangloses Zeug. Als ich mich bei Beth darüber beklagte, meinte sie, so seien die Jungen nun mal. Sie würden hinter dieser wortkargen Schale all ihre Gefühle verbergen und dabei so geschickt vorgehen, dass sie sogar sich selber über die eigenen Gefühle täuschten.

„Da mag was Wahres dran sein. Sol ist ein großes Rätsel für mich, Beth", sagte ich und beobachtete ihn die ganze Zeit aus dem Augenwinkel, seit der Abendgottesdienst zu Ende gegangen war und wir Mädchen beisammenstanden.

„Klar, Sol ist kein bisschen anders. Glaub ja nicht, dass du mit ihm besser dran bist."

„Sein Großvater war ein Cherokee-Indianer. Vielleicht ist das der Grund für seine Unnahbarkeit. Könnte doch sein, oder?"

„Sols Bruder hat mir mal erzählt, dass sie von Franzosen abstammen. Wer lügt denn nun?"

„Welcher Bruder?"

„Eddie."

„Wahrscheinlich erzählt er Quatsch."

„Der Typ wollte sich unbedingt mit mir verabreden, aber ich gehe nicht mit so kleinen Fuzzis. Ich hätte übrigens nichts gegen 'nen Cherokee, du etwa? Ist der Pastor nicht auch einer?"

„Vollblut."

„Sieht aber gar nicht so aus."

„Er kann schließlich nicht mit Federschmuck und Friedenspfeife auf die Kanzel treten."

„Du, ich glaube, ich muss jetzt gehen“, sagte Beth plötzlich. „Ich habe Mama versprochen, heute mal früh ins Bett zu huschen. Der Unterricht fängt morgen schon wieder an. Ich finde, der Sommer ist wie im Flug vergangen. Schade, dass wir uns nicht so oft sehen konnten. Hab dich vermisst, aber der Trip nach Frankreich hat mir echt gut getan. Ach, jetzt verstehe ich auch, warum dieser Eddie Houston was von französischen Vorfahren erzählt hat. Der wollte mir imponieren! Die Jungs in deiner Gemeinde sind schon komische Vögel, jedenfalls nicht so zurückhaltend wie unsere Baptisten. So schlecht sieht er gar nicht aus, dieser Eddie, auch wenn er 'n bisschen klein ist. Jetzt aber mal was anderes: Hast du alle Seminare und Vorlesungen gekriegt, die du wolltest?“

„Hm.“

„Na, das hört sich ja gar nicht so begeistert an.“

„Doch, doch, bin schon halbwegs zufrieden. Du kannst ja nicht erwarten, dass ich Luftsprünge mache.“

„Und du bist sicher, dass du Lehrerin werden willst?“

„Was bleibt mir anderes übrig?“

„Ich will in die Krankenpflege gehen. Hau nächstes Jahr ab nach Florida. Ich denke aber, dass sich Sol jetzt wieder mehr für dich interessiert, wo du doch in der Nähe bleibst.“

„Denkst du das? Daran habe ich noch gar nicht gedacht.“

„Doch, macht Sinn für mich. Man könnte fast meinen, du hast die Bibelschule sausen lassen, um deinen Sol nicht zu verlieren, um in seiner Nähe zu bleiben.“

Beth traf oft den Nagel auf den Kopf mit ihren Bemerkungen, doch diesmal lag sie völlig falsch. „Nee, du, ich hatte ganz andere Gründe. Sol spielte dabei jedenfalls keine Rolle. Ich bin noch so jung, da ändert man noch manchmal seine Meinung. Für einen Jungen suche ich mir keinen anderen Beruf.“

„Und du glaubst nicht, dass du's so ganz unterbewusst gesteuert hast – Freud lässt grüßen? Am Ende schießt man sich selber in den Fuß, damit man wieder mal jammern kann.“

„Beth, warum sollte ich mir absichtlich Steine in den Weg legen?“

„Weil du tief drinnen glaubst, es nicht zu verdienen, glücklich zu sein."

„Das heitert mich so richtig auf."

„Aber du verdienst es, glücklich zu sein, genauso wie wir alle. Wann hast du ihm übrigens erzählt, dass du bleibst ... ich meine Sol?

„Es war wohl an dem Abend unserer Abschlussfeier."

„Hat er dich an dem Abend eigentlich geküsst, oder ist das nur ein süßes Gerücht?"

„Nicht ein Kuss, wie du denkst!", rief ich entrüstet. Ich erinnerte mich noch sehr gut an den männlichen Duft, den er verströmte, als er in meine Nähe kam.

„Mund oder Backe?"

„Nur ein Kuss zur Feier des Tages, nichts weiter."

„Katrina, erzähl endlich! Lass dir nicht alles aus der Nase ziehen."

„Mund, aber ganz züchtig!" Sol hatte mir tatsächlich ziemlich überschwänglich zum bestandenen Schulabschluss gratuliert, aber ich redete mir ein, dass er es bestimmt rein kameradschaftlich gemeint hatte. Später machte ich mir sogar Vorwürfe, als ich plötzlich daran zu zweifeln begann und sich gegenteilige Gedanken bei mir einschlichen und sich festzusetzen drohten.

„Sei still! Er kommt auf uns zu", flüsterte Beth. „Äh ... ach, übrigens, Katrina, siehst heute Abend klasse aus."

„Danke, Beth, für das Kompliment."

Sol trat zu uns heran. Er duftete frisch. Sein blaues Hemd sah noch so glatt aus, als habe er es gerade eben vom Bügelbrett genommen. Seine Mutter schien eine besonders eifrige Hausfrau zu sein, denn selbst die Ärmel hatten perfekte Bügelfalten.

„Katrina, du hast ja heute im Chor gesungen. Ich wusste gar nicht, dass du singen kannst", sagte Sol.

„Na ja, so weit ist es auch nicht her."

„Einige von uns gehen heute Abend zum Dixie. Es wäre klasse, wenn du mit mir dort hingehen würdest."

Ich wusste, wohin er mich entführen wollte. Dixie Gal war ein stadtbekanntes Lokal, beliebt wegen seiner hausgemachten Salatdressings. Hier trafen sich am Samstagnachmittag sowohl die

Stadtjugend als auch die Trucker, die auf der Interstate 40 regelmäßig durch unseren Ort kamen. Viele Lokale aus den Fünfzigern hatten längst geschlossen, um moderneren Etablissements im Vergnügungsviertel unserer Stadt Platz zu machen. Nur das Dixie Gal hielt noch die Stellung und bewahrte ein bisschen von der guten, alten Zeit.

„Ich muss jetzt gehen", sagte Beth. „Gute Nacht, meine Süße. Sehe dich morgen auf dem Campus."

„Klar, bis morgen", rief ich. „Sol, ich habe meinen Wagen da."

„Ich kann dich doch nachher hier wieder vorbeibringen, wenn's dir recht ist."

„Ich bin aber nicht richtig angezogen fürs Motorrad, Sol."

„Nee, du, ich bin auch mit dem Wagen hier."

Wir gingen zu Sols neuster Errungenschaft – ein Kleinwagen, den er sich mit Rasenmähen und Botengängen zusammengespart hatte. Es war schon fast dunkel, und eine schmale Mondsichel ließ sich ab und zu zwischen den Wolkenfetzen blicken. Es sah aus, als habe sie sich in der Kirchturmspitze verhakt.

Wir begegneten Sols Mutter, Eva Houston, die auf hohen Stöckelschuhen versuchte, halbwegs aufrecht zu gehen. Sie wirkte elegant, irgendwie vornehm.

„Die ganze Stadt scheint heute Abend auf den Beinen zu sein", sagte sie. „Wohin gehen denn alle?"

„Zu Dixie Gal, Mutter."

„So? Na, dann viel Spaß. Und gute Nacht", sagte sie und stöckelte davon.

„Ich sollte meine Bibel wohl besser im Auto lassen", meinte ich. „Bin gleich wieder zurück." Auf dem Weg zum Wagen überlegte ich, wie viel Geld ich eigentlich noch in der Tasche hatte. Ich wusste ja nicht, ob Sol diesen gemeinsamen Abend als offizielle Verabredung betrachtete, dann nämlich würde er für mich bezahlen, und ich könnte daraus ein paar gewagte Schlüsse ziehen. Doch ich musste vorbereitet sein, falls man mir doch eine Rechnung in die Hand drücken sollte.

Ich hörte, dass Sol seinen Wagen anließ, und so lief ich schnell zu ihm.

Nachdem ich mich neben ihn gesetzt hatte, musterte er mich. „Irgendwie siehst du anders aus, Katrina."

„Bin endlich diese dumme Brille los. Ich habe sie gehasst."

„Siehst richtig gut aus."

Wir fuhren an dem Park vorbei, in dem Eden und ich als Kinder gespielt hatten. Der schwache Schein der Straßenlaternen reichte gerade aus, die Wege zu beleuchten, sodass ein nächtlicher Wanderer seinen Heimweg wohl gerade noch fand, aber zu mehr war so ein Park im Dunkeln nichts nütze – oder doch? Ich stellte mir vor, was man in lauschigen Ecken alles machen könnte.

„Wie geht's deiner kleinen Schwester?"

„Besser, denke ich. Der Start in ihre Beziehung war ja ein bisschen holprig. Aber die Liebe überdeckt so manches. Sie ist eine absolute Idealistin. Deshalb fürchte ich ja, dass sie nicht mitkriegt, wenn Carl sie auszunutzen beginnt."

„Ziehen sie noch immer durchs Tal?"

„Ja, und wenn sie mal zu Hause sind, wohnen sie bei Carls Onkel. Das gibt dann immer eine ziemlich spannungsgeladene Atmosphäre – bei Carls Temperament. Sie sind deswegen die meiste Zeit unterwegs."

„Hört sich an, als würdest du dir Sorgen machen."

„Wenn es Dreamy nicht gäbe, wäre mir manches egal. Soll Eden doch ihr eignes Leben gestalten. Ich mache mir nur um die Kleine Sorgen."

„Wir sind da." Sol fuhr seinen Toyota in die letzte schmale Parklücke, und ich fingerte nach dem Türgriff. Dabei spürte ich seinen Blick. Er betrachtete mich, ohne ein Wort zu sagen. Vielleicht war es der Schein von der Lichtreklame, der mein Gesicht in ein sanftes Licht tauchte und einen jener Augenblicke schuf, in denen Jungen zum ersten Mal ein Mädchen richtig ansehen und dabei etwas spüren. Aber Sol gehörte zu den extrem schweigsamen Zeitgenossen. Er ließ sich jedenfalls nichts anmerken. Und womöglich dachte er auch nur gerade daran, dass er zu Hause das Licht angelassen hatte.

Am gläsernen Tresen drängten sich die Jugendlichen, kauften

Süßigkeiten und Cola und wechselten Geld für die Jukebox. Ein solches Ambiente hatte ich bislang immer nur in alten Filmen aus den Fünfzigern gesehen. Ich wäre deshalb nicht überrascht gewesen, wenn plötzlich James Dean oder Elvis mit einem Hotdog in der Hand hier aufgetaucht wäre. Die Sitznischen aus roten Plastiktrennwänden waren bereits überfüllt. In jeder standen ein paar Bistrotische im Stil der fünfziger Jahre – mit dünnen Beinen aus Chrom. Die jungen Leute schoben sie sich zurecht, wenn die Clique wuchs und die Tische nicht mehr reichten. Der Raum war an sich gar nicht so groß, aber durch Spiegel an den Wänden entstand der Eindruck von Weite und Geräumigkeit. Die Luft war erfüllt vom Fettdunst der Bräter, und ich fürchtete, dass sich der ölige Dunst in meinen Lungen festsetzen könnte.

„Hallo, Sol und Katrina! Hierher!" Eine Gruppe junger Leute drängte sich in einer der größeren Nischen. Man schubste, lachte und rangelte um die Plätze.

Sol führte mich dorthin und stellte mich vor. „Einige von euch kennen Katrina ja schon", sagte er in die Runde. Drei Jungen und drei Mädchen musterten mich und lächelten aufmunternd. Drei Pärchen waren es, die sich, wie ich später erfuhr, nach der Schulentlassung neu gemischt hatten. Beziehungen, die jahrelang gehalten hatten, waren plötzlich zerbrochen, denn die Neugier war groß, nun, da ein neuer Lebensabschnitt begann und man unbedingt Erfahrungen machen wollte. Die Rädchen im Getriebe fassten nicht mehr. Wer zu wem passte, wurde neu definiert. Und vielleicht war auch Sol deswegen offen, sich unter den Mädchen umzusehen.

Die meisten kannte ich vom Sehen. Aus der Jukebox dröhnte gerade Olivia Newton-John, sodass ich kaum all die Namen verstand, die Sol für mich aufzählte: „Melanie, Joe, Rodney, Charlotte, Rick und Denise." Sie alle rückten die Stühle, um mir und Sol Platz zu machen.

Ich zwängte mich zwischen Charlotte und Sol. Sie war Sols Cousine, eine blonde Schönheit, quirlig, mit langen, getuschten Wimpern. Die Jungen aus der Gegend fürchten sich so sehr davor, einen Korb von ihr zu bekommen, dass niemand es wagte, sie um eine Verabredung zu bitten.

„Katrina, ich wollte dich immer schon mal kennen lernen“, sagte Charlotte. „Sol tat immer furchtbar geheimnisvoll, wenn es um dich ging.“

„Da gibt's eigentlich nicht viel zu verheimlichen“, erwiderte ich.

„Weißt du eigentlich, dass du mit dem ansehnlichsten Kerl vom ganzen Tal gehst? Wäre er nicht mein Cousin ... Mann-o-Mann ... Aber nun sagt mal ehrlich, seid ihr 'n richtiges Paar oder nicht?“

Sol antwortete an meiner Stelle: „Na ja, wir sind halt dabei, uns ein bisschen kennen zu lernen. Das geht schon einige Zeit.“

Nun starrten alle mich an, um meine Version zu hören. Ich blickte betreten auf die Tischplatte. Was sollte ich schon sagen? Ich wusste es ja selber nicht. Ich suchte nach Worten, holte tief Atem und sagte: „Wir sind keine kleinen Kinder mehr, und wir stürzen uns nicht Hals über Kopf in ein Abenteuer. Gott wird uns schon seinen Weg zeigen.“ Mir war sofort klar, dass ich damit meine neugierigen Zuhörer nicht zufrieden stellen würde, und so traute ich mich nicht, in die Runde zu blicken.

„Das hast du schön gesagt, Katrina“, meinte Sol, und ich spürte unter dem Tisch seine Hand.

Glücklicherweise erschien in diesem Augenblick die Bedienung und zog alle Aufmerksamkeit auf sich.

Wir bestellten, schwatzten und alberten noch den ganzen Abend in ausgelassener Runde.

Sol begleitete mich hinterher noch zu meinem Auto, das unter einer großen Eiche auf dem Parkplatz der Gemeinde stand. Es war empfindlich kühl geworden, ein Zeichen dafür, dass der Sommer sich verabschiedete. Bald würde das Laub, das jetzt noch grün an den Zweigen hing, zu unseren Füßen rascheln und alle Wege golden färben. Arkansas bot keine besonderen Reize in der tristen Jahreszeit, und so zog sich die Natur zum Herbst noch einmal ihr schönstes Kleid an, als wolle sie sich entschuldigen für das, was uns jedes Jahr aufs Neue bevorstand.

„Ich hoffe, du hast dich wenigstens ein bisschen amüsiert, Katrina. Du hast dich sicher über meine Cousine gewundert. Sie ist ein bisschen ausgeflippt, einfach verzogen von ihrer Mutter."

„War doch klasse heute Abend, Sol."

„Du warst heute Abend so ... weißt du, dass ich dein Haar mag?" Er betrachtete mich bewundernd, dann trafen sich unsere Blicke, und ich bemerkte zum ersten Mal das kleine Grübchen an seinem Kinn. „Weißt du, in solchen Situationen, weiß ich immer nicht so richtig, was ich sagen soll. Darf ich ..." Er trat einen Schritt näher und strich mit der Hand über mein Haar. „Ich möchte dich küssen, Katrina", sagte er und wartete nicht auf meine Antwort.

Er drückte mich an sich, ich spürte seine Arme, und auf einmal begriff ich, warum unsichtbare Bande mich so lange in unserem Tal festgehalten hatten. Er war dazu ausersehen, mich mit seinem Kuss aus einem tiefen Schlaf zu wecken. Meine Zeit in der Verbannung hinter den Hügeln würde nun zu Ende gehen. Ich ahnte es. Und ich schickte ein Stoßgebet zum Himmel, dass diese Nacht nicht so schnell vorüber sein möge – auch wenn ich eigentlich nicht mehr an den lieben Gott glaubte, der nur dazu da ist, unsere kleinen, banalen Bitten zu erhören.

„Ich lasse dich jetzt lieber gehen", sagte Sol. „Später schaffe ich es vielleicht nicht mehr."

Ich reckte mich, umschlang seinen Hals, eine verletzliche Seele in den Armen eines jungen Mannes, der offenbar wusste, wie man Mädchen fasziniert. Wir küssten uns noch einmal, etwas flüchtiger diesmal, und die Erwartung, sich gleich wieder trennen zu müssen, versetzte mir einen Stich ins Herz. Stilles Genießen und Überschwang in einem Augenblick. Tausend Schmetterlinge flatterten, ich spürte ihre Flügel in meinem Innern.

Dann hörte ich das Klacken meiner Autortür. Er hatte sie mir geöffnet. Ich ließ mich in den Sitz fallen, er beugte sich über mich und küsste meine Stirn. Seine nahe Brust verströmte einen Hauch von Eau de Cologne.

„Gute Nacht, Katrina."

„Bis morgen in Sumner."

Ich sah ihn im Rückspiegel kleiner und kleiner werden. Nur ein paar Stunden waren es bis morgen früh. Ob ich wohl einschlafen würde? Jedenfalls war Sumner nach diesem einen Abend ein schönerer Ort.

„Katrina, bist du das?" Mama stand in der Küchentür, kleine rosa Lockenwickler umrahmten Stirn und Ohren.

„Du hättest doch nicht wegen mir aufbleiben müssen", sagte ich. „Ich hatte nach dem Gottesdienst noch eine Einladung."

„Eine deiner Freundinnen hat hier schon zweimal angerufen und mich aus dem Schlaf gerissen. Red mal mit ihr, dass sie gefälligst nicht mehr so spät anruft. Um die Zeit versuchen anständige Leute zu schlafen. Sie ist übrigens noch dran."

Ich nahm den Hörer, wartete aber, bis ich Mamas schlurfende Schritte nicht mehr hörte.

„Ja? Katrina hier."

„Hallöchen, Charlotte hier. Ich weiß, dass es spät ist."

„Ist was passiert? Was gibt's, Charlotte?"

„Ich habe gerade noch mit Sol telefoniert, und ich dachte, ich dürfte dich nicht einfach so in allzu schöne Träume schicken."

„Geht es Sol gut? Hatte er einen Unfall?"

„Bewahre, nein! Aber er hat gerade mit mir geschimpft, weil ich so vorlaut dir gegenüber war ... wegen eurer so genannten *Beziehung*. Ich betone das Wort so, weil er schließlich mit einem Mädchen aus Fort Smith geht."

„Was denn? Er ist mit einem Mädchen aus Fort Smith befreundet?"

„Sag bloß, du wusstest das nicht? Ach, du liebe Güte! Entschuldige. Jetzt ist es mir schon wieder passiert. Katrina, ich dachte doch, dass er dich eingeweiht hat. Die beiden verabreden sich schon den ganzen Sommer über."

„Sol hat wirklich eine feste Freundin?"

Sie antwortete nicht gleich. „Ich dachte ... du wüsstest. Was habe ich da bloß wieder angestellt!"

„Charlotte, es ist nicht so, dass Sol und ich schon irgendwie verbindlich Freundschaft geschlossen hätten, aber ..."

„Versprich mir, Katrina, dass du wartest, bis er von sich aus was sagt. Dieser blöde Kerl hätte viel früher das Maul aufmachen sollen und mir *und* dir reinen Wein einschenken sollen. Er hält eigentlich sehr viel von dir, Katrina, und ich bin ganz sicher, dass er es dir selber sagen will. Das alles hört sich ziemlich danach an, als wolle er dir was verschweigen. Aber er hat mehr Charakter, als es für dich im Augenblick vielleicht aussieht."

„Na ja ..."

„Also, gute Nacht dann. Ich hoffe, das wirft dich nicht allzu sehr aus der Bahn. Sol hat eigentlich noch nie eine richtig feste Freundin gehabt. Er ist mehr so'n Schmetterling. Und deshalb meint er es mit der anderen sicher nicht so ernst. Aber du kennst ihn ja auch schon eine Weile. Du wirst es bestimmt mitgekriegt haben. Tut mir Leid, dass es so blöd gelaufen ist." Ich hörte sie seufzen. „Ich schwör dir, dass er von mir kein Sterbenswörtchen über unser Gespräch erfährt. Auf diese Weise bekommt er die Gelegenheit, die Sache selber aus der Welt zu schaffen. Ich bin ziemlich sicher, dass er das tun wird, wenn du ihm Zeit gibst."

„Gute Nacht, Charlotte." Der Tonfall verriet zwar, dass sie es mit ihrer Entschuldigung ernst meinte, aber mir brummte der Schädel, und das war Grund genug, das Gespräch zu beenden und ein wenig Schlaf zu suchen.

Charlottes Worte gingen mir noch immer im Kopf herum, während ich mich auszog. Was ist denn eigentlich Liebe, fragte ich mich verwirrt. Wenn sie wirklich das ist, was einem in den romantischen Filmen vorgespielt wird, dann war ich ihr heute wohl nicht begegnet.

Ich überlegte, an welchem Schöpfungstag Gott die Liebe erfunden haben mochte. Doch es fiel mir nicht ein. Aber Schwester Bickle hatte oft davon gesprochen, dass Gott seine Liebe häufig genug unter Beweis gestellt habe. Sein unwandelbares Wesen sei Inbegriff der Liebe und werde es auf ewig bleiben. Alles, was er berühre, hinterlasse Spuren der Liebe, die wie ein Elixier wirke besonders auf heranwachsende Jungen und Mädchen und ihnen den Kopf verdrehe. Ich vermutete, dass genau das geschehen war, als Sol mich küsste. Aber der Gedanke, dass er mich dabei hintergangen hatte, raubte mir den Schlaf.

16

Das Problem war, Sol so lange aus dem Weg zu gehen, bis es mir gelänge, allen Unmut aus meinem Gesicht zu verbannen und ihm zumindest mit äußerlicher Gleichmut zu begegnen. Ich überlegte mir genau, wo ich ihm auf dem Campus begegnen würde, vermied es, mich dort blicken zu lassen und wäre ihm dennoch um Haaresbreite über den Weg gelaufen. Nach meiner letzten Vorlesung lief ich schnell zu meinem Chevy, warf die Bücher auf den Rücksitz und brauste davon.

Und während ich durch die Stadt fuhr, fielen mir plötzlich all die verliebten Pärchen auf, die Hand in Hand durch die Straßen schlenderten. Überall hockten Taubenpaare auf Zaunpfählen. Gab es wirklich so viele, die sich fanden und verliebten?

„Jemand zu Hause?", rief ich, als ich die Küche betrat.

Mama verfolgte fasziniert eine Spielshow im Fernsehen. Gerade suchte der Quizmaster aus einem Korb mit Kugeln die Nummer für eine Stadt, in der er einen Teilnehmer anrufen würde.

„Mockingbird Valley war noch nie dabei", sagte Mama. „Das geht doch nicht mit rechten Dingen zu."

„Ich mache uns ein Rührei-Toast. Möchtest du wieder grüne Paprika drauf?"

„Die ganze Show ist fauler Zauber."

Ich durchsuchte das Gemüsefach. „Keine Paprikaschoten mehr. Wie wär's mit Zwiebel?"

„Ich habe aber welche eingefroren! Die kannst du nehmen. Du bist übrigens gestern Abend ganz schön spät ins Bett gekommen, oder?"

„War ganz nett."

„Aber irgendwas war doch los. Der Anruf hat dich aufgeregt. Was war das für eine verrückte Idee, dich so spät in der Nacht noch zu stören? War jemand in Schwierigkeiten?"

„Hab sie ge-fun-den!"

„Ich sag's doch! Wieder 'ne Frau aus Little Rock! Gibt's doch nicht!

Die hat den ganzen Jackpot geknackt! Ich würde alles für Möbel ausgeben – jeden Cent. Und Papa würde ich nichts vorher verraten." Sie starrte wie gebannt auf die Mattscheibe. Immer häufiger tauchte sie in diese Scheinwelt ein und identifizierte sich mit den vorgespielten Schicksalen.

„Mama, Telefon klingelt!"

„Ich geh schon."

Ich dünstete die Paprikastückchen in Fett, bevor ich die Eimasse darauf goss. Kaum hatte Mama mich allein gelassen, fing ich schon wieder zu grübeln an, schämte mich und machte mir Vorwürfe. Wie konnte ich mich küssen lassen, ohne genug von ihm zu wissen!

„Alles in Ordnung, Mama?" Ich hatte keinen Gruß gehört, und so wusste ich nicht, wer am anderen Ende war. Ich verteilte das Ei auf zwei Toastscheiben. Eine dicke reife Tomate lag auf dem Fensterbrett und lachte mich an. Sie war in der warmen Herbstsonne noch gereift. Sollte ich sie opfern? Ich liebte warme Tomatenstücke mit Salz. Doch nun begann mich die Stille im Wohnzimmer zu beunruhigen. Ich schaute nach. Mama saß regungslos und ungewöhnlich aufrecht mit gestrecktem Rücken auf der Sesselkante. Den Hörer hielt sie mit der Rechten ans Ohr, während ihre linke Hand zitterte, das Gesicht ohne Farbe.

Ich hörte die quäkende Stimme des Anrufers, ohne etwas zu verstehen.

Mama nickte mehrmals fast unmerklich, wie jemand, der Instruktionen erhält und nichts selber zu sagen hat.

„Danke", sagte sie schließlich, und es klang zentnerschwer. Dann klapperte der Hörer auf der Gabel.

Ich spürte, dass jetzt jedes Wort von mir unpassend wäre. Sie musste erst verarbeiten, was immer sie erfahren hatte. Ich machte mir Sorgen. Seit Mimas Krebserkrankung war sie nicht mehr die Alte, war anfällig geworden. Sie bohrte in dem Loch, das schon lange in der Armlehne klaffte, öffnete den Mund, doch kein Wort kam heraus.

„Kann ich was für dich tun, Mama? Ich bringe dir den Toast her. Ist das recht? Ein paar Tomatenscheiben daneben?"

„Die Frau sagt ... sie sagt, dass Papa ..."

„Welche Frau? Ist was mit Papa?" Ich hatte das Gefühl, irgendeine Pumpe hätte allen Sauerstoff aus dem Zimmer gesogen.

„Mama, nun rede schon!"

„Sie wollte ihren Namen nicht nennen. Sie meinte nur, die Schlampe habe schon *ihre* Ehe kaputt gemacht, und sie will nicht, dass die andere es noch woanders schafft. Papa ist wohl gerade drüben im Puff ... Katrina, er ist bei einem Flittchen!"

„Das ist bestimmt nur Telefonterror. Ganz sicher!"

„Die Frau hat mir die Adresse und Telefonnummer genannt."

„Wenn sie lügt, werden wir's rauskriegen. Ich werde mich sofort auf den Weg machen." Ich spürte mein klopfendes Herz. „Warum sollte jemand so was Gemeines über Papa sagen?"

Bei Mama brachen nun alle Dämme, die Worte sprudelten aus ihr heraus, und sie erzählte von Papas Seitensprüngen und Abenteuern.

„Ich weiß ja, dass Papa ab und zu die Beherrschung verliert und wir dann stinksauer auf ihn sind, aber dass er fremdgehen soll?"

„Erinnerst du dich noch an die geschiedene Frau, die das Haus am Ende der Straße gemietet hat? Ich habe es immer gehasst."

„Das du mal anstecken wolltest? Ich erinnere mich."

„Mit ihr hat er's getrieben."

„Damals war ich erst ... ich denke sechs. Sie war eine schreckliche Mutter zu ihren Kindern. Gut, dass das Haus jetzt leer steht."

„Sie war nicht seine Letzte."

„Ich muss mich selber überzeugen", sagte ich. „Gib mir die Adresse."

Ich wollte mit eigenen Augen sehen, was Papa tat. Was würde mich erwarten? Mama gab mir den Zettel mit der Adresse und verschwand in der Küche.

Ich stapfte hinaus, fest entschlossen, meine Mutter zu rächen. Die Nerven lagen blank, die Kehle wie zugeschnürt. Meine Entrüstung war zwar groß, doch der Mut begann mich zu verlassen. Zunächst hatte alles völlig unglaubwürdig geklungen. Die Einzelheiten passten nicht in das Bild, das ich mir in all den Jahren von Papa gemacht hatte. Es war ein empfindliches Geflecht von Illusionen entstanden, das nun zu zerreißen drohte. Und tatsächlich, je länger ich nachdachte, desto mehr Erinnerungsfetzen tauchten auf – Bilder, kurze Eindrücke, die sich nach und nach zu einem Ganzen formten: Fußstapfen morgens im Schnee, ein kleines Mädchen, das lange, lange vor fremden Häusern wartete, bis der Vater wieder herauskam ... Ich rang nach Atem.

Schon bald hatte ich die Straße gefunden, dann die Nummer an einem Haus, das widerlich herausstach, gelb angestrichen mit aufdringlich blauen Vorhängen in den Fenstern. Ich weiß nicht, was ich erwartet hatte, doch was ich sah, war kein Hirngespinst. Papa war offenbar gar nicht weit weg von zu Hause. Unser großer Pontiac auf der Einfahrt wirkte ordinär – das Gefährt eines Schlawiners, für den Familie nichts weiter bedeutete, als die Möglichkeit, ein paar Dollar mehr Sozialhilfe vom Staat zu kassieren. Ich wusste nicht mehr, was ich fühlen sollte. Ein Sturm tobte in meiner Seele.

Ich stieg aus und setzte mich auf die Stufen vor der Haustür. Mir war, als hätte ich 18 Jahre lang hier gesessen und auf Papa gewartet. Wie immer würde er nachher zur Tür herauskommen, mir winken, dass ich ihm folge. Liebevoll hatte er mich immer betrachtet, wohlwollend und stolz. Dass ich nicht gemerkt hatte, woher er kam! Ob er wohl all die Mimmis, Bunnys und Zoras mit ihren roten Lippen auch so liebevoll angesehen hatte? Ich sah Eden und mich auf einem kostbaren Sofa sitzen, in einem fremden Haus, hingesetzt wie Puppen, mit denen man gerade nicht spielt. Papa tuschelte mit einer Frau. Wir wussten nicht, wer sie war, und sie behandelte uns, als seien wir Luft. Wir durften einen Blick in das feine Kinderzimmer werfen, das sie für ihre Enkelin mit allem eingerichtet hatte, wovon Kinder träumen – Barbiepuppen, Kaufmannsladen und Schreibtafel. Aber die Kleine war wohl eigen, und so durften wir nicht damit spielen, sondern mussten artig auf dem Sofa warten. Ich erinnerte mich, wie schrecklich fremd ich mich damals in jenem Haus gefühlt hatte – wie ein Eindringling. So fühlte ich mich auch jetzt wieder vor dem Haus dieser Frau.

Die Scharniere einer Tür quietschten. Das Geräusch kam von der Rückseite des Hauses. Dann Schritte – die ich gut kannte. Klack, klack, klack. Ein Gehbehinderter. Papa kam um die Ecke mit gesenktem Blick. Vielleicht war er schon in Gedanken bei dem Kartenspiel, zu dem er sich verabredet hatte. Doch dann bemerkte er meinen Chevy, der direkt hinter seinem Pontiac parkte.

Er sah sich verdutzt um, und als unsere Blicke sich trafen, war ich plötzlich wieder das sechsjährige kleine Mädchen, das auf seine Ohrfeige wartete, weil es gewagt hatte, etwas aufzudecken, was man im Verborgenen tat und worüber man niemals ein Wort verlor. Doch er sah nur weg, als wolle er sich unsichtbar machen – was so typisch ist für Männer seines Schlages. Er steuerte direkt auf sein Auto zu, ohne sich noch einmal umzublicken, wendete den Pontiac und fuhr mit Vollgas davon.

Trockene Ulmenblätter waren auf meine Turnschuhe geweht worden. Ich stieß sie beiseite und wünschte mir, dass ich mit dem welken Laub so manche trostlose Kindheitserinnerung aus meinem Gedächtnis abschütteln könnte.

In diesem Augenblick ging die Tür hinter mir auf, und eine Frau erschien. Sie sah meinem Vater nach, stemmte eine Hand in die Hüfte und schüttelte den Kopf. Offenbar war sie verärgert darüber, dass Papa sie so grußlos verlassen hatte.

„Wer bist *du* denn?“, fragte sie.

„Irgendwer“, murmelte ich.

„Ist was mit deinem Auto? Soll ich einen Pannendienst rufen?“

Ich musterte sie neugierig und versuchte herauszubekommen, was sie meiner Mutter voraus hatte. Doch ich fand nichts. Mir war inzwischen längst klar geworden, dass Männer ihre Geliebten nicht nach der Schönheit aussuchten. Sie hatte nichts Mondänes an sich, sah aus wie eine Hausfrau, obgleich sie kräftig Lippenstift aufgetragen und eine billige Dauerwelle im Haar hatte.

„Hast du dich verlaufen, mein Fräulein?“

„Das hatte ich, aber jetzt weiß ich, wo's langgeht. Einen schönen Tag noch!“ Ich stand auf, schlenderte zu meinem Chevy und fuhr davon. Im Rückspiegel begutachtete ich mein Augen-Make-up. Ein paar graue Rinnsale liefen über meine Wangen. Ich dachte an Mama, die jetzt auf ihrem abgewetzten Ledersessel händeringend auf meine Rückkehr wartete und gleichzeitig fürchtete, der Mann, dem sie nicht mehr trauen konnte, würde vor mir auftauchen. Doch ich konnte nicht gleich heimkehren, sondern saß noch eine Weile im Auto beim Park. Ein graugelbes Gewölk hing tief am dämmrigen Himmel, und ich machte mir klar, dass nicht jeden Tag die Sonne scheinen konnte.

* * *

Inzwischen fuhren Carl und Eden nicht mehr von Imbiss zu Imbiss, sondern nur noch in die Supermärkte, um billig ein paar Bohnen- und Fleischdosen, Brot und Milch einzukaufen. Für mehr langte das Geld nicht. Und Carl verlangte, dass Eden jedes Mal mit Dreamy im Auto blieb.

Die Kleine war unruhig geworden und quengelte viel, denn Rastlosigkeit bestimmte ihr ganzes Leben.

„Will 'n Lutscher", bettelte sie.

„Sei still, Kind", sagte Eden. „Carl holt uns gerade was Richtiges zum Beißen. Den Lutscher kannst du dir abschminken." Einer der kleinen Schneidezähne war schon braun geworden. Allerdings lächelte die Kleine noch immer so süß, dass man den Makel leicht übersah. Katrinas häufige Vorwürfe, Eden würde ihre Tochter schlecht behandeln, hatten Wirkung gezeigt und die junge Mutter veranlasst, ihr schlechtes Gewissen mit tröstendem Zuckerzeug für Dreamy zu beschwichtigen. Und dabei hatte sich noch herausgestellt, dass Süßigkeiten ein geeignetes Beruhigungsmittel auf den langen Fahrten durchs ländliche Tennessee waren.

Eine junge Frau mit Brille kam mit ihren Einkäufen aus dem Laden, und Dreamy rief: „Tante Katien! Tante Katien, nimm mich mit nach Hause!" Die Kleine ließ ihre nackte und zerzauste Barbiepuppe fallen und zerrte an den Sicherheitsgurten ihres Sitzes.

„Halt die Luft an. Das ist nicht Tante Katien! Und außerdem: Du würdest doch jetzt nicht Mama und Papa alleine lassen, oder?"

„Ich will zu Tante Katien!"

„Du zerrst an meinen Nerven, Kind. Magst du denn die Ponys nicht mehr und die Rodeos? Außerdem hat Carl uns versprochen, eines Tages für uns 'ne Ranch zu bauen. Da müssen wir eben noch ein bisschen drauf warten. Aber es wird schon. Einen Goldesel haben wir leider noch nich'. Wir müssen dafür schuften. Und Carl tut alles, um was ranzuschaffen."

Dreamy starrte noch immer der fremden Frau nach und machte Spuckeblasen auf der Unterlippe. Aber als Carl endlich auftauchte, drehte sie sich schmollend weg.

„Eden, mach endlich die Tür auf", sagte Carl, der den ganzen Arm voll Lebensmittel hatte, die Zigarette im Mundwinkel. Die wippte beim Sprechen, und Asche streute auf den Ärmel.

„Is' ja schon gut, Blödmann. Ich mach ja schon." Sie musste sich über Dreamy recken, um den Türgriff mit dem Fuß zu erreichen. Die Tür sprang auf, schlug Carl gegen den Arm, und die schweren Dosen schlugen Eden aufs Bein.

„Haben die Affen da drin noch nichts von Tüten gehört?"

„Ich musste das Zeug so mitgehen lassen. Da geben sie nicht noch Tüten für. Meine Visa-Karte gibt nix mehr her."

„Was quatscht du da für dummes Zeug, Carl?"

„Mach schon, schnall dich an. Die müssen dein Gesicht nicht sehen. Halt dir die Hand vor, wenn wir gleich loszischen."

Carl riss am Ganghebel und überfuhr fast einen Bierfahrer.

„Du bringst uns alle um, Carl Lunsford!", schrie Eden. „Du hältst die Karre augenblicklich an und erzählst mir, was los ist!"

„Geht nicht, Kleines. Da kommst schon der Filialleiter aus der Tür – siehst du den Kerl da? Der will Knete von mir. Aber du weißt ja, dass ich blank bin."

Eden sah noch, dass der Mann mit der Faust drohte, während sie mit dem Pickup in die Hauptstraße einbogen.

„Du willst doch wohl nicht behaupten, dass du all das Zeug hier geklaut hast?"

„Ein Mann muss doch seine Familie ernähren, Schatz."

„Sie werden dich einsperren und mich dazu! Und wofür?", schrie

Eden. „Ein paar Dosen! Soll ich das mal meinen Enkeln erzählen müssen?"

Carl fuhr wie ein Gehetzter, umrundete Kurven mit quietschenden Reifen. Seine Passagiere konnten sich kaum halten. Eden spürte den Druck der Tür an der Schulter. „Das halte ich nicht mehr aus, Carl. Wenn ich das lebend überstehe, gehe ich nach Hause."

Dreamy saß mit weit aufgerissenen Augen in ihrem Sitz, die Finger in den Armlehnen verkrallt. Die Ampel vor ihnen sprang auf Rot, aber Carl ließ sich nicht aufhalten.

„Hab ich nicht gestern noch gesagt, dass ich ohne dich nicht leben kann? Ich hab das doch alles für dich gemacht, Kleines. Beruhige dich erst mal wieder. Außerdem kannst du nicht mit 'nem Balg und ohne Kohle durch die Gegend kutschieren. Und die Kleine hat sich an mich gewöhnt. Bin doch wie ein Vater zu ihr. Haust du jetzt ab, dann hat sie fürs Leben einen Schaden weg. Außerdem können sie *dich* gar nicht einsperren. Ich sage, dass ich's ganz alleine war."

„Ja, glaubst du, ich und die Kleine leben von Dörrfleisch und Wasser, während du im Gefängnis schmorst?"

„Verlass dich drauf, diese Kaffs hier haben nicht genug Richter, um alle kleinen Ladendiebe abzuurteilen; die haben genug mit ihren Radarfallen zu tun." Er entdeckte auf der Gegenfahrbahn ein Polizeiauto und ging augenblicklich vom Gas, um nicht aufzufallen. „Ich werde heute Abend beim Bullenreiten genug Kohle machen. So was wie heute kommt nicht wieder vor. Ein Mal ist kein Mal. Der Bankier nimmt sich auch mal ein paar Dollar aus der Kasse. Kümmere du dich nicht um die Finanzen, Eden. Überlass das nur mir. Ich kenne mich damit aus."

„Der Bulle hat seine Lichter angeschaltet, Carl!"

„Vielleicht jagt er 'nen Raser." Carl blickte verunsichert auf seinen Tachometer.

„Er wird langsamer – als ob er gleich wenden will."

„Wir sind gleich in North Carolina, dann sind wir über alle Berge."

„Er kommt über den Mittelstreifen! Warum ist der hinter uns her? Das ist er! Ganz bestimmt!"

„Leg endlich den verdammten Sicherheitsgurt an. Ich bring uns da raus!“

„Du bist doch nicht schneller als er. Ich habe ein blödes Gefühl. Bin schon damit aufgewacht.“

„Hör mit dem Gesülze auf. Man kann ja keinen klaren Gedanken fassen.“

„Die haben dich, Carl. Du kannst genauso gut anhalten.“

„Noch nicht, Kleines!“, rief er siegessicher, riss das Steuer herum und bog bei der nächsten Ausfahrt ab.

Eden blickte hinter sich. Ein tiefblauer Himmel über der Landschaft, so strahlend schön für ein Picknick im Grünen auf dem Mount Nebo. „Wird wohl nix mit unsrem Ausflug. Wir werden noch alle vor die Hunde gehen!“

17

Der Buchladen auf dem Campus von Sumner Hill mit der angeschlossenen Cafeteria war ein beliebter Treffpunkt für die Studenten. Ich hatte einen Job als Kassiererin in dem Buchladen angenommen; das war nicht allzu anstrengend und zeitlich gut zu organisieren. Am späten Nachmittag, wenn nicht mehr so viel Betrieb war, konnte ich sogar nebenher für mein Studium arbeiten. Nach Hause fuhr ich möglichst selten, denn dort wurde ich sofort in den immer noch mit Inbrunst geführten Kleinkrieg meiner Eltern hineingezogen. Mimas Krebserkrankung und Papas psychische Ausfälle machten Mama zunehmend zu schaffen. So zog sie sich immer öfter hinter den Fernseher zurück und lebte mit den Familien, die dort zu sehen waren. Das waren die Gründe, warum ich mich so selten bei ihnen blicken ließ.

Am Samstagnachmittag stürmten für gewöhnlich die Sportfans unseren Laden – die Angehörigen und Freunde der Spieler und die Cheerleader –, die sich Fanartikel, Fähnchen und Plakate kauften, um sich zum Anfeuern ihrer Mannschaften in Stimmung zu bringen.

„Gibt's noch Fähnchen für die Wonder Boys?", fragte mich ein Student, der an seinem Abzeichen als Mitglied der Phi Lambs, einer studentischen Verbindung, zu erkennen war. Ich kannte ihn, weil er mit einer Kommilitonin befreundet gewesen war.

„Wie viele willst du?"

„Gerade so viele, dass du mit mir als guter Kunde ein Wort mehr wechselst."

„Drei Stück für zehn Dollar?"

„Nee, lieber nur eine. Du bist Katrina, stimmt's?"

„Und du Joe Geffen. Du bist mit Heather Murray gegangen."

„Das war schon letztes Jahr, aber es stimmt", sagte er und spielte etwas verlegen mit der Fahne. „Ich weiß, es ist ein bisschen forsch, aber ich würde dich gern zu einem Spiel heute Abend einladen. Ein paar Leute gehen hinterher noch zu einer Fete. Aber du hast wahrscheinlich schon eine Verabredung."

„Stimmt. Ich bin mit einer Freundin verabredet. Du kennst sie vielleicht – Beth Hoover."

In diesem Augenblick betrat Sol den Laden. Er trug Sportkleidung. Offenbar war er gelaufen, denn sein Gesicht glänzte schweißig. Er steuerte direkt auf die Bleistifte zu, ohne sich anmerken zu lassen, dass er mich kannte. Es irritierte ihn vermutlich, mich im Gespräch mit einem Studenten anzutreffen. Es hatte mich viel Überwindung gekostet, ihm eine Woche lang bewusst aus dem Weg zu gehen, aber es war mir gelungen. Ich sprach so laut, dass jeder es im Laden verstehen musste: „Aber den Termin könnte ich auch verschieben, Joe."

„Ist das ein Ja?"

„Mit den Feten hier habe ich nicht so viel am Hut, aber wenn das Spiel noch aktuell ist, bin ich dabei."

„Wo wohnst du?"

„Wir treffen uns am besten am Stadiontor, um sieben Uhr", sagte ich laut.

Sol ließ ein paar Beistifte fallen und klaubte sie umständlich wieder unter den Regalen hervor.

„Ich hole dich lieber ab, Katrina. So bin ich eben."

„Ich muss nicht noch mal nach Hause. Habe meine Ausgehklamotten schon hier. Deshalb ist es ganz in Ordnung, wenn wir uns am Tor treffen."

„Also gut, aber dann hole ich dich um fünf hier im Buchladen ab. Wir können ja vorher noch 'n Happen essen. Ich lade dich ein."

Joes Beharrlichkeit machte Sol so wütend, dass sein Gesicht puterrot anlief.

„Lieber eine Viertelstunde später", sagte ich. „Bin die Letzte heute Nachmittag und muss abschließen."

Joe war so aufgeregt, dass er kopflos davonlief. „Du willst sicher noch für die Fahne bezahlen", rief ich ihm hinterher.

„Da siehst du, was du aus mir machst, Katrina. Deinetwegen werde ich noch zum Ladendieb." Er legte fünf Dollar auf den Ladentisch. „Gib mir das Wechselgeld heute Abend."

An der Kasse hatte sich inzwischen eine Schlange gebildet, alles

Mädchen, jedes einen Stapel Bücher unter dem Arm und die Kreditkarte der Eltern griffbereit. Eine von ihnen hatte wohl mein Gespräch mit Joe mitgehört und fragte: „Du triffst dich mir Joe Geffen?“

„Nur zum Spiel heute Abend, nicht mehr.“

„Du hast's gut.“

„Zu dem Lehrbuch gehört noch eine Aufgabensammlung. Die solltest du dir auch noch holen. Ist Pflichtlektüre“, sagte ich zu der Studentin.

„Danke für den Hinweis. Ich hol sie schnell.“

„Darf ich inzwischen ein paar Fragen stellen, Miss“, sagte Sol, der sich von der anderen Seite angestellt hatte.

„Sol, du? Wo hast du die ganze Zeit gesteckt?“, fragte ich gespielt neugierig und wandte meinen Blick nicht von der Kasse ab.

„Hast du keinen Kontakt mehr mit deiner Mutter? Ich meine, ich habe die ganze Woche über Nachrichten für dich hinterlassen.“

„Ihre Mutter liegt mit Krebs im Sterben. Sie ist also nicht mehr ganz sie selbst.“

„Das tut mir Leid. Darauf bin ich natürlich nicht gekommen. Du hast also keine meiner Nachrichten bekommen?“ Er legte eine Hand voll Bleistifte neben die Kasse.

„Tut mir Leid, Sol, aber zwei Leute sind noch vor dir. Ich kann dich jetzt noch nicht abkassieren.“

„Vergiss die blöden Bleistifte, Katrina“, sagte er leise und lehnte sich zu mir vor. „Es ist doch kein Geheimnis, dass du und ich ... klar wir haben noch nicht offiziell unsere Freundschaft ... aber es könnte doch noch was draus werden.“

„Du hast völlig Recht: Wir sind noch nicht verlobt“, sagte ich und wandte mich der Kundin zu: „Hast du das Arbeitsheft gefunden?“

„Hier ist es. Was kostet das alles zusammen?“

Sol fuhr fort: „Willst du wirklich mit diesem blöden Kerl heute Abend ausgehen?“ Er lehnte sich so weit über den Ladentisch, dass ich seinen Schweiß riechen konnte.

„75 Dollar und 42 Cent“, sagte ich.

„Das sind aber nicht meine Bleistifte", protestierte das Mädchen.

„Das geht in Ordnung, ich habe sie auch nicht eingetippt."

„Dieser Geffen nimmt sich erst mal jede Neue zur Brust. Dafür ist er bekannt."

„Mir sind die Tüten ausgegangen. Bin gleich wieder zurück", sagte ich in die Runde, und Sol folgte mir auf dem Fuße. „Du kannst ja machen, was du willst, Katrina. Aber ich sage dir, dieser Typ ist nicht gut für dich."

„Wer ist denn der Beste für mich, Sol?"

„Aus irgendeinem Grund bist du sauer auf mich, aber ich habe keine Vorstellung, warum."

„Ich denke, wir reden ein andermal drüber. Heute Abend geht's nur nicht, weil wir beide was vorhaben. Also ein andermal?"

„Stimmt's – Charlotte? Sie hat dir 'n Floh ins Ohr gesetzt."

„Das Schätzchen hat geplaudert."

„Was hat sie gesagt?", fragte Sol.

„Du kennst Charlotte besser als ich. Was könnte sie schon gesagt haben? Jedenfalls habe ich die ganze Nacht danach wach gelegen mit dem Gefühl, dass etwas mich innerlich zerreißt."

Ich blickte in das entgeisterte Gesicht eines kleinen Jungen, den man beim Äpfelstehlen erwischt hatte. Nun dämmerte es ihm wohl, was ich meinte.

„Das ist schon blöd gelaufen. Tut mir Leid. Wie soll ich dir auf die Schnelle eine komplizierte Kiste erklären? Die andere ... sie bedeutet mir gar nichts!", stammelte er. „Du kannst mich ausfragen, wenn du willst. Ich beantworte dir jede Frage. Hilf mir ein bisschen."

„Ach, da sind ja die Tüten! Tut mir Leid, dass es so lange gedauert hat, Miss", rief ich.

„He, Mister, hinten anstellen!", rief einer der Kunden in der Schlange, als Sol sich wieder vorn an den Tresen stellte.

„Bin gleich wieder weg", antwortete Sol. „Mensch, Katrina, es gibt doch einiges zu besprechen. Lass uns irgendwo hingehen und reden."

„Das können wir bald machen", sagte ich bemüht freundlich.

„Aber wir sollten's nicht auf die lange Bank schieben. Das halte ich nicht aus."

„Ist in Ordnung. Es wird sowieso mit der Zeit eng. Ich bleibe nicht mehr so lange hier."

„Du gehst weg?"

„Wahrscheinlich. Ich habe mich an einer Hochschule für Kunst eingeschrieben. – Ihre Bücher, Miss. Vielen Dank für den Einkauf." Ich blickte der Kundin nach und fuhr dann fort: „Mein Kunst-Prof meint, dass ich unbedingt mein Talent fördern sollte. Da habe ich noch mal intensiv über mich nachgedacht. In dem, was ich bisher gemacht habe, konnte ich keinen roten Faden entdecken. Alles chaotisch und fremdbestimmt. Aber ich bin nun mal Katrina, die Kreative, die sich danach sehnt, ihre Ideen zu verwirklichen – *ihre* Ideen, nicht die der anderen." Ich sprach fast mehr mit mir selber als mit Sol. Ich wollte mich selber überzeugen, endlich ins Dasein sprechen, wohin es mich trieb. „Ich gehe weg, Sol. Ganz bestimmt. Ich gehe wirklich weg."

„Ausgemachte Sache das, vermute ich mal."

„Denke schon."

„Gehst du wirklich heute Abend mit Joe Geffen aus?"

„Klar."

„Na schön."

Sol trottete mit gesenktem Kopf hinüber zur Cafeteria. Ich aber brachte es nicht fertig, ihm hinterherzublicken.

* * *

„Wir können doch nicht ewig in dieser Kiste hier bleiben", sagte Eden und klappte das Fenster über Dreamy nach oben, die friedlich schlief.

„Bei dem Rodeo in Tennessee hätte es bestimmt von Bullen nur so gewimmelt. Du willst doch auch nicht, dass ich wegen dem bisschen Mundraub gleich in den Knast gehe. Bis jetzt habe ich 'ne völlig weiße Weste. Lassen wir den Jungs von der Polizei in Tennessee ein bisschen Zeit, das Ding zu vergessen. Die haben bestimmt

Besseres zu tun, als sich um einen kleinen Ladendieb ewig zu kümmern. Hab schließlich kein Geld mitgehen lassen, und 'ne Knarre habe ich auch nicht gezogen."

„Der Farmer, der dich Äpfel pflücken lässt, hat also keine dummen Fragen gestellt?"

„Der sucht händeringend Erntehelfer. Und wir müssen wohl einen ziemlich ordentlichen Eindruck gemacht haben. Immerhin habe ich einen eigenen Wagen vorzuweisen. Erzählte ihm, dass sich der Job in Charlotte nicht ausgezahlt hätte. Er hat mir geglaubt. Sieh's als Segen von oben an, wie deine Schwester sagen würde."

„Mach dich nicht über Katrina lustig, Carl. Sie würde sich in Grund und Boden schämen, wenn sie wüsste, dass wir hier wie Abschaum in einem dreckigen Wohnwagen eines Farmers hausen und von der Hand in den Mund leben – in North Carolina."

„Eden, ich werde nicht zulassen, dass wir auf dieser Stufe bleiben. Bald kann man mit mir wieder rechnen. Bald sind wir wieder wer, und dann lachen wir über unseren Absturz hier."

„Ha-ha, Carl. Erzähl noch 'n Witz."

„Wenn wir hier nur rumsitzen und schlechte Laune verbreiten, machen wir alles nur noch schlimmer. Du könntest ja ein bisschen was dazu beitragen, dass es hier drinnen netter wird. Die Gardinen waschen zum Beispiel, eben alles, was Hausfrauen so machen."

„Du weißt, dass ich keine Lust habe, so ein Dreckloch in Ordnung zu bringen, das nicht mein Zuhause ist."

„Wenn es dir aber hilft, auf andere Gedanken zu kommen. Wieso soll das schaden? Drüben in der alten Scheune steht ein Topf Farbe. Während ich heute Äpfel pflücke, könntest du den Küchenbereich anstreichen, eine knusprige Pastete backen und Essen fertig haben, wenn ich abends nach Hause komme. An die Treppe habe ich dir extra einen Eimer mit Äpfeln hingestellt. Unser kleines Traumhaus ist mit allem eingerichtet, was du zum Kochen brauchst. Nimm das Schälmesser und mach dich über die Dinger her."

„Kannst du mir verraten, wie ich 'ne Apfelpastete machen soll? Das habe ich doch nicht gelernt. Mama hat mir Hausarbeit nie beigebracht."

„Da steht ein Fernseher, schalt eine dieser Kochsendungen an und hör dir's einfach an." Carl schaltete das Gerät ein. Erst kam kein Bild, nur Schnee. Er klopft ein paar Mal darauf. „Siehste, klappt doch. Klasse Bild."

Eden wechselte die Sender, während Carl die Zimmerantenne jedes Mal neu ausrichtete.

„Da ist er doch! Der Fernsehkoch! Warum sollte er es nicht schaffen, aus dir 'ne erstklassige Köchin zu machen, mein Mädchen?"

„Der macht grade ein *Su-flee*. Was in aller Welt ist denn ein *Su-flee*?"

„Das ist nichts anderes als ein Auflauf, eben die feine Art zu kochen. Davon solltest du dir eine Scheibe abschneiden, Eden. Du passt schön auf, und nächstes Mal, wenn ich heimkomme, steht ein gebratenes Hähnchen, ein Soufflé und Apfelpastete auf dem Tisch. Guck mal nach, was wir noch an Vorräten haben. Ein Kochbuch habe ich auch besorgt. Es müsste da irgendwo liegen."

„Und wie hast du die Lebensmittel und das Buch bezahlt?"

„Der Farmer hat mir was vorgeschossen. Wollte uns ein bisschen unter die Arme greifen. Netter Kerl."

„Willst du behaupten, wir haben richtig frische Lebensmittel – Cornflakes, Milch und Eier?"

„Alles."

„Carl, du übertriffst dich ja selbst. Aber ich möchte auch, dass du den Vorschuss abarbeitest. Wir haben ja keine Eile, hier wieder wegzukommen. Ist doch toll friedlich hier auf dem Land. Nutzen wir die Chance, dass du 'n Job hast."

„Gewöhn dich nicht zu sehr an einen festen Wohnsitz. Mich juckt's schon wieder. Brauche dringend einen Sattel unterm Hintern."

Eden gab ihm einen Kuss zum Abschied und schmiegte ihre Wange an seinen Hals. Dann machte er sich auf den Weg zur Plantage, wo die Apfelbäume standen. Sie sah ihm nach, diesem groß gewachsenen, sehnigen Mann, den sie trotz all seiner Schwächen bewunderte und liebte. Er war einfach zur falschen Zeit am falschen Ort geboren worden. Er gehörte auf eine Ranch, wo er ausgerissene Kälber einfangen und Stiere treiben konnte. Es passte nicht zu ihm,

Konservendosen zu stehlen und Äpfel zu pflücken, um nicht ins Gefängnis zu müssen. In der letzten Nacht hatte sie sich eigentlich entschlossen, ihn zu verlassen, ein paar Worte auf die Rückseite eines abgelösten Dosenetiketts zu kritzeln und es an sein Steuer zu heften. Aber dann wurde ihr auf einmal bewusst, wie viel Geborgenheit dieser blöde Kerl ihr gab. Katrina würde das niemals verstehen. Ihre Schwester kannte diese tiefe Sehnsucht nach Geborgenheit wohl nicht.

Sie suchte nach einem Küchenmesser in einer der mit allem möglichen Gerümpel voll gestopften Küchenschubladen. Sie wusste zunächst nicht, wie ein Schälmesser aussieht. Aber dann besann sie sich doch, womit Mama immer ihre Kartoffeln schälte. Sie setzte sich in die offene Tür des Wohnwagens und begann, die Schale von den Äpfeln zu hobeln. Wenn Katrina zu Hause auf der Veranda saß und Mama beim Gemüseschälen half, trällerte sie für gewöhnlich vor sich hin. Eden war es schon immer peinlich gewesen, vor anderen zu singen. Nun aber, da sich niemand in Hörweite aufhielt, dachte sie, dass ein Lied die Traurigkeit verscheuchen könnte, die schwer auf ihr lastete. Und so stimmte sie ein Lied an, das Katrina oft gesungen hatte:

Mach mich frei, o Herr, dass ich anbeten kann.
Mach mich frei, dass deinen Nam' ich preisen kann.
Nimm die Fesseln weg und gib Befreiung mir.
Mach mich frei, denn mich verlangt nach dir.

* * *

Am Abend im Stadion war es so warm, dass wir unsere mitgebrachten Pullover wieder auszogen. Der Sommer hatte uns längst noch nicht verlassen. Er hielt eisern die Stellung und blies einen lauen Windhauch durchs Tal. Noch hing grünes Laub in den Bäumen, nur hier und da rieselten auch schon gelbe und rote Blätter zu Boden. Die Tyrannei der großen Hitze war allerdings vorbei, und die bunten Früchte verhießen eine gute Apfel- und Dattelpflaumenernte. Wir verabschiedeten einen Sommer, der uns mit süßen Wassermelonen in Hülle und Fülle verwöhnt hatte.

Wie sortiert saßen die verschiedenen Zuschauergruppen auf den Aluminiumbänken: die Absolventen vom Vorjahr, die verschiedenen Verbindungen und die Vereinigung der Studentinnen. Innerhalb der Gruppen trugen alle die gleichen Pullover, und auch die Gesichter waren mit gleichen Mustern bemalt. Beth und ich suchten uns einen Platz in der neutralen Zone.

„Joe Geffen ist bisher nicht aufgetaucht, dieser blöde Kerl. Erzähl mir mal was von ihm", sagte ich zu Beth. „Du hast dich auch schon mit ihm verabredet, aber inzwischen ist es wohl wieder aus. Offenbar hast du genug Auswahl, dass du Jungs so schnell wieder in die Wüste schickst."

„Es war nur eine flüchtige Geschichte. Es kam so über mich, war aber ziemlich dumm. Hab mich total vertan mit ihm. Er war nachher so anders als das, was ich suche. Ich möchte jemand, der nicht so kompliziert ist ... wie ... Sol zum Beispiel, aber auch nicht so abgedreht wie Joe Geffen."

Ein Popcorn-Verkäufer kam langsam die Treppe herauf. Ich winkte ihn herbei und erwarb für mich und Beth je eine Tüte Popcorn und zwei Cola – gerade noch rechtzeitig zum Anpfiff. Die Wonder Boys bekamen den Ball und bereiteten gleich den ersten Touchdown vor.

„Ich denke du machst das mit Joe nur, um Sol eins auszuwischen", meinte Beth und stopfte sich ein paar weiße Flocken in den Mund.

„Wie kommst du darauf?"

„Sei nicht so scheinheilig, Katrina. Wenn du willst, kann ich ja zwischen dir und Sol vermitteln."

„Bloß nicht. Sol weiß jetzt, woran er ist. Ihm müsste klar sein, dass es mit uns nichts wird – nach dem, was er sich mit der anderen geleistet hat."

„Wann hast du ihn zum letzten Mal gesehen?"

„Vorhin."

„Mist, ich bin nie dabei, wenn's spannend wird. *Touchdown! Weiter so, Wonder Boys!*"

„Pass doch auf, du kleckerst deine Cola auf meine Schuhe! Meine schönen Schuhe! Es ist einfach viel zu kompliziert mit Sol. Gelaufen ist nie richtig was zwischen uns. Wie soll ich also mit jemand Schluss machen, mit dem ich eigentlich noch gar nichts hatte?"

„Und was ist, wenn er drauf und dran war, sich zu erklären, und kurz vorher brichst du mit ihm? Was ist, wenn es dir hinterher Leid tut, dass du ihm nicht mehr Zeit gegeben hast?"

„Ich kann mich nicht mit jemand abgeben, der mich wie seine Schwester behandelt."

„Behandelt er dich wie seine Schwester oder wie eine gute Freundin? Das ist ein Riesenunterschied." Beth deutete aufgeregt zum Spielfeld. „Guck mal, die holen sich gleich wieder Punkte. Los, Jungs!"

„Beste Freundin?"

Die Fans sprangen von ihren Sitzen auf, schrien und feuerten den Quarterback an. Ray Blevins rannte, als ginge es um sein Leben, das ovale Leder unter dem Arm. Auch Beth war aufgesprungen, warf Popcorn in die Menge und schrie aus Leibeskräften, während ich sitzen blieb und die Cola-Becher hielt. Aus den Lautsprechern tönte es: *„Place-Kicker Joel Wells von den Wonder Boys hat alle Chancen, den Extra-Punkt zu holen! Schuss! Er hat es geschafft!"*

Der Jubel war unbeschreiblich. Niemand hielt es mehr auf den Sitzen. Viele tanzten vor Vergnügen in den Bierpfützen unter ihren Füßen.

„Hast du das gesehen?", rief Beth. „Jetzt hat Ray Blevins das Ding auch noch direkt an den Kopf gekriegt, es ist abgeprallt und hat ein Auto getroffen. Wer ist auch so blöd und stellt seinen Toyota so dicht ans Spielfeld!"

„Gute Nachrichten für die Wonder Boys: Ihr habt die Führung im ersten Viertel sicher. Aber der Besitzer von dem Toyota, der sein Auto zu dicht am Spielfeld parkt, freut sich wahrscheinlich nicht darüber."

Die Zuschauer setzten sich wieder, ich aber stand auf. Ich wollte den Toyota sehen. Der Fahrer stand daneben und überprüfte das Dach, bevor er wieder im Innern verschwand.

„Was machst du, Katrina?"

„Ich beobachte Sol."

„Sol? Ist er hier? Was macht er?“

„Ich denke, er beobachtet mich. Jetzt wäre es gut, wenn Joe neben mir sitzen würde.“

„Ja, ja, ich verstehe schon. Sol soll wissen, woran er ist.“

18

„Ich habe uns eine Pastete gemacht, Carl, aus den Äpfeln da", sagte Eden. „Ist nicht gerade ein Meisterstück geworden, aber ich denke, wenn ich ein bisschen Übung kriege, wird es schon besser. Der Teig ist dauernd auseinander gerissen, aber ich hatte ja auch nur eine Keksdose zum Ausrollen." Sie stopfte sich ein weiteres Stück Pastete in den Mund und war im Großen und Ganzen mit sich zufrieden. Ein paar gute Eigenschaften hatte sie also doch von Mama. „Und du machst dafür den Abwasch."

Obgleich Carl vom Pflücken alle Knochen wehtaten, stand er schnell auf und holte, um vom Thema abzulenken, ein Gewehr hervor. Er legte es auf den Tisch.

„Das ist doch nicht etwa dein Gewehr, Carl!"

„Farmer Ledbetter hat zu viel Wild in seinen Wäldern. Die Viecher fangen an, seinen Garten zu durchwühlen. Seine Frau will also, dass sie dezimiert werden."

„Sag nicht, dass du kleine Kitze abknallen willst!"

„Hör ja mit diesem Naturschutz-Geschwafel auf! Morgen Abend werden wir uns 'n saftiges Steak schmecken lassen. Da will ich kein *Ach-das-arme-Bambi-Gewinsel* hören."

„Für heute Abend habe ich auch schon was vorbereitet. Es heißt ..." Sie nahm das Kochbuch und las: „*Hähnchen royal mit Backkartoffeln*. Ich habe die Hähnchenflügel dazu genommen. Wird sicher gut schmecken."

„Irgendwas qualmt da, Eden! Hast du's anbrennen lassen?"

„Das ist der alte Backofen. Jedes Mal, wenn ich die Klappe aufmache, kriege ich einen Schwall ab."

„Schmeiß erst mal 'n Bier rüber, Kleines, ich muss mich ein bisschen vor dem Fernseher entspannen."

Eden holte eine kalte Büchse Bier aus dem Kühlschrank. Dreamy saß derweil auf dem gewellten Linoleum und spielte mit heruntergefallenen Apfelschalen.

„Hoffentlich hast du bald was auf dem Tisch", sagte Carl. „So geschafft war ich lange nicht. Hast du übrigens Nachrichten im Radio gehört? Sagen sie was über uns?"

„Habe weder Radio gehört noch ferngesehen."

„Solltest aber wenigstens das Radio dauernd anhaben. Das ist sozusagen deine Aufgabe, während ich unterwegs bin. Wir können's uns nicht leisten, das wir was nicht mitkriegen."

„Wir sind für die doch über alle Berge, Carl. Ich kann mich nicht entspannen, wenn ich dauernd nur auf irgendwas aufpassen muss. Vergessen wir die ganze Geschichte mit den geklauten Dosen. Setzen wir uns jetzt gemütlich um den Tisch wie 'ne ganz normale Familie. Was interessiert uns da der Rest der Welt?"

Sie befreite drei Pappteller von der Plastikverpackung und legte sie auf den kleinen Klapptisch an der Wand.

„Ich hab ein bisschen Eis zum Nachtisch. Jeder eine Kugel. Dass Eis für uns richtig zum Luxus geworden ist! Bei Mama und Papa reichen die Vorräte bis ins nächste Jahrhundert."

„Red nicht so laut, Eden. Ich verstehe die Nachrichten nicht. Ich will auch kein Eis, nur noch 'n Bier."

Hinter der hohen Lehne des alten, schäbigen Sessels sah sie nur noch seinen Scheitel und die Spitzen seiner Stiefel auf dem Tisch. Er schien fast eingenickt zu sein, doch dann kam eine Nachricht, die ihn hochschrecken ließ. Man suche nach einem bewaffneten Räuber und seiner Komplizin, hieß es in den Nachrichten. Und dann flimmerte ein Phantombild von Carl über die Mattscheibe. Wie vom Donner gerührt sprang er auf.

* * *

Mima würde bald von uns gehen, das jedenfalls ließ Mama mich wissen, bevor ich eines Morgens zur Uni aufbrach. Dieser Satz beunruhigte mich sehr, und so fuhr ich zwischen der Kunstvorlesung und dem Physikseminar die zwei Meilen ins St.-Mary-Krankenhaus.

Im Flur vor Mimas Krankenzimmer herrschte eine bedrückende Atmosphäre. Besucher mit besorgten Gesichtern kamen mir entgegen; aus einem Zimmer drang grässliches Stöhnen, die

Rufleuchte blinkte über der Tür, und eine Schwester kam mit einer Spritze gerannt. Dann wurde es wieder still.

Bei Mima im Zimmer war gerade eine koreanische Schwester damit beschäftig, die Infusion zu wechseln. „Schläft sie?", fragte ich leise. „Ich bin ihre Enkelin Katrina."

Die Schwester beugte sich über meine Großmutter und schüttelte den Kopf. „Ihre Enkelin ist hier."

Mima seufzte tief, schlug aber ihre Augen nicht auf.

„Wach werden! Ihre Enkelin ist da!" Die Grobheit dieser Schwester regte mich auf.

„Bitte, rütteln Sie sie nicht wach, Schwester. Ich werde mich hier still hinsetzen und einfach warten." Die Frau blickte mich beleidigt an, nahm die Patientenakte und verschwand, ohne noch ein Wort zu sagen. Mima lag regungslos da, das Deckbett bis zum Kinn hochgezogen. Eine Bibel mit Goldschnitt und einem gehäkelten Lesezeichen zwischen den Seiten lag auf dem Nachttisch. Ich schlug sie auf und der muffige Geruch eines uralten Buches schlug mir entgegen. Mima, so vermutete ich, wird diesen vertrauten Duft gemocht haben. Ich las ein paar Zeilen, bis jemand zur Tür hereinkam. Es war Tante Edith.

„Guten Tag, Tante Edith. Sie schläft gerade."

„Sie ist schon bewusstlos, Katrina."

„Das hat mir Mama gar nicht gesagt. Wie schrecklich."

„Deiner Mutter macht das alles ganz schön zu schaffen. Manchmal denke ich, sie macht sich was vor, um nicht die Hoffnung zu verlieren."

„Sie hat mir nichts davon gesagt", wiederholte ich.

Edith sah die Bibel in meiner Hand. „Ich habe ihr ab und zu daraus vorgelesen. Immer nur kleine Abschnitte. Vor einiger Zeit habe ich mitbekommen, wie sie selber einer sterbenden Freundin so vorgelesen hat. Da dachte ich, es wäre ihr recht, wenn ich es auch ihr täte."

„Wird Mima sterben?"

„Ich denke, sie ist bereit zu gehen. Sie hat mir aufgetragen, wer auf ihrer Beerdigung predigen soll."

„Sie hat über ihre eigene Beerdigung gesprochen?“

„Ein paar gelbe Rosen sollen auf ihren Sarg. Die hat sie schon immer geliebt.“

„Das wusste ich gar nicht von ihr. Hat Mama vielleicht von ihr die Liebe zu den Blumen geerbt?“

„Könnte sein.“

„Schön, dass du gekommen bist. Ich fühlte mich so überflüssig, hier still am Bett zu sitzen und ihre Atemzüge zu zählen. Auch schon früher hat sie mir eigentlich nie wirklich Beachtung geschenkt. Jetzt wird das nicht anders sein.“

„Doch, doch, du warst ihr schon wichtig. Alle Enkel waren ihr wichtig. Sie war eine gläubige Frau, aber sie meinte eben, ein frommer Mensch sei gesittet und halte seine Gefühle im Zaum.“

„Sie hat wirklich geglaubt, dass es Gott recht ist, wenn wir andern die kalte Schulter zeigen?“

„So nun auch nicht, Katrina. Ich bin nicht so wortgewandt, um dir das zu erklären. Versuch es auch so zu verstehen. Sie tat ihr Bestes nach ihrem Verständnis.“

„Ach so“, sagte ich, verstand aber kein Wort.

„Mama war nie eine Schmusekatze, die den Leuten um den Hals fiel und uns Kinder abküsste. Wenn sie uns zum Nachtisch Pfannkuchen backte, dann hatten wir das Gefühl, dass sie uns lieb hatte.“

„Das konntet ihr doch nur vermuten. Wie konntet ihr sicher sein? Was Nettes tut man auch, weil es zum Beispiel Tradition in einer Familie ist, dieses oder jenes zu tun. Weißt du noch, wie Großpapa und Mima mich immer zum Gottesdienst abgeholt haben?“ Ich warf der Todkranken einen misstrauischen Blick zu. Womöglich erwachte sie doch noch aus ihrer Bewusstlosigkeit, und sie würde alles mithören. Deshalb sprach ich vorsichtshalber mit gedämpfter Stimme weiter: „Sie hat niemals zu erkennen gegeben, dass sie sich freute, mich zu sehen. Sie kam immer wie die heilige Frau daher, die die kleine Heidin zur Kirche zerrte, so als lebe sie in Angst, eines Tages vor Gott zu stehen und über meine verlorene Seele Rechenschaft ablegen zu müssen. So kann es für sie doch auch nur eine Pflichtübung gewesen sein, für euch die Pfannkuchen zu backen. Sie musste halt für euch sorgen, weil sie euch in die Welt gesetzt hatte."

„Denkst du etwa auch, dass deine Mutter dich versorgt, nur weil es ihre Pflicht ist?"

„So ganz genau weiß ich es nicht", sagte ich, doch ausführlicher wollte ich mich im Augenblick nicht dazu äußern, weshalb ich das Thema wechselte: „Ich habe Mima dieses Andachtsbüchlein mitgebracht. Möchtest du es haben?"

„Lass es doch bei der Bibel liegen. Vielleicht habe ich ja doch noch mal die Gelegenheit, ihr etwas daraus vorzulesen."

Ich warf einen Blick nach draußen. Immer mehr Blätter an den Bäumen färbten sich gelb. Einige waren bereits abgefallen, lagen wie goldene Sterne im welkenden Gras. Ich hatte mich selber immer mit einem Baum verglichen, aus einem Samen hervorgegangen, hochgewachsen in die Welt und den Unbilden des Wetters ausgesetzt. Doch nun, da ich Mima auf ihrem Totenbett liegen sah mit bleichem Gesicht und eingefallenen Wangen, wurde mir bewusst, dass mein Leben eher nur dem einzelnen Blatt glich, das dem dahineilenden Jahreszyklus folgen musste – sich entfaltete, grünte, welkte und eines Tages, vom Wind getragen, zur Erde segelte. Und niemand fragte das Laub, ob es bereit dazu sei. Mima hatte vom Glauben gekostet, doch er hatte sie eingebildet gemacht. Ich aber sehnte mich danach, dass der Glaube mich über mein kleines Ich hinaustrüge und gleichzeitig all jene finsteren Winkel meiner Seele ausleuchte, wo Bitterkeit ihre Wurzeln schlägt. Ich wollte mehr, als lediglich die Eintrittskarte zum Himmel lösen. Gott hatte ein Feuer in mir entzündet, das mir die Ruhe nahm. Ich konnte mich nicht mehr damit zufrieden geben, stillvergnügt die schönen Seiten des Lebens zu genießen, während andere blind im Dunkeln tappten. Ich war zwar weit davon entfernt, als ein Feuerwerk Gottes zu sprühen und zu strahlen, aber ich schämte mich meiner Defizite nicht. Auf keinen Fall wollte ich sie mit frommer Tünche übermalen und so tun, als würde ich, weil ich ein paar Gebote hielt, besser sein als all jene glaubensfernen Menschen, die mich beobachteten. Eines Tages vor

Gott als Aufschneider dastehen – das war ein schrecklicher Gedanke.

„Wenn ich Mima so liegen sehe, wird mir klar, wie wenig Zeit wir eigentlich haben, Tante Edith."

„Du bist doch noch viel zu jung, um dir über so was Gedanken zu machen, Katrina."

„Aber habe ich nicht Recht?"

„Du hast schon Recht."

„Das wollte ich nur von dir hören", sagte ich, stand auf und berührte noch einmal kurz Mimas Hand. „Ich muss jetzt gehen."

„Ist schon recht, Kind. Du kümmerst dich wenigstens."

Ich ahnte, dass Mima in dieser Nacht von uns gehen würde, und ich gönnte ihr, dass sie nun bald erkennen würde, was wesentlich und was unwesentlich im Leben ist.

* * *

„Carl, du erwartest doch nicht, dass wir hier alles stehen und liegen lassen ... alles, wofür ich geschuftet habe! Die Pastete bäckt noch im Ofen. Immer mit der Ruhe! Ich muss erst noch 'n Happen essen."

„Wir haben keine Zeit zum Streiten! Pack Dreamys Sachen ein, und dann ab."

Während Eden noch drüber nachdachte, wie schön die Zeit hier auf der Farm gewesen war, steckte Carl die Munition ein, die Ledbetter ihm überlassen hatte. Er packte Konservendosen und Cornflakes-Packungen in Plastiktüten und stolperte fast über Dreamy, die noch immer am Boden hockte und mit Apfelschalen spielte.

„Können wir uns nicht noch wenigstens einen Augenblick gönnen und in Ruhe was essen, Carl? Dann können wir über alles reden."

„Menschenskind, die verwechseln mich, glauben, dass ich 'n Geldtransporter mit der Knarre überfallen, 'n Wächter umgelegt habe und mit einer viertel Mille abgehauen bin! So aufregend war's für die Jungs schon lange nicht mehr, mindestens seit Weihnachten, als man die Beleuchtung in der Stadt angesteckt hat. Die schießen erst und fragen dann. Und da erwartest du, dass ich mir in aller

Seelenruhe hier den Bauch voll schlage und darauf warte, dass sie mich mit Blei voll pumpen!"

„Lass uns doch einfach aufs Polizeirevier gehen und alles in Ruhe erklären ..."

„Eden, setzt dich ins Auto mit dem Kind! Ich wäre sowieso schneller, wenn ich euch nicht noch als Anhängsel hätte. Ich komme mit den Lebensmitteln nach."

„Das sind wir also – *Anhängsel!*", rief Eden entrüstet. „Nach allem, was ich für dich in kauf genommen habe, ist das ja 'n schöner Tritt in den Hintern. Ich lasse mich durchs halbe Land zerren, esse Büchsenfleisch und trinke warme Cola aus der Dose!"

Carl packte drei Hähnchenflügel in eine Serviette ein. Eden sah ihm an, wie angespannt er war. Er öffnete die Backofenklappe. Heißer Dampf schoss ihm entgegen. Er rettete die halb fertige Pastete aus der verkohlten Röhre und legte sie in einen Pappkarton. „Bist du nun ein bisschen zufrieden? Jetzt aber raus mit dir, mein kleiner Käfer. Machen wir uns auf die Socken!"

Eden schmollte noch immer, aber es half nichts. Augenblicke später fuhren sie davon, der untergehenden Sonne entgegen – Bonnie und Clyde mit einer halb garen Portion *Hähnchen royal* als Proviant.

* * *

Ich fuhr mit dem Daumen über die Borsten meines Ölfarbenpinsels. Gebrannte Umbra spritzte auf die siena gefärbte Leinwand. Der Felsen, der aus kühlem Wasser emporstrebte, nahm langsam Form an. Noch ein bisschen Ocker, dort ein paar Striche Himmelblau und Umbra. Jeder Pinselstrich kam mir vor wie ein Dankgebet, und das vielleicht deshalb, weil Dr. Calypsos lichtdurchflutetes Atelier auf mich wie eine Kirche wirkte, ein sakraler Raum, in dem ich mich wohl fühlte, in dem ich durchatmen konnte, denn durch die sechs bis zum Boden reichenden Fenster fluteten Licht und Luft in Hülle und Fülle.

Das Kunststudium innerhalb der Lehrerausbildung in Sumner Hill bedeutete mir viel, obgleich es mich und meine Staffelei weitere vier Monate an mein Zuhause fesselte, an das Tal, in dem ich groß geworden war. Erst dann würde ich meinen Plan in die Tat umsetzen können, mich ganz dem Studium der schönen Künste zu widmen. Immer wieder hämmerte ich mir diesen einen Satz ein: *Ich werde es schaffen! Ich werde es schaffen!* Meine Entschlossenheit machte mich unempfindlicher, war ein Schutzmantel, mit dem ich diese letzten Monate überleben würde. *Lauf, Katrinchen, lauf,* so spornte ich mich immer wieder an. *Bald hast du den Bergkamm erreicht. Dann holst du tief Luft, breitest deine Arme aus, weiter und weiter, und springst ins Leben.*

Auch die todkranke Mima hatte sich inzwischen von den Schläuchen befreien können, die sie an ihr altes Leben fesselten. Wahrscheinlich, so stellte ich mir vor, tanzte sie nun zum allerersten Mal ausgelassen und befreit mit Großpapa im Festsaal des Himmels.

Tausend Gedanken gingen mir durch den Kopf, während Strich um Strich mein Bild Gestalt annahm. Sol hatte sich seitdem weder blicken lassen noch angerufen. Unser letztes so verunglücktes Rendezvous im Mondschein konnte ich allerdings noch immer nicht vergessen, diesen Geruch, den ich aufnahm, als unsere Wangen sich berührten. Ich hatte ihn zuweilen noch immer in der Nase. Ob ich ihn in mein Kopfkissen abgestreift hatte?

Plötzlich Schritte hinter mir.

„Katrina, wenn ich dir lästig falle, sag's gleich. Ich gehe dann sofort wieder."

Es war Sol!

Zum Atelier hatte grundsätzlich jeder freien Zutritt. Ich war von Dr. Calypso beauftragt, Besucher zu begrüßen und ihnen den Weg zum Büro zu zeigen. Dass aber Sol hier auftauchte, empfand ich als Überrumplung. Wie sollte ich ihm ausweichen? „Im Moment können wir nicht reden, Sol. Ich muss arbeiten. Ziemlich knifflige Geschichte."

„Ich wollte dich auch nicht von der Arbeit abhalten, sondern dir nur sagen, wie Leid mir das mit deiner Großmutter tut."

„Das ist nett, aber wie hast du's erfahren? Von Beth?"

„Von meinem Vater. Er weiß alles, was sich so in der Gemeinde tut, wer stirbt oder wer heiratet."

„Meine Großmutter war schon ein sonderbarer Mensch, aber sie hat es geschafft. Sie ist jetzt an einem Ort, wo sie all ihre Lasten losgeworden ist. Mama tut sich ziemlich schwer, aber auch sie wird es irgendwann verarbeiten."

„Sieh mal an, du malst ja richtig toll", sagte Sol und betrachtete mein Bild, indem er einen Schritt zurücktrat.

„Es ist lausig. Du musst nichts mehr sagen."

„Ich will gar nicht andeuten, dass es lausig ist, Katrina. Im Gegenteil. Ich wusste nicht, dass du so talentiert bist."

„Es soll impressionistisch sein und meine Gefühle ausdrücken." Auch ich trat einen Schritt zurück und begutachtete mein Werk. „Ich habe noch keine Idee, wie es weitergehen soll. Das Mädchen auf dem Sprung ins Wasser ..."

„Die enge Bucht, der Felsen – irgendwie dein Leben."

„Kann schon sein. Deshalb ... wenn du das nächste Mal kommst, sag mir vorher Bescheid, damit ich es mit einem Tuch abdecken kann."

„Tu das bloß nicht. Das Bild zeigt mir eine Seite von dir, die ich noch gar nicht wahrgenommen habe." Ich staunte. War er doch sensibler, als ich dachte? Ein junger Mann machte solche Bemerkungen? „Das Lehrerstudium war wohl doch nichts für dich."

Ich schüttelte den Kopf. „Weißt du, ich saß da im Seminar und dachte immer nur: hier bist du auf dem falschen Dampfer. Lauter Streberinnen, solche, die sich immer um die vordersten Plätze hauen, weil sie gesehen werden wollen. Du hättest die Dozentin für Kinderpsychologie sehen sollen – aufgetakelt bis zum Geht-nicht-mehr. Wie eine Geisha hatte sie sich das Haar hochgesteckt."

„Wie eine Geisha?"

„Genau. Das trifft es. So geziert. Am liebsten hätte ich ihr die typischen Haarstäbchen der Geishas in die Frisur gesteckt. Das hätte das Bild perfekt gemacht."

Sol lachte gequält. Ihm lag etwas schwer auf dem Herzen, und ich sah es seiner Miene an.

„Katrina, wir könnten uns doch später treffen, wenn du willst. Ich möchte mit dir was besprechen, aber nicht hier.“ Er blickte sich im Atelier um. Das war nicht der geeignete Raum für private Zwiegespräche.

Ich wandte mich wieder meinem Bild zu, setzte hier und dort einen blauen Akzent und überlegte mir, wie das jenseitige Ufer zu gestalten sei. Irgendein Gelb und Hibiskusrot würden passen. Ich hatte Angst, zu viel Fantasie ins Spiel zu bringen und zu wenig naturgetreu zu malen. Aber selbst die besten Künstler sind schließlich hier und da Fälscher der Natur.

„Wir müssen ja nicht“, sagte Sol nach einer Weile.

„Wie wär's da drüben am Fenster?“, fragte ich und deutete mit dem Pinselstil auf die zwei hölzernen Klappstühle, die dort in der Morgensonne standen.

Sol, der trotzig die Arme vor der Brust verschränkt hielt, schien unschlüssig zu sein. Sollte er auf meinen Vorschlag eingehen, obgleich er diesen Ort hier für ein Gespräch abgelehnt hatte? Würde er damit meine Achtung verlieren?

„Erst müssen aber die Pinsel gesäubert und die Palette abgedeckt werden“, sagte ich. „Die Farbmischungen sind genau richtig, die muss ich retten.“ Ich rieb einen der verschmierten Pinselstiele mit einer Kittelfalte sauber. Um mich nicht schmutzig zu machen, trug ich Papas kariertes Hemd, das Mama ausrangiert hatte, nachdem es zum hundertsten Mal gestopft worden war.

„Geh schon vor und setz dich. Ich komme gleich nach.“

Seine Turnschuhsohlen quietschten bei jedem Schritt auf den gebohnerten Dielen. Wahrscheinlich grübelte er grade darüber nach, wie sehr sein Ansehen darunter leiden würde, wenn er jetzt einfach davonliefe. Allerdings war das lediglich eine Vermutung, denn bis heute ist es mir nicht gelungen, die verworrenen Regungen einer männlichen Seele zu ergründen, die von der Angst umgetrieben wird, ihren Stolz zu verlieren.

Plötzlich blieb er stehen und kam zu mir zurück.

„Ich habe jetzt Unterricht, fällt mir ein. Ich muss also gehen“, sagte er kurz angebunden.

Wann würde er endlich aufhören, mit mir Katz und Maus zu spielen?

„Na, dann ein andermal", sagte ich enttäuscht und wandte mich wieder meinem Arbeitstisch zu.

Plötzlich spürte ich seine Hände. Er berührte mich, drehte mich zu sich, und ich war gezwungen, ihm ins Gesicht zu blicken. Zur Salzsäule erstarrt, wollte ich ihn abwehren, aber sein Kuss war verführerisch gut, und ich ließ mich willenlos hinausführen zu einer Bank im Schatten einer riesigen Eiche. Überall lagen Kommilitonen im Gras oder saßen im Schneidersitz auf Bänken und sonnten sich. Wir aber blieben unschlüssig vor einer Parkbank stehen, hielten einander bei den Händen und fragten uns, wie wir diesen Kuss von eben zu deuten hätten. Wie würde er sich auf die Gestaltung des weiteren Tages auswirken? Ich spürte über den Druck seiner Hände, wie angespannt er war. Dann lehnte er sich vor und streichelte mit seinen Lippen meinen Mund.

Ich liebte diesen Ort, den ganzen Campus, die Atmosphäre der Gelehrsamkeit, dieses Gefühl, hier in eine Welt vordringen zu können, die weiter war als alles, was ich bislang in unserem Tal kennen gelernt hatte. All das wollte ich nicht mehr missen.

„Ich möchte das endlich loswerden, bevor ich noch verrückt werde. Es geht um den Abend nach dem Spiel. Ich bin nicht nach Fort Smith gefahren, um dieses Mädchen zu besuchen."

„Ich weiß, ich habe dich am Spielfeldrand gesehen."

„Du hast mich gesehen?"

„Alle haben dich gesehen.

„Du hältst mich jetzt wahrscheinlich für einen ziemlichen Blödmann."

„Eigentlich nicht, ich fand's eher rührend."

„Ich war so in Sorge."

„Sorge?"

„Ich fürchtete, du könntest mit diesem Typ von der Verbindung unterwegs sein."

„Und warum bist du nicht zu mir gekommen, als du gesehen hast, dass ich ohne Freund da war?"

„Weiß nicht."

„Und wie war das mit der Freundin aus Fort Smith?"

„Da war nicht viel. Wir haben uns in der Stadt getroffen und hatten beide zufällig Lust, ins Kino zu gehen. Sie hat die ganze Zeit geschnattert. Irgendwann dachte ich, ich bringe mich um, wenn sie nicht augenblicklich ihren Mund hält."

Ich musste grinsen.

„Nach dem Kino habe ich sie gleich zu ihrem Auto gebracht. Erzählte ihr, dass ich noch zu tun hätte."

„Da war sie sicher ganz schön sauer, dass sie den Abend für dich geopfert hatte."

„Wahrscheinlich. Aber alles andere, was Charlotte über uns verbreitet hat, war übertrieben. Trotzdem möchte ich mich entschuldigen ..."

„Ach, *da* bist du, Katrina!" Dr. Calypso kam über die Wiese vom Kunst-Gebäude herüber.

Ohne Sol zu beachten, begann er: „Katrina, ich wollte dir doch was zeigen. Guck mal ..." Aus einer Mappe zog er ein paar Broschüren heraus, die wie Prospekte aussahen. „Das sind alles Kunstschulen und Akademien. Chautauqua in Arizona hat einen guten Ruf, aber auch Florida ist bekannt. Die hier ... na ja, da malt man den ganzen Tag, und hinterher wird ein bisschen darüber diskutiert. New York wäre natürlich ideal. Da bekommst du Kunst pur, bist den ganzen Tag mit den entsprechenden Leuten umgeben. Aber du müsstest halt rüber zur Ostküste. Die Universität von Arkansas hat übrigens auch ausgezeichnete Dozenten."

Ich muss ihn wohl angesehen haben, als würde ich kein Wort verstehen. „Du meintest es doch ernst mit deinem Wunsch, deinen Horizont zu erweitern?", fragte er irritiert nach.

„Darf ich das von New York noch mal sehen? Einfach toll. Wenn ich bisher an New York gedacht habe, fiel mir stickige Luft ein und irgendwelche schmutzigen Wolkenkratzer. Aber das zeigt doch nur, wie wenig ich mich in der Welt auskenne." Ich hielt Sol die Broschüre hin. „Sieht das nicht klasse aus?", fragte ich, ohne darauf zu achten, ob er sich überhaupt dafür interessierte. Ich war so sehr mit mir selbst beschäftigt.

„Es war früher mal ein Museum. Das ist dann umgezogen, und so konnte die Kunstschule eingerichtet werden. Man lernt dort die interessantesten Leute kennen. Ein buntes Publikum. Schlecht ist nur, dass sie keine Unterkunft anbieten."

„Und wo würde ich dann wohnen?"

„Der CVJM wäre eine Möglichkeit, oder du suchst dir eine WG. Bei der Wohnraumbeschaffung ist man dort nicht sehr kooperativ. Andererseits, wenn du dir selber was suchst, bist du auch unabhängiger, kannst dir was aussuchen. Guck dich einfach mal in Greenwich Village um. Ich will dir keine Vorschriften machen und dich nicht drängen. Nicht, dass du mir hinterher vor der Tür stehst und mir Vorhaltungen machst, dass ich dich zu diesen komischen Typen vom Big Apple geschickt habe. Am besten, du guckst dir alles noch mal in Ruhe an. Sag mir Bescheid, wenn du dich entschieden hast. Du wirst Referenzen brauchen, aber dabei können wir dir helfen. Mach auch ein paar Fotos von deinen Arbeiten. Wie schnell kannst du mit deiner fliegenden Frau fertig sein?"

„Springende Frau."

„Meinetwegen. Es verspricht jedenfalls eine gute Arbeit zu werden. Bis zum 1. November müssen Anmeldung, Probearbeiten und Referenzen eingeschickt sein, wenn du im nächsten Semester anfangen willst."

„Das wäre im Januar?"

„Wenn du dadurch zu sehr unter Druck gerätst, kann du auch erst im Sommer anfangen."

„Ich denke, ich kriege das wohl hin. Das bin ich Ihnen doch schuldig."

„Jetzt bemüh dich erst mal, dass du angenommen wirst, Katrina."

Ich sah ihm nicht nach, als er uns verließ, und träumte schon von Greenwich Village. „Weißt du, Sol, ich hätte nie gedacht, dass es eine solche Akademie überhaupt gibt. Ich wusste immer, das ich fort will, aber ich hatte bislang kein so konkretes Ziel vor Augen."

Sol hatte die ganze Zeit schweigend dabeigestanden und mir über die Schulter geblickt. Wir setzten uns nebeneinander auf die Bank und blätterten in den Prospekten.

„Schön wäre natürlich, wenn ich dort jemand kennen würde“, sagte ich. „Ich hasse die Vorstellung, mein Zimmer mit einem Mädchen zu teilen, das mir völlig unbekannt ist. Aber damit muss ich mich wohl abfinden.“

Ich lehnte mich bei Sol an und spürte die Wärme seines Körpers. Und während ich die Prospekte nach meinem Interesse für die jeweilige Lehranstalt sortierte, sah er mir schweigend zu. „Ob sie sich dort im Osten über meinen Akzent lustig machen? Normalerweise mache ich mir über meine Aussprache keine Gedanken, aber schon wenn meine Cousins aus St. Louis uns besuchen, machen sie Bemerkungen über unseren komischen Tonfall hier.“

Sol nahm mir den Prospekt der New Yorker Akademie aus der Hand und blätterte darin.

„Warum machen sich die Yankees über uns lustig, Sol? Glauben sie, dass wir immer noch die Aufständischen von früher sind, die noch immer heimlich hoffen den Bürgerkrieg zu gewinnen? Oder fehlt's ihnen an Selbstbewusstsein, dass sie uns so schlecht machen müssen? Ich muss zugeben, dass ich selber schon versucht habe, meine Identität als Südstaatlerin zu verleugnen. Ich habe zum Beispiel tüchtig geübt, meinen Akzent zu verbessern.“

„Tatsächlich?“

„Ja. Trotzdem ... der Süden ist meine Heimat. Man ist hier verwurzelt. Wenn ich mal durch ein Baumwollfeld streife, spüre ich so was wie Stolz auf das, was den Süden ausmacht. Als meine Mutter als kleines Mädchen in den Feldern arbeitete, kam sie oft mit blutigen Finger abends erschöpft nach Hause. Das hat etwas Erhabenes. Sollte ich mich da meiner Heimat schämen?“ Ich bemerkte, dass er gedankenverloren neben mit saß. „Sol, wo bist du mit deinen Gedanken?“, fragte ich.

„Ich weiß so gut wie gar nichts über die Yankees, über New York, noch nicht mal über Oklahoma, Katrina. Du bist der erste Mensch aus meinem Umfeld, dem es nicht schnell genug gehen kann, seine Heimat zu verlassen."

„Grundsätzlich interessiert mich immer sehr, was du denkst und fühlst. Aber im Augenblick fürchte ich mich davor, dich nach deiner Meinung zu fragen. Ich fürchte, dass du mich mit deinen großen Augen ansiehst und – wie es so typisch für dich ist – mich hier stehen lässt, ohne ein Wort zu sagen."

Ich ließ ihm einen Augenblick Zeit, über meine Worte nachzudenken. Dann sagte er: „Ich fürchte ja selber, mich nach meiner eigenen Meinung zu fragen. Ich weiß nicht, was ich mir im Augenblick wünsche."

„Sol, du bist der Einzige, dem ich erlaube, in meinem Leben ein und aus zu gehen. Du darfst sozusagen meine Privatgemächer betreten." Er lachte verlegen. „Aber wenn ich dir ein bisschen Vertrauen geschenkt habe, machst du dich auf und davon, ohne ein Wort zu sagen."

„Umgekehrt! Immer, wenn ich dir ein bisschen nahe komme, läufst du davon wie vor einem Gespenst. Du kommst mir manchmal vor wie eine Wildkatze aus dem Wald, die man mit auf sein Zimmer nehmen will."

„Schon andere Leute haben mich als Streunerin bezeichnet."

„Siehst du, das regt mich auf, dass du immer gleich so eingeschnappt reagierst. Mensch, Katrina, ich will dir doch nichts Schlechtes nachsagen, sondern nur klar machen, was ich empfinde."

„Ich bin also keine Streunerin?"

„Natürlich nicht! Fakt ist aber, dass ich immer wieder versucht habe, mit dir Kontakt aufzunehmen. Ich gebe dir sogar einen Kuss, und gleich darauf entziehst du dich mir. Doch, das machst du. Wir haben also gar nicht die Gelegenheit, uns ernsthaft miteinander zu beschäftigen. Vielleicht habe ich ja nur Angst, mit irgendeiner dummen Bemerkung Porzellan zu erschlagen. Ich spüre doch, dass du im Grunde weg willst. Aber alles, was ich sage, soll dich bewegen, es dir vielleicht noch mal zu überlegen. Andererseits ist mir auch klar: Wenn du bleibst, bist du nicht mehr Katrina."

„Es wäre auch nicht gut für mich, Sol."

„Jemand hat dich verletzt, und ich würde es demjenigen am liebsten heimzahlen."

„Das weiß ich, Sol, aber vielleicht ist das auch der Grund, warum ich vor dir weglaufe. Ich will nicht, dass du in dieses Familienchaos hineingezogen wirst. Ich schade dir nur." Ich dachte an Papa mit seinen Anfällen, an Mama mit ihren Sorgen und an Eden, die irgendwo wie ein Blatt im Wind umhertrieb. Ich wollte für Sol nicht Katrina *Hurley*, sondern nur Katrina sein. Ich wollte den Stallgeruch der Hurleys endlich loswerden. Würde es mir jemals gelingen, so selbstbewusst zu werden, dass ich ihm unbeschwert entgegentreten konnte? Aber ich war zu stolz, ihm diesen Zweifel zu gestehen. „Ich will dich da nicht hineinziehen, auch wenn es dein Wunsch wäre."

„Siehst du, Katrina? Schon wieder verriegelst du die Tür von innen! Und du redest dir ein, dass du es den anderen zuliebe tust."

„Ich denke dabei an die anderen."

„Du glaubst, du wärst die Heilige Johanna."

„Mach dich nicht lustig über mich."

„Katrina, verrate mir, ob du wirklich gehst! Das ist vielleicht eine blöde Frage, wo du gerade all diese Prospekte in Händen hältst. Aber sieh mich an und sag es mir direkt ins Gesicht. Lass mich einmal in eins deiner ‚Privatgemächer' schauen."

Ich sah ihn an und bekam kein Wort heraus. Und so blieb ihm nichts weiter, als meine dummen Tränen von der Wange zu küssen, und ich fragte mich, wann ich endlich erwachsen werden würde.

19

Den ganzen Herbst über rief Eden in unregelmäßigen Abständen bei uns an, aber das tat sie für gewöhnlich am Vormittag, während ich im Atelier oder bei Vorlesungen war. Sie wollte auf jeden Fall vermeiden, mich anzutreffen, weil sie sich davor fürchtete, von mir wegen Dreamy „fertig gemacht" zu werden. Trotzdem bekam ich jedes Mal mit, wenn Eden in meiner Abwesenheit angerufen hatte, denn dann war Mama für keinen mehr zu sprechen. Sie saß schmollend und brütend mit starrem Blick in ihrem Zimmer vor dem Fernseher. Wieder einmal war ihr bewusst geworden, was sie entbehrte. Es war ihr nicht vergönnt, die Großmutterrolle einzunehmen und stolz auf einen vorzeigbaren Schwiegersohn zu sein.

Nachdem ich mich anfangs immer wieder eingemischt und versucht hatte, sie auf andere Gedanken zu bringen, vereinbarten wir eines Tages, nicht mehr über Edens Lebenswandel zu diskutieren und das Thema auf sich beruhen zu lassen. Nur wenn es um Dreamy ging, war hin und wieder eine Verständigung unumgänglich – beispielsweise bei der Frage, was wir Lolita Dream zu Weihnachten schenken wollten. Wir gingen dann ausgesprochen behutsam vor, wägten die Worte und achteten darauf, dass der andere gerade in Stimmung war.

Ich suchte im Kühlschrank nach den Resten vom Truthahn, den wir vor einer Woche zum Thanksgiving Day gebraten hatten. Doch die vorher knusprig braune Haut war inzwischen grau und schleimig geworden, sodass mir der Appetit sofort verging.

„Du wirkst heute wieder so bedrückt, Mama. Könnte es sein, dass Eden vormittags angerufen hat?"

„Sie hat überhaupt nicht die Absicht, wenigstens zu Weihnachten nach Hause zu kommen. Dafür wollte sie Papa unbedingt sprechen. Wahrscheinlich, weil sie wieder Geld braucht. Er war aber gerade am Damm drüben angeln. Ich werde ihm nicht mal Bescheid sagen, dass sie angerufen hat. Soll sie doch zusehen, wie sie zurechtkommt!"

„Hat sie diesmal wenigstens verraten, wo sie sind? Ich kann mir überhaupt nicht vorstellen, wie sie zurechtkommen – vor allem mit Dreamy. Es wird langsam kalt, und Eden hat die Wintersachen noch hier bei uns im Schrank. Sie muss sie doch irgendwann mal abholen."

„Sie behauptet, dass sie in Florida sind, aber sie lügt."

„Woher weißt du das?"

„Die Frau von der Vermittlung, die das R-Gespräch verbunden hat, sagte, sie wäre aus Maryland. Das ist schließlich die entgegengesetzte Richtung, drüben an der Ostküste."

„Ich frage mich, was los ist. Meinst du, dass Carl so gemein ist und den Kontakt zu uns verhindert und die beiden als sein Eigentum betrachtet?"

Mama war den Tränen nahe. „Wenn sie doch wenigstens Dreamy zu Weihnachten nach Hause bringen würden! Dann ging's mir gleich viel besser."

„Du willst also, dass Eden nach Hause kommt?"

„Na klar! Du denkst wohl, sie wäre mir egal. Aber das stimmt nicht."

„Sag das doch deiner Tochter einfach mal. Es würde ihr bestimmt gut tun, Mama."

„Lieber nicht. Wenn ich ihr das sage, nutzt sie's sofort aus. Vielleicht weiß ja Mr. Lunsford was, aber ich traue mich nicht, ihn anzurufen. Das alles macht mich krank. Wenn ich denke, dass ich dieses Jahr für meine Kleine nicht den Weihnachtsmann spielen darf."

„Aber einen Baum machen wir doch?", fragte ich besorgt.

Jedes Jahr hielt Papa die gleiche Rede zu Weihnachten, wobei es ihm die größte Freude bereitete, meiner Mutter all das vorzuhalten, was er sich sonst nicht zu sagen traute. So störte es ihn maßlos, dass Mama für uns so viel Geld ausgab und uns mit Dingen überhäufte, ohne die sie selber als Mädchen auch ausgekommen sei. Außerdem sei es völlig überflüssig, Weihnachten zu feiern, dann hätten wir nicht jedes Jahr dasselbe Theater mit dem Weihnachtsbaum. Und zum Schluss ließ er es sich nicht nehmen, in die Runde zu fragen, ob wir uns nicht an jenes Fest erinnern würden, als unsere Mutter das ausgetrocknete Tannengrün in der guten Stube in Brand gesteckt hatte. Tatsächlich werde ich niemals den Anführer des Löschzuges von damals vergessen, der unserer entnervten Mutter hinterher auch noch Vorhaltungen machte, weil sie ihm seinen schönen Abend vor dem Fernseher verdorben habe.

Wir mussten immer unsere ganze Überredungskunst aufbieten, um Papa aus dem Sessel zu bekommen und in den Wald zu locken, wenn es wieder einmal höchste Zeit war, einen Baum fürs Fest zu schlagen. Wir hätten gern etwas Tannengrün bei einem Händler bequem erworben. Aber dazu war Papa viel zu geizig. Es war jedes Jahr dasselbe: Mama und Papa stritten sich im Wald über die Größe des Baums, Mama setzte sich durch, wählte einen viel zu großen aus, wir fuhren heim, Mama wollte Papa beweisen wie überflüssig er war, deshalb trug sie das gute Stück ächzend und mit hochrotem Kopf hinein in die Stube, und Minuten später zwängte Papa die ausladenden Zweige wieder durch die schmale Tür, weil er mindestens einen Meter vom Stamm abschneiden musste, damit der Baum überhaupt unter die Decke passte.

Zunächst mussten die untersten dichten Zweige entfernt werden, denn die Geschenke sollten ja Platz haben. Dann kam die unumgängliche Amputation der obersten Triebe. Für einen Engel als Baumspitze, den ich in der sechsten Klasse gebastelt hatte, musste natürlich auch noch Platz geschaffen werden.

Je geschäftstüchtiger die Menschen im Laufe der Jahre zu Weihnachten wurden, desto einfacher konnte man es sich zum Fest eigentlich machen. Überall an den Straßenrändern verkauften Händler frisch geschlagene Bäume aus dem Wald, oder man konnte auf eine ganz moderne Erfindung zurückgreifen: den wieder verwertbaren Christbaum aus Plastik. Jeder, der ihn erwarb, pries seine praktischen Seiten. Doch Mama wollte davon nichts wissen – glücklicherweise.

Papa kam endlich vom Angeln wieder – sofern er angeln war, denn gefangen hatte er nichts. Ich schlug ihm vor, jetzt gleich einen Baum schlagen zu gehen, denn das würde Mama auf andere

Gedanken bringen und sie ein bisschen von ihrem Kummer um Eden ablenken. Also luden wir Mama ins Auto und fuhren los. Papa, der uns die langen Wege früherer Jahre ersparen wollte, fuhr uns geradewegs zu einem in der Nähe gelegenen Waldstück, das zwar dicht mit Tannen bewachsen war, aber zum Landschaftsschutzgebiet gehörte und keinen Steinwurf von einem gerade erst eingerichteten Trimm-dich-Pfad entfernt lag.

Als Kinder hatten wir uns keine Gedanken gemacht, wenn Papa mit der Axt in den Wald ging und sich bediente. Der Ausflug in die Natur war für uns immer nur ein Abenteuer gewesen. Wir durften herumtollen und uns frei bewegen ohne Zwänge und Regeln. Diese Erinnerungen kamen mir, während wir auf dem asphaltierten Waldweg fuhren.

„Papa, das ist doch hier Staatsforst, eher ein Park“, gab ich zu bedenken.

Aber Papa kümmerten sich nicht um meine Einwände, sondern rollte im Schritttempo unbeirrt weiter. An den abzweigenden Seitenwegen blieben wir jedes Mal stehen, und Mama und Papa warfen prüfende Blick hinein. „Wir sind hier ganz alleine“, sagte Mama, um mich zu beruhigen.

„Wir sollten lieber einen Baum beim Händler kaufen. Für fünf Dollar kriegen wir schon einen“, sagte ich.

„Da drüben, Hobart. Der da ist schön, der da im Schatten der großen Kiefer steht“, rief Mama begeistert.

„Das könnt ihr doch nicht machen! Das ist hier Landschaftsschutzgebiet, ich denke, da darf man keine Bäume fällen“, sagte ich.

„Der Wald gehört dem Staat, und wir bezahlen pünktlich unsere Steuern“, gab Mama zu bedenken.

Papa fuhr seitlich ins Gras. Mama stieg aus mit dem Beil in der Hand. Sie eilte zu dem Baum und übergab Papa das Werkzeug. „Da brauchst du sicher nur ’n paar Schläge, Hobart“, meine Mama zuversichtlich.

„Nee, du, der ist ganz schön stämmig. Der macht schon ein bisschen Arbeit. Tretet zurück, damit ich ausholen kann.“ Er suchte nach einem festen Stand und begann, die untersten Zweige abzuhauen.

Ich gab nicht auf. „Die Strafe, die ihr zahlen müsst, ist bestimmt mehr als die paar Dollar für einen gekauften Baum. Ich gehe lieber zurück zum Auto."

„Dann nimm Papas Autoschlüssel und mach schon den Kofferraum auf", sagte Mama.

„Dann mache ich mich zur Komplizin."

„Red nicht so 'n dummes Zeug. Es wäre doch idiotisch, einen so gut gewachsenen Baum hier stehen zu lassen, wo ihn keiner sieht. Niemand wird die Fichte hier vermissen."

„Sie ist sowieso zu groß, und außerdem ist es Diebstahl", sagte ich, während Papa mir seinen Autoschlüssel in die Hand drückte. Widerwillig öffnete ich den Kofferraum.

Papa rüttelte am Stamm, um die Festigkeit zu prüfen, dann schlug er ein paar Mal zu. Seine Gehbehinderung machte ihm offenbar zu schaffen, und Mama schüttelte abfällig den Kopf. Sie fand offenbar, dass die Schläge nicht kräftig genug waren.

„Da kommt jemand!" rief ich, aber die beiden ließen sich nicht stören. Etwa zwei Meilen entfernt kam ein Park-Ranger mit seinem Jeep eine Anhöhe herab und verschwand gleich darauf in einer Senke, die ich nicht einsehen konnte. Immer wieder tauchte er auf und verschwand in dem hügeligen Gelände.

„Lauf schon zum Auto, Doreen", sagte Papa. Doch in diesem Augenblick verlor er das Gleichgewicht und das Beil glitt ihm aus den Händen.

„Ich fahre nicht ohne diesen Baum. Den hau ich mit zwei Hieben um", grollte Mama und nahm das Beil auf.

Papa gab sich geschlagen und zog sich schmollend zurück. Er wendete das Auto, um nachher schneller wegzukommen, während Mama kräftig zuschlug und sich dabei mit unflätigen Worten darüber ausließ, dass immer sie es sei, die die Karre aus dem Dreck ziehen müsse.

„Beeil dich, Doreen! Der Ranger ist gleich hier. Lass es bleiben! Komm steig lieber ein." Er fuhr ein Stück an, als wolle er sie im Stich lassen.

Mama zerrte an dem Stamm, der nur noch mit ein paar Fasern an seinen Stumpf festhing. Dann endlich gab er nach, und Mama siegte über die widerborstige Natur. „Du hältst sofort an, Hobart!", brüllte sie.

Durch den Spalt unter dem Kofferraumdeckel sah ich, wie Mama in aller Eile den Baum in den Pontiac wuchtete, ohne noch darauf zu achten, dass Zweige sich bogen oder gar abknickten. Aber in diesem Augenblick ging es auch nicht mehr darum, einen ansehnlichen Christbaum nach Hause zu schaffen. Sieg oder Niederlage, das war alles, was zählte. Wer war schneller – der Ranger oder meine Mutter? Am Ende war sie es, die den Sieg davontrug.

* * *

„Notrufzentrale. Was kann ich für Sie tun?", fragte die Stimme am anderen Ende der Leitung.

„Es ist was Schreckliches passiert! Mein Mann verblutet ... im Motel. Ich kann nicht sagen, ob er noch atmet. Verstehen Sie mich?"

„Seien Sie ganz ruhig, Miss. Noch einmal von Anfang: Ich brauche zuerst Ihren Namen", quäkte es im Hörer.

„Ich bin Eden, Eden Hurley. Wir haben gestritten ... aber es war seine Schuld. Er ist so schlecht gelaunt, seit er nicht mehr Rodeos reitet. Ich weiß nicht, wie ich das erklären soll. Carl ist angeschossen ... direkt in die Brust." Sie schwieg einen Augenblick, um wieder einen klaren Gedanken zu fassen. „Habe noch nie so viel Blut gesehen. Oh, bitte, Gott, bitte lass ihn nicht sterben!"

„Ist Carl Ihr Mann?"

„Ja, wir haben oben in Arkansas geheiratet. Wenn wir doch bloß dort geblieben wären."

„Carl Hurley ist also der Verletzte?"

„Nein, Lunsford. Habe ich Hurley gesagt?"

„Ja."

„Er ist kein Hurley. Carl Lunsford, und ich bin seine Frau Eden."

„Die Adresse bitte."

„Dreamy, baba , der Schnee ist dreckig! Die Adresse ... ich wohne hier nicht. Wir wohnen nirgends. Deshalb rufe ich auch aus der Zelle an. Der blöde Kerl an der Rezeption wollte zehn Dollar für die Verbindung im Motel. Damit wäre Carl nie einverstanden gewesen." Eden lehnte sich aus der Tür und sah sich um. „*Nachtlicht* heißt das Motel. Reicht das? Können Sie uns finden? Wir sind in Zimmer 22."

„Ich schicke den Notarztwagen und die Polizei."

„Die Polizei? Mit denen haben wir doch nichts zu tun! Carl wird mir was erzählen – und das alles wegen der blöden Dosen in Tennessee."

„Es tut mir Leid, Miss, ich kann nicht ganz folgen. Hallo? Sind Sie noch dran?"

Eden ließ den Hörer baumeln. Hastig versuchte sie den Schneeberg zu überwinden, den ihr vor wenigen Minuten ein Pflug in den Weg geschoben hatte. Sie strauchelte, fiel in den lockeren Schnee, verlor Dreamy, deren Hand sie gehalten hatte, während ein alter Mann dabeistand und lächelte, weil er glaubte, zwei Schwestern vergnügten sich im frischen Schnee.

* * *

„Der Ranger war uns die ganze Zeit auf den Fersen, Mama. Wir sind gerade noch entwischt, aber eigentlich müsste er unsere Autonummer erkannt haben", sagte ich.

„Ein bisschen mehr nach links mit dem Baum. Er muss schließlich halbwegs gerade stehen. Lehne ihn einfach an die Wand. Der Stamm ist krumm, basta", sagte Mama, und Papa warf entnervt seinen Hut in den Sessel. „Wahrscheinlich war der Boden doch nicht ganz eben. Ein bisschen abschüssig. Wir müssen bloß den Ständer etwas ankippen. Hobart, hast du eigentlich direkt am Boden abgehackt?"

„Weiß ich nicht mehr."

So stritten sie sich, wer schuld am schiefen Baum sei. Papa zimmerte den Ständer aus alten Brettern, die noch von einem aufgegebenen Garagenbau übrig geblieben waren. Er tat es lustlos und war froh, als der Baum halbwegs darin hielt. Ihm war es egal, ob wir anderen auch der Meinung seien, es handele sich tatsächlich um einen Weihnachtsbaumständer.

„Ich hole noch schnell den Baumschmuck vom Boden, bevor ich den Punsch ansetze", sagte ich. Sollten sie sich doch allein weiter zanken. „Aber wenn ich draußen Blinklicht von der Polizei sehe, erwartet nicht, dass ich mich blicken lasse, um euch rauszuhauen."

Ich hörte Mama kichern: „Keine Angst, wir haben den netten Herrn von der Forstverwaltung doch ausgetrickst."

Der Dachboden war mein Reich gewesen, so lange ich zurückdenken konnte. Ich liebte diesen geheimnisvollen Ort mit den Kisten und dem Schrank voller Schätze aus vergangenen Tagen – Kleider mit riesengroßen Knöpfen, hochhackige Schuhe, die eine Tortur für ihre Trägerin gewesen sein mussten, weite Röcke und gepunktete Blusen. Das alles waren Sachen aus den fünfziger und sechziger Jahren, und ich konnte mich nicht erinnern, Mama jemals darin gesehen zu haben. Andererseits würde sie kein einziges Stück davon wegwerfen, solange noch irgendeine Erinnerung an frühere Tage daran haftete. Die meisten Frauen hüten ihre Fotoalben, Mama aber bewahrte ihre alten Kleider auf.

Ich hatte als Mädchen verschiedene Verstecke im Haus, und dazu gehörte auch der Dachboden. Allerdings war ich überzeugt, Eden nicht einweihen zu dürfen. Man musste sich dort oben nämlich sacht und behutsam wie eine Katze bewegen, um auf den nachlässig vernagelten Dielen keine Geräusche zu machen. Das aber konnte ich von Eden nicht erwarten. Ich dagegen bewegte mich dort oben so behände, dass Mama des Öfteren verzweifelt in Haus und Garten nach mir suchte, bis ich den Zeitpunkt für gekommen sah, mich doch noch zu zeigen.

Dann aber versteckte ich eines Tages meine gehorteten Ostereier dort oben – ein Korb mit grünem Plastikgras und vielen bunten Eiern –, weil ich fürchtete, Eden könne sich heimlich bedienen. Doch sie gerieten schnell in Vergessenheit, und Wochen später wollte ich sie retten. Das Entsetzen war groß, als ich bemerkte, dass Mäuse sich daran gütlich getan hatten. Das Stanniolpapier und die

Eierschalen waren aufgenagt, und die Reste von den gekochten Eiern sahen ekelig schwarz aus. Seitdem konnte mich der größte Zank im Erdgeschoss nicht mehr auf den Dachboden vertreiben. Ich fühlte mich nicht mehr geborgen hier oben, denn ich war offenbar nicht allein.

Der Dachboden kam mir viel niedriger, enger und bedrückender vor, als ich jetzt wieder hinaufstieg, und ich empfand nicht mehr die besondere Atmosphäre, die mich früher so angezogen hatte. Am Boden mitten im Weg lag ein Puppenbuggy, die Räder abmontiert. Ich konnte mich nicht erinnern, ihn so zurückgelassen zu haben. Und dennoch, es war wieder diese eingefrorene Welt aus der Vergangenheit, die ich vorfand, bedeckt mit Staub, der zum Teil so alt war wie ich selber. Ich blickte mich um und speicherte in meinem Gedächtnis ein paar Eindrücke wie unsichtbare Fotos. Das tat ich jetzt öfters, seit ich die Zusage von der Kunstakademie in New York bekommen hatte.

Unten klingelte das Telefon, und sofort war sie wieder da, diese Angewohnheit, aus sicherem Versteck heraus andere zu belauschen. Auf Zehenspitzen bewegte ich mich über die Dielen und wäre beinahe über die Antennenkabel gestolpert. Ich erinnerte mich noch an den Tag, als sie hier verlegt wurden. Endlich hatten wir eine vernünftige Antenne auf dem Dach, und wir konnten fortan in Farbe fernsehen. Wie oft hatten wir Mama gequält, weil wir die x-te Wiederholung von Bonanza sehen wollten. Hatten wir doch nun die Begründung, Hoss endlich mal in Farbe sehen zu wollen.

Ich befand mich direkt über Mama, hockte mich hin und lauschte. Seit ich mich erinnern konnte, meldete sich Mama jedes Mal haargenau auf die gleiche Weise am Telefon. Es klang immer ein wenig unwirsch, als sei jeder Anrufer ein unwillkommener Gast. Der Name ihres Arztes, Dr. Lingle, fiel. Der hatte wohl viel zu sagen, denn Mama schwieg fast die ganze Zeit. Nur das Knistern im Korbgeflecht der Rückenlehne verriet, wie aufgeregt sie sein musste. Sie dankte ihm so kurz angebunden, wie sie der fremden Frau gedankt hatte, die ihr von Papas Seitensprung berichtet hatte. Es klang so tonlos, als sei alles Leben von ihr gewichen.

„Hobart, wo ist eigentlich Katrina? Ich muss mit euch beiden reden."

Papa ging auf die Suche nach mir und hatte offensichtlich völlig vergessen, dass ich auf den Dachboden wollte. Nachdem er vergeblich gerufen und alle Zimmer durchsucht hatte, kehrte er zu Mama zurück. Ich aber wollte noch immer nicht mein Versteck verraten. Wie damals war ich meine eigene Gefangene.

„Katrina ist nirgends zu finden. Aber nun sag schon, was los ist?"

„Das war Doc Lingle. Du weißt ja, dass ich diese Gewebeentnahme hatte."

„Nein, davon wusste ich nichts."

„Dieser Knoten in der Brust ... er ist bösartig, und er sagt, dass er schon ziemlich groß ist. Ich soll unbedingt morgen vorbeikommen. Wahrscheinlich muss mir die Brust abgenommen werden."

Es wurde still unter mir. Niemand redete mehr ein Wort, und auch ich saß wie benommen da und konnte nicht fassen, was ich gehört hatte. Am liebsten wäre ich eins mit der dicken Staubschicht hier geworden, die stoisch die Zeiten überdauerte. Es war eigentlich feige, nicht aufzuspringen, die Treppe hinabzusteigen und mit Mama zu weinen. Aber sie hatte es noch nie fertig gebracht, mit einem von uns Arm in Arm zu weinen, und so hatte ich Zeit, mir die Worte zu überlegen, die viel Diplomatie erfordern würden, denn wir mussten über Ängste reden, ohne Angst zu machen und weinen, ohne Tränen zu vergießen.

20

Es war beißend kalt draußen. Eigentlich hätte es schneien müssen, doch Flocken fielen höchst selten vom Himmel bei uns im Tal, genauso wie wir vor Tornados verschont blieben, die es auch nicht über die uns umgebenden Berge schafften. Das hatte Vor- und Nachteile. Auf diese Weise blieb uns zwar so manche Unbill erspart, aber da der belebende Wechsel von Wind und Stürmen, Bergen von Schnee und mildem Tauwetter ausblieb, kam es, dass bei uns der Lebenspuls sehr viel langsamer schlug als anderswo.

Der Samstag war eigentlich der Tag, an dem Papa daheim blieb, in Haus und Garten werkelte, sich anschließend für die Sportsendungen vor den Fernseher setzte, und die Welt um sich herum für ein paar Stunden vergaß. Diesmal aber konnte Papa nicht in den Garten gehen. Mama bereitete sich nämlich auf ihren Klinikaufenthalt vor, und wir bemühten uns sehr, ihr zur Seite zu stehen, erinnerten sie an die Zahnbürste, durchstöberten ihre Frisierkommode und suchten in den Schränken nach Kleidungsstücken, die sie brauchen könnte – bis sie uns schließlich entnervt auf die Veranda verbannte.

Irgendwann hatte sie es geschafft, all ihre Sachen zu packen, und wir erreichten nach kurzer Fahrt das St.-Mary-Krankenhaus. Leider war gerade Besuchszeit, und so fanden wir zunächst auch keinen Parkplatz, bis ein hellblauer Käfer aus einer Lücke fuhr, in die Papa einscherte, bevor andere, die vielleicht schon länger im Kreis gefahren und gewartet hatten, es tun konnten. In solchen Situationen wusste mein alter Vater noch immer seine Ellbogen zu gebrauchen.

„Bildet euch ja nicht ein, dass ich hier ins Gras beiße. Und ich will auch nicht, dass du meinetwegen von deinem Studium abgehalten wirst, Katrina“, sagte Mama. „Papa und ich sind glücklich, dass du so ein Studium angefangen hast, und eines Tages wird eine Schule froh sein, eine so gute Lehrerin einstellen zu können. Ich brauche eure Hilfe nicht. Komme schon alleine klar.“

Ich hatte zu Hause noch nichts von meinen Plänen erzählt, mein

Lehrerstudium abzubrechen. Die Eltern hatten im Augenblick genug Sorgen, und so wollte ich das alles noch eine Weile für mich behalten.

„Doreen, lass mich wenigstens deinen Koffer tragen“, sagte Papa. „Sei gefälligst nicht so hochnäsig, als wenn du niemand brauchen würdest und dir alle anderen schnuppe wären. Morgen um die Zeit bist du so klein mit Hut, wenn sie dich in den OP rollen.“ Er bedeckte mit der Hand den Griff ihres Koffer, damit sie nicht zugreifen konnte.

„Jetzt lasst mich endlich in Ruhe!“

„Warum denn bloß? Wir wollen dir doch helfen. Auch Katrina will das. Du musst uns nur lassen.“

„Und ich werde bestimmt keine Vorlesungen verpassen, Mama“, versprach ich. „Morgen bin ich schon so gegen Mittag fertig. Ich werde meinem Chef im Buchladen sagen, dass ich mal frei nehmen muss. Dafür hat er bestimmt Verständnis.“

„Das freut mich, aber keiner von euch hat einen blassen Schimmer, wie man den Haushalt führt. Hobart, du weißt nicht, wo der Mopp ist, geschweige denn, wie man ihn benutzt. Das muss ein Anblick sein: Hobart Hurley wischt den Fußboden mit der Schürze um den Bauch!“ Sie kicherte.

„Wir werden's vielleicht nicht so hinkriegen wie du, aber bis du wieder auf den Beinen bist, wird's schon klappen“, meinte Papa und ging mit dem Koffer voran.

Es gab nur höchst selten Gelegenheiten, sie als Paar in der Öffentlichkeit zu beobachten.

Während Papa die Formalitäten der Aufnahme erledigte, starrten Mama und ich auf den Fernseher im Warteraum. Es lief gerade das Frühstücksfernsehen.

„Wie kamst du eigentlich darauf, zu Dr. Lingle zu gehen, Mama? Hat dich Mimas Brustkrebs beunruhigt?“

„Nein, aber ein kleines Malheur im Garten hat mich darauf gebracht. Ich habe was bei den Chrysanthemen gepflanzt, und in der Nähe lag die Hacke. Da entdeckte ich Raupen an den Blättern und wollte schnell Gift holen. Dabei bin ich aus Versehen auf die Hacke getreten, und der Stiel ist hochgesaust. Hat mich hier oben getroffen." Sie deutete auf ihre rechte Brust. „Gab einen riesigen blauen Fleck. Und dann tat es tagelang weh. Irgendwas stimmte da nicht, und so bin ich zum Arzt gegangen."

„Aus einem Schlag kann Krebs entstehen?"

„Das nicht. Aber man wird unter Umständen darauf aufmerksam." Sie blickte nachdenklich auf den Bildschirm. „Ich hätte vielleicht schon früher mal zur Vorsorge gehen sollen."

Papa stand an der Schwingtür. „Ich denke, es ist alles erledigt. Wir können reingehen, Doreen."

Die Operation dauerte drei Stunden. Dr. Lingle sprach von einer Totalamputation. Es wurde nicht nur die Brust entfernt, sondern auch das ganze Lymphgewebe in der Achselhöhle des rechten Armes, was ihr hinterher große Schmerzen bereitete. Mama meinte, der Arzt habe ihr wohl noch die Seele rausgeschnitten.

Sie lag da und sah ganz bleich und eingefallen aus, die Augen halb geöffnet wie zwei schwarze Kohlen im weißen Schnee. Wir hatten früher einmal einen Wellensittich, dem wir eines Tages erlaubten, im Zimmer frei umherzufliegen. Doch dann knabberte er an einer exotischen Pflanze, die in der Küche auf dem Fensterbrett stand, und hauchte kurz darauf sein Leben aus. Mehrere Stunden lag das arme Ding röchelnd am Käfigboden, die kleine Brust hob und senkte sich kaum noch, und die winzigen Knopfaugen blickten uns schon leer und leblos an. Mama erinnerte mich heute an den Anblick diesen sterbenden Vogels.

Mama murmelte etwas. Zuerst konnte ich sie nicht verstehen. Sie hatte das schöne, neue Nachthemd eingepackt, ohne zu ahnen, dass sie ihren rechten Arm nicht würde gebrauchen können. Und so fragte sie mich, ob ich ihr nicht den Pyjama mit den Knöpfen von zu Hause besorgen könne. Papa blieb bei Mama, während ich mich auf den Weg machte. Draußen sah ich Tante Pippa in ihrem Auto, auch sie war auf der verzweifelten Suche nach einem Parkplatz. Sie chauffierte noch drei weitere Personen, die ich aus der Ferne nicht erkannte. Es waren vermutlich entfernte Verwandte von meiner Mutter. Gut, das ich mich aus dem Staub machen konnte!

Es roch noch immer scharf nach Putzmitteln, als ich unser Haus betrat. Gestern Abend hatte Mama noch in jedem Winkel gewischt, Toilette und Waschbecken geschrubbt und das Chrom blitzblank gerieben. Das Haus wirkte kalt und leer, und der beißende Chlorgeruch verstärkte den Eindruck noch. Hier war es steriler als in so manchem Krankenzimmer der Klinik. Als sie gestern auf Knien über den Badezimmerfußboden gerutscht war, war mir der Gedanke gekommen, ob sie wohl unbewusst den Schmutz in ihrem Haus für ihre Erkrankung verantwortlich machte und die Hoffnung hegte, mit viel Chlor ein Aufleben des Krebses verhindern zu können?

Als ich so einsam und fröstelnd in der Küche stand, kam mir die Idee, meine Freundin Beth zu fragen, ob ich nicht bei ihr übernachten könne. Sie wohnte in der Nähe der Klinik, und außerdem ersparte ich mir so das Grübeln. Hier im Haus verströmte jedes Stück der Einrichtung einen deprimierenden Geist, der sich meiner zu bemächtigen drohte.

Meine Hand lag bereits auf dem Hörer, als das Telefon läutete. Verärgert nahm ich ihn ab.

„Mrs. Hurley?“

„Nein, *Miss* Hurley. Ich bin die Tochter.“ Sonderbar, dass eine fremde Frau Mama am Telefon verlangte. Wer uns kannte, wusste, dass sie im Krankenhaus lag.

„Ich bin Yolanda Barnes“, sagte die Frau am anderen Ende der Leitung, und dann nannte sie ein paar Titel und den Namen einer Behörde, aber so hastig, dass ich kein Wort verstand.

„Kann ich irgendetwas für Sie tun?“, fragte ich.

„Ich rufe aus Silver Spring in Maryland an. Ich bin Sozialarbeiterin in der Kinder- und Jugendarbeit. Man hat Eden Lunsford – das ist vermutlich Ihre Schwester – verhaftet, und soweit ich verstanden habe, wird sie gerade verhört. Man verdächtigt sie des Mordversuchs an ihrem Mann, Carl Lunsford. Hat sie Sie schon angerufen?“

Ich kannte meine Schwester gut genug, und so geriet ich nicht gleich in Panik.

„Verhaftet?“

„Sie hat sich noch nicht selber gemeldet, Miss Hurley?“

„Nein, aber wir waren auch nicht zu Hause. Ich weiß nicht, ob ich Sie richtig verstanden habe, Mrs. ..."

„Barnes. Ihre Schwester steckt in großen Schwierigkeiten. Ihr Mann befindet sich noch in kritischem Zustand auf der Intensivstation der Klinik. Er hat eine Schusswunde in der Brust."

„Das kann gar nicht sein! Ausgerechnet Eden! Sie kennen sie nicht, Mrs. Barnes. Sie kann keiner Fliege was zuleide tun, geschweige denn einen Menschen umbringen – und dann auch noch ihren Mann! Warum sollte sie denn Carl erschießen?"

„Ich rufe hauptsächlich an, weil auch ein Kind beteiligt ist. Das ist das Problem."

„Sie meinen wahrscheinlich meine Nichte."

„Die kleine Lolita ist zunächst mal in ein Kinderheim gebracht worden. Dort kann sie von Angehörigen abgeholt werden. Wir haben Ihre Nummer von der Verdächtigen bekommen."

„Dreamy wird doch total verschreckt sein. Und ich denke auch nicht, dass sie auf *Lolita* hören wird. Benachrichtigen Sie bitte alle, die mit ihr zu tun haben, dass sie von uns hier Dreamy genannt wird. Sie ist auch keine Lunsford. Carl ist nicht der Vater."

Es wurde still im Hörer. Vermutlich machte sich die Frau gerade Notizen.

„Ich muss unbedingt wissen, wie ich die Kleine so schnell wie möglich abholen kann", sagte ich. „Maryland, das ist an der Ostküste. Da kann ich ja nur fliegen. Ausgerechnet ist meine Mutter frisch operiert. Aber ich muss trotzdem kommen."

„Wie alt sind Sie denn?"

„Neunzehn."

„Und ihr Vater? Kann sich der Großvater um das Kind kümmern?"

Ich dachte an Papa, der gerade verzagt an Mutters Krankenbett wachte und im Moment keinen zusammenhängenden Satz herausbrachte. „Zumindest wird er alle nötigen Papiere unterschreiben", sagte ich.

„Welches ist ihr nächster Flugplatz?", fragte die Frau.

„Little Rock ist der einzige, der in Frage kommt."

„Wahrscheinlich werden die Jugendbehörden von uns hier und

von Little Rock bei Ihnen zusammenarbeiten müssen, um den Flug zu organisieren."

„Wir wohnen aber nicht direkt in Little Rock. Da ist nur der nächste Flugplatz. Mockingbird Valley haben Sie wahrscheinlich noch nie gehört."

* * *

In der Sitzecke vor Mamas Krankenzimmer hatte sich die Verwandtschaft versammelt, als ich mit ein wenig Proviant für Papa und dem Pyjama eintraf. Nola und Lillibelle, Papas Schwestern, saßen mit ihren schweigsamen Männern auf den unbequemen Stühlen und unterhielten sich angeregt. Mama war gewiss heilfroh, dass ihre Schwägerinnen nicht mit ins Krankenzimmer gekommen waren. Sie hasste solche Höflichkeitsbesuche.

Bei Mama im Zimmer fand ich Tante Pippa und ihre Tochter Roxanne vor, die eigentlich auf ein Internat ging, aber übers Wochenende zu Hause gewesen war. Sie machte ein so mürrisches und gelangweiltes Gesicht, dass jedem klar war, wie sehr Tante Pippa ihrer Tochter zugesetzt haben musste, um sie zum Mitkommen zu bewegen. Ich konnte mir vorstellen, was es für Roxanne bedeutete, zu einer alten, kranken Tante gezerrt zu werden, die sie kaum kannte.

Jetzt entdeckte ich auch Tante Velda, die bislang still in einer Zimmerecke auf einem der Besucherstühle gesessen hatte. Ihr rot gefärbtes Haar wirkte matt und ausgewaschen, die Locken schlecht gewickelt. „Da ist ja unser Mädchen, die Katrina!", sagte sie mit heiserer Raucherstimme, und ich bildete mir ein, sie stieße mit jedem Wort Qualmwölkchen zwischen den Zähnen hervor.

„Doreen, deine Älteste ist da, und sie hat dir auch was mitgebracht. Wenn die Schwestern es erlauben, können wir dich dann auch umziehen. Da bist du aber froh, nicht wahr, Doreen?", krächzte Velda und hustete. „Bist ein gutes Mädchen, Katrina. Und was macht deine kleine Schwester? Was treibt Eden so? Der Herrgott wird schon ein Auge auf sie haben."

Mich ärgerte es, wie sie sich wieder anbiederte. Wir alle wussten, dass ihr der liebe Gott ziemlich egal war. Es war also eine Floskel ohne Inhalt. Ich vermutete, dass sie ohnehin nur hier war, um Geld zu schnorren. Warum sonst sollte Velda ausgerechnet meine Mutter besuchen?

Sie blickte erwartungsvoll in die Runde, aber niemand von uns war bereit, sie einzuweihen und ihr vom traurigen Schicksal meiner Schwester zu erzählen.

Ich nutzte den Augenblick und überreichte Papa die mitgebrachten Hamburger. „Danke, Katrina. Ich werde mich draußen an einen Tisch setzen. Wie sieht's aus, Doreen, brauchst du noch was im Augenblick?"

Sie konnte die Arme kaum bewegen, aber das Signal war deutlich. *Geht nur und lasst mich alle in Ruhe*, schien sie sagen zu wollen. Ich war wohl die Einzige, die bemerkte, wie sehr sich Mama all die Hurleys aus ihrem Zimmer wünschte.

Papa hinkte vor mir aus dem Zimmer. Er bewegte sich immer langsamer, fast unbeholfen wie ein Greis. Ich versuchte mir vorzustellen, dass dies einmal ein junger Mann gewesen war. Hatte dieser gebeugte Greis jemals Freude in seinem Leben gehabt, hatte er jemals gewagt, die Erfüllung seiner Träume zu erhoffen?

Wir saßen einander gegenüber, und er kaute wortlos seine Hamburger, während ich Löcher in die Luft guckte. Ich war es gewohnt, mit Papa zusammen zu sein und stundenlang kein Wort zu wechseln. Wann endlich würde sich der Raum etwas leeren, so dass wir reden konnten?

Ich legte meine Hand auf seine, und er fuhr erschrocken zusammen. Ob er sich jetzt ganz von mir zurückziehen würde? Ich musste ihn schließlich irgendwann in meine Zukunftspläne einweihen. Wer weiß, vielleicht würde ihn ja meine Nachricht vollends aus der Bahn werfen – jetzt, da Mamas Krankheit ihn sicherlich schwer belastete. Zumindest musste ich damit rechnen, dass er sich ganz aus meinem Leben zurückzog.

„Papa, wir müssen, sobald wir zu Hause sind, dringend ein paar Telefonate führen. Eden steckt wieder mal in größten Schwierigkeiten, und ich weiß auch noch nicht alles."

„Ich hole sie aus keinem Schlamassel mehr raus. Vielleicht wacht sie ja mal auf, wenn sie ganz tief drinsteckt. Haben sie seinen Wagen zu Schrott gefahren?"

„Das nicht, aber Carl liegt im Krankenhaus. Er ist angeschossen und liegt im Koma."

„Was sagst du da?"

„Man beschuldigt Eden, aber wir müssen erst mal ihre Version hören."

Papa sagte kein Wort.

„Sie haben Dreamy in ein Kinderheim gesteckt. Wir müssen sie also so schnell wie möglich da rausholen."

Papa strich sich mit der Hand über die Stoppeln. „Wenn ich mal ins Gras beiße, weiß ich, wer dran schuld sein wird. Habe schon immer gesagt, dass Eden mich mal ins Grab bringen wird."

Roxanne spähte um die Ecke. „Katrina, da ist ein Freund von dir bei deiner Mutter. Er hat nach dir gefragt. Sol heißt er glaube ich."

„Sag ihm, er soll dort auf mich warten. Ich komme gleich. Danke, Roxanne."

Ich wandte mich wieder Papa zu: „Wir können Mama jetzt noch nichts sagen. Sie muss erst wieder richtig auf dem Damm sein."

„Wie soll ich ihr das verheimlichen? Da war ich noch nie gut drin, Katrina."

„Dann werde *ich* mit ihr reden. Ich werde sagen, dass ich mit Eden gesprochen habe und dass sie einverstanden ist, uns Dreamy zu Weihnachten zu lassen. Das wird ihr nicht komisch vorkommen, weil's glaubwürdig klingt. Sie wünscht es sich doch so sehr. Und ich denke, es wird auch dafür sorgen, dass sie ganz schnell gesund wird, wenn sie sich auf was freut. Wir können schön bummeln gehen und für die Kleine was einkaufen."

„Und was wird aus deinem Studium?"

„Studium?" Seit meinem Gespräch mit der Sozialarbeiterin hatte ich fast das Atmen vergessen. Wie sollte ich da ans Studium denken?

„Klar mache ich mit dem Studium weiter – wie immer, Papa", sagte ich schnell. Es war mir klar, dass dies nicht der Augenblick war, Papa von der Akademie in New York zu erzählen.

„Mit Dreamy müssen wir uns das noch mal überlegen", wandte Papa ein. „Wir können von Mama nicht erwarten, dass sie in ihrem Zustand Dreamy hinterrennt. Die Ärzte haben uns ja noch nicht mal was gesagt nach der Operation. Erst morgen wissen wir Bescheid. Es sind harte Zeiten angebrochen, Katrina. Aber du bist noch jung, dir wird noch so manches Schöne begegnen."

„Bis zu den Semesterferien ist es noch eine Woche. Das ist nicht das Problem, aber ich mache mir um Dreamy Sorgen. Wie mag es ihr in diesem Kinderheim gehen?"

„Es hört sich vielleicht kaltherzig an, Katrina, aber das sollte Edens Sorge sein, nicht meine und auch nicht deine. Ihr Kind wird im Heim bleiben müssen. Ich werde mich schon darum kümmern, dass Mama sich damit abfindet."

„Kommt nicht in Frage!", rief ich entrüstet. „Ich kümmere mich um Dreamy und werde dort Bescheid sagen, dass wir sie in einer Woche abholen."

„Das ist typisch Katrina", sagte Papa und schüttelte den Kopf. „Ein Jammer, dass deine Schwester nie in deine Fußtapfen getreten ist."

* * *

„Lieber Gott, du musst mir jetzt unbedingt helfen! Ich kann doch nichts für alles, was passiert ist, aber das hier ist die Hölle."

„Halt endlich deinen Rand! Wir wollen schlafen, du blöde Kuh!", hörte Eden hinter sich eine barsche Stimme.

Sie spürte das kalte Eisen der Gitterstäbe in ihrer Wange. Mit ihren Händen hielt sie sie umklammert. Die Beine drohten ihr den Dienst zu versagen, aber sie fürchtete sich davor, sich neben eine dieser Frauen zu legen, denen das Gefängnis ein Zuhause geworden war. Sie presste die Stirn gegen das Eisen, doch es tat sich nichts, unerbittlich blieben die Stäbe.

Gebet verändert alles. Das hatte Katrina hin und wieder behauptet. Hatte sie jemals gelogen? Ein schmales Fenster dicht unter der Decke ließ einen schwachen Schimmer des Mondlichts herein, ein bleiches, milchiges Licht, das noch kälter schien, wenn es vom nackten Beton des Fußbodens zurückgeworfen wurde. Das war nicht ihr vertrautes Zimmer zu Hause in Mockingbird Valley, wo der Mond ihre kuscheligen Kissen beschien.

Sie schloss die Augen, um in Gedanken nach Hause zu fliegen. Tagträumend stand sie da, halb wachend, halb schlummernd: Zwei Schwestern zwischen den Dahlien, Verstecken spielen, zappelnde Kaulquappen im Kescher, Kreischen vor Ekel, abends gemeinsam ins Bett, Gelächter, Toben, nicht schlafen wollen ... „He, Sie!", rief Eden, als eine Wächterin vorbeikam. „Laufen Sie nicht vorbei! Es hat noch nicht geklappt mit meinem Anruf zu Hause. Ich kenne meine Rechte. Hört mir denn keiner hier zu? Ich muss ..." Die Frau war bereits fort.

„Katrina, warum bist nie zu Hause? Warum meldet sich keiner? Das ist ein abgekartetes Spiel! Sonst ist ständig jemand zu Hause in Mockingbird Valley! Immer ist jemand da, der mir die Tür aufmacht."

„Ich will mein Mädchen wiedersehen!", rief Eden, die sich so sehr danach sehnte, ihr Kind in den Armen zu spüren und an Carl geschmiegt die Nacht zu verbringen.

21

Mama befestigte die Blüte aus Seidenpapier an dem Päckchen und ließ das Bändchen, das alles zusammenhielt, zwischen Daumen und einem Scherenblatt hindurchgleiten, dass es sich zu Löckchen rollte. Die Chemotherapie hatte ihr Gesicht feist werden lassen. Die Wangen glänzten straff und fettig. Irgendwie sah sie dadurch sogar jünger aus. Wenn man ihr so zuschaute, wie sie mit Hingabe kleine Geschenke einpackte und Anekdoten über den einen oder die andere aus der Familie erzählte, dann wäre man nicht auf den Gedanken gekommen, dass es ihre letzten Tage sein konnten.

„Gut, dass Papa doch noch ein bisschen Geld für die Geschenke locker gemacht hat", meinte Mama. „Normalerweise knausert er ja, wo es geht. Hortet alles, wie ein Hamster. Er glaubt, eines Tages so viel gespart zu haben, dass er noch Millionär wird. Aber dies Jahr will ich Weihnachtsgeschenke für alle haben, auch wenn längst nicht alle kommen werden. Hab ihm gesagt, er soll gefälligst ein bisschen Geld zusammenkratzen. Weißt du, ich frage mich, ob er sich gleich 'ne Neue sucht, sobald ich unter der Erde bin."

„Red nicht so was, Mama."

„Ich rede, wie mir der Schnabel gewachsen ist, Katrina. Wart's mal ab, ob ich nicht doch Recht habe. Er hat mich und die Kinder immer so kurz gehalten, dass er genug zusammengerafft hat, um sich jetzt irgend so eine teure Thusnelda zu leisten."

Das wollte ich nicht länger mit anhören. „Wir müssen uns ein bisschen beeilen, sonst wacht Dreamy auf", sagte ich schnell. „Wenn sie erst hier aufkreuzt, wird sie gleich über all die Päckchen herfallen."

„Sie ist immer noch ein bisschen durcheinander mit dem Schlafrhythmus. Schließlich kommt sie von der Ostküste. Da schläft sie bestimmte noch eine gute Stunde." Mama mühte sich mit einer Schleife. „Mit der Verdauung ist sie auch noch nicht auf dem Damm. Aber sie hat ja auch Schlimmes durchgemacht."

Dreamy hatte seit ihrer Heimkehr vor einer Woche Bauchkrämpfe – vor allem Nachts. Ihre Pflegemutter meinte, man habe der Kleinen wohl vorher Kuhmilch gegeben, und das vertrüge sie offensichtlich nicht.

Ich war an die Ostküste geflogen, um Dreamy abzuholen. Am Dulles-Flughafen hatte ich mich mit einer Sozialarbeiterin und der Pflegemutter verabredet, und Dreamy hatte bereits eine emotionale Bindung zu der neuen Mutter entwickelt, sodass sie sich für einen schrecklich langen Augenblick an deren Rockzipfel klammerte, bis sie begriff, wen sie vor sich hatte. Dann ließ sie los und rannte auf mich zu. „Tante Katien, Tante Katien!"

Anschließend besuchte ich noch Eden in der Untersuchungshaft. Sie trug eine zwei Nummern zu große, orangefarbene Gefängnisuniform und sah schrecklich darin aus. Mit Tränen in den Augen erkundigte sie sich nach unserer Mutter, und als sie von der Krebserkrankung erfuhr, starrte sie mich ungläubig an. Ob wir Mama die Wahrheit gesagt hätten, wollte Eden wissen. „Ich denke, sie weiß, wie es um sie steht", antwortete ich.

Eden hatte gerade noch Zeit zu beteuern, Carl kein Haar gekrümmt zu haben, und dann war die Besuchszeit auch schon wieder vorüber. Ich hätte gern noch gefragt, ob Carl ihr etwas angetan habe, aber wir mussten uns verabschieden. Dreamy warf ihrer Mutter noch einen Handkuss zu und ging dann mit mir, ohne allzu erschüttert zu sein. „Ich komme mit dir, Tante Katien", sagte sie fast fröhlich.

Da wir unseren Nachmittagsflug bereits gebucht hatten, blieb keine Zeit mehr, Carl im Krankenhaus zu besuchen. Aber er wusste ja auch nicht, dass wir durch Maryland reisten.

„Ich kriege die Schleifen nie so gut hin wie du, Katrina. Was hältst du davon, wenn ich nur einpacke, und du bindest die Bänder drum."

„Dann gib mir die Schachtel, die du gerade in der Hand hast. Was ist drin?"

„Das geht dich gar nichts an, du Neugiernase."

„Du hast mein Geschenk eingepackt, obwohl ich in der Nähe war?"

„Aber du hast es nicht mitgekriegt", sagte Mama und grinste spitzbübisch. „Du musst schon noch bis Weihnachten warten."

Gedankenverloren schaute sie sich im Zimmer um, nachdem sie das letzte Päckchen erschöpft beiseite gelegt hatte. Immer wieder blieb ihr Blick an einem der wohlvertrauten Gegenstände haften, als wolle sie jeden Eindruck ganz bewusst in ihrem Gedächtnis speichern. Ihre Hand glitt über die Flickendecke, die wir gemeinsam in endlosen Stunden zusammengenäht hatten. „Ich habe mitbekommen, dass du gestern Abend noch telefoniert hast. Stimmt's?", fragte sie.

„Du hättest doch längst schlafen sollen."

„Ich tu doch kaum noch ein Auge zu. Dieser Verband ist gräuslich. Hat Doc Lingle gesagt, wie lange ich den noch haben muss?"

„Die Wunde muss auf jeden Fall sauber bleiben."

„Mehr hat er nicht gesagt? Hat er nicht angedeutet, ob der Krebs wiederkommen kann?" Ich spürte ihren forschenden Blick. Keine Regung in meinem Gesicht sollte ihr entgehen. Und sie lauschte gespannt, ob mein Tonfall mich nicht verriete – ob ich womöglich verschweigen würde, was ich wusste.

„Das sind ja Gespräche, die gar nicht so richtig zur Weihnachtsstimmung passen", sagte ich ausweichend, denn wir verheimlichten ihr die tatsächliche Diagnose, wie wir auch nichts von Edens Festnahme erzählten. Immerhin gab es noch einen Hoffnungsschimmer, dass Carl überleben und man die Anklage gegen Eden fallen lassen würde. Trotzdem litt ich schwer unter meinen Gewissensbissen. Jeden Abend ging ich vor dem Zubettgehen auf die Knie und bat Gott um Gnade für Eden. „Ach, du wolltest wissen, mit wem ich telefoniert haben", sagte ich. „Ich habe nur mit Eden gesprochen. Ich dachte, wenn ich spät am Abend anrufe, störe ich dich nicht mehr."

„Du redest mit ihr jetzt öfter als früher. Man hat den Eindruck, ihr kommt inzwischen besser miteinander klar. Das freut mich jedenfalls."

Eden hatte am Telefon noch heftiger geweint als bei unserem Wiedersehen. Man hatte nun auch noch Carl angeklagt. Sie berichtete wirr und ohne Zusammenhang von Überfällen, Konservendosen und von der Flucht durchs halbe Land. Der Pflichtverteidiger meinte, ihre Chancen, frei zu kommen, stünden fünfzig zu fünfzig. Ohne Kaution werde sie wohl bis März in Maryland bleiben müssen.

„Ob Eden wohl langsam begreift, dass sie auf die Familie angewiesen ist? Ich denke, allmählich dämmert's ihr, dass sie uns alle braucht“, meinte Mama.

„Das denke ich auch“, antwortete ich.

„Ich habe das auch erst lernen müssen, das kannst du mir glauben.“

„Wieder ein Päckchen fertig? Das sieht ja süß aus!“

„Ich jedenfalls brauche meine Familie jetzt ganz besonders ...“ Ihr versagte die Stimme. Dann räusperte sie sich und fuhr fort: „... ihr müsst jetzt alle bei mir sein. Eden weiß, dass es mir so bescheiden geht, und dann lässt sie sich nicht einmal blicken. So ist sie immer zu mir.“

Stumm schnitt ich die Enden einer Schleife ein. Ich konnte doch nichts sagen.

„Sing mir was vor, Katrina.“

„Das mache ich gern.“

„Was Feierliches.“

„*Freue dich, Welt*?“

„Au ja!“

* * *

Sol kam jetzt regelmäßig vorbei und erwies sich als galanter Verehrer, der niemals vergaß, ein kleines Geschenk für mich mitzubringen. Oft gingen wir auch zur Mittagspause im Park spazieren und trafen uns zum Picknick. Dann saß Dreamy stolz wie ein Ritter auf seinen Schultern, und er trug sie offenbar gern.

Dabei war Dreamy manchmal ziemlich unleidlich. Die plötzliche Trennung von der Mutter und der für sie völlig unerklärliche Aufenthalt bei der Pflegefamilie hatten tiefe Spuren in ihrer kleinen Seele hinterlassen. Glücklicherweise hatte sie Puppe Peggy fast immer als Seelentröster dabei. Doch sie behandelte sie nicht entsprechend. An der Stirn war das arme Ding schon kahl, weil Dreamy sie ständig an die Nase drückte, die Haare standen wirr zu Berge, und ein

Puppenauge war auch bereits herausgerissen. Ich selber hatte alle meine Baby-Puppen gut behandelt und für später aufgehoben. Seit ich nicht mehr mit ihnen spielte, saßen sie artig in einer Ecke meines Zimmers und warteten darauf, wieder zum Leben erweckt zu werden. Zunächst hatte ich vorgehabt, die eine oder andere Dreamy zum Spielen zu geben, aber als ich gerade wieder beobachtete, wie die Kleine mit dem Finger in der Augenhöhle ihrer armen Peggy bohrte, überlegte ich es mir anders.

Sol meinte: „Deine Mutter sah eigentlich ganz gut heute aus. Meinst du, dass sie über den Berg ist?"

„Nicht wirklich. Sie fühlt sich heute mal ein bisschen besser. Nach der Behandlung vor ein paar Tagen war ihr dauernd übel. Da ist sie wahrscheinlich nur sehr erleichtert, dass sie das nicht mehr hat. Möchtest du übrigens Käse und Mayo auf dein Sandwich?"

Er nahm mir das Plastikmesser aus der Hand. „Du sollst mich nicht so bemuttern."

„Na gut, dann kümmere ich mich um die Getränke", sagte ich.

„Ich habe übrigens deinen Professor Kaleidoskop – oder wie er heißt – getroffen."

„Calypso."

„Ich soll dir ausrichten, dass die Kunstakademie angerufen hat. Sie haben eine Studentin gefunden, mit der du das Zimmer teilen kannst."

Ich seufzte. Dr. Calypso würde gewiss nicht verstehen, dass ich zunächst einmal auf meine Schwester aufpassen musste. Ihr junges Leben war bereits derart verpfuscht, dass sie jetzt intensive Zuwendung brauchen würde.

„Hast du übrigens schon mal bemerkt, dass er das S zwischen den Zähnen pfeift?", fragte Sol.

„Schon, aber das stört mich an ihm überhaupt nicht. Calypso ist so ein ausgezeichneter Prof, da spielt das überhaupt keine Rolle. Wenn er erzählt, ist das so interessant, da überhörst du glatt jeden Sprachfehler."

„So, da sind zwei leckere Sandwichs. Eins für die Kleine."

„Na, dann können wir ja anfangen."

„Lass uns zuerst danken", sagte Sol. Er räusperte sich. „Lieber Gott, wir danken dir für deine Gaben ..."

Dreamy und ich bewarfen uns unterdessen mit Chips und glucksten.

„... für diesen herrlichen Tag, den Sonnenschein, die Vögel ..." Er war so eifrig bei der Sache, dass er unser Knispeln der Chips zwischen den Zähnen gar nicht bemerkte. „... und segne diese Speise, dass sie uns bekommt. Amen."

„In Jesu Namen. Amen", nuschelte ich mit vollem Mund.

„Ame", sagte Dreamy.

Nach dem Essen vertraten wir uns noch ein wenig die Beine und ließen Dreamy eine Weile auf die Schaukel, während Sol und ich wie ein junges Ehepaar dem eigenen Sprössling zusahen. An der Fußgängerbrücke wollte Dreamy unbedingt – wie ich vor vielen Jahren – die Böschung zum Bach hinabklettern, und genauso wie meine Mutter damals verbot ich es ihr, ich inkonsequente Heuchlerin. Hatte ich mir damals nicht geschworen, wenn ich einmal Mutter sein würde, gäbe es solche Verbote bestimmt nicht? „Du machst dich da ganz dreckig", rief ich. „Ba ba!"

„Ich möchte mal wissen, wie viele Steine wir als Jungs in diesen Bach geworfen haben – wohl jeden Tag ein Dutzend", meinte Sol. „Erinnerst du dich eigentlich noch, dass hier plötzlich ein paar Riesenschildkröten aufgetaucht sind? Als hätten sie sich aus Ekuador verlaufen. Wir hätten auf ihnen reiten können."

„Ich habe mich auch immer gefragt, woher sie gekommen waren. Zweimal habe ich sie mindestens gesehen." Mir hatten die Tiere damals ziemlich Leid getan, denn ganze Scharen von Kindern waren herbeigelaufen gekommen und hatten sie angestarrt. „Ein paar von den Rowdys haben Steine nach ihnen geworfen", erzählte Sol. „So lange, bis eine tot war. Bevor wir eingreifen konnten, war's schon zu spät. Die armen Viecher!"

Ich wusste gar nicht, dass Sol so mitfühlend sein konnte. Das machte Eindruck auf mich.

„Typisch Jungs", meinte Sol selbstkritisch. „Wir müssen uns immer beweisen."

Aber auch wir Mädchen hatten es faustdick hinter den Ohren. Unser Revier war das nördliche Ufer des Baches. Und weiter oben im Galla Creek wateten auch wir knöcheltief ins Wasser, um verbotenerweise Flusskrebse zu fangen. Sollte ich Sol davon erzählen? Ich entschied mich zu schweigen, denn ich ahnte, dass auch er nicht alles erzählen würde.

* * *

Während ich mich am Abend von Sol an der Tür verabschiedete, brachte Mama Dreamy zu Bett. Nachdem er gegangen war, blieb ich im dunklen Flur stehen und lauschte in Edens Zimmer. Dreamys piepsige Stimme bildete einen deutlichen Kontrast zu Mamas sonorem Alt.

„Noch beten, Omama", sagte die Kleine.

„Ja? Na schön. Wie macht das Tante Katien denn?"

„Sitzt auf den Knien und spricht mit Jesus."

Mama kniete sich ächzend vor Edens Bett. „Lieber Herr Jesus", begann sie zögerlich. „Segne Dreamy in der Nacht. Pass auf ihre Mama auf und auf den Mann, mit dem sie zusammen ist – Carl."

„Auch für Tante Katien beten", drängte Dreamy.

„Und für Tante Katien."

„Und für Omamas Auaweh."

„Mein was?"

Dreamy deutete auf den Verband, der durch Mamas Bluse hindurchschien. Meine Mutter neigte gehorsam den Kopf und fuhr mit geschlossenen Augen fort: „Pass auch auf mich auf, damit es mir wieder besser geht, Jesus. Ich habe Frieden gefunden ..." Mehr brachte sie nicht heraus, denn ihr versagte die Stimme.

„Nicht weinen, Omama", flüsterte Dreamy, und Mama, die noch immer vor dem Bett kauerte, hatte ihren Kopf an die Bettkante gelehnt. Dreamy strich ihr zärtlich übers Haar.

„Ach, Mama!", rief ich, lief zu ihr und kniete mich neben sie. Sie aber ließ sich nicht stören und betete weiter: „Wenn du dich doch noch um meine Jüngste kümmern würdest, Gott", schluchzte sie.

„Für alles andere kann ich noch sorgen, wenn's meine Kräfte erlauben."

Sie kauerte noch eine Weile schweigend vor dem Bett. Dann drückte sie meinen Arm, stand auf und begab sich in ihr Zimmer.

Die Festtage kamen und gingen, und zu Beginn des neuen Jahres bemerkten wir, dass Mama immer öfter wirres Zeug redete, kindische Bemerkungen machte, sich unbegründet über das Essen beschwerte und von Fremden erzählte, die sie in ihrem Zimmer heimsuchen würden. Es gab diese Fremden natürlich nicht, dennoch mussten wir die völlig Verstörte immer wieder trösten und beruhigen. Papa und ich krochen dann am Fußboden herum, guckten unters Bett, unter Tisch und Schränke und verkündeten: „Keiner da!" Aus heiterem Himmel schrie sie zuweilen wie am Spieß. Papa beugte sich dann über sie und redete beruhigend auf sie ein, niemand sei gekommen, um sie abzuholen. Und es erschütterte mich jedes Mal, wenn ich sah, mit welch abgrundtiefem Misstrauen sie ihren eigenen Mann anstarrte. In einem lichten Augenblick bekannte sie mir einmal, sie habe geglaubt, Papa sei ein Verräter, ein Mitarbeiter des CIA, der es auf sie abgesehen habe. Der behandelnde Arzt ließ mich wissen, dass starke Schmerzmittel manchmal Halluzinationen auslösen. Schlimm war nur, dass die Personen, die ihr erschienen, nicht so friedfertig waren wie Papas eingebildete Gesprächspartner. Durch diese Anfälle kam ich jedoch meinem Vater wieder ein wenig näher. Er öffnete sich mir, als wolle er einen Ausgleich schaffen für die Distanz, die sich zwischen Mutter und mir auftat.

Eine große Sorge schien Mama plötzlich umzutreiben. Geradezu zwanghaft erklärte sie mir mehrmals am Tag, dass ich sicher sein könne, kein Kind der Sünde zu sein, auch wenn Tante Velda oder andere etwas anderes behaupten sollten. Dann solle ich nicht hinhören und mir sagen, dass es alte Lästermäuler seien, die so was behaupten. Diese zwanghafte Beschäftigung mit meiner Legitimität machte mich stutzig. Und so begann ich, die Heiratsurkunde meiner Eltern zu suchen, um sie an meine Geburtsurkunde zu heften. So würde ich jedem, der böswillig

Lügen verbreitete, etwas entgegenzuhalten haben. Doch ich suchte vergebens.

Einige Frauen aus der Nachbarschaft kamen in regelmäßigen Abständen, um meine Mutter zu besuchen. Sie brachten oft warmes Essen mit und frisch gepressten Orangensaft. Eine von ihnen, sie wohnte zwei Häuser weiter, hatte ihren Mann vor einiger Zeit aufgrund einer Krebserkrankung verloren. Sie hieß Amy Baldwin, eine hagere Frau mit hellblond gefärbtem Haar. Sie meinte es zwar gut, brachte aber Mama schnell gegen sich auf, denn sie kochte immer nur vegetarisch, und das setzte meinen Vater sofort dem Verdacht aus, mit dieser Frau unter einer Decke zu stecken. Eines Tages blieb Amy ein bisschen länger als sonst und unterwies meinen Vater langatmig, wie er seine Frau zu ernähren habe, was meiner Mutter einen weiteren paranoiden Schub bescherte. Sobald die Frau uns verlassen hatte, sprang Mama aus ihrem Bett und schrie: „Wirf dieses ekelhafte Zeug weg, Katrina. Die Frau will mich vergiften."

„Mrs. Baldwin ist eine Frau, die sehr auf ihre Gesundheit achtet", entgegnete ich. „Immer mehr Menschen glauben inzwischen, dass es nicht gut ist, zu viel Fleisch zu essen. Sie hat einfach das Gefühl, gebraucht zu werden, wenn sie andere beraten kann."

„Ich esse so viel Fleisch, wie ich will! Und trinke gesunde Milch. Was bildet sich diese Kuh eigentlich ein, dass sie Papa überredet, mir eine Karottendiät zu verpassen! Die will doch nur, dass ich verrecke, und ich weiß auch, warum."

Ihr Tonfall verriet, was sie meinte. Papa stand derweil in der Küche und schüttelte den Kopf.

„Hast du gesehen, wie eng sie ihre Taille geschnürt hatte? Und als sie im Flur stand, hat sie eindeutig Papa schöne Augen gemacht. Ich hab's genau gesehen. Die flirtet, was das Zeug hält. Ich dachte, ich würde verrückt werden da in meinem Bett. Dann ist sie endlich abgehauen."

„Ich habe nicht gesehen, dass sie Papa schöne Augen gemacht hat. Wie hat sie denn geflirtet?"

„Dann war es wohl nicht diesmal, vielleicht letztens, als du unterwegs warst."

„Und wo war Papa?“
„Wann?“
„Als die Frau geflirtet hat.“
„Der stand dabei und hat gegafft. Kann man ihm ja auch nicht verdenken. Schließlich ist er auch nur ein Mann.“

* * *

Mamas Zimmer verkam immer mehr zu einer Räuberhöhle. Frauenzeitschriften und Tageszeitungen stapelten sich. Niemand durfte ihre alte Puppensammlung berühren, sodass sich eine dicke Staubschicht wie Mehltau darauf gelegt hatte. Die armen Dinger blickten mich starr und stumm an wie vernachlässigte Stiefkinder. Das Alpenveilchen auf dem Fensterbrett war vertrocknet, die Blätter hingen schlaff über den Topfrand, die Stängel dünn wie Grashalme. Das Töpfchen folgte offenbar dem Schicksal seiner Herrin. Überall lagen Bücher herum, Agatha Christies sämtliche Werke, Arztromane und Reiseberichte. Eine Freundin hatte einen ganzen Arm voll für ein paar Cent pro Stück auf dem Flohmarkt erstanden. Und weil sie Geld gekostet hatten, durften wir auch keins davon wegwerfen. Mama tat, als raubten wir ein Stück ihres Lebens, wenn wir auch nur irgendetwas aus diesem Zimmer entfernen wollten.

Immer öfter sprach sie jetzt von den Wesen im Haus, die herumschleichen und auf sie warten würden. Himmlische Wesen seien es. Und ab und an lauschte sie, als würde sie ihren Flügelschlag hören. Waren sie bereit, sie aus diesem Jammertal fortzutragen?

22

Sooft es die Justizbehörden in Maryland erlaubten, suchte ich den Kontakt zu meiner Schwester, während Mr. Lundsford sich um seinen Sohn in der Klinik kümmerte. Er rief jetzt fast jeden Tag an, um uns zu berichten, welche Fortschritte Carl mache – dass er seinen großen Zeh schon wieder bewegen könne oder neuerdings im Schlaf rede.

Sol und ich sahen uns jetzt fast täglich. Wenn Dreamy ihren Mittagsschlaf machte und uns ein bisschen Muße gönnte, lockte er mich hinaus ins Freie, und wir zogen uns meist in die Weinlaube zurück. Wir saßen dann beieinander, ich blickte zu ihm auf, er hielt mein Gesicht in seinen Händen und betrachtete es liebevoll, bis es sich eingrub in sein Herz und er es mitnehmen konnte. Es hatte eine Weile gedauert, bis es ihm gelang, sich in mich hineinzudenken, zu erspüren, was mich bewegte und was mir wichtig war. Allmählich aber fasste er Vertrauen, und er begann, einen ganz neuen Acker zu bestellen – unsere Beziehung –, Furche um Furche. Nach und nach verriet er mir kleine und große Geheimnisse und bekannte mir, was ihn bewegte – wie sehr er beispielsweise erleichtert gewesen war, als er mich im Sumner-Stadion mit Beth hatte sitzen sehen.

Dreamy hatte derart von mir Besitz ergriffen, dass ich meine Staffelei eine Ewigkeit nicht mehr angefasst hatte. Und auch wenn ich mit Mamas Pflege vollauf beschäftigt war, versuchte Sol immer wieder, meine Liebe zur Kunst neu zu wecken, indem er vorschlug, ich möge ein Portrait von ihm zeichnen. Ich hätte es tatsächlich auch ohne ihn anfertigen können – so oft hatte ich seine feinen Züge schon betrachtet und in meinem Gedächtnis gespeichert.

Er hatte mit Dr. Calypso gesprochen, und die beiden taten nun alles, mich hin und wieder ins Atelier zu locken. Ich sollte doch meine vielen Ideen wieder auf Leinwand bannen können. Meine Malutensilien, die ich in Papas Garage untergebracht hatte, holte Sol eines Tages ab und brachte sie ins Atelier von Sumner Hill. Er stellte meine Staffelei ans Fenster, und als ich mich wieder dort sehen ließ und meine Pinsel aus der Schublade holen wollte, stand auf dem Schildchen nicht mehr wie bisher: *Katrinas Sachen*, sondern: *Katrinas Flügel.* Sol hatte das eine Wort durchgestrichen und durch das andere ersetzt. Sollte ich wirklich jemals wieder fliegen?

Als Mama Sols Portrait sah, rief sie: „Katrina, du hast nie eins von mir gemacht! Ich liege den lieben langen Tag hier dumm rum, da könntest du mich doch auch mal portraitieren. Machst du das?" Mama hatte trotz Chemotherapie ihr Haar nicht verloren, und das machte sie überglücklich. Aber dann weigerte sie sich beharrlich, einen Friseur ins Haus zu bestellen, das Haar zu waschen und neu zu legen, bevor ich sie malte. Sie fürchtete, eine solche Behandlung könne die Haarwurzeln endgültig schädigen, denn sie lebte mit der fixen Idee, unbedingt mit ihrem jetzigen Haar im Himmel erscheinen zu wollen.

Ich machte mich ans Werk, und so hatten wir viel Zeit, miteinander zu plaudern. So ausgiebig hatte ich mein ganzes Leben lang noch nicht mit meiner Mutter reden können. Nachmittags kroch ich dann noch zu ihr unter die Decke – wie damals, als ich noch kein eigenes Zimmer hatte. Diese Zeit wurde für sie zum Höhepunkt des Tages. Am liebsten erzählte sie über alles, was sie mit Papa in all den Jahren erlebt hatte. Vieles davon schockierte mich, bis mir der Arzt erklärte, dass ich nicht alles für bare Münze nehmen müsse, denn die starken Medikamente würden zuweilen ihren Verstand trüben.

„Und glaube ja nicht, dass du deiner alten Mutter was vormachen kannst", sagte sie eines Abends. „Du und dein Papa, ihr haltet euch für neunmalklug, wenn ihr Sachen vor mir verheimlicht. Aber ich weiß Bescheid."

Es gab tatsächlich einiges, was wir inzwischen vor Mama geheim hielten, und deshalb fragte ich scheinheilig: „Ja? Was denn zum Beispiel?"

Ich schraffierte gerade die Schatten unter ihren Wangenknochen. Nur die dunklen Ringe unter den Augen übernahm ich nicht in mein Bild.

„Doktor Lingle hat mir reinen Wein über meinen Zustand

eingeschenkt. Ihr wollt wohl, dass ich mausetot aufwache und keine Ahnung habe, was mit mir passiert ist. Das will ich nicht!"

„Wir hofften, es würde dir den Lebensmut bewahren."

„Überlasst es ruhig mir zu entscheiden, was mir Lebensmut macht und was nicht. Der Herr weiß, wann er mich zu sich rufen will. Ihr beide könnte ihm ohnehin nicht im Wege stehen."

„Letzte Nacht meine ich, dich weinen gehört zu haben, während du betetest, oder habe ich das nur geträumt?"

„Du hast nicht geträumt. Ich war halt nicht das weißeste seiner Schäfchen, und ich denke, er wird das registriert haben. Aber ich habe wohl doch noch zu guter Letzt kapiert, was es mit der Kapitulation vor Gott auf sich hat. Ich weiß, dass ich's von allein eh nicht geschafft hätte, besser zu werden."

„Und wie stehst du zum ..."

„Tod? Er regt mich jedenfalls nicht mehr auf. Plötzlich ist einem egal, dass sich überall Staub drauf legt. Es gibt Wichtigeres. Und Staub – zu dem werden wir doch alle", sagte sie lächelnd.

„Was verheimlichen wir dir noch?"

„Die Kleine hat mir gesteckt, dass ihre Mama ‚hinterm Gitter' sitzt. Das hat sie wohl aufgeschnappt. So und jetzt erzählst du mir gefälligst den Rest, oder bin ich auf Kinder angewiesen, dass ich die Wahrheit erfahre?"

Ich konnte nicht länger darum herumreden, und so berichtete ich ihr: „Carl ist angeschossen worden. Er liegt im Koma. Eden muss dummes Zeug geredet haben, als sie den Notarzt gerufen hat. Jetzt glauben sie, sie hätten ein fernmündliches Geständnis von Eden."

„Was?", rief Mama fassungslos. „Das Mädel ist doch wirklich dumm wie Bohnenstroh! Aber eins sage ich dir: Die blöde Gans würde es niemals hinkriegen, den Abzug an einem Gewehr zu drücken."

„Der Prozess ist in 14 Tagen."

„Muss schwierig für euch gewesen sein, immer so leise zu flüstern, dass ich nichts mitkriege. Aber Eden ist doch trotz allem mein Mädchen! Wie soll ich für sie beten, wenn ihr mich nicht einweiht?"

„Du hast ja Recht. Und ich bin froh, dass du für sie betest, Mama."

„Ist doch selbstverständlich. Habe schon immer mit Gott geredet. Doch jetzt scheint er mir noch näher zu sein als früher."

„Was noch, Mama?"

„Ich will, dass du nach New York gehst, wenn das immer noch dein Wunsch ist."

„Du weißt Bescheid?"

„Klar."

„Und Papa auch?"

„Nein. Und sag ihm auch nichts. Ruf ihn von einem der berühmten Plätze dort an – von der Freiheitsstatue zum Beispiel. Das wird ihn beeindrucken. Wenn er nur bei seinen Kumpels angeben kann."

„Wie hast du's rausgekriegt?"

„Ich habe irgendwann den Brief bei dir gefunden, als ich deine Socken weglegte. Du hast ihn nicht sehr gut versteckt, nicht wahr?"

„Aber das macht jetzt auch nichts mehr. Und weggehen werde ich auch nicht. Vielleicht soll es ja nicht sein."

„Hole mir doch mal das Buch da drüben." Sie versuchte, sich auf die Seite zu drehen, stellte aber fest, dass ihr die Operationswunde noch immer wehtat, und so ließ sie sich wieder ins Kopfkissen sinken. „Nein, das ist Agatha Christie. Gib mir das dicke."

Sie meinte das gebundene Buch zwischen Grimms Märchen und dem Kochbuch von Betty Crocker.

„Ich habe mich schon früher über dieses Buch gewundert", sagte ich. „Du hast es damals beim Buchclub bestellt, und ich fragte mich, wieso du dir ein Mal- und Zeichenbuch bestellst."

„Schlag es auf, oder besser: schüttle es mit den Seiten nach unten."

Zwei Blätter segelten zwischen den Seiten hervor. „Meine Zeichnungen!", rief ich verwundert. „Wie alt war ich damals? Sechs?"

„Ungefähr sechs. Du konntest glücklicherweise nicht alle zerreißen. Ein paar habe ich gerettet."

„Ich dachte immer, du würdest dich dafür überhaupt nicht interessieren."

„Als Mädchen musste ich in die Dorfschule von Sunny Point gehen. Damals gab es nur eine Klasse für alle Jahrgänge, und wir hatten nur einen einzigen Lehrer. Herschel Caldwell hieß er. Das war gar kein richtiger Pädagoge, ein widerlicher Kerl. Er ist nur Lehrer geworden, weil in den Bergwerken die Bezahlung schlechter war. So, wie er sich benahm, muss er Kinder gehasst haben. Deshalb bin ich wahrscheinlich auch so früh von der Schule abgegangen. Aber ich hatte dieses eine Talent. Wenn ich mit meinen Rechenübungen fertig war, wischte ich alles von meiner Schiefertafel und fing an zu zeichnen. Das hat mir immer einen Riesenspaß gemacht, Katrina – so, wie du es auch gerne machst."

„Mama, das hast du mir nie erzählt!"

„Eines Tages schlich sich der alte Caldwell von hinten an und bemerkte, dass ich was malte, statt zu rechnen. Gleich holte er sich seinen Zeigestock, mit dem er die Jungs vertrimmte, wenn sie was ausgefressen hatten, und schlug mir auf die rechte Hand damit. Ein ganz böses Ding sei ich und vom Teufel besessen." Sie schüttelte den Kopf. „Dabei war er es, der vom Teufel besessen war. Immer wieder habe ich mich bei Gott dafür entschuldigt, dass ich seit damals nichts mehr mit frommen Leuten zu tun haben wollte." Eine Träne rann ihr über die Wange. „Als ich nach Hause kam, war meine kleine Hand dick geschwollen." Sie streckte ihre Hand aus und betrachtete sie, als seien die Striemen noch immer da. „Meine Mutter war so aufgebracht, wollte sich eigentlich beschweren, aber wir waren arme Leute. Wer würde sie überhaupt anhören? Das war damals so: Wer nichts besaß, hatte auch nichts zu melden. Bei einer Zeltevangelisation hat Mutter sich dann bekehrt. Sie habe die Freude des Herrn verspürt, erzählte sie hinterher. Aber diese Begeisterung hielt nicht lange an. Sie hat nie begriffen, dass es um Liebe geht beim Glauben und nicht um Gesetzlichkeit. Ich musste jedenfalls miterleben, dass sie immer engstirniger und griesgrämiger wurde."

Ich streichelte ihren Handrücken und ermunterte sie fortzufahren.

„Dein Papa, auch er musste das College verlassen. Auch er hat keine Ausbildung fertig bekommen. Er ist in den Krieg gezogen, aber nicht etwa, weil er was gegen die Koreaner gehabt hätte. Seine Familie brauchte seinen Sold, um die Farm abzuzahlen."

„Wann ist denn Papa aufs College gegangen?", fragte ich, denn diese Nachricht überraschte mich sehr.

„Ein Semester hat er studiert, nachdem er in Mockingbird Valley die Schule abgeschlossen hatte."

„Und was wollte er mal werden?"

„Lehrer wäre er zu gern geworden."

Wenn Papa im Garten arbeitete, war die Hacke sein Lieblingswerkzeug. Nach Mamas Auffassung wütete er für gewöhnlich wie ein Berserker unter ihren Pflanzen. Die Eltern wussten nicht, dass ich im Nebenzimmer ihr Gespräch belauschte. Papa sagte: „Du darfst dich nicht mehr so haben mit deinen Rosen und Tulpen. Ich habe schon mit dir genug zu tun, da kann ich mich nicht auch noch um den Garten kümmern."

Der Wetterbericht hatte vor erneuten Nachtfrösten gewarnt, und Mama machte sich große Sorgen. Sie begann zu lamentieren: „Die Tulpen werden alle eingehen, Hobart! Du musst dir irgendwelche Decken besorgen und sie über die Beete legen. Auch die Rosen sollten mit Laken abgedeckt werden. Die gehen alle ein!"

Papa war entnervt. Er wusste, was es hieß, im Auftrag seiner Frau Gartenarbeiten zu erledigen. Ein paar Mal hatte er ihr eine Freude machen wollen und war mit der Gartenschere an die Rosen gegangen. Aber Mama hatte die ganze Zeit am Fenster gestanden und ständig Entsetzensschreie ausgestoßen, wenn er wieder einmal den falschen Trieb erwischt hatte. Es war eine Tortur für sie, uns Dilettanten an ihren geliebten Blumen Unheil anrichten zu sehen. Eines Tages legte ich die Gartenschere auf den Küchentisch und sagte: „Was du erwartest, ist zu viel verlangt. Das kann ich nicht bringen. Schluss mit der Gartenarbeit!"

Ich hatte ihr noch ein Sträußchen mit Frühlingsblumen gebunden und auf den Nachttisch gestellt. Sie lag da, das Deckbett bis zur Nase hochgezogen. „Mir war die Gartenarbeit schon länger ein Last", murmelte sie. „Es ist also gut so."

An jenem Nachmittag kam Sol, und ich erzählte ihm von meinem Entschluss, keinen Handschlag mehr in Mamas Garten zu tun.

„Ist schon jammerschade um Mutters Blumen. Das macht ihr sicher zu schaffen."

„Ich hab den Eindruck, dass es mir mehr an die Nieren geht als ihr."

„Hättest du Lust, ein bisschen rauszufahren?"

„Klar. Ich muss noch den Einkaufszettel für das Osteressen machen. Das geht auch unterwegs, und du kannst mir dabei helfen. Vielleicht hast du ja Ideen."

„Klar, aber ich muss dich auch noch was fragen."

Ich folgte ihm, und wir setzten uns in sein Auto.

„Ich habe noch nie im Leben ein Festmenü allein gekocht", sagte ich.

„Meine Mutter hat schon davon gesprochen, dass sie für euch alle kochen will."

„Mama ist einfach zu schwach. Die wird nicht kommen können. Auch sonst hat sie sich noch nie bei anderen Leuten wohl gefühlt. Ich werde es schon schaffen. Dir fehlt einfach der Glaube, Sol."

„Willst du mich als perfekte Hausfrau beeindrucken?"

„Mir wird schon was einfallen. Ein paar Sachen haben wir eingefroren. Man kann auch mit einfachen Mitteln was Leckeres zaubern."

„Wir sollten für Dreamy Eier anmalen", schlug Sol vor.

„Das kann ich machen", sagte ich und machte eifrig Notizen. Dann fiel es mir wieder ein: „Sag mal, wollten wir nicht wegfahren? Und außerdem wolltest du mich was fragen."

In diesem Augenblick kam Dreamy aus dem Haus gelaufen und rief: „Tante Katien, komm rein, sagt Opapa!"

„Was ist los, Dreamy? Ist Großmama in Ordnung?"

„Mama is' am Telefon. Kommt nach Hause!"

„Katrina, ob du's glaubst oder nicht: Sie haben mich irrtümlich eingebuchtet. Wie findest du das? Mein Rechtsanwalt meint, wir könnten jetzt richtig auftrumpfen und den Staat Maryland verklagen." Ich hörte sie in den Hörer pusten, so aufgeregt war sie offenbar. „Aber ich habe ihm gesagt, dass ich die Nase voll habe und einfach nach Hause will."

„Und wie ist das alles gekommen? Erzähl mal."

„Carl ist endlich aus dem Koma aufgewacht. Er schlug die Augen auf und hat gleich nach mir gefragt. Die haben vielleicht blöd gekuckt, als er erzählte, dass er sein Gewehr geputzt hat und dass sich dabei ein Schuss gelöst hat. Ganz schön ausgequetscht haben sie ihn dann. Haben wohl gedacht, er will mich decken. Wäre doch ein ziemlich romantischer Zug von ihm gewesen. Aber so war's eben nicht. Ich weiß gar nicht, ob Carl so was überhaupt für mich gemacht hätte. Spannend dabei ist vor allem, was Bill, mein Rechtsanwalt, für Staub aufgewirbelt hat. Wir sind richtig gute Freunde geworden. Ich habe Carl schon gewarnt, dass er ein Auge auf mich haben muss – nach allem, was ich wegen ihm durchmachen musste. Wenn er nicht aufpasst, gibt's Konkurrenz für ihn."

„Bill hat Staub aufgewirbelt? Inwiefern?"

„Lauter Schmutz. Korrupte Polizisten haben den wahren Räuber laufen lassen. Die waren selber Schwerverbrecher. Aber die Staatsanwaltschaft hat sie heute Morgen mit einem Durchsuchungsbefehl und mit ein paar netten Armreifen überrascht. Sie haben die Beute gefunden und die Pistole. Jetzt sind wir wieder frei – Carl und ich. Maryland zahlt uns die Flugtickets erster Klasse nach Hause. Ist das nicht alles eine Lachnummer? Mein erster Flug, und dann auch noch erster Klasse. Sie haben uns in einem piekfeinen Hotel hier untergebracht, mitten in der Stadt. Morgen Vormittag sind wir zu Hause, Katrina. Du glaubst gar nicht, wie ich mich freue. Wie geht's eigentlich meiner Kleinen?"

Ich hielt Dreamy den Hörer hin, damit sie mit ihrer Mutter ein paar Worte wechselte.

Mama war aufgestanden, saß auf einem Stuhl in der Nähe und wischte sich die Tränen vom Gesicht, während Papa aus dem Fenster starrte. Er wirkte gar nicht erleichtert, als habe er so viele Lasten zu tragen, dass es auf die eine weniger gar nicht ankam.

Nachdem ich Dreamy den Hörer aus der Hand genommen und

aufgelegt hatte, hielt Sol mich im Arm und flüsterte mir etwas ins Ohr – von New York, ob ich nun wohl doch noch weggehen würde. Aber mit diesem Gedanken wollte ich mich in diesem Augenblick nicht beschäftigen. Mir gingen ganz praktische Dinge durch den Kopf. „Jetzt muss ich doppelt so viel für Sonntag einkaufen. Wo ist mein Einkaufszettel?“ Ich lief hinaus zum Auto, weil ich ihn dort vergessen hatte. Er lag auf dem Boden, und ich wusste, dass Sol Kugelschreiber im Handschuhfach aufbewahrte. Ich wühlte darin, bis ich eine kleine Schachtel zwischen den Fingern spürte. „Sol, was ist das?“, fragte ich meinen Freund, der inzwischen hinter mir stand.

Er starrte mich an, als hätte ich ihn geohrfeigt. Er nahm mir das Schächtelchen aus der Hand und steckte es hastig in die Tasche seines Anoraks. „Nichts Besonderes“, sagte er. „Da ist nichts drin. Sollte 'n Scherz werden. Jetzt hast du's verdorben, Katrina. Vergiss es.“

„Du hast mir einen Ring gekauft?“

„Kein Ring. Das hättest du wohl gerne.“

„Kann ich das Schächtelchen haben?“

„Nee, du, es gehört meiner Mutter.“

„Hatte die Frage, die du mir stellen wolltest, damit zu tun? Habe ich Recht?“

„Nee, da liegst du falsch!“

„Und wohin wolltest du mich entführen?“

Er blickte missmutig zu Boden. „Zur alten Eiche im Park, aber das ist jetzt sowieso egal.“

„Mir wäre heute Abend am Bach lieber“, sagte ich.

Er nickte und gab mir einen Kuss, obwohl sich Papa inzwischen zu uns gesellt hatte.

Ich kannte keinen anderen jungen Mann, der so kühn gewesen wäre, mir in Gegenwart von Hobart Hurley einen Kuss auf den Mund zu drücken.

Wir fanden ein stilles Plätzchen am Ufer und setzten uns auf einen umgestürzten Baum, dessen Krone vom fließenden Wasser des Baches umspült wurde. „So geht das nicht mit uns beiden, Katrina.“

„Du hast mich hier rausgelockt, um mir das zu sagen? Das hättest du auch am Telefon erledigen können. Dann hätte ich dir dabei wenigstens nicht in die Augen sehen müssen."

„Ich möchte, dass du nach New York gehst. Fang schon im Sommersemester an. Du hast doch von einer Probezeit gesprochen – für ein paar Wochen. Probier's doch einfach mal aus."

„Und wenn es mir gefällt?"

„Dann ... ja dann bleibst du eben, Katrina."

Mir traten die Tränen in die Augen, und ich wollte doch nie, dass ein Mann mich zum Weinen bringt.

„Ich möchte nicht, dass eine Frau meinetwegen heult. Ich fühle mich hundsmiserabel in dieser Situation. Aber ich kann sie dir nicht ersparen."

„Ich weiß halt im Augenblick selber nicht, was ich will, das ist alles."

„Eines Tages wirst du feststellen, dass ich Recht gehabt habe. Ich könnte mit dir als Frau nicht leben, wenn ich wüsste, dass du meinetwegen etwas bedauerst im Leben."

„Sols Frau", hauchte ich und freute mich daran, wie es klang. „Hört sich irgendwie schön an."

„Nein. *Katrina Hurley!*", sagte er und zeichnete den Namen mit einer schweifenden Handbewegung vor sich in die Luft, als würde er ihn in großen Lettern irgendwo auf einem Plakat lesen. „*Sie kann mehr, als Ostereier bemalen! Seht, wie sie fliegt!* Du kannst was und traust dich nicht. Unser Tal war immer der Vorwand, dich zu verstecken, und jetzt bin ich die Ausrede geworden. Ich möchte mehr sein als nur die Ausrede für dich."

„Du bist Sol! Du bist so viel mehr für mich als ein billiger Vorwand", rief ich.

Und dann saßen wir schweigend auf dem alten Baumstamm, das Wasser gurgelte und gluckste zu unseren Füßen, bildete kleine und größere Wirbel um die eingetauchten Zweige der Krone. So aufgewühlt fühlte auch ich mich wie dieses Wasser, das sich durch das Gestrüpp der Äste zwängen musste, Wellen schlug, sich im Kreise drehte und schließlich doch dem vorgegebenen Lauf des Bachbetts folgen musste. Ich überlegte krampfhaft, was ich jetzt sagen sollte, damit dieser junge Mann doch noch bereit wäre, an meiner Seite zu bleiben. Aber was mir dann einfiel, war so kitschig. Es entsprang blanker Verzweiflung, und ich hätte mich hinterher ohrfeigen können.

„Du bist der Atem zum Leben für mich“, sagte ich und errötete.

Er aber ließ sich nicht beirren. „Katrina, es wird nichts mit uns beiden. Ich bin nicht der Richtige, der das Feuer in dir löschen könnte.“

* * *

Mama wollte nicht länger bei uns bleiben, nicht warten, so sehr ich ihr auch vorschwärmte, wie schön es sein würde, mit den eigenen Enkeln zu spielen. Nichts konnte sie mehr aufhalten. Ich saß auf der Kante ihres Krankenhausbettes und zupfte einen Maiglöckchenstrauß zurecht. Gewächshausware, meinte sie abfällig, als sie das Sträußchen sah, kein Vergleich zu dem leuchtenden Weiß und Grün ihrer eigenen im Garten. Ich hatte Eden nach Hause geschickt und die Nachtwache übernommen.

„Komm etwas näher, dann kann ich dein Gesicht besser sehen“, sagte sie.

Ich tat, worum sie bat, summte leise ein Lied, das sie liebte, und küsste ihre Stirn.

„Lasst euch von Papa nichts vormachen. Er hat einiges an Geld auf der hohen Kante. Was meinst du, warum deine Tante dauernd um ihn herumscharwenzelt? Ihr Mädchen müsst jetzt aufpassen, dass es euch bleibt, hörst du? Aber ein bisschen solltet ihr alle schon davon genießen. Fahrt mal wohin, wo es schön und exotisch ist ... wie auf den Bildern in den Zeitschriften.“

„Ich glaube nicht, dass Papa in absehbarer Zeit irgendwelche Fernreisen macht, Mama.“

„Gib dich nicht so leicht zufrieden, wie ich es gemacht habe“, sagte sie.

„Du weißt, dass ich das nicht tue, dass ich anspruchsvoll bin.

Aber wenn ich einen Mann wie Sol kriegen würde ... das hieße schon, sich zufrieden geben zu können."

„Wirklich? Sein Vater erwartet, dass er sein Maklerbüro übernimmt! Ich denke, du willst immer hinaus in die weite Welt?"

„Das schon."

„Und was ist, wenn du ihn kriegst? Wie würde dein Leben dann aussehen? Was meinst du?"

„Das wäre, als würde ich einen dieser Sterne da vom Himmel pflücken." Ich deutete nach draußen. „Ein sprühendes, funkelndes Ding in meiner Hand. So wäre das. Und ich würde vielleicht sogar in Mockingbird Valley glücklich werden."

„Schönes Bild", seufzte sie. „Meinst du, Papa hat jemals einen ähnlichen Gedanken gehabt? Ich sein Stern vom Himmel? Hat er das jemals geäußert?"

Ich erinnerte mich an Papas Blick, nachdem er von Mamas Krebsdiagnose erfahren hatte. Es war ein so tiefer Schmerz, der da zum Ausdruck kam. Und dass er ihr bei seinem letzten Besuch Blumen mitgebracht hatte – wie selbstverständlich. Das bedeutete schon viel. „Doch, er hat es öfters mal durchblicken lassen", sagte ich.

„Du bist eine schlechte Lügnerin, Katrina. Aber du sollst auch nie gut darin werden."

„Papa liebt dich, Mama. Ich habe ihn noch nie so leiden sehen wie jetzt. Wenn er könnte, würde er sofort an deine Stelle treten."

„Er wird warten müssen, bis auch er dran ist. Ich bin von euch die Erste, die aus diesem elenden Gefängnis türmt."

Sie begann ein Lied zu summen, ganz leise. Ein paar Worte verstand ich: „... werde bei Jesus sein, bei Jesus sein ... werdet mich nicht finden in der Frühe ... werde singen mit den Engeln in der Höhe ..." Ich glaube, sie hatte es irgendwann einmal selber gedichtet.

Die Schmerzen wurden im Laufe der Nacht immer unerträglicher, und ich bat um mehr Morphium. „Schlaf jetzt, Mama. Wenn du Jesus siehst, lauf einfach in seine Arme. Verstehst du?"

Sie lächelte mir zu, die Augen trüb und verschleiert.

Schnell wandte ich mein Gesicht ab. Sie sollte meine Tränen nicht sehen.

* * *

Tante Evelyn hatte sich frei genommen und ihre Nachtschicht nicht angetreten. Sie kam und wachte mit mir die ganze Nacht an Mamas Bett. Sie erzählte im Flüsterton Geschichten aus dem Leben meiner Mutter, und so manches Mal mussten wir uns bezähmen, um nicht laut aufzulachen. „Deine Mutter war die Kleinste von uns, aber wehe, jemand trat einem ihrer Geschwister auf die Zehen, dann hättest du sie mal erleben sollen." Die Tante vergewisserte sich, ob Mama noch schlief oder vielleicht mithörte. Sie rückte näher zu mir und flüsterte: „Doreen war nicht die leibliche Tochter meines Vaters, aber er hat sie nie anders behandelt als seine eigenen Töchter."

Ich hatte das schon vor langer Zeit herausbekommen, aber es machte mir Spaß, es noch einmal von Tante Evelyn erzählt zu bekommen.

„Als das Gerücht aufkam, dass Doreens Vater ein Fremder war, verbreitete sich die Nachricht wie ein Lauffeuer in der ganzen Sippe", erzählte Evelyn. „Sie hat später nie ein Hehl draus gemacht, hat sich einfach ein dickes Fell zugelegt, wenn andere wieder mal lästerten. Auch die schlimmen Jahre der Weltwirtschaftskrise hat sie mit dieser Einstellung durchgestanden."

Dann erzählte Evelyn mir, wie Mama zum Glauben gekommen war. „Bei manchen Leuten – und sie gehört dazu – dauert es manchmal ein bisschen länger, bis sie durchblicken." Mir wurde bei ihren Erzählungen klar, dass Mima trotz ihrer strengen Gläubigkeit so manchen guten Samen in den Acker geworfen hatte.

Wir redeten die ganze Nacht über. Immer wieder vergewisserten wir uns, ob Mama noch atmete. Aber es sah so aus, als würde sie den neuen Morgen doch noch erleben.

„Sie schafft es noch mal, Katrina. Du kennst doch die Schriftstelle bei Paulus vom Wettlauf des Lebens. Doreen ist jedenfalls auf der Zielgeraden, vielleicht sogar im Endspurt. Die Ärzte meinten ja, sie würde die Nacht nicht überstehen. Aber sieh mal da! Die Sonne am Horizont!"

In dem Augenblick, da die ersten Strahlen der Morgensonne ins

Zimmer fielen und es in ein freundliches Orangerot tauchten, richtete sich Mama kurz auf und sank für immer zurück in die Kissen. Sie hatte uns verlassen, und Tante Evelyn und ich fielen uns zum allerersten Mal in die Arme.

23

Die Hurleys versammelten sich in unserem Wohnzimmer. Einige meiner Cousinen und Cousins hatte ich über zehn Jahre nicht mehr gesehen.

Tante Velda kümmerte ihr schlechter Ruf offenbar wenig, denn sie hängte sich schon kurz nach ihrer Ankunft mit gefalteten Händen auf Papas Schulter und gurrte: „Hobart, du weißt, dass ich Doreen eigentlich immer gemocht habe, nicht wahr? Klar, sie hatte ihre Macken, aber richtig gezankt haben wir uns selten. Dafür sollten wir sie in Ehren halten. Sie hätte ganz sicher gewollt, dass du mir von Zeit zu Zeit unter die Arme greifst ... und ein Scheinchen rüberreichst, um mir das schwere Leben zu erleichtern."

„Tante Velda, das ist nicht der passende Augenblick", flüsterte ich ihr ins Ohr, bevor ich mich einen Augenblick in die stille Küche zurückzog. Dort ließ ich die Finger über den Küchentisch gleiten, an dem Mama so oft ihre geliebten Rote Bete eingemacht hatte. Ich schloss die Augen und sah sie ganz lebendig vor mir. Wie oft mochte sie hier in stillen Stunden mit Gott gerungen und gehadert haben?

So manchen Winkel ihres Herzens hatte sie ihm wohl geöffnet, aber einige Bereiche waren ihm verschlossen geblieben. Hier wollte sie selber bestimmen und über ihr Denken und Fühlen die Herrschaft behalten. Ich bin gewiss, dass Gott sie dennoch zu sich genommen hat, auch wenn ihr noch so mancher Makel anhaftete. Ich weiß nicht, ob ihr der Verstand im Weg gestanden hat, der verhinderte, dass sie sich ganz hingab, oder ob es das Leid war, das sie als Kind und junge Frau durchmachen musste. Wer kann über einen anderen Menschen urteilen, von dessen Schicksal man immer nur einen Bruchteil kennt!

„Klopf, klopf, jemand zu Hause?" Schwester Bickle spähte durch die Verandatür.

„Kommen Sie rein, Schwester Bickle", rief ich erfreut.

„Na, mein Herz, wie stehst du das alles durch?" Sie gab mir einen Kuss auf die Wange.

„Mal so, mal so."

Sie warf einen flüchtigen Blick in das von Hurleys überfüllte Wohnzimmer und kam schnell wieder in die Küche zurück. „Anfang der Woche habe ich deine Mutter noch besucht", erzählte sie. „Sie sprach ganz offen über Gott, Katrina. Nun hat sie's geschafft, nicht wahr?"

„Ohne Zweifel."

„Ich habe eine Buttercremetorte mitgebracht und noch was für dich."

„Ein Geschenk für mich?"

Sie überreichte mir eine bemalte Flasche.

„Selbst gemacht?", fragte ich.

„Halte sie mal gegen das Licht. Dann scheint die Sonne durch."

„Das ist doch die Flache, die ich mal im Kartoffelkeller gefunden habe. Die wollte ich aber nicht zurückhaben!"

„Ich wollte nicht, dass du dich davonmachst, ohne von mir ein Andenken mitzunehmen."

„Davonmachen?"

„Ich hörte um fünf Ecken, dass du nach New York willst, dass sich vielleicht doch noch dein großer Traum erfüllt."

„Ich habe meinen großen Traum schon erfüllt bekommen: Mama ist bei Jesus."

„Aber ich denke, du hast dir auch ein paar Gedanken über deine eigene Zukunft gemacht."

Wir lagen uns eine Weile schweigend in den Armen.

„Ich gehe jetzt gleich rüber zur Gemeinde, Katrina. Brauchst du noch irgendetwas? Kann ich dir helfen?"

Ich schüttelte den Kopf.

„Wenn doch, rufst du mich noch an."

„Versprochen", sagte ich. „Vielen Dank, dass Sie vorbeigekommen sind. Es bedeutet mir sehr viel."

In diesem Augenblick fuhr die schwarze Limousine des Bestatters auf unser Grundstück. Ein schauriger Anblick – dieser Wagen auf unserem Grund und Boden. „Papa, Tante Velda! Unser Wagen ist da. Wir werden abgeholt! Eden, Dreamys Socken passen nicht ... ja, du hast ja Recht, das ist jetzt egal."

Schwester Bickle verabschiedete sich und machte sich auf den Weg.

Meine Tanten Nola und Lillibelle schoben ihre Männer durchs Gedränge, weil sie ihre eigenen Wagen so schnell wie möglich erreichen wollten. Frühes Erscheinen garantierte schließlich gute Plätze. Überall wurden Motoren angelassen. Es herrschte Aufbruchstimmung auf unserem Hof.

Papa hielt mich am Arm fest. „Katrina, Mama bat mich, dir dies hier zu geben", sagte er und übergab mir einen Umschlag. „Ich weiß nicht, was drin ist, aber sie hat mich schwören lassen, dass ich ihn nicht vorher aufmache."

Ich wartete vor dem Haus, bis es ruhiger geworden war. Es würde sich um einen Abschiedsbrief handeln, so vermutete ich. Doch es war kein Brief! Ich zog ein Flugticket hervor: Little Rock – New York – ohne Rückflug. Ein Päcken Dollar-Noten lag dabei, alles Zwanziger. Und auf einem Zettel stand in unbeholfener Handschrift: „Ein bisschen Geld für alle Fälle."

Ich stand draußen auf der Veranda und wusste nicht, was ich denken sollte. Mama hatte mir heimlich ein Flugticket besorgt! Es musste ihr ein Herzensanliegen gewesen sein, dass ich hinaus in die weite Welt ging und das lernte, was mir so viel bedeutete.

Inzwischen fuhr Sol vor, und ich rief zu Papa in der Familienlimousine: „Es ist sowieso so eng bei euch. Ich komme mit Sol und Dreamy hinterher."

„Ist in Ordnung, Kleines", erwiderte Papa. „Wir sehen uns dann auf dem Friedhof."

Eigentlich gäbe es über Mamas Beerdigung nichts Außergewöhnliches zu berichten, wäre da nicht diese Rose gewesen. Ich meine nicht das große Gesteck mit den gelben Blüten, das wir gemeinsam bestellt hatten. Nein, es kam jemand zur Feier mit einer einzelnen langstieligen Rose in der Hand.

„Wer is'n das?", hörte ich unsere Nachbarin Amy Baldwin hinter mir flüstern.

„Das ist der ehemalige Senator", antwortete ihre Freundin. „J.B.

Holderman. Ich wusste gar nicht, dass die Hurleys so prominente Leute kennen wie einen Senator."

„Du weißt noch vieles nicht über die Hurleys", meinte Amy.

Der Mann trug einen dunklen Nadelstreifenanzug. Er kam allein und wartete, bis der letzte Trauergast am offenen Sarg meiner Mutter vorübergezogen war. Dann trat er an die Tote heran, neigte den Kopf und legte die rote Rose zu ihr in den Sarg.

Tante Evelyn weihte mich nach der Feier in das Geheimnis ein. Nach so vielen Jahren erfuhr ich endlich, wer J.B. Holderman war. Der Senator war Mamas Bruder, die einzige Verbindung zu ihrem leiblichen Vater, der nichts von ihr wissen wollte. Lange Jahre hatte Holderman seine Schwester regelmäßig besucht. Doch eines Tages verabredeten die beiden, sich nicht mehr zu treffen, weil die Gerüchte über ihre heimliche Affäre überhand nahmen. So war das Leben in Mockingbird Valley.

Ich denke, Töchter kommen niemals wirklich über den Tod ihrer Mütter hinweg. Immer wieder kommt es vor, dass ich draußen im Garten Unkraut jäte, und dann habe ich das Gefühl, sie bücke sich neben mir. Und wenn die Spatzen auf dem Fenstersims lärmen und tschilpen, dann meine ich manchmal, ihre Stimme dazwischen zu hören. Wenn ich die Wäsche auf die Leine hänge und es frisch nach Waschmittel riecht, wenn der Spaten in die Erde sticht und mir der würzige Duft modernden Laubes in die Nase steigt, dann ist es ganz plötzlich wieder da, dieses anheimelnde Gefühl, mütterlich versorgt zu sein. Dann fällt mein Blick auf den lilablütigen Schmetterlingsbusch, in dessen wiegende Zweige ein Windstoß fährt. Und wenn die Falter erschrocken in den Himmel steigen, denke ich: So ist auch sie davongeflogen.

Am Donnerstag machten Eden und ich den großen Abwasch, sodass Papa das geliehene Geschirr so schnell wie möglich den jeweiligen Besitzern zurückbringen konnte. So war er beschäftigt, und wir beiden Schwestern konnten ungestört reden.

„Komisch, Papa weint nie auf Beerdigungen", sagte Eden. „Ich heulte wie ein Schlosshund, und er saß stumm dabei."

„Er hat auch geweint, Eden."

„Wann denn?“

„Kurz nachdem Mama gestorben war. Ich hatte Evelyn nach Hause geschickt und wartete auf Papa. Ich hatte ihm geraten, zu Hause zu bleiben, denn sie sei ohnehin tot. Er wollte sie aber unbedingt sehen.“

„Ich wollte eigentlich auch mitkommen, aber er hat es mir einfach nicht erlaubt.“

Ich wusste auch, warum. Papa wollte seiner Frau ungestört und ohne eine hysterische Szene Lebewohl sagen. „Niemals zuvor habe ich Papa weinen sehen, Eden. Erst, als er am Bett seiner toten Frau stand. Er fiel auf die Knie und sagte: ‚Mein Herzblatt! Du warst mir immer die Liebste.‘ Solche Sachen hat er gesagt – immer und immer wieder.“

„Er hat Mama *sein Herzblatt* genannt? Du machst Witze!“

„Bevor ich ging, habe ich es noch ganz deutlich gehört. Er schien keine Hemmungen zu haben. Er redete, als unterhielte er sich mit ihr. Es täte ihm alles so Leid.“

„Dass sie Krebs hatte?“

„Weiß nicht, was er meinte.“

„Was könnte ihm denn noch Leid tun? Sie haben doch eine ganz vernünftige Ehe geführt. Und gläubig waren sie auch irgendwie.“

Eden hatte offenbar ihre kindliche Naivität noch immer nicht verloren. Und ich wollte ihr die Illusionen jetzt nicht zerstören – jedenfalls im Augenblick nicht. Sie brauchte noch Zeit.

„Katrina, wenn du tatsächlich nach New York gehst, wie sollen wir das hier schaffen? Du bist doch wie eine zweite Mutter für Dreamy. Wenn ich wieder Mist baue, was dann?“

„Erstens ist es noch gar nicht raus, ob ich gehe ... und wenn doch, müssen wir uns das halt überlegen. Carl scheint jedenfalls keine große Lust zu haben, hier bei Papa zu wohnen“, meinte ich. „Und Mr. Lunsford wird wohl das junge Ding vom Gerichtscafé heiraten. Da hat er auch keine Zeit, sich um unseren Vater zu kümmern.“

„Dann wird Papa wahrscheinlich ziemlich allein sein. Aber das macht mir Sorge. Er wird sowieso schon immer komischer.“

„Da hast du Recht“, sagte ich und trocknete den letzten Teller ab.

Als wir fertig mit dem Abwasch waren, rief ich Tante Pippa an, sie möge doch vorbeikommen und Reste vom kalten Büffet mitnehmen.

Als sie kam, trocknete Eden gerade Dreamys Haar nach dem Baden ab, und ich knöpfte ihren Schlafanzug zu.

„Bitte, Tante Pippa, nimm alles mit, was noch übrig ist“, sagte ich. „Papa möchte es loswerden.“

„Onkel Hank wird sich freuen und bestimmt alles verputzen. Es sieht so aus, als hättet ihr hier alles im Griff.“

„Ich bring schon mal Dreamy zu Bett“, sagte Eden. „Sag Tante Pippa gute Nacht.“ Eden nahm die Kleine auf den Arm und hielt sie der Tante hin, damit sie ihr einen Kuss geben konnte.

Jetzt hatten Pippa und ich ein paar Augenblicke Zeit, um uns ungestört zu unterhalten. Die Tante wartete, bis sich die Tür geschlossen hatte. Dann sagte sie: „Katrina, vielleicht ist es ein bisschen früh, schon darüber zu sprechen, aber deine Mutter trug mir auf, dir etwas auszurichten.“

„Wegen New York?“

„Stimmt. Sie wollte unbedingt, dass du gehst.“

„Ich glaube fast, Mama hat mit allen darüber geredet außer mit Papa. Er glaubt noch immer, ich studiere Pädagogik.“

„Tust du's nicht?“

„Aber verrate mich nicht! Was würdest du an meiner Stelle tun, Tante Pippa?“

„Ich würde mich auf den Weg machen. Wir Hurleys sind zwar ein komischer Haufen. Lauter verrückte Leute. Aber wenn es drauf ankommt, halten wir auch zusammen. Zu Hause wird es immer Probleme geben, aber manchmal muss man die Menschen auch fordern, und sie wachsen dann mit ihren Aufgaben. Gib ihnen die Chance, dass auch sie fliegen lernen, und warte ab, was passiert.“

Mir wurde in diesem Augenblick klar, dass sie Recht hatte.

* * *

Sol ließ sich erst bitten, mich zum Flughafen zu begleiten. Auf dem Weg nach Little Rock versuchten wir, mit belanglosem Geplauder die Spannung abzubauen, die deutlich zwischen uns beiden zu spüren war. Vor dem Schalter, wo man das Gepäck abgeben musste, blieben wir stehen und fielen uns noch einmal in die Arme. Doch ich brachte kein Abschiedswort heraus. „Sol ... ich werde nicht gehen. Sag jetzt nicht, dass ich ein Weichei bin. Aber ich kann mich nicht von dir trennen."

Ich spürte seine Wange an meiner, schweigend streichelte er mir übers Haar. So standen wir da, als sei die Zeit stehen geblieben.

„Du bist eine Heulsuse, Katrina Hurley", sagte er nach unendlichen Minuten und küsste mich, was meine Sehnsucht nur vergrößerte.

„Ich meine es ganz ernst", sagte ich schluchzend. „Ich steige in dieses Flugzeug nicht ein! New York wird ohne mich auskommen müssen."

„Du hast Papa eine Postkarte von der Freiheitsstatue versprochen, wenn er erlaubt, dass Eden und Carl bei ihm wohnen. Kannst du da jetzt wieder bei ihm aufkreuzen und *April-April* sagen?"

Ich schmiegte mein Gesicht an Sols Schulter.

„Da, dein Flug wird aufgerufen! Jetzt Augen zu und durch, Katrina!"

Er nahm mich bei der Hand und ging voran durch das Drehkreuz. Warum wich er nicht von meiner Seite?

„Was machst du, Sol? Was hat das zu bedeuten?"

Er lächelte spitzbübisch. „Der Partner meines Vaters hat ein Maklerbüro in New York. Ich habe meinem alten Herrn klar machen können, dass ein Sommer in New York meiner Karriere nur nützen kann."

Ich war fassungslos, und er blickte mich mit Unschuldsmiene an. „Du kommst mit? Wie lange weißt du das schon und hast mich leiden lassen?"

„Seit dem Abend, an dem ich es vermasselt habe, dich zu fragen, ob du mich heiraten willst."

„Bei dem Baum am Bach? Das ist ja ein Ding, Sol! Erst gibst du mir den Laufpass und dann dieser Sturmangriff!"

„Papa musste erst alles arrangieren. Das dauerte seine Zeit. Ich wollte dir nichts sagen, bevor ich nicht sicher wusste, dass es klappt."

Er zuckte die Achseln, und ich hatte nicht das Gefühl, dass er sich irgendeiner Schuld bewusst war. „Und außerdem wollte ich unbedingt dein überraschtes Gesicht sehen."

„Ich hätte große Lust, jetzt gerade nicht mehr in den Flieger einzusteigen. Was machst du dann?"

„Los jetzt, dreh dich um, mach die Augen zu und lauf los!"

„Dann fliegen wir – meinetwegen."

„Das finde ich auch."

Schluss

Papa hasste Weihnachen noch immer. Nach Mutters Tod hatte er wohl gehofft, mit Familienfeiern und Geburtstagen in Ruhe gelassen zu werden. Doch wir anderen – Eden, Sol, Carl, Lolita Dream und ich – ließen es uns nicht nehmen, uns Jahr für Jahr zu den Feiertagen in seinem Wohnzimmer zu versammeln. Während wir vier gut gelaunt unsere Geschenke auspackten, grummelte Papa, dass er den ganzen Kram am liebsten gleich wieder zu Geld machen würde. Doch wir ließen ihn nicht gewähren, überschütteten ihn mit Bekundungen unserer Zuneigung und lenkten ihn ab, indem wir ihn in ein Gespräch verwickelten. Damit gab er sich zufrieden, und wir hatten unsere Ruhe.

Carl hatte sich Papas ungenutzte Garage zurechtgemacht, so konnte er sich Arbeit mit nach Hause bringen und im Trockenen seine Motoren reparieren. Es ist mir nie klar geworden, wie sehr ihn seine Erfahrung mit dem nahen Tod zu einer inneren Umkehr bewegt hat. Auf jeden Fall benahm er sich uns gegenüber seit jener Zeit lange nicht mehr so reserviert, und auch an Eden ließ er nicht mehr so oft seine schlechte Laune aus. Ich musste lernen, schon mit diesen kleinen Fortschritten zufrieden zu sein. Mehr war offenbar von diesem ungehobelten Klotz nicht zu erwarten.

Mama hätte ihre helle Freude an den vielen Blumen gehabt, die Eden und ich auf den alten Petunienbeeten gepflanzt haben, und ich frage mich des Öfteren, ob sie vom himmlischen Garten Eden überhaupt zu uns hinabsehen kann. Aber womöglich ist das gar kein lohnender Anblick, wo Jesus ihr doch gewiss einen viel schöneren Garten gepflanzt hat. Und ich bete, dass die guten Geister des Himmels ihr nicht alle Arbeit abnehmen, denn das Hacken und Jäten war für sie nie eine lästige Pflicht. Lassen sie sie jedoch gewähren, dann wird in Kürze ein unübersehbares Feld mit Narzissen die himmlischen Gefilde in leuchtendes Gelb tauchen. Schon hier in ihrem begrenzten Gärtchen konnte sie nie genug davon pflanzen. Wenn ich doch wüsste, ob sie mir zuhören kann! Zu gern würde ich ihr erzählen, dass New York gar nicht so hässlich ist, wie wir immer glaubten. Wenn man erst einmal dort ist und diese Stadt mit all ihren Facetten kennen lernt, wird man schnell eines Besseren belehrt.

Jeden Sommer begleitete mich Sol nach Mockingbird Valley. Die Agentur in New York hatte ihn inzwischen fest angestellt, obgleich sein Vater stets inständig betete, sein Sohn möge endlich zur Vernunft kommen und seine gut gehende Agentur in Arkansas übernehmen. Inzwischen sieht es aber so aus, als seien Mr. Houstons Gebete erhört worden. Sol hat seinen Kollegen in der Stadt zu verstehen gegeben, dass er für alles dankbar sei, was er von ihnen gelernt habe, dass es ihn nun aber wieder nach Hause zöge. Wir haben tatsächlich in der Zwischenzeit den Big Apple schätzen und lieben gelernt – aber New York soll für uns doch immer nur ein Ort bleiben, den wir ab und zu rein zum Vergnügen besuchen. Bei einem gelegentlichen Bummel durch die Straßenschluchten spürt man nämlich die Enge nicht. Erst wenn man sich länger dort aufhält, stellt sich die Sehnsucht nach Licht, Luft und Weite ein.

In diesem Herbst ist Dreamy zur Schule gekommen. Eden beklagt sich, dass ihre Tochter zuweilen den Wunsch äußert, von zu Hause wegzulaufen. Wie gut kenne ich dieses Gefühl! Ich werde mit ihr reden müssen, wenn sie ein bisschen älter geworden ist. Man kann nämlich vor sich selber nicht weglaufen.

Nächste Woche werden wir endgültig ins Tal zurückkehren. Unsere Wohnung sieht aus! Auf Betten und Tischen liegt Zeug herum – viele Erinnerungsstücke an vergangene Tage: meine Puppen auf einem Haufen, Bücher mit Eselsohren, die ich verschlungen habe, eine Clowns-Truppe aus Porzellan und Fotos auf dem Kaminsims: Sol und ich färben Ostereier, zwei kleine Mädchen kokettieren in selbst geschneiderten Kleidern und Papa im Liegestuhl. Geistesabwesend starrt er in die Kamera, als wäre er ganz woanders – dort, wo er so häufig in Gedanken war – in einer Zeit, da die Jungen noch mit leerem Magen wie richtige Männer schufteten.

Mein Hochzeitskleid sollte ich endlich sicher verwahren! Es wird mit der Zeit vergilben, wenn es gleich vorn im Schrank hängt. Und wem nutzt ein vergilbtes Braukleid? Dabei weiß ich noch nicht mal, ob das kleine Wesen, das ich in meinem Leib trage, auch ein Mädchen ist. Und falls das der Fall ist, steht noch lange nicht fest, ob sie eines Tages Mutters altes Brautkleid auftragen wird. Und meine alten Puppen? Ich werde ihr niemals alten Plunder aufdrängen, den sie nicht haben will – das habe ich mir geschworen.

Die getrocknete Rose aus Mutters Grab habe ich auch noch. Sie ist anfällig geworden. Den Flug über den Kontinent wird sie kaum noch überstehen. Am liebsten würde ich Blättchen für Blättchen aus dem Fenster streuen. Ich stelle mir vor, wie die roten Tupfen sanft vom Wind getrieben zu Boden segeln und eine Spur auf der Erde hinterlassen. Aber ließe ich die Rose hier, wer würde in dieser fremden Stadt ihre Botschaft verstehen und bemerken, dass sie eine Seele hat?

Ja, ich habe viele neue Eindrücke in dieser fremden Stadt gewonnen, ich bin weltgewandter geworden, eine reife Frau, die hofft, dass all die kleinen und großen Erlebnisse der Vergangenheit eines Tages in der Rückschau ein harmonisches Ganzes ergeben. Aber auch wenn ich den Duft der weiten Welt geschnuppert habe, so ist mir klarer denn je, dass ich eine Tochter des Südens bin. Von meinen Wurzeln werde ich mich niemals trennen können, wenn ich nicht innerlich verdorren will. Ich habe es versucht, losgelöst von meiner Vergangenheit mein Leben zu führen, doch es ist mir nicht gelungen.

Noch wichtiger aber ist mir eine andere Heimat geworden. Es ist das Land der Hoffnung, wo der regiert, dem ich auf ewig dienen will. Es ist das Land, in dem es keine Hinterlist, keine Jagd nach wertlosen Dingen, keine herzlose Frömmelei und keinen Hass mehr geben wird. Hören wir nicht alle – ganz leise – die Hymne dieses Landes in unseren Herzen? Die Sehnsucht nach jenem Land war es, die meinem Leben Flügel verliehen hat, und eines Tages bin ich tatsächlich geflogen.

Weitere Romane aus unserer Reihe Francke-Lesereise

Karen Kingsbury
Melodie unseres Lebens
Bestell-Nr. 330 592
ISBN 3-86122-592-1
384 Seiten, gebunden

Die Würfel sind gefallen für Abby und John.
Was ist geblieben von den besten Jahren ihres Lebens, die sie mit ihren drei wundervollen Kindern in ihrem Haus am See verbrachten? Fremd sind sie sich geworden. So fremd, dass John den Platz in seinem Herzen an eine andere vergibt und Abby einen Schlussstrich will. Was soll ihre Scheidung jetzt noch aufhalten?

Als sie ihre Kinder versammeln, um sie mit dem Schrecklichen vertraut zu machen, ändert sich ihre Situation schlagartig, denn ihre Tochter ergreift zuerst das Wort. Sie ist im siebten Himmel, in sechs Monaten will sie vor den Traualtar treten. Ihre Ehe soll so wundervoll werden, wie die ihrer geliebten Eltern ...

Und so spielen sie das Spiel mit und machen sich aus Liebe zu ihren Kindern auf ihre letzte gemeinsame Wegstrecke. Doch sechs Monate können eine endlos lange Zeit sein ...

Angela Hunt

Die Notiz

Bestell-Nr. 330564

ISBN 3-86122-564-6

288 Seiten, gebunden

An einem Sommerabend im Juni geschieht das Unfassbare: Flug 848 der PanWorld Airlines zerbirst in einem Feuerball über der Sonnenküste Floridas. 261 Menschenleben sind ausgelöscht.
Die Liebe aber überwindet diese Katastrophe. Das Meer spült einen Zettel an Land, der eine schlichte Botschaft enthält:

T-
Ich liebe dich. Alles ist vergeben
- Dad

Ein Fund, der herzergreifender nicht sein kann. Das begreift auch Peyton MacGruder, Journalistin bei den *Tampa Times*. Ihre Zeitungskolumne „Hilfe für die Seele" steht vor dem Aus. Als ihr mitten im beruflichen Überlebenskampf diese Notiz in die Hände fällt, erkennt sie ihre letzte Chance. Sie muss den Adressaten dieses erschütternden Dokuments finden und die Story, die dahintersteht.

Die Suche, die nun beginnt, gewinnt mit jedem Tag an Dramatik, denn sie führt alle Beteiligten - die Trauernden, die Zeitungsleser und die Suchende selbst – an die Bruchstellen ihres Lebens.

Lassen Sie sich ein auf diese packende Story, und Sie werden eine Metamorphose der besonderen Art erleben: Der dunklen Hülle eines Dramas entschlüpft der atemberaubende Schmetterling einer Botschaft, die es in sich hat:

Gott liebt uns. Alles ist vergeben.

Beverly Lewis

Ein Lied im Oktober

Bestell-Nr. 330 593

ISBN 3-86122-593-X

224 Seiten, gebunden

Feiern Sie ein Wiedersehen mit alten Freunden aus der geheimnisvollen Welt der Amisch, in die Beverly Lewis ihre Leser mit ihren Bestsellern eingeführt hat.

Sarah Cain und ihr Mann Bryan.
Die ehemalige Karrierefrau findet großen Gefallen an ihrer neuen Rolle als Ehefrau und Mutter. Mit viel Liebe versucht sie, Brücken zu schlagen zu den Amisch in Familie und Nachbarschaft. Werden die Umworbenen sie betreten?

Katie Lapp und ihr Mann Dan.
Sie müssen lernen, unter dem Schatten des Gemeindebanns zu leben, der schwer auf ihrer jungen Ehe lastet.

Rachel Yoder und ihr Mann Philip.
Beharrlich ringt er um Anerkennung als vollwertiges Mitglied der Amisch. Das Glück seiner kleinen Familie gibt ihm dabei den nötigen Rückhalt. Wird er den Durchbruch schaffen?

Jack Cavanaugh

Schimmer der Wahrheit

Bestell-Nr. 330 465

ISBN 3-86122-465-8

312 Seiten, gebunden

England, 14. Jahrhundert: In den Wirren des 100-jährigen Krieges hat Wycliff die Bibel in seine Muttersprache übersetzt. Das ruft brutale Gegner auf den Plan. Der Schreiber Thomas riskiert sein Leben für die Verbreitung der Heiligen Schrift, unterstützt von seiner Schülerin Felice. Bald verbindet die beiden mehr als der gemeinsame Kampf, doch ihre Liebe wird auf eine harte Probe gestellt ...

Judith Pella

Wer bist du Fremder?

Bestell-Nr. 330 421

ISBN 3-86122-421-6

320 Seiten, gebunden

Shelby Martin befindet sich in einer Krise, als ihr Vater stirbt und ihre Mutter davonläuft. In dieser Situation lernt sie Frank Stefano kennen und fühlt sich sofort zu ihm hingezogen. Weil auch er ihre Gefühle erwidert, beschließen die beiden spontan, zu heiraten.

Doch nach den Flitterwochen entdeckt Shelby, dass ihr Mann offensichtlich eine dunkle Vergangenheit hat. Dadurch wird das Vertrauen zu ihm zutiefst erschüttert. Wird sie die Kraft finden, einer ungewissen Zukunft entgegenzutreten?

Eine fesselnde Geschichte von Liebe, Geheimnis und Gottvertrauen.

Beverly LaHaye & Terri Blackstock
Ein Geschenk des Himmels
Bestell-Nr. 330 448
ISBN 3-86122-448-8
304 Seiten, gebunden

In der kleinen Gemeinde Cedar Circle scheint die Welt noch in Ordnung. Mehrere Familien leben hier in einer Nachbarschaft harmonisch zusammen. Doch hinter den Kulissen rumort es, hier gibt es die gleichen Krisen und Nöte wie bei anderen Familien auch.

Als der neunjährige Joseph Dodd plötzlich schwer erkrankt, treten die sonst so dominierenden Probleme in den Hintergrund, alle in der Nachbarschaft entscheiden sich, mit Joseph und seinen Eltern um das Leben des herzkranken Jungen zu kämpfen. Und es wird ein schwerer Kampf voller Niederlagen und Rückschläge ...

Wie das Ringen um das Leben eines einzelnen neue Perspektiven auf das Leben der Menschen in Cedar Circle wirft, schildern die Autorinnen eindrucksvoll in dieser spannenden und ergreifenden Erzählung voller Emotionen und Glaubenszuversicht.

Eine packende und herzzerreißende Geschichte.

In der Welt – nicht von der Welt: die Amisch Bestseller von Beverly Lewis

Zuflucht für Melissa James
Bestell-Nr. 330 565
ISBN 3-86122-565-4
304 Seiten, gebunden

AMISH COUNTY – wo die Zeit stillsteht. Ein unscheinbares Straßenschild, doch für Melissa James verspricht es eine Zuflucht vor dem Unheil, das so plötzlich über sie hereinbrach: Ein Anruf hatte genügt, und die tödlichen Schatten der Vergangenheit waren wieder da. Hals über Kopf war sie aus ihrem Haus geflohen, hatte ihren Mann verlassen. Erst in der Geborgenheit sanft rollender Hügel und malerischer Farmhäuser findet sie echten Frieden – im Haus einer Mennonitin. Doch auch in diesem Hafen kann sie sich nicht für immer verstecken ...

Die Erlösung der Sarah Cain
Bestell-Nr. 330 526
ISBN 3-86122-526-3
288 Seiten, gebunden

Als moderne Frau hatte sie nur Spott übrig für ihre Schwester, die das einfache Leben einer Amisch wählte. Fassungslos dagegen macht sie die Nachricht von ihrem Tod. Und wie konnte ihre Schwester bei der Wahl eines Vormundes ausgerechnet auf sie kommen? Wer will von ihr verlangen, eine Karriere und ein Leben voller Spaß aufzugeben, um fünf Amisch-Waisen aufzuziehen? Und was wird aus Bryan, dem Mann an ihrer Seite? Bei ihrer Ankunft in Lancaster County trägt Sarah schwer an einem Kummer, der so ganz anders ist als das Leid ihrer kleinen Nichten und Neffen.
Wird sie erkennen, dass das Leben bei den Amisch nicht nur Verzicht bedeutet, dass hier Heilung auf sie wartet?

Weitere Bücher von Beverly Lewis

Postkarte zum Glück – Band 1
Bestell-Nr. 330 485
ISBN 3-86122-485-2
300 Seiten, gebunden

Ein tragischer Unfall nimmt der Amisch Rachel Yoder Mann und Sohn. Allein mit ihrem Töchterchen verfällt sie der Trauer und erblindet. Erst der Besuch des Journalisten Phil Bradley bei den Amish bringt wieder Licht in ihr Leben. Der Fund einer alten Postkarte bringt sie gemeinsam auf die Spur eines bewegenden Schicksals ...

Dem Glück entgegen – Band 2
Bestell-Nr. 330 502
ISBN 3-86122-502-6
272 Seiten, gebunden

Aus dem Frieden der Amisch-Gemeinschaft kehrt Bradley zurück in die Hektik seiner New Yorker High-Tech-Welt. Doch schnell wird ihm klar, wie stark die Bande sind, mit denen sein Herz bereits an diesem paradiesischen Fleckchen Erde hängt. Und an Rachel, der jungen Amisch-Witwe, deren sanftes Wesen ihn so sehr beeindruckt ...